Buch

Jazz Jasper ist eine engagierte, mutige Frau. Nach ihrer Scheidung ist sie dem amerikanischen Großstadtleben entflohen und hat sich in der exotischen Weite Kenias eine neue Existenz als Veranstalterin von Safaris aufgebaut. Eine Tätigkeit, bei der ihr der Schutz der bedrohten afrikanischen Tierwelt besonders am Herzen liegt. Als ihr Freund Emmet Laird, der mit seiner Organisation »Rettet die Elefanten« gegen das gewissenlose Abschlachten der Dickhäuter ankämpft, ermordet an einem Wasserloch gefunden wird, beginnt für Jazz ein gefährliches Abenteuer. Um ihre Freundin Mikki zu entlasten, die als Geliebte des Ermordeten dringend tatverdächtig ist, macht sie sich auf eigene Faust auf die Suche nach dem Mörder.

Autorin

Karin McQuillan kennt Afrika aus eigener Anschauung. Als Mitglied von »Peace Corps« hat die engagierte Naturforscherin dort längere Zeit an Entwicklungsprojekten mitgearbeitet. Nach ihrem erfolgreichen Krimidebüt mit »Mörderische Safari« (»Das Werk einer großen Erzählerin« – *The Washington Post Book World*) legt sie hier den zweiten Afrikakrimi mit der Heldin Jazz Jasper vor. Der dritte soll bald folgen.

Außerdem als Goldmann Taschenbuch:

Mörderische Safari (42567)

Karin McQuillan

Friedhof der Elefanten

ROMAN

Aus dem Amerikanischen
von Ellen Schlootz

GOLDMANN VERLAG

Die Originalausgabe erschien unter dem Titel
»Elephant's Graveyard« bei Ballantine Books, New York

Umwelthinweis:
Alle bedruckten Materialien dieses Taschenbuches
sind chlorfrei und umweltschonend.

Der Goldmann Verlag
ist ein Unternehmen der Verlagsgruppe Bertelsmann

Genehmigte Ausgabe 9/96

Umschlaggestaltung: Design Team München
Umschlagmotiv: ARTOTHEK, Christies
Druck: Elsnerdruck, Berlin
Verlagsnummer: 42568
JP · Herstellung: SC
Made in Germany
ISBN 3-442-42568-9

3 5 7 9 10 8 6 4 2

Den Elefanten Afrikas gewidmet

Friedhof der Elefanten wurde durch die Arbeiten zahlreicher Umweltschützer, Wissenschaftler und Abenteurer inspiriert. Ihnen entnahm ich viele Informationen, doch falls sich Fehler in das Buch eingeschlichen haben, bin allein ich dafür verantwortlich. Besonderer Dank gilt der African Wildlife Foundation, Robert Heilbroner für seine einfühlsamen Schriften über Armut in Afrika, Cynthia Moss für ihre wunderbaren Bücher *Portraits in the Wild* und *Elephant Memories* sowie Shirley Strum für ihr faszinierendes Buch *Almost Human* über das Zusammenleben von Pavianen.

Ebenfalls Dank an Claire Israel, Dominick Abel und Joe Blades für das Vertrauen, das sie in mich gesetzt haben, und für ihre Professionalität bei der Veröffentlichung dieses Buches. Und ganz besonders möchte ich meinem Mann John danken für seine Begeisterung sowie für die Unterstützung und Hilfe bei der Erstellung des Manuskripts.

1

Leichen liegen draußen im afrikanischen Busch nicht lange herum. Unter dem weiten klaren Himmel kann man nirgends was verstecken.

Ein goldbrauner Adler ließ von einem totgefahrenen Tier ab und erhob sich mit einem heiseren Schrei in die Luft, als ich von der zweispurigen Nationalstraße auf die unbefestigte Piste abbog, die zum Camp von Emmet Laird führte.

»Elefanten, wir kommen!« Inspector Omondi klatschte in seine eleganten dunklen Hände. Wir grinsten uns an.

»Vorsicht«, rief ich, als der Landrover in ein Schlagloch sackte und dann über eine Reihe von Furchen fuhr, die hart wie Zement waren.

Omondi stützte sich am Armaturenbrett ab. »Ein großes kühles Tusker wäre auch nicht schlecht.«

»All deine Wünsche werden dir erfüllt werden«, sagte ich. Meine Haare kamen jedesmal mit dem Autodach in Berührung, wenn ich von dem Geholpere hochgeschleudert wurde. »Emmet hat einen Kerosinkühlschrank, einen Vorrat an Bier und eine Elefantenfamilie, die immer in der Nähe seines Camps ist – dank der Wilderer.«

Die Wilderei hatte in Kenia so stark zugenommen, daß die Elefanten in ihrer Verzweiflung die Nähe der Touristen-Lodges und der Camps von Wissenschaftlern suchten, wo sie relativ sicher waren.

Omondi schüttelte den Kopf. »Unsere Welt ist zu klein

geworden, um noch gemütlich zu sein. Die Sowjets verkaufen den Somalis AK-47s, damit sie sich gegenseitig bekämpfen können, und wenn ein somalischer Guerilla Geld braucht, schleicht er sich nach Kenia und bumm, bumm, bumm. Bald werden sie alle unsere Elefanten getötet haben.«

»Laß uns nicht darüber reden«, sagte ich heftig. »Ich kann das nicht ertragen.«

»Es ist eine große Tragödie.«

»Es ist ein Alptraum.«

Ich starrte auf die goldfarbene Ebene, die sich vor mir erstreckte, und kämpfte mit dem Lenkrad, während wir über die Furchen und Rinnen holperten, die in Kenia bereits als Straße gelten. »Und sie machen auch das ganze Safarigeschäft kaputt. Die Touristen wollen keine siebentausend Meilen fliegen, um mehr tote Elefanten zu sehen als lebende.« Ich hatte in letzter Zeit einige gute Touren organisiert, doch dann führten die unerfreulichen Nachrichten zu Stornierungen. Wenn mein Unternehmen den Bach runterging, würde ich nicht in Afrika bleiben können.

»Genug vom Ernst des Lebens.« Omondi klärte die Luft mit einer raschen Handbewegung.

»Okay. Wir wollen den heutigen Tag im letzten Garten Eden dieser Welt genießen.«

Über die ganze Landschaft verstreut standen fleischige Affenbrotbäume wie dicke Männer, die mit den Armen winkten. Ich schob meine trübsinnigen Gedanken beiseite. Für nächste Woche hatte sich eine Reisegruppe angemeldet, was mir die Gläubiger eine Weile vom Leib halten würde. Omondi hatte gerade einen komplizierten Mordfall in Nairobi zu Ende gebracht und beschlossen, sich einen freien Tag zu gönnen. Für uns beide hatte das Ganze dadurch, daß dieser Ausflug an einem Wochentag stattfand, den Beigeschmack eines verbotenen Vergnügens, und ich war entschlossen, es bis zum letzten Tropfen zu genießen.

Wir fuhren an einer Giraffe vorbei, die die Spitze eines widerspenstigen Dornenbaums abknabberte, und an einigen Thomsongazellen. Da es auf das Ende der Trokkenperiode zuging, waren die großen Herden weiter im Süden. Nachdem wir eine endlos erscheinende Stunde durchgeschüttelt worden waren, sahen wir auf einer Erhebung den Parkplatz des Camps. Im Schutz einer Akazie mit einer flachen Baumkrone standen zwei Landrover. Ich konnte bereits spüren, wie mir ein kaltes Bier den Staub aus der Kehle spülte.

»Emmet hat schon Besuch«, sagte Omondi.

»Das ist vermutlich Mikki Darrow. Du weißt schon, meine Freundin, die das Verhalten von Elefanten erforscht.«

»Ah. Eine besondere Freundin von Emmet?«

Ich löste kurz den Blick von der zerfurchten Piste, um Omondi anzusehen. »Das ist nicht fair! Wie bist du darauf gekommen?«

»Wegen deiner Stimme.« Omondi lachte vergnügt über seine Findigkeit.

»Das ist ein wohlgehütetes Geheimnis.« Nach kurzem Nachdenken fügte ich hinzu: »Mikki überlegt gerade, ob sie sich von ihrem Mann trennen soll.«

»Jazz, Jazz – das ist wohl der wahre Grund, weshalb du mich heute zu diesem Ausflug eingeladen hast.« Er legte seine Hände auf die Brust. »Du hältst mich für einen Medizinmann, der gebrochene Herzen heilt.«

Ich sah erneut zu ihm hin, und in unseren Blicken blitzte die Erinnerung auf. Ich konzentrierte mich lächelnd wieder auf die Straße. »Bei mir und Striker hat es ja funktioniert.«

Manche Leute sind der Meinung, daß ich übertrieben auf meine Scheidung reagiert habe. Heutzutage glaubt man, daß man Männer genauso leicht wechseln kann, wie man von einem Fernsehprogramm zum anderen schaltet. Ich hab mir nie was aus Fernsehen gemacht. Ich ziehe das wirkliche Leben vor, auch wenn wirkliche Wunden bluten. Als mein Mann mich verließ, hatte ich das Gefühl, mein ganzes Leben würde zusammenbrechen. Also riß ich aus. Ich schnappte mir eine Kindheitsphantasie und versuchte, sie zu verwirklichen. Keine halben Sachen, ich wechselte den Kontinent und den Beruf – aus der Kunsthistorikerin Dr. Jasper wurde die Inhaberin und Reiseleiterin von Jazz Jasper Safaris. Die ersten zwei Jahre in Kenia umkreiste ich argwöhnisch Dan Striker und nannte meine Angst Unabhängigkeit. Erst im vergangenen Winter hatten Striker und ich zueinandergefunden, dank Omondi, der mir meine tief verwurzelte Angst vor Männern ausgetrieben hatte.

»Du willst doch wohl nicht vorschlagen, daß ich bei Mikki dieselbe Medizin anwende wie bei dir?« Omondi gab ein tiefes Lachen von sich. »Ich gehe mit meinem Zauber nicht so großzügig um. Außerdem scheint es, als ob sie sehr gut allein zurechtkommt.«

Ich parkte neben den beiden anderen Rovers. Einer davon gehörte Emmet; auf der Tür prangte die Aufschrift SAVE THE ELEPHANTS. Der andere Wagen sah trotz der ziegelroten Staubschicht fast neu aus. In einer Waffenhalterung steckte ein Gewehr – das war eindeutig nicht Mikkis Auto. Weder sie noch Emmet hatten eine Waffe; sie verließen sich lieber auf ihr Wissen über das Verhalten von Tieren, um brenzlige Situationen von vornherein zu vermeiden.

Als wir aus dem Auto stiegen, stellten wir fest, daß wir auf dem Kamm des Hügels waren.

»Wow!« Omondi breitete die Arme aus, als ob er die Landschaft umarmen wollte. Der Blick von Emmets Hügel hielt eine Überraschung bereit, man konnte von dort auf eine ständige Wasserstelle sehen. Die Elefanten dort unten schienen sehr aufgeregt. Mit viel Getöse liefen sie auf dem festgetretenen Boden hin und her. In gebührendem Abstand stand eine Gruppe von Zebras unschlüssig herum. Als ob sich die Aufregung übertragen hätte, trat eines der Zebras mit den Hinterbeinen aus. Dann reckte es den Hals und zeigte wiehernd seine Zähne. Eine weiß und goldfarben gefiederte ägyptische Gans ignorierte die Säugetiere und landete schnatternd und mit großem Geplatsche auf dem Wasser. Ein junger Elefant stürmte auf zwei Schakale los, die mit der Beharrlichkeit von Aasfressern immer wieder auf ihn zusprangen.

»Erstaunlich!« Omondi lächelte glücklich. Seine Zähne schimmerten im Kontrast zu seiner dunklen Haut. »Hör mal, was die sich erzählen!«

Links von uns war ein Campingtisch, den Emmet unter eine Akazie mit fedrigen Blättern gestellt hatte, damit er sogar beim Essen beobachten konnte, wie seine geliebten Elefanten tranken und badeten. Auf dem Tisch stand ein Teller mit den geronnenen Überresten von Eiern mit Speck – ein Festschmaus für die Fliegen. Neben dem Teller lag ein Fernglas für genauere Beobachtungen bereit. Ich sah zu den unterschiedlich großen Zelten zum Schlafen, Essen, Baden und für sonstige Zwecke hin. Wo war Emmet? Oder seine Gäste? Im afrikanischen Busch gehen die Leute normalerweise nicht zu Fuß, wenn sie Tiere beobachten wollen, besonders nicht in der Nähe von Wasserstellen.

Omondi starrte nach unten zu den Elefanten. »Was ist da los? Sieh mal, wie der große Bulle mit den Ohren schlägt und wie er den Dreck aufwühlt. Sieht er nicht ziemlich wütend aus?«

»Tiere beobachten ist genau wie Polizeiarbeit«, sagte ich. »Regel Nummer eins: Zieh keine voreiligen Schlüsse.«

»Aber sieh doch mal, wie er seine Stoßzähne in den Boden rammt.«

»Das ist kein *Er*. Die Bullen leben für sich. Der größte Elefant hier ist die Mutter, und die ganze Herde ist ihre Familie, also erwachsene Töchter und Enkelkinder.« Eine der Elefantenkühe schwenkte einen abgerissenen Akazienast in ihrem Rüssel und verschwand dann in der Herde. Entgegen meiner Regel Nummer eins nahm ich an, daß sie ihn fressen wollte, und achtete nicht weiter darauf.

»Keine erwachsenen männlichen Tiere?«

»Ganz genau«, antwortete ich. »Sobald die Männchen halbwüchsig sind, werden sie zu wild und aggressiv und werden aus der Herde vertrieben.« Ich vermutete, daß das hier die Sippe von Broken Tusk war, Emmets treueste Gäste, aber ich erkannte keines der Tiere, die hin und her liefen, lärmten und sich gegenseitig anrempelten. »Emmet kennt die ganze Sippschaft mit Namen, er hat viele dieser Tiere aufwachsen sehen.«

»Ich frag mich, ob sie auch einen Namen für ihn haben.«

Die Stimme kam von hinten: »Alicia!«

»Höchstpersönlich!« Sie kam auf mich zu, den Blick auf das Schauspiel an der Wasserstelle gerichtet. »Diese Elefanten machen einen solchen Lärm. Wir haben euch gar nicht kommen hören.«

Ich bemühte mich, meine Überraschung nicht zu zeigen. Alicia Laird, die Frau von Emmet, kam eigentlich nie zum Camp. Von Mikki Darrow wußte ich, daß Alicia und Emmet mehr oder weniger getrennte Wege gingen – doch da stand sie vor mir, in voller Lebensgröße und mit der entsprechenden Stimme. Sie trug ein Strandkleid aus einem teuren Material mit einem verwirrenden Muster aus Tigern und Löwen, das sowohl zu ihrem Teint als auch zu ihrer Persönlichkeit paßte. Eine schwere Goldkette lag auf der weichen Haut ihres Dekolletés, die jetzt ganz staubig war. Ich fragte mich, ob meine Freundin Mikki wußte, daß Alicia hier war.

»Sie nennen ihn vermutlich den Onkel mit den tiefen Taschen.« Sie verzog ihre rotbemalten Lippen zu einem Grinsen, bei dem zwei hübsche Grübchen sichtbar wurden. Ab und zu fragte ich mich, warum Emmet sie geheiratet hatte, besonders da es schon seine dritte Ehe war. Doch solche Gedanken kamen mir nie in Alicias Gegenwart. Sie besaß nämlich eine unglaubliche Anziehungskraft. »Ich könnte schwören, daß er seinen letzten Cent für diese dickbeinigen Monster verschwenden würde.« Sie legte die Hand an den Mund wie ein optischer Telegraph. »Greg! Komm her, Jazz Jasper ist hier.«

Greg Garner, Alicias derzeitiger männlicher Begleiter, tauchte aus dem großen Eß-/Wohnzimmer-Zelt auf.

»Hab ich gar nicht mitbekommen«, sagte er zu Alicia. Er sah sie mit dem hingebungsvollen Ausdruck eines Mannes an, der ein erfülltes Sexleben hat. Greg war knapp dreißig, also mindestens fünf Jahre jünger als Alicia und halb so alt wie Emmet, ein großer, kräftiger Mann, der Alicia noch ein gutes Stück überragte. Seine Stupsnase und sein blonder Haarschopf ließen ihn sogar noch jünger erscheinen. Wenn ich mich recht erinnerte, war er Chef der Kreditabteilung bei der WorldCorp Bank. Er war eher auf dem Platz und in der Bar seines Golfclubs zu Hause als im Busch. Das war also ihr anderer Mann? Warum um alles in der Welt brachte Alicia ihn hierher? Das Camp war Emmets Terrain, ein Refugium vor Alicia und ihren partysüchtigen Freunden.

»Darf ich euch meinen Freund vorstellen«, sagte ich. »Alicia Laird – Inspector Omondi von der Polizei in Nairobi, und das ist Greg Garner.«

Bei dem Wort *Inspector* verkrampfte sich das Lächeln der beiden. Hatten sie Angst, daß Omondi Handschellen herausholen und sie wegen Geschwindigkeitsüberschreitung abführen könnte – oder vielleicht wegen Ehebruchs?

Alicia fing sich wieder und schüttelte Omondis lange elegante Hand. »Sie sind also der Detective, der Jazz bei den Mordfällen auf ihrer ersten Safari beigestanden hat.« Sie wandte sich an Greg. »Weißt du, Jazz hat ein eigenes Safari-Unternehmen, Greg. Ist das nicht mutig? Und bei ihrer allerersten Tour gab's diesen furchtbaren –«

»Ich wollte dem Inspector die Elefanten zeigen«, unterbrach ich sie. Auf dem ersten Trip war eine alte Freundin von mir ermordet worden. Die Erinnerung daran war schmerzhaft, und außerdem wollte ich nicht, daß Alicia aus mir eine Heldin machte.

Omondi schüttelte ihr energisch die Hand. »Freut mich, Sie kennenzulernen, Mrs. Laird. Ich hab mich schon lange auf diesen Besuch gefreut. Jazz hat mir erzählt, daß Ihr Mann zu den großen Persönlichkeiten in Kenia gehört, die unseren lebenden Nationalschatz bewachen. Ja, diese Elefanten sind wichtig für ein Entwicklungsland wie unseres, da sie unsere wichtigste Einnahmequelle sprudeln lassen – die Touristendollars.« Omondi lachte über seinen eigenen Witz.

Dann wandte er sich an Greg. »Mr. Garner, hoffentlich kriegen Sie nicht zuviel Hitze ab. Die Sonne sticht.« Er klopfte leicht auf sein wuscheliges Haar. »Sie brauchen so einen Helm wie ich.« Omondi sah zu den Zelten hin. »Wo ist denn Mr. Laird?«

»Ich weiß wirklich nicht, wo Emmet ist.« Alicia sah zu Greg hin. »Ich hab ihn seit, ich glaube Montag, nicht mehr gesehen. Keine Ahnung, was in ihn gefahren ist, wo wir doch noch soviel für die Party vorbereiten müssen.«

»Vielleicht ist er auf der Jagd nach unserem Abendessen«, scherzte Greg.

»Laß das bloß Emmet nicht hören. Der würde ausrasten.« Alicia legte die Hand auf Gregs Bizeps, was ihm zu gefallen schien. »Er erlaubt nicht mal Waffen hier. Deshalb komm ich nie mit.« Deshalb und weil die Natur sie zu Tode langweilte. »Stell dir mal vor – all diese wilden Tiere hier, und die Wilderer werden von Tag zu Tag dreister – und dann noch nicht mal 'ne Pistole haben. Ohne mein Gewehr würde ich keinen Sonntagsausflug machen.«

Als nächstes würde sie uns erzählen, daß ihr Vater ihr das Schießen beigebracht hatte.

Greg wippte auf den Absätzen. »Sie spielen also Reiseführer für die Reiseführerin, Inspector? Stammen Sie hier aus der Gegend?«

Omondi schüttelte den Kopf. »Nein, meine Familie kommt aus der Gegend nördlich von Nairobi, aus dem Teeland. Dort haben die Briten bereits vor dem Zweiten Weltkrieg das gesamte Wild ausgerottet, als ich noch nichts weiter als ein Wunsch im Herzen meiner Mutter war. Oh, die liebten die Jagd, diese weißen Siedler. Jetzt gibt's dort nur Farmen, kein freies Land mehr. Ich persönlich ziehe das Stadtleben vor. Es war Jazz' Idee, mir die Tiere zu zeigen. Sie hält es für einen Skandal, daß die meisten Kenianer kein Auto haben, um ihre eigenen Nationalparks zu besuchen.« Er hielt seine leeren Handflächen hoch. »Ist schon komisch, nicht wahr?«

»Das ist doch wohl der Gipfel an Rücksichtslosigkeit, einfach zu verschwinden und mich mit einer Party für 500 Leute am Samstag abend allein zu lassen.« Alicia starrte auf das Gras, das in der Nachmittagshitze weißgolden schimmerte, als ob dort plötzlich 500 Leute auftauchen könnten. »Das ist die letzte Rettet-die-Elefanten-Benefizveranstaltung, die ich für ihn organisiere.«

Ich hatte keinen Grund, was zu sagen – ich vermied nämlich selbst, freiwillige Arbeit für Emmet zu leisten –, aber ich wußte, daß Mikki und Emmet sich Arme und Beine ausgerissen hatten, damit diese Veranstaltung ein Erfolg wurde. Alicias einzige Hilfe bestand darin, daß sie Emmet gestattete, ihr gemeinsames Haus zu benutzen. Heute schien Alicia auf Teufel komm raus »Mein Mann vernachlässigt mich« spielen zu wollen.

Omondi ging wieder an den Rand des Hügels, um sich das Schauspiel unten an der Wasserstelle anzusehen. »Sie werden allmählich etwas ruhiger.«

»Ach, diese Elefanten!« sagte Alicia.

Mehrere von den größeren Elefanten waren jetzt ganz still geworden, und der Staub um sie herum begann sich zu senken. Sie standen mit herabhängenden Rüsseln in einer Gruppe zusammen und gingen nicht zum Wasser. Das war merkwürdig.

»Ich glaube, ich erkenne ein paar von ihnen.« Ich zeigte auf die Elefanten. »Die größte von ihnen nennen wir Broken Tusk wegen ihres abgebrochenen Stoßzahnes. Sie ist eines der ältesten noch lebenden Leittiere im ganzen Land. Sie ist mal von Wilderern angeschossen worden – man kann noch die Narbe an ihrer Schulter erkennen – und ist manchmal leicht reizbar, wenn Leute in der Nähe sind. Der Elefant neben ihr mit der Kerbe oben an einem Ohr ist Blanche, eine ihrer mittleren Töchter. Sie hat gerade ihr erstes Junges in der letzten Regenzeit bekommen.« Eine Mauer aus runzeliger grauer Haut verstellte mir den Blick wie ein Haufen Felsblöcke. »Vielleicht versteckt es sich unter ihrem Bauch.«

Omondi beobachtete die Elefanten genau. »Seht mal, was da mitten zwischen ihnen auf dem Boden liegt. Sie haben einen Haufen Erde zusammengescharrt.«

Ich holte ein Fernglas aus dem Auto und richtete es auf besagte Stelle. Meine Brust verkrampfte sich. »Sie haben einen Haufen Äste wie für ein Begräbnis aufgeschichtet.« Wenn ein Elefant stirbt, deckt seine Familie ihn zu und bleibt noch stunden-, manchmal tagelang bei ihm, um die Aasfresser fernzuhalten. »Hoffentlich bedeutet das nicht, daß Blanche ihr Junges verloren hat.« Ich liebte diesen kleinen Elefanten mit seinen weichen, wabbeligen Ohren und dem Minirüssel, der ihm nur bis an die Knie reichte.

»Wodurch kommen kleine Elefanten um?« fragte Greg.

»Das passiert selten.« Ich versuchte, meinen Blick auf die Äste zu konzentrieren, doch zwischen den Beinen der Elefanten konnte man kaum etwas erkennen. »Natürlich, wenn die Mutter erschossen und das Kleine von der übrigen Familie getrennt wird, kann es leicht Löwen zum Opfer fallen. Aber Blanche ist ja da.«

»Wir beobachten also gerade eine Beerdigung«, sagte Omondi leise.

»Zumindest das, was dem in der Tierwelt wohl am nächsten kommt. Es ist ganz offensichtlich, wie sehr sie sich lieben.« Ich reichte Omondi das Fernglas.

»Hey, könnt ihr euch an Tarzan und den Elefantenfriedhof erinnern? Ist das so was?« Greg gebärdete sich aufgeregt wie ein junger Hund.

»Das ist doch nur ein altes Märchen, du Dummchen.« Alicia tätschelte seinen Arm. »Wie der Topf voller Gold am Ende des Regenbogens.« Sie verzog ihre Lippen zu einem neckenden Lächeln. »Ein Ort, an den alte Elefanten gehen, um zu sterben, und wo man ein Vermögen an Stoßzähnen vom Boden aufsammeln kann. Wär das nicht schön?«

»Diese Legende ist vermutlich entstanden, weil man kaum Elefantenskelette herumliegen sieht«, sagte ich. »Die alten Elefanten gehen an einen schönen, einsamen Ort, wenn sie den Tod näher kommen fühlen – zumindest zu der Zeit, als sie noch alt wurden.«

»Heutzutage ist ganz Kenia ein Elefantenfriedhof«, stimmte Omondi mir traurig zu. Er hob das Fernglas, betrachtete den dunklen Haufen auf dem Boden und suchte dann langsam die Umgebung ab. Plötzlich wurde sein Körper steif, und er sagte mit eindringlicher Stimme: »Nah am Wasser liegt ein Leinenschuh.«

Ich schnappte mir das Fernglas vom Campingtisch. Omondi erklärte mir, wohin ich gucken mußte. Ein blausilberner Turnschuh lag dort auf der Seite.

»Die Leute sind unmöglich, überall schmeißen sie ihren Müll hin –«, sagte Alicia.

»Laßt uns runterfahren.« Ich wollte gar nicht darüber nachdenken, was der Schuh bedeuten könnte. Statt dessen rannte ich zum Auto und ließ den Motor an. Die anderen liefen hinter mir her.

Außerhalb eines Camps oder eines Dorfes war es zu gefährlich, zu Fuß zu gehen, es sei denn, man war mit einem Massaispeer oder mit einer Pistole bewaffnet. In Gegenden, wo Farmen an die Wildnis grenzten, wurden häufiger Menschen von Löwen übel zugerichtet oder von den unberechenbaren Kaffernbüffeln aufgespießt. Am allergefährlichsten war es an einer Wasserstelle, wo viele Tiere hinkamen und im Hintergrund die Löwen lauerten.

Jemand könnte den Schuh aus einem Auto geworfen haben. Könnte. Emmet trug blau-silberne Turnschuhe.

»Wartet einen Moment.« Alicia rannte zu ihrem Rover, nahm ihr Gewehr aus der Halterung und schoß in die Luft. Ich zuckte bei dem Geräusch zusammen, und die Tiere unten gerieten in wilde Panik. Alicia kletterte in den Wagen, und ich fuhr in halsbrecherischem Tempo über den Kamm des Hügels schnurstracks den Abhang hinunter, mitten auf die Herde zu. Ein halbwüchsiges Männchen kam bedrohlich ein paar Schritte auf uns zu, sah dann jedoch, daß die erwachsenen weiblichen Tiere mit in Panik aufgerichteten Schwänzen die Flucht ergriffen, und lief hinter ihnen her.

Wir näherten uns dem Haufen Äste. Ein Fuß in einem weißen Sportsocken ragte heraus. Alicia fing durchdringend an zu schreien. Sie hörte sich an wie ein gequältes Tier. Greg sprang aus dem Wagen und begann, eilig die Äste zur Seite zu räumen. Omondi und ich halfen ihm. Die Äste waren schwer, manche konnten wir nur zu zweit von der Stelle kriegen. Die Enden waren zersplittert und sonderten Saft ab, wo sie von einem Baum abgerissen worden waren. Immer wieder verhedderten sich Dornen und Zweige, und die Äste blieben aneinander hängen. Es schien ewig zu dauern, sie zu entwirren. Wir traten auf verschmiertes, getrocknetes Blut, es wimmelte von Fliegen, und ein fauliger Geruch lag in der Luft.

Kurze Zeit später sahen wir auf Emmet Laird herab. Sein regloser Körper schuf ein tödliches Schweigen mitten in all dem Lärm. Sein weißes Hemd war blutdurchtränkt. Eine Kugel hatte ein tiefes, ausgefranstes Loch hinterlassen, wo einst sein Herz geschlagen hatte.

2

»Alle bitte zurück in den Wagen.« Omondi kniete sich neben Emmets Leiche. Ich wandte mich ab, weil ich den Anblick der unzähligen Fliegen nicht ertragen konnte, die über die Wunde krabbelten. Ihrem schrecklichen Summen konnte ich mich allerdings nicht entziehen. Der Gestank von Emmets Leiche mischte sich mit dem Geruch des Elefantenkots und der Urinpfützen, mit denen der festgetretene Boden übersät war. Ich ging auf die andere Seite des Rovers, bemüht, nur ganz flach zu atmen, damit mir nicht schlecht wurde, und setzte mich hinter das Steuer. Während ein Teil von mir noch betete: *Lieber Gott, laß es bitte nicht wahr sein,* hörte ich meine Stimme, die sich tot und ganz weit weg anhörte, bereits Omondi fragen, ob ich die Polizei über Funk verständigen sollte.

»Ja. Frag nach Sergeant Kakombe. Er hat heute Dienst.«

Ich meldete mich über Funk und erklärte ausführlich, wie man zu Emmets Camp gelangte. Die Sonne schien durch das offene Wagendach und brannte mir auf den Rücken. Ich spürte, wie der Schweiß zwischen meinen Schulterblättern herunterlief. Es würde bestimmt einige Stunden dauern, bis die Experten von der Spurensicherung hier waren. Alicia kletterte auf den Rücksitz. Ein Schatten glitt über mich hinweg, dann ein zweiter, flink wie ein Vogel. Zwei Geier stürzten sich vom Himmel. Sie legten ihre Flügel an, um schneller unten anzukommen und sich ihren Anteil an der Beute zu sichern.

Greg stand über Omondis Schultern gebeugt. Alles schien weit weg zu sein, nur mein Magen nicht, der direkt unterhalb meiner Kehle saß.

Eine Giraffe ging mit ihrem ruhigen, wiegenden Schritt um den Abhang herum. Bei dem hellen Licht wirkte das Muster auf ihrer Haut, rostfarbene Flecke auf hellbraunem Grund, sehr plastisch. Die Giraffe blieb stehen und starrte.

»Im Auto liegt eine Plane, damit können wir ihn tragen.« Gregs Stimme holte mich in die Gegenwart zurück.

Die Geier kamen näher heran.

»Würden Sie sich bitte ins Auto setzen. Mrs. Laird braucht Ihre Hilfe nötiger als ich. Je weniger wir hier herumlaufen, um so besser.« Omondi bewegte sich in der Hocke und untersuchte den Boden. In der Nähe des Wassers war die Erde zu einer klumpigen, fast matschigen stinkenden Masse aufgewühlt, doch wo wir waren, hatten die Tiere den trockenen Boden dermaßen mit den Füßen festgestampft, daß er hart wie Stein war und glänzte, als ob er poliert wäre. Omondi ging langsam im Kreis. Die Giraffe merkte, daß da ein Mensch war, und sprang erschrocken davon.

»Nur unsere eigenen Reifenspuren. Mr. Lairds Leiche ist nicht hierher gebracht worden.« Omondi ging zurück und trat vor die Leiche. »Nach der Menge Blut auf dem Boden würde ich annehmen, daß er genau an dieser Stelle getötet wurde.«

»Er wäre niemals zu Fuß hier rumgelaufen«, rief ich aus dem Wagen. »Emmet kannte sich viel zu gut aus, um etwas so Gefährliches zu tun.«

Nein, er wäre niemals freiwillig hier herumgelaufen, aber jemand hätte ihn zwingen können – mit einem Gewehr, das oben vom Camp aus auf ihn gerichtet wurde. Dann hatte man ihn aufgefordert, stehenzubleiben und sich umzudrehen, und ihm ins Herz geschossen. Ich spürte einen Schmerz in meiner eigenen Brust. Warum wurden immer die besten Leute umgebracht, die Leute, die die Welt am meisten brauchte? Wer würde sich jetzt für die Elefanten einsetzen? Wer würde sie mit soviel Mut und Energie lieben wie Emmet? Den Gedanken an Mikki verdrängte ich, um nicht vollkommen zusammenzubrechen.

Hatte Emmet seinen Mörder gekannt? fragte ich mich. Oder war es ein gedungener Killer, jemand der statt Elefanten zur Abwechslung mal einen Mann umbringen sollte? Ich sah zu Alicia, die den Kopf gegen den Vordersitz gelehnt und die Augen geschlossen hatte. Kurz schoß mir der Gedanke durch den Kopf, daß es sich vielleicht um einen Mord innerhalb der Familie handeln könnte. Das war mir genauso unangenehm wie das Summen der Fliegen. Alicia war soeben zur reichsten Witwe Nairobis geworden.

Eine Meldung kam über Funk. Es war Sergeant Kakombe. Alle Polizeifahrzeuge waren zur Reparatur in der Werkstatt.

»Oder werden für persönliche Zwecke benutzt.« Omondi schnalzte verärgert mit der Zunge.

»Keine Autos?« fragte Greg fassungslos.

Alicia hob den Kopf. »Erst letzte Woche hat ein armes Schwein bei der Polizei angerufen, um zu melden, daß eine Bande von Dieben gerade dabei sei, seine Haustür mit Macheten einzuschlagen. Wißt ihr, was die Polizei gesagt hat? Kommen Sie zur Wache und holen Sie ein paar Beamte ab, wir haben heute abend keine Autos.« Ein freudloses Lachen drang aus ihrer Kehle, wie ein Korken, der mit einem Knall hochschießt. »Keine Autos.« Das Lachen steigerte sich, schüttelte sie und wurde immer lauter und schriller. Greg zog sie an sich, und das Lachen verwandelte sich auf der Stelle in Schluchzen. »Keine Autos«, sagte sie weinend.

Ein schwarzer Schatten glitt über uns hinweg, und

man hörte das Schlagen von Flügeln, die eine Spannweite von fast zwei Metern hatten. Ein Marabu ließ sich auf einem der Äste nieder, die wir zur Seite geräumt hatten, und klapperte Omondi mit seinem wuchtigen Schnabel an, als ob er ihm sagen wollte, er solle verschwinden. Wie alle Aasfresser hatte der große Vogel einen nackten Kopf. Seine Haut erinnerte an krankes Fleisch und war schon häßlich genug ohne den riesigen Kehlsack, der an seinem Hals hin und her baumelte, während er vorsichtig auf Emmet zuging. Als Omondi den Vogel ignorierte, streckte er den Schnabel aus und zog an Emmets Hand.

Greg und ich schrien auf. Alicia versuchte, sich von Greg loszumachen, um zu sehen, was da vor sich ging, doch Greg hielt sie fest. Omondi stürzte sich nach vorn und machte ein paar heftige Bewegungen mit den Armen, worauf sich der Vogel mit ein paar raschen Schritten aus seiner Reichweite entfernte.

Omondi kam zu uns zurück. »Es tut mir sehr leid, Mrs. Laird, daß sie das hier durchmachen müssen. Normalerweise würde ich die Leiche nicht anrühren, bis das Spurensicherungsteam da ist, aber in diesem Fall ist das absolut unmöglich.« Er sah uns an. Keiner von uns bot sich freiwillig an, die Nacht bei der Leiche zu verbringen, um die Aasfresser zu verscheuchen. »Mr. Garner, Sie hatten da eine gute Idee. Wenn Sie mir vielleicht freundlicherweise mit der Plane helfen könnten.«

Ich half den beiden Männern, Emmet ins Auto zu packen. Warum fühlt sich ein toter Körper soviel schwerer an als ein lebendiger? Wir fuhren mit Emmets Leiche wieder den Hügel hinauf, ließen sie hinten im Rover liegen und setzten uns auf Omondis Vorschlag um den Campingtisch.

Alicia hatte die Arme um sich geschlungen. Sie wirkte fast so blutleer wie Emmet. Omondi forderte sie auf, sich hinzusetzen und den Kopf zwischen die Knie zu legen. Die ganze Zeit sagte sie immer wieder: »Mit mir ist alles in Ordnung. Es geht mir gut.« Als sie schließlich den Kopf wieder hob, war sie zwar immer noch blaß, aber nicht mehr so erschreckend grün im Gesicht. »Was ist bloß in ihn gefahren, da runterzugehen?« flüsterte sie.

»Hat ihn ein Tier erwischt?« fragte Greg. »Ich hab zwar keine Krallenspuren gesehen, so genau hab ich allerdings auch nicht hingeguckt.«

Ich konnte mir gut vorstellen, wie Greg mit anderen wohlgenährten Geschäftsmännern im Clubsalon saß und eine lange, dramatische Geschichte daraus machte. Die Pointe dabei würde lauten, wie Emmet nur so dämlich sein konnte, sich umbringen zu lassen. Ich hätte am liebsten geheult. Emmet tot? In den zwei Jahren, die ich ihn als Mikkis Freund gekannt hatte, war er etwas ganz Besonderes für mich geworden – nicht so sehr als Freund, sondern als wertvoller Kampfgenosse, unerschrocken und optimistisch. Ich konnte beinah hören, wie er Gershwin-Melodien pfiff, wenn er das abendliche Lagerfeuer vorbereitete.

»Alicia, du bist immer noch weiß wie die Wand. Ich hol dir einen Whiskey«, sagte Greg. »Ich trink auch einen. Sonst noch jemand? Ich hab sogar Eis und Soda.« Omondi und ich entschieden uns für ein Soda. Greg ging zu seinem Wagen und kam mit einer Eisbox, einem Getränkekorb und Gläsern zurück.

Ich sah zur Wasserstelle hinunter. Ein Schakal schnupperte auf dem Boden herum, wo Emmets Leiche gelegen hatte. »Wenn die Elefanten ihn nicht begraben hätten«, sagte ich, »wäre nichts mehr von ihm übrig. Emmet wäre einfach verschwunden.«

Omondi ließ seinen Blick durch das Camp schweifen. »Das verlassene Auto hätte verdächtig ausgesehen.« Seine Augen ruhten auf Greg und Alicia. »Es sei denn, die Mörder hätten vorgehabt, später zurückzukommen und es fortzuschaffen.«

»Was wollen Sie damit sagen?« Greg ging einen Schritt vor, als ob er Omondi mit seiner physischen Präsenz einschüchtern wollte.

»Nichts.« Omondi erwiderte Gregs Blick mit seiner üblichen Sanftmütigkeit. »Ich stelle immer viele Fragen. Was haben Sie für eine Folgerung gezogen, Mr. Garner?«

»Hast du nicht gesagt, du hättest heute morgen mit Striker gesprochen?« Alicia sah mich bei dieser Frage nicht an. »Hat er dir erzählt, Emmet habe sich über irgendwas aufgeregt, das er entdeckt hatte?«

Ich nahm ein kühles Glas Soda aus Gregs großer Hand entgegen. »Striker hat nichts gesagt.« Sosehr ich ihn liebte, Dan Striker hatte die unerträgliche Angewohnheit, kein Wort über seine laufenden Arbeiten zu erzählen, egal ob es sich einfach um eine naturkundliche Abhandlung handelte oder um ein Stück Enthüllungsjournalismus. Daran merkte man noch, daß er jahrelang ein Einzelgänger gewesen war.

»Wie bitte?« Omondis braune Augen ruhten mit einem Blick auf Alicia, den ich kannte, einem Blick professioneller Konzentration, wie ein Basketballspieler, der die Entfernung zum Korb und die Position der gegnerischen Mannschaft abschätzt. Die Polizei mochte zwar keine Autos haben, aber trotzdem war ich froh, Omondi auf meiner Seite zu wissen. »Was entdeckt?« versuchte er sie zum Reden zu bringen.

Alicia sah mit gerunzelter Stirn in ihr Glas. »Keine Ahnung. Er und Striker haben in letzter Zeit eng zusammengearbeitet. Sie müssen ihn auftreiben.« Sie fischte mit der Zunge einen Eiswürfel heraus und lutschte daran.

»Sie haben Nachforschungen über den Elfenbeinhandel betrieben«, erklärte ich Omondi. »Darum geht's vermutlich, wenn Striker was damit zu tun hat. Verständlicherweise hat er das nicht an die große Glocke gehängt. Striker hatte die Elfenbeinfabrik ausfindig gemacht, die von diesen Brüdern Hua aus Hongkong geleitet wird – jenseits der Grenze in der sogenannten Freihandelszone in Somalia.«

Omondi nickte. »Ja, ich erinnere mich. Freihandel – Kenia seine natürlichen Ressourcen stehlen. Dahinter war Striker also her.«

Ich trank mein Soda aus. »Er hat die Informationen an Emmet weitergeleitet, der dann dafür gesorgt hat, daß es in die Zeitungen kam und daß die richtigen Leute den nötigen Wirbel darum gemacht haben.«

»Wenn man so reich ist wie Mr. Laird, hat man viele mächtige Freunde«, sagte Omondi. »Und mächtige Feinde.«

»Es ist ein offenes Geheimnis, daß die Brüder Hua das Elfenbeinzentrum in die Vereinigten Arabischen Emirate verlegt haben – die Emire scheren sich einen Dreck um Elefanten oder um Kenia. Striker glaubt, daß irgendwo in Kenia eine Zwischenstation existiert, über die die Verbindung zur Küste nach Mombasa läuft, aber bisher ist es niemandem gelungen, sie aufzuspüren.« Ich nahm mir noch etwas Wasser und tat einen Eiswürfel hinein. »Ob und inwieweit Emmet Striker in letzter Zeit geholfen hat, weiß ich nicht.« Allerdings fügte ich nicht hinzu, daß alles, was ich wußte, von Mikki stammte.

Niemand sagte etwas. Hoch über uns ertönte der Schrei eines Adlers. Es war ein einsamer und durchdringender Ruf.

»Seine verdammte Besessenheit mit diesen gottverdammten Elefanten.« Alicia verzog das Gesicht, als sie ihren Drink in sich hineinschüttete, und knallte das Glas auf den Tisch. »Ihr hättet Emmet während der letzten Wochen erleben sollen – wie ein großes Kind, das Räuber und Gendarm spielt. Er ist hierhin und dorthin geflogen. Hat sich furchtbar darüber aufgeregt, daß die Elefanten aussterben. Ich hab ihm immer wieder gesagt, erwachsene Menschen spielen Golf.« Sie lachte verbittert. »Und jetzt hat ihn irgend so ein mieser Wilderer hier draußen allein erwischt und wie einen Hund abgeknallt.«

»Mrs. Laird, ich weiß, daß Sie einen schrecklichen Schock und Verlust erlitten haben und gern nach Hause möchten. Ich will mich möglichst rasch mit meinem Team in Verbindung setzen und die Spur der Mörder aufnehmen. Jazz kann Ihnen bestätigen, daß ich es sehr eilig habe, wenn es um Mord geht.« Omondi legte die Handflächen zusammen und drückte die Fingerspitzen gegen das Kinn. »Ich werde mir die meisten Fragen für später aufheben, doch leider muß ich Sie jetzt noch bitten, mir genau zu erzählen, was heute nachmittag hier abgelaufen ist. Um wieviel Uhr sind Sie angekommen, was haben Sie gesehen, wo überall im Camp waren Sie, was haben Sie angefaßt?«

»An all diese Einzelheiten kann ich mich nicht mehr

erinnern, ich kann es Ihnen wirklich nicht sagen.« Alicia hielt Greg ihr Glas hin. »Sei ein Schatz und schütt mir bitte noch einen Whiskey ein.«

Omondi setzte sich neben sie. »Ich werde Ihnen helfen, sich zu erinnern, Mrs. Laird. Also, wann sind Sie im Camp angekommen?«

Alicia sah auf ihre Uhr. »Ich weiß es nicht. Ein paar Minuten bevor Sie kamen.«

»Das kann nicht stimmen«, sagte ich. »Dann hätten wir auf dem ganzen Weg hierher euren Staub schlucken müssen.«

Alicia warf mir einen giftigen Blick zu. »Dann vielleicht zehn bis zwanzig Minuten vorher. Nicht sehr lange.« Sie nahm das Glas, das Greg ihr hinhielt.

»Bitte haben Sie noch ein bißchen Geduld. Das wird uns später Zeit ersparen.« Omondi stand auf. »Zeigen Sie mir bitte, ohne etwas anzufassen, was Sie getan haben, nachdem Sie im Camp angekommen waren.«

»Ich verstehe wirklich nicht, was das soll.« Alicias Make-up war vom Weinen verschmiert, was die Wirkung ihrer stark betonten Augenbrauen und der rotgeschminkten Lippen etwas abschwächte. »Greg, ich möchte jetzt nach Hause.«

Omondi nickte verständnisvoll. »Ich weiß, daß die Vorgehensweise der Polizei manchmal sinnlos und sogar brutal erscheinen mag. Wir werden das so schnell wie möglich hinter uns bringen. Mr. Garner, würden Sie vielleicht anfangen?«

Greg ging auf Alicias Auto zu. Im ersten Moment dachte ich, er wolle sich Omondi widersetzen, doch dann drehte er sich und kam mit bedächtigen Schritten zurück. »Wir sind ausgestiegen. Haben gerufen. Ich bin rüber zum Campingtisch gegangen und habe zur Wasserstelle runtergesehen.« Er trat vor den Tisch und warf einen Blick den Abhang hinunter, wie das jeder bei der Ankunft tut. »Die Elefanten liefen hin und her und machten dieses merkwürdige Geräusch, das sich anhört, als ob jemand ganz schreckliche Verdauungsstörungen hat. Alicia hat in das Schlafzelt geguckt, und ich bin in das große Zelt gegangen.« Er ging zum Eßzelt. »Ich nahm an, daß vielleicht eine Nachricht auf dem Tisch liegt, aus der hervorging, wo er wäre.«

»Er erwartete Sie also?« fragte Omondi.

»Nein. Wir sind ganz spontan hierhergefahren.« Greg steckte die Hände in die Tasche. »Jedenfalls lag da keine Nachricht. Auf dem Eßtisch war ein Chaos von Papieren. Ich hab nichts angefaßt. Als ich mich umdrehte, waren Sie bereits da.«

Für mich klang das nicht so, als ob man dazu zehn Minuten brauchen würde, doch Alicia bestätigte Gregs Schilderung. Sie fügte noch hinzu, sie hätte ein kleines Flugzeug Richtung Norden fliegen sehen, nachdem sie von der Nationalstraße abgebogen waren.

»Haben Sie bemerkt, was das für ein Flugzeug war? Irgendwas Besonderes dran?«

»Sie machen wohl Witze.« Alicia zog ihre Augenbrauen hoch.

»Keiner von Ihnen ist in die Küche gegangen und hat dort etwas angefaßt?« Die beiden schüttelten im Einklang die Köpfe. »Vielen Dank. Ich werde Sie jetzt nicht länger aufhalten. Ihnen ist sicher klar, daß eine Autopsie gemacht werden muß, aber teilen Sie mir bitte mit, wann und wo die Beerdigung stattfinden soll, dann werden wir die Leiche direkt dem Bestattungsinstitut übergeben.«

Omondi sah auf die große goldene Uhr an seinem schmalen Handgelenk. »Ich fürchte, ich werde Sie später noch mit weiteren Fragen belästigen müssen.«

»Ich hab Ihnen bereits alles gesagt, was ich weiß, Inspector.« Alicia stand auf. Sie sah auf ihre Uhr. »Ich muß Kim benachrichtigen – das ist meine Stieftochter. Ich hoffe, sie ist in ihrem Büro. Garret ist ganz bestimmt in seinem Club.« Kim und Garret waren Emmets bereits erwachsene Kinder, Halbgeschwister aus seinen beiden ersten Ehen. »Ich nehme an, mit den beiden wollen Sie auch sprechen. Wozu immer das gut sein mag. Ich glaube kaum, daß er ihnen mehr von seinen Plänen erzählt hat als mir. Wir haben keinen sehr engen Kontakt innerhalb der Familie.« Das spröde Lächeln war wieder da.

Omondi versuchte, mich zu überreden, mit Alicia zurückzufahren, während die beiden Männer mit meinem Auto die Leiche in die Stadt transportieren würden. Doch ich widersetzte mich seinem ritterlichen Vorschlag. Zwar bekam ich bei dem Gedanken an die lange Fahrt ein flaues Gefühl im Magen, doch ich wollte nicht vom Geschehen ausgeschlossen werden. Außerdem dachte ich, ich könnte Omondi eventuell nützlich sein.

Alicia ging zu meinem Rover, um sich das Gewehr zu holen, das sie dort gegen den Rücksitz gelehnt stehengelassen hatte.

»Mrs. Laird!«

»Was ist denn jetzt?«

»Würden Sie mir das Gewehr bitte dalassen. Ich gebe es Ihnen später zurück.«

Alicia sah Greg an. »Das ist unerhört. Ich fahre hier nicht ohne Gewehr weg.«

Greg stellte das letzte Glas in den Korb zurück. »Inspector, haben Sie das Recht, ohne Durchsuchungsbefehl das persönliche Eigentum von Mrs. Laird zu beschlagnahmen?«

Omondi zeigte seine leeren Handflächen und schlug sie mit einem Klatschen zusammen. »Mein lieber Herr, ein Mann ist gerade erschossen worden. Es gibt nur eine Waffe am Tatort. Ich würde mich äußerst nachlässig verhalten, wenn ich Sie damit wegfahren ließe. In Mrs. Lairds eigenem Interesse muß dieses Gewehr geprüft und eindeutig als Mordwaffe ausgeschlossen werden.« Er wandte sich an Alicia. »Wenn Sie Angst haben, dann warten Sie bitte noch etwas, und wir fahren zusammen im Konvoi. Aber ehrlich gesagt, ich glaube nicht, daß Sie etwas zu befürchten haben.«

Alicia zupfte an ihrem Rock herum, was die Löwen und Tiger in drohende Bewegungen versetzte. »Sie haben ja gesehen, wie ich das Gewehr abgefeuert habe. Die einzigen Fingerabdrücke darauf werden von mir stammen.«

»Ja, wir haben gesehen, wie Sie einen Schuß abgegeben haben.«

Alicia fixierte ihn mit zusammengekniffenen Augen. »Ich habe auf dem Weg hierher schon einmal geschossen. Am Rand der Piste war eine Hyäne mit ihren Jungen. Ich hasse diese herumschleichenden Viecher mit ihren schrägen Rücken. Ich hab übrigens danebengeschossen, falls Sie nach einem Kadaver suchen sollten.« Sie zerrte ihren Rock hin und her wie eine Katze, die mit dem Schwanz zuckt. »Ihre Fragen gefallen mir nicht, Inspector. Für wie blöd halten Sie mich eigentlich? Glauben Sie, ich würde einen Zeugen mitbringen, wenn ich meinen Mann erschießen wollte, und dann seelenruhig hier warten, bis Sie aufkreuzen?«

»Ich meine, du solltest ohne einen Anwalt keine weiteren Fragen beantworten«, sagte Greg zu ihr.

»Das ist verdammt richtig.« Alicia drehte sich mit wirbelndem Rock um und ging zu ihrem Rover. Keiner von beiden würdigte Alicias Gewehr, das immer noch in meinem Auto war, eines Blickes. Sie nahm einen Taschenspiegel heraus und schminkte sich die Lippen frisch, während Greg die Getränke verstaute und den Wagen anließ. Ohne sich noch einmal umzusehen, schossen sie davon und zogen eine Staubwolke hinter sich durch die Ebene.

3

»Unter günstigeren Umständen kann Mrs. Laird sicher sehr charmant sein«, sagte Omondi. Er kauerte an der Stelle, wo ihr Auto gestanden hatte. Der staubige Boden war mit einem verwirrenden Muster von Reifenspuren überzogen, aber eines war offensichtlich: Alicias Auto verlor Öl. Ein Stückchen weiter rechts, fast am Rand der Stelle, von der Alicias Wagen gerade weggefahren war, war ein weiterer Ölfleck.

»Sieh dir das an.« Ich zeigte auf die beiden Flecken. »Man könnte fast meinen, sie stammten vom selben Wagen.«

Omondi stand auf und betrachtete sie mit zusammengekniffenen Augen. »Sehr interessant. Hier kann uns die westliche Technologie wunderbar weiterhelfen. Wir werden feststellen können, ob beide Ölflecken von Mrs. Lairds Auto stammen.« Er sah immer noch auf den Boden. »Das ist eine Aufgabe für einen erfahrenen Spurenleser wie Sergeant Kakombe. Aber eins finde ich spannend. Für meine ungeübten Augen sieht es aus, als ob die einzigen Reifenabdrücke hier von Emmet, Mrs. Laird und uns stammten.«

Er wandte seine Aufmerksamkeit wieder dem Camp zu. Neben dem großen Speise- und Wohnzelt gab es zwei kleinere Zelte mit Feldbetten aus Metall, einen offenen Kochbereich unter einer Zeltplane, eine Kabine aus geflochtenen Strohmatten mit einer Eimerdusche und eine ähnlich ausgestattete Latrine.

Ich folgte Omondi, der jedes Zelt einschließlich der Latrine inspizierte. Im Schlafzelt standen zwei Liegen, die man zu einem Doppelbett zusammengeschoben hatte. An einer Wand hingen einige weibliche Kleidungsstücke.

»Von deiner Freundin Mikki?« fragte Omondi.

»Vermutlich. Sie ist sehr oft mit Emmet hier gewesen.«

Auf dem Nachttisch neben seinem Bett lag eine abgenutzte Männerbrieftasche aus Leder. Omondi klappte sie mit einem Stift auf. Sie war vollgestopft mit Pfundnoten. »Das wäre aber ein merkwürdiger Dieb, der so was liegenläßt«, sagte er. »Wir sollten die Brieftasche besser mitnehmen.«

Er leerte eine Schachtel Papiertaschentücher, die daneben lag, und ließ die Brieftasche ganz vorsichtig in die Schachtel gleiten, um keine eventuellen Fingerabdrücke zu verwischen. Er brauchte mir nicht zu erklären, daß er sich nicht darauf verlassen konnte, daß seine Männer die

Brieftasche als Beweisstück aufnehmen würden. Von dem, was Emmet an Taschengeld mit sich herumtrug, könnte eine afrikanische Familie auf dem Land monatelang leben.

Wir krochen unter dem Moskitonetz durch in das große Eßzelt. Es war heiß unter dem Zeltdach. Auf dem Tisch lag eine nicht allzu saubere rote Tischdecke, auf der zahlreiche Papiere verstreut waren. Als Omondi und ich herauszufinden versuchten, worum es sich handelte, stießen wir mit den Schultern zusammen. Ich wich hastig zurück. Omondi reagierte völlig anders. Er legte die Hand um meine Schulter, während wir uns beide über den Tisch beugten. Es fühlte sich warm und wohltuend an. Warum war ich bloß so verkrampft?

Auf dem Tisch lag ein Manuskript, in dem mit Rotstift korrigiert worden war. Der Stift lag direkt daneben. Omondi blätterte zur Titelseite zurück. »*Die Größten sind bereits weg: Kann eine Herde ohne ein voll ausgewachsenes Tier überleben?* Von Mikki Darrow und Emmet Laird«, las er laut vor. »Sie haben also auch zusammengearbeitet.«

»Sie waren ein großartiges Team. Emmet finanziert« – ich zögerte – »*finanzierte* Mikkis Elefantenforschung, gab ihre Berichte heraus, und sie investierte sehr viel Zeit in Save the Elephants. Im letzten Jahr haben sie in einem Artikel für *International Wildlife* beschrieben, wie fünfzig Prozent des Elfenbeins in amerikanischen Läden landet. Das hat ziemliches Aufsehen erregt.«

»Leidenschaftliches Engagement für die Arbeit führt zu einer Romanze.« Omondi schien diese Vorstellung zu faszinieren. »Und die Ehefrau arbeitete mit ihrem Liebhaber ebenfalls für Emmet?«

»Nicht daß ich wüßte. Alicia und Emmet hatten nicht viele Gemeinsamkeiten. Ich glaube beispielsweise nicht, daß sie viel für diese Benefizveranstaltung am Samstag getan hat.«

»Und trotzdem ist Alicia heute die weite Strecke hier rausgefahren, um nach ihm zu sehen. Warum? Sie beklagt sich, er hätte ihr die ganze Arbeit für eine riesige Party überlassen. Du bist skeptisch. Ich glaube, wir haben den wahren Grund noch nicht gehört.«

Er wandte sich wieder dem Tisch zu. Dort lag ein Stapel von Artikeln über das Elfenbeingeschäft in Hongkong und Japan, einige Zeitungsausschnitte über die jüngsten Verhaftungen von somalischen Wilderern und eine zusammengefaltete Ausgabe der *Daily Nation.*

Ich zeigte auf das Datum unter dem Titel. »Wenn Emmet seit Montag hier war, wie ist er dann an die Zeitung von gestern gekommen?«

Omondi drückte meine Schulter. »Dir entgeht aber auch nichts. Entweder hat Emmet gestern oder heute das Camp verlassen, oder jemand hat ihm die Zeitung mitgebracht.«

»Der Mörder?«

»Oder ein Besucher.« Omondi dachte einen Augenblick nach. »Oder Greg hat sie hier liegenlassen, bevor wir kamen.«

Warum Greg so etwas tun sollte, leuchtete mir zwar nicht ein, aber schließlich kannte ich Omondis Methode. Prüfe jede Möglichkeit, ziehe keine Folgerungen ohne Beweise und bleibe selbst dann noch für andere Erklärungen offen.

Zwischen den Zelten war der Boden vom ständigen Herumlaufen zu hart, glatt und fast glänzend geworden, als daß dort Spuren zu sehen sein könnten. Doch direkt vor dem Eßzelt bemerkte Omondi eine winzige halbmondförmige Vertiefung.

»Das könnte von Alicias Absätzen stammen«, sagte ich. »Ich bin sicher, daß Mikki kein einziges Paar Schuhe besitzt, das einen solchen Abdruck hinterläßt.«

»Da gibt's nur ein kleines Problem. Die Schuhe, die Mrs. Laird heute morgen getragen hat, hatten breitere Absätze. Die hätten sich nicht so tief in den Boden gegraben.«

Ich rief mir Alicias Füße in Erinnerung. Süße, rundliche Zehen in goldenen Sandalen, die zu ihrem Kleid paßten. Omondi hatte recht. Die Sandalen hatten flache Absätze gehabt. »Wenn sich herausstellt, daß sie ein Paar Schuhe besitzt,das zu diesen Abdrücken paßt, dazu dann noch die beiden Ölflecken von ihrem Auto ...« Ein unheimliches Gefühl beschlich mich. Wenn wir nicht ausgerechnet zu diesem Zeitpunkt gekommen wären, hätten Alicia und Greg dann diese Spuren von einem früheren Besuch bemerkt und beseitigt? Konnte es wirklich so einfach sein? Ich dachte an Mikki. Würde der Verlust von Emmet für sie noch schmerzhafter sein, falls Alicia die Mörderin war?

Gleichzeitig empfand ich, wenn auch mit schlechtem Gewissen, eine Art Erleichterung. Das Land konnte keine weiteren Horrormeldungen über von Wilderern verübte Morde gebrauchen. Wenn ein weißer Mann auf mysteriöse Weise im Busch umgekommen war, würde das für den Tourismus tödlich sein. Jazz Jasper Safaris würde den Bach runtergehen. Doch wenn der Mord eine persönliche Angelegenheit gewesen war und rasch geklärt wurde, würde sich der Schaden in Grenzen halten.

Omondis Stimme holte mich in die Gegenwart zurück. »Du hast das Zeug für eine gute Detektivin«, sagte Omondi spaßend. »Hast du jemals daran gedacht, den Beruf zu wechseln?«

»Laß diese Scherze. Das könnte tatsächlich passieren, wenn mein Reiseunternehmen nicht bald ein paar mehr Kunden kriegt.«

Omondi ging hinüber zum Küchenanbau und sagte: »Aha. Sieh dir das an.«

Auf dem Campinggaskocher stand eine Bratpfanne mit zwei Spiegeleiern.

»Emmet wollte eine zweite Portion Eier braten.«

»Ja.« Omondi nickte. »Du hast den benutzten Teller draußen auf dem Campingtisch gesehen. Zwei Eier halb aufgegessen, zwei weitere in der Pfanne, halb gebraten.« Omondi klopfte beim Nachdenken mit einem Fingernagel gegen die Zähne. »Ich möchte bezweifeln, daß der Mörder gerade dabei war, sich Eier zu machen, und mittendrin Emmet erschossen hat. Viel wahrscheinlicher hat er die Waffe gezogen, während Emmet mit dem Gesicht zum Herd stand.«

»Emmet muß halb fertig mit dem Frühstück gewesen sein, als jemand kam, und vermutlich hat er angeboten, ihm noch ein paar Eier zu machen.«

»Wir nehmen also an, daß eine oder mehrere Personen unerwartet hierherkamen, die Mr. Laird nicht für gefährlich hielt.«

Die halbgaren Eidotter starrten mich anklagend an.

»Er hat die Flamme ausgedreht.« Ich versuchte, mir vorzustellen, wie Emmet plötzlich mit einem Gewehr bedroht wird und in aller Ruhe das Feuer unter den Eiern abdreht. Etwas stimmte da nicht.

»Er hätte seinem Angreifer die Pfanne ins Gesicht schleudern können. Statt dessen rettet er die Eier vorm Anbrennen.« Omondi schüttelte den Kopf. »Man kann die Höflichkeit auch übertreiben.«

»Emmet war ganz und gar nicht so. Einmal haben Banditen versucht, ihn auf dem Weg zum Camp aus dem Hinterhalt zu überfallen. Anstatt stehenzubleiben, hat er Gas gegeben und ist direkt durch sie hindurchgefahren. Er war ein aggressiver Mann.«

»Ja, das mußte er auch sein, wenn er gegen den Welthandel mit Elfenbein ankämpfen wollte.« Omondi runzelte die Stirn. »Und dennoch ist er hier überrumpelt und erschossen worden ohne Anzeichen von einem Kampf.«

Mir schmerzten die Augen von den Tränen, die ich nicht vergossen hatte. Ich rieb sie und versuchte diesen Schmerz zu durchdringen, der mein Gehirn benebelte. »Vielleicht kannte er diese Person so gut, daß er keine Angst hatte und nie auf die Idee gekommen wäre, mit einer kochendheißen Bratpfanne nach ihr zu werfen.«

»Du denkst an Mrs. Laird.«

»Es würde passen, aber ich weiß nicht. Es kommt mir so unglaublich vor – sie war so cool, als wir ankamen.«

»Nichts deutet hier auf einen Räuber oder Wilderer hin. Würde Emmet einen Dieb zum Frühstück einladen? Würde ein Räuber die Brieftasche liegenlassen, die offen dalag und so leicht zu finden war? Würde ein Wilderer, der aus Rache oder zur Warnung tötet, versuchen, die Leiche vom Camp verschwinden zu lassen, indem er Emmet zwingt, zur Wasserstelle hinunterzugehen?«

»Aber warum sollte Alicia ihren Mann umbringen? Es sei denn, Mikki und Emmet hätten sich endlich entschlossen, sich von ihren Ehepartnern scheiden zu lassen und zu heiraten.« Mikki hatte letzte Woche davon gesprochen, aber ich wollte, daß sie es Omondi selbst erzählte. »Es ist eine einzige Katastrophe.«

Omondi verschränkte seine Finger und hielt mir die Hände entgegen. »Ein Mord ist ein Akt zwischen zwei Menschen, und um die Wahrheit herauszufinden, muß man ihre Beziehung zueinander und ihren Hintergrund kennen. Das ist die afrikanische Methode – wir decken auf, wer diese Leute sind, wer ihre Familie ist, durch welchen Riß im sozialen Gewebe das Böse eingedrungen ist. In einer traditionsgebundenen Gesellschaft reicht es nicht, den Mörder zu finden. Viel wichtiger ist es, den Riß zu flicken, die Gesellschaft wieder zusammenzufügen. Und um das zu tun, muß man alle Kräfte verstehen, die am Werk sind.«

Er drehte dem Küchenanbau den Rücken zu und wies mit den Armen über die weite Landschaft, die uns umgab. »Wie der Wahrsager seine Magie, so muß die Polizei Phantasie und Psychologie benutzen, ja! Aber wir sind auch moderne Profis. Wir profitieren von der westlichen Wissenschaft und Logik. Jede Tatsache muß überprüft und bestätigt werden, egal ob sie auf den ersten Blick zu unseren Theorien zu passen scheint oder nicht. Am Ende werden Tatsachen und Theorien zusammenkommen und die Wahrheit ans Licht bringen.« Er legte seine Hände zusammen, als ob er die ganze Welt darin erfassen wollte. »Wir werden also Alicias Gewehr testen, weil es sich hier befand und weil sie seine Frau ist. Ich fand Alicias Reaktion ganz interessant.«

»Sie hatte schon immer Primadonna-Allüren.«

»Ja, aber sie redet zuviel, wenn sie wütend ist. Das ist gut zu wissen.« Omondi ließ seinen Blick über das Camp schweifen. »Ich glaube, wir haben für den Augenblick alles gesehen, was es zu sehen gibt. Die Umgebung ist sehr schön, aber als dauerhaftes Camp ist es ziemlich spartanisch, findest du nicht auch?«

»Emmet hat gesagt, Einfachheit ist ein Luxus, den sich nur wenige reiche Leute leisten können. Er hat das Leben hier oben auf dem Hügel immer mit dem in einem Boot verglichen.« Ich beobachtete, wie die Hitze über dem verdorrten Abhang flimmerte. Eine Giraffe ging langsam auf die Wasserstelle zu, möglicherweise dasselbe Tier, das wir vorhin verscheucht hatten. »Wenn das Gras nach dem Regen in die Höhe schießt und der Wind weht, sieht es wie Wellen aus.«

Es war eine merkwürdige Vorstellung, daß ich am Montag mit einer Ladung unbeschwerter Touristen die Stadt verlassen würde, die von alldem nichts wußten, die einfach die Tiere in freier Wildbahn genießen und mit schönen Erinnerungen wieder nach Hause fahren wollten. Vielleicht waren die Ermittlungen bereits abgeschlossen, wenn ich zurückkam. Doch es gab etwas bei dieser Aufgabe, das ich Omondi nicht überlassen konnte. Ich war Mikki Darrows' Freundin. Ich mußte ihr selbst sagen, daß Emmet ermordet worden war und daß alle Anzeichen auf seine Frau hinwiesen.

4

In der grellen Nachmittagssonne fuhren wir nach Nairobi zurück. Zunächst ließ ich mein Fenster offen, doch der Wind fühlte sich an, als ob mir ein Fön ins Gesicht blies, deshalb machte ich es zu. Doch das war noch schlimmer. Es war unmöglich, die Fliegen loszuwerden, und im geschlossenen Auto war ihr unaufhörliches Summen um Emmets Leiche noch lauter. Ich machte das Fenster wieder auf und konzentrierte mich auf die Straße. Nach einer Weile hörten meine Hände am Lenkrad auf zu zittern, und mir wurde bewußt, daß sie so verkrampft waren, daß es weh tat.

Wir fuhren an einem Jungen mit einer Herde schwarzer und weißer Schafe vorbei und später an einer Bäuerin, die mit einer Schüssel Kartoffeln auf dem Kopf einem unbefestigten Pfad folgte, der nirgendwohin zu führen schien. Von der Nationalstraße aus wirkt Kenia leer, obwohl es die höchste Bevölkerungszuwachsrate der Welt hat, was einen ungeheuren Druck auf das Land ausübt. Noch vor wenigen Jahren gab es in diesem Gebiet sehr viel Wild, doch wir sahen keine Tiere bis auf ein paar Thomsongazellen, die etwa so groß wie Ziegen sind, mit honigfarbenem Fell und zwei senkrechten Streifen am Hintern, und die putzige Angewohnheit haben, einen über die Schulter anzusehen.

Omondi wollte alles wissen, was mir über Emmet und die Leute aus seiner Umgebung bekannt war, was ich je zu ihnen gesagt, über sie gedacht oder mit ihnen gemacht hatte. Wenn man bedachte, daß ich mehrmals als freiwillige Helferin eng mit Emmet zusammengearbeitet hatte und daß er Mikkis Geliebter war, wußte ich überraschend wenig über ihn. Emmet gehörte zu jenen wohlerzogenen Typen aus altem Connecticut-Geldadel, die zwar einen freundlichen Eindruck machen, aber allzugroße Vertraulichkeit für unhöflich halten.

Unsere Beziehung konnte man mit den kleinen Dörfern vergleichen, durch die wir ab und zu hindurchrauschten. Es gab dort in der Regel eine längere Häuserfront aus türkis, gelb und rot angestrichenen Läden mit Wandgemälden, die die vorbeifahrenden Autofahrer anlocken sollten. Überschäumende Bierkrüge, weiche Betten, die zum Schlafen einluden, und dampfende Eintopfgerichte prangten dort in leuchtenden Farben. Abseits der Hauptstraße lagen bis tief in das leere Buschland verstreut schäbige, von Strohzäunen umgebene Lehmziegelhütten. Was wußte ich schon, wie Emmet hinter seiner angenehmen Fassade tatsächlich war? Das war ein merkwürdiges Gefühl, weil ich ihn wirklich schätzte und bewunderte.

Ich konnte Omondi Emmets Leben zwar oberflächlich skizzieren, hatte aber keine Informationen, die mehr in die Tiefe gingen. Ich wußte, daß seine Familie ihn nach dem Zweiten Weltkrieg auf eine Jagdsafari nach Kenia geschickt hatte, ein Geschenk, bevor er nach Yale ging; daß er sich in das Land verliebt hatte und dorthin zurückkehrte, sobald er sein Erbe ausbezahlt bekam. Das war Ende der vierziger oder Anfang der fünfziger Jahre. Er heiratete die Tochter eines reichen Siedlers, sein Sohn Garret wurde geboren, und Emmet arbeitete eine Zeitlang als Rancher, bevor er nach Nairobi zog und die Kenya Trading Corporation gründete.

Erst als er sich in den achtziger Jahren zur Ruhe setzte, begann er sich für den Tierschutz zu engagieren. Damals wurde plötzlich klar, daß die Elefanten während der nächsten zehn Jahre aussterben würden, sofern man nichts dagegen unternahm. Es war eine Art religiöses Erwachen für Emmet, obwohl er es selbst natürlich nie so formuliert hatte. Er setzte sich total dafür ein, die rapide und brutale Ausrottung zu stoppen, und steckte sein Vermögen in Save the Elephants, finanzierte Forschung, Aufklärungskampagnen und politische Kampagnen. Und es funktionierte. Die Amerikaner, die bisher fünfzig Prozent des Marktes ausgemacht hatten, hörten beinah von einem Tag auf den anderen auf, Elfenbein zu kaufen. Die Umweltschützer erreichten zumindest vorübergehend, daß die Elefanten zu einer gefährdeten Tierart erklärt wurden, es gab ein zweijähriges weltweites Moratorium für den Großhandel mit Elfenbein, und zum ersten Mal ging die Wilderei zurück. Deshalb war ich ganz optimistisch, daß die Tourismusbranche vor einem Aufschwung stand; ich mußte Jazz Jaspers Safaris nur lange genug über Wasser halten.

Meine Kehle war wund vom Staub und vom vielen Reden, doch zumindest lenkte das meine Gedanken von Emmets Leiche ab, die hinter uns in der Plane lag. Omondi bombardierte mich ständig mit neuen Fragen.

Als es dann um Emmets Privatleben ging, hatte ich kaum etwas zu erzählen. So wußte ich zwar, daß er aus zweiter Ehe eine Tochter namens Kim hatte. Sie war schwarz und redete nicht mit ihrem Vater. Aber etwas an Emmets Verhalten hatte mich immer daran gehindert, nach Kim zu fragen, und auch Mikki hatte angeblich keine Ahnung, worüber Vater und Tochter sich gestritten hatten. Selbst mit ihr hatte Emmet nicht über familiäre Probleme sprechen wollen.

»Die Tochter ist schwarz? Afrikanerin?«

»Ihre Mutter war eine schwarze Amerikanerin. Kim ist hauptsächlich in den Staaten aufgewachsen, doch nach ihrem Juraexamen ist sie hierhergekommen, um für die Armen zu arbeiten. Das ist alles, was ich über sie weiß. Und daß sie ziemlich viel Temperament hat. Das ist alles.«

Omondi schnalzte nachdenklich mit der Zunge. »Okay, dann erzähl mir was, worüber du Bescheid weißt – erzähl mir die Geschichte von Mikki und Emmet.«

»Mikki und Emmet.« Eine Woge von Mitleid durchfuhr mich. »Ich möchte nicht über Mikki reden, wenn du gestattest. Bei ihr ist es genau umgekehrt – ich weiß zu viele persönliche Dinge.«

»Nichts ist privat, wenn es um Mord geht«, erwiderte Omondi scharf.

»Du kannst sie doch selbst fragen.«

»Das hab ich auch vor, aber es ist besser, wenn ich schon ein bißchen Hintergrundwissen habe. Wie haben sie und Emmet sich kennengelernt?«

»Nein, wirklich, ich möchte nicht über sie reden.«

Mikki kennenzulernen – war das schon mehr als zwei Jahre her? – war für mich ein echter Glücksfall gewesen. Während der ersten Zeit in Kenia, als ich nach dem Scheitern meiner Ehe noch ziemlich daneben war, war sie trotz ihrer eigenen Probleme für mich ein zuverlässiger und verständnisvoller Ansprechpartner gewesen. Verglichen mit ihrer Situation, hin- und hergerissen zwischen Ehemann und Liebhaber, schienen Scheidung und Leben ohne Mann gar nicht so schlimm zu sein. Das war, bevor Dan Striker und ich ein Liebespaar wurden, in einer Phase, in der ich total unabhängig sein wollte. Mikki bestärkte mich darin, ein eigenes Safari-Unternehmen zu gründen. Und sie stand mir während einer schwierigen Phase zu Anfang des Jahres bei, nachdem auf meiner ersten Tour zwei Menschen ermordet worden waren. Sie engagierte sich genauso leidenschaftlich wie ich für die Rettung der afrikanischen Tierwelt. Kurz gesagt, Mikki war eine gute und treue Freundin und eine starke Verbündete im Kampf für unsere gemeinsame Sache. Ihr zu sagen, daß Emmet tot war, würde für mich so sein, als ob ich ein Messer in sie hineinstieß.

Omondis Stimme unterbrach meine Gedanken. »Das hier ist eine Ermittlung in einem Mordfall und kein Klatsch und Tratsch. Glaubst du, Mikki sei über jeden Zweifel erhaben?«

Selten hatte ich Omondi seine Verärgerung so deutlich angehört. Als ich zu ihm hinüberblickte, sah er mich unverwandt an und lächelte nicht. Darauf wandte ich mich wieder der Straße zu. »Ich will nicht sagen, daß sie über jeden Zweifel erhaben ist, aber ich bin die falsche Person, um Fragen zu beantworten, gerade jetzt. Sie tut mir unheimlich leid. Wenn ich dich abgesetzt habe, werde ich zu ihr gehen und ihr das von Emmet erzählen. Ich hab richtigen Horror davor.«

»Ausgezeichnet. Wenn du freundlicherweise warten würdest, bis ich alles wegen der Leiche geregelt habe, dann komme ich mit. Ich möchte Mikki ebenfalls persönlich über Emmets Tod informieren.«

»Nun komm schon, Omondi. Sei kein Arschloch.« Ich sah noch einmal zu ihm rüber und merkte sofort, daß ich eine kulturelle Schranke überschritten hatte. Zu spät fiel mir ein, daß Omondi viel formeller war als ich, daß Höflichkeit und Respekt für ihn gleichbedeutend waren. Ich entschuldigte mich und versuchte es ihm zu erklären. Aber es nützte nichts. Während der restlichen Fahrt herrschte ein unbehagliches Schweigen.

Während Emmets Leiche auf der Polizeistation ausgeladen wurde, steckte Omondi den Kopf zu mir ins Auto und sagte, ich solle warten, er würde mit mir zu Mikki fahren. Was blieb mir anderes übrig? Ich wartete.

Während er drinnen war, rief ich rasch von einer Telefonzelle Striker an, um ihm das von Emmet zu erzählen. Die Antwort war totales Schweigen.

»Striker?«

»Ich hab dich verstanden.« Noch mehr Schweigen. »Emmet, verdammte Scheiße.« Ich konnte hören, wie ein Stuhl umfiel. »Tut mir wirklich leid, daß ausgerechnet du ihn finden mußtest. Wir können weiter drüber reden, wenn du herkommst.«

»Ich fahr jetzt erst zu Mikki, um es ihr zu sagen.« Aus irgendeinem Grund erwähnte ich nicht, daß Omondi mitkam. »Danach bin ich bestimmt zu kaputt, um noch zu fahren. Könntest du nicht zur Abwechslung mal nach Nairobi kommen?«

Striker wohnte einige Stunden nördlich der Stadt in einer Hütte am Hang des Mount Kenya.

»Ich hab eine bessere Idee. Ich flieg nach Nairobi, hol dich ab und flieg dich zu den Darrows. Anschließend kannst du mit zu mir nach Hause kommen.«

»Striker, ich bitte dich ein einziges Mal, zu mir zu kommen.«

»Du weißt doch, daß dein Bett zu kurz für mich ist.«

Ich hatte gerade einen Freund ermordet aufgefunden, und mein Bett war zu kurz, als daß Striker zu mir kommen könnte? Zwar wußte ich, daß er die Stadt haßte, aber das hier war unglaublich. »Okay. Vergiß es. Wir unterhalten uns später.«

»Honey, sei doch nicht so. Du weißt doch, daß ich dich liebe. Ich möchte dich heute abend sehen. Sei doch nicht so stur.«

Ohne ein versöhnliches Wort legten wir auf. Großartig, da mußte ich mit zwei Männern gleichzeitig kämpfen, wo ich doch nur zärtlich und liebevoll in die Arme genommen werden wollte. Ich ging zum Auto zurück. War das wieder mal die altvertraute Jazz, die sich ihre Rüstung anlegt und sich allein in ihre Burg zurückzieht? Scheiße. Aber es war auch Strikers Schuld. *Honey, sei doch nicht so* war in letzter Zeit zu einer Art Refrain geworden, aber immer war ich diejenige, die sich ändern, die seinen Bedürfnissen und seiner Sicht der Dinge nachgeben sollte. Wenn du mich liebst, dann mach es so, wie ich will. Scheiße. Ich wußte nicht, über wen ich mich mehr ärgerte, über ihn oder über mich. Und jetzt mußte ich diese Nacht auch noch alleine schlafen, nachdem ich Mikki die furchtbare Nachricht überbracht hatte.

Als Omondi zurück zum Wagen kam, fand er mich weinend über dem Lenkrad. Ich hatte das Gefühl, als ob alles den Bach runterging. Emmet war tot, meine Beziehung zu Striker voller Probleme, und mein Unternehmen lief so schlecht, daß ich nicht wußte, wie lange ich noch in Afrika würde bleiben können. Omondi sagte nichts, sondern legte mir nur sanft eine Hand auf den Rücken und ließ mich ausweinen. Dann reichte er mir wortlos ein großes, weißes Taschentuch. Das brach die eisige Atmosphäre zwischen uns, und die Fahrt zu den Darrows verlief warm und freundschaftlich.

Villenviertel schwirrten vorbei. Verschwommen tauchten Stuckveranden und ungepflegte tropische Gärten auf, dazwischen sah man einstöckige Reihenhäuser, die an Trampelpfaden lagen. Kinder rannten hin und her, die größeren Mädchen hatten Babys auf dem Rücken festgeschnallt, während die Mütter darauf warteten,

Schüsseln und Eimer an den öffentlichen Wasserhähnen zu füllen. Die Stadt endete abrupt, wir waren im offenen Grasland. Omondi, der Witwer war, unterhielt mich mit Geschichten über seine zwanzig Enkelkinder, und ich erzählte ihm Anekdoten über meine Touristen.

Es war kurz vor Sonnenuntergang, als wir den unbefestigten Weg zum Haus der Darrows herunterholperten. Ihr Grundstück lag mitten auf einer riesigen Rinderfarm, deren Besitzer glaubte, daß Rinder und wilde Tiere zusammenleben könnten. Ein großes Pavianmännchen saß auf dem Zaunpfahl, seine kleinen Augen sprühten vor aggressiver Intelligenz. In dem goldenen Spätnachmittagslicht wirkte sein Fell wunderbar tief und glänzend. Ich glaubte, in ihm eins der Alphamännchen aus der Horde zu erkennen, die Mikki beobachtet hatte, bevor sie zu den Elefanten übergewechselt war.

Ich fuhr auf den Parkplatz und wartete einen Augenblick, um Mut zu sammeln. Um das Haus war vor langer Zeit ein Hain von Gummibäumen gepflanzt worden, die mittlerweile riesengroß waren. Unter den Bäumen schien die Luft dunkelgrün, und der würzige Geruch von Eukalyptus umgab uns, während wir die Stufen zur Veranda hinaufstiegen. Sobald wir das Haus betraten, wußte ich, daß etwas nicht stimmte, und das lag nicht nur an dem Geruch von angebranntem Essen. Henry, Mikkis Mann, kam mit ausgestreckter Hand auf mich zu und begrüßte mich lautstark, aber er kam mir geschrumpft vor. Zuletzt hatte ich ihn Weihnachten gesehen, auf der alljährlichen Party der Darrows. Damals hatte er noch gut ausgesehen, obwohl er ungewöhnlich still gewesen war. War er krank? Im vergangenen Jahr war sein Bruder an Krebs gestorben. Ich hoffte, daß mit ihm alles in Ordnung war. Abgenommen hatte er nicht. Er sah eher aus, als ob er sich in sich selbst verkrochen hätte.

Henrys Handschlag war so kräftig wie immer. Als er mich an sich zog und mir einen feuchten Kuß verpaßte, sah ich den Elfenbeinschmuck um seinen Hals, ein grobgeschnitzter Elefant an einer Kette aus Ebenholzperlen. Ich wich zurück, als ob man mir ins Gesicht geschlagen hätte.

Henry klopfte lachend auf die Perlen. »Du hast also meine Kette bemerkt. Ist doch wohl nicht schlimm, wenn ein Mann Schmuck trägt, oder?«

Aus diesem Grund besuchte ich Mikki nicht gern zu Hause. Normalerweise traf ich sie an den Tagen, an denen sie an der Universität von Nairobi unterrichtete. Henry war, milde gesagt, ein Widerspruchsgeist. Er war wie ein ungezogener Junge von fünfundsiebzig, der einem einen Frosch ins Kleid steckte und lachend zusah, wie man sich wand. Zum hundertsten Mal fragte ich mich, wie Mikki ihn ertragen konnte. Vermutlich war er nicht immer so schlimm gewesen. Man munkelte, Mikki hätte ihn damals wegen ihrer Karriere geheiratet, als er der große alte Mann für Primatenstudien war und sie eine kleine ehrgeizige Studentin. Doch ich wußte, daß viel mehr dahintersteckte.

Ich sah ihn mit einem gezwungenen Lächeln an und fragte: »Was soll der Quatsch, Henry? Als nächstes wirst du mir erzählen, daß du unbedingt Elefantensteak zum Dinner haben willst.«

»Ich hab Mikki sogar eine noch längere Kette gekauft, aber sie will sie nicht tragen.«

»Hast du das Elfenbein in letzter Zeit gekauft?« fragte

ich, weil ich keine Lust mehr hatte, so zu tun, als ob ich das Ganze amüsant fände.

Henrys Augen glitzerten mich bösartig an. »Ach so, du bist ja eine von Mikkis Kampfgenossinnen. Wann hört ihr endlich auf, euch was vorzumachen?« Er faßte heftig an den Elfenbeinelefanten an seinem Hals, worauf knacksend ein Bein abbrach. Er lachte. »Billiges Zeug. Egal. Da, wo der herkommt, gibt es noch jede Menge.«

Ich sah auf seine vergilbten Zähne und fragte mich, ob es wohl Henrys Vorstellung von Galgenhumor entspräche, den Liebhaber seiner Frau umzubringen. Es wurde Zeit, das Thema zu wechseln, bevor ich ihn umbrachte. Ich stellte Omondi als einen Bekannten vor. Henry begrüßte ihn ebenfalls lautstark, allerdings ohne ihn zu küssen.

»Natürlich bleibt ihr zum Abendessen, obwohl ich keine Ahnung habe, was wir euch vorsetzen sollen.« Er schnupperte übertrieben in der Luft und wedelte mit der Hand vor seiner Nase. »In letzter Zeit ist Mikki völlig durcheinander. Gestern abend hatte sie ihre Aufzeichnungen verlegt. Ihr könnt euch vorstellen, wie sie ausgerastet ist. Es stellte sich heraus, daß sie die ganze Zeit auf ihrem Schreibtisch lagen. Heute morgen ist sie stundenlang verschwunden, ohne mir zu sagen, wo sie hingeht. Als sie zurückkam, hat sie das Mittagessen völlig verbrannt und noch nicht mal gemerkt, daß das ganze Haus voller Rauch war. Sie haben sich einen schlechten Abend ausgesucht, Mr. Omondi.« Mikki, setzte er hinzu, sei ausgeritten, um sich den Sonnenuntergang anzusehen.

5

Wir folgten Henrys Anweisungen und fuhren einen Weg hinunter, der hinter den Ställen begann, dann durch einen Wald von Gummibäumen nach Westen führte. Dort saß Mikki auf einem großen braunen Pferd und starrte in den westlichen Himmel. Es würde schrecklich werden. Beim Geräusch des Rovers trabte sie auf uns zu. Ihr langes rotbraunes Haar schimmerte wie Bronze.

»Jazz, du mußt meine Gedanken gelesen haben! Ich hab mir gerade gewünscht, ich könnte mit dir reden!« Sie schwang sich vom Pferd und streckte einen muskulösen Arm durch das Fenster, um Omondi die Hand zu schütteln. Ihre Nägel waren völlig abgekaut. »Kommt mit den Hügel rauf, um noch was von der herrlichen Aussicht mitzukriegen, bevor es dunkel wird«, schlug sie vor.

Dann standen wir drei nebeneinander und sahen in das Great Rift Valley hinab. Unter uns am Hang graste ganz ruhig eine gemischte Herde aus Zebras und Thomsongazellen. Die einzige Bewegung war das Schlagen ihrer Schwänze.

Mikkis Pferd atmete schnaubend ein, um die Luft zu testen. Gedankenverloren tätschelte sie ihm den Hals, zog ihm die Zügel über den Kopf und schlang sie sich locker um die Hand. Der Hengst tat ein paar Schritte und begann zu grasen. Einen Augenblick später bemerkte ich, daß eine große Pavianhorde im Gras herumzupfte, vermutlich auf der Suche nach ihren Lieblingskräutern, bevor sie für die Nacht auf einen Baum kletterte. Ich fragte mich, ob sie und Mikki sich jeden Abend an diesem Hang trafen, um die Sonne untergehen zu sehen.

Ich versuchte, die richtigen Worte für den Anfang zu finden. Es war ein guter Ort, um es Mikki zu sagen, falls es überhaupt einen guten Ort gibt, jemandem das Herz zu brechen. Zumindest hatte sie Zeit, die Nachricht zu verarbeiten, ohne daß Henry im Hintergrund hämisch grinste.

»Das ist die Pavianhorde, die ich fast zehn Jahre beobachtet habe«, sagte Mikki zu Omondi. »Früher konnte ich alle Paviane voneinander unterscheiden. Jetzt sind so viele neue Jungtiere da und junge Männchen, die von anderen Horden dazugekommen sind, daß ich kaum noch welche erkenne.«

Ein großer Pavian ging auf ein Weibchen zu, das ein winziges Junges auf dem Schoß hielt und säugte, und schnappte urplötzlich nach dem Kleinen. »Das größere Tier ist ein Weibchen, das höher in der Rangordnung steht«, erklärte Mikki, »und vor ein paar Wochen ihr Junges verloren hat. Seitdem ist sie hinter Sally her und versucht die ganze Zeit, deren Junges in die Finger zu kriegen.« Die Mutter schrie und hielt das Kleine fest. Ein großer halbwüchsiger Pavian kam kreischend angerast und stürzte sich auf den Störenfried, doch sie ignorierte ihn und schaffte es, der Mutter das Kleine aus den Armen zu reißen.

»Wird sie das Junge des schwächeren Tiers für sich behalten?« fragte Omondi.

»Vermutlich nicht, obwohl sie einen allerdings immer wieder mit Dingen überraschen, die man noch nie erlebt hat.«

Der Lautstärkepegel stieg, da noch weitere Paviane herbeieilten und sich einmischten. Dann stürzte sich ein großes Männchen – die messerscharfen Zähne breit gefletscht und das Fell wütend aufgerichtet – mitten in den Haufen, und alle übrigen Affen liefen eilig auseinander. Er schnappte sich das Kleine und biß die Möchtegern-Kidnapperin in den Oberschenkel, bevor sie aus seiner Reichweite fliehen konnte. Dann hielt er das winzige Junge in aller Ruhe auf dem Schoß, während die Mutter sein Fell nach Läusen absuchte.

»Der Häuptling stellt wieder Ruhe und Ordnung unter seinen Frauen her«, sagte Omondi.

Das Pferd trat hinter Mikki, legte seine Nüstern auf ihre Schulter und atmete geräuschvoll ein. Mikki gab ihm einen leichten Kuß seitlich auf die Nase und schob es von sich. »Das große Männchen ist übrigens nicht das dominierende Männchen in der Horde, er ist bloß einer der beiden Freunde von Sally.«

»Sie meinen, die haben umgekehrte Polygamie? Die Frau hat zwei Männer?«

Warum unterstützte Omondi diese Abschweifung? Er machte mich ganz nervös. Je länger wir über Paviane plauderten, um so mehr blieben mir die furchtbaren Worte im Hals stecken.

»Mein Mann Henry war einer der ersten, die Tiere in freier Wildbahn erforscht haben«, sagte Mikki. Trotz allem, was inzwischen passiert war, konnte ich noch einen gewissen Stolz in ihrer Stimme hören. »Das erste Modell, das sie damals entwickelt haben, war eine Art Harem, also das stärkste Männchen paart sich mit allen Weibchen, doch an dieser Horde habe ich gelernt, daß männliche Stärke zwar den Zugang zum Fressen regelt, aber nicht, wer sich mit wem paaren darf.«

»Also doch kein Harem.« Omondi schützte seine Augen vor der grellen Sonne, die sich immer schneller dem westlichen Horizont zu nähern schien, als ob sie es kaum erwarten könnte zu verschwinden.

»Möchten Sie noch mehr hören?« fragte Mikki.

»Nun, eigentlich –«, begann ich.

»Ja bitte, das ist äußerst faszinierend«, fiel Omondi mir ins Wort. Warum machte er das?

Mikki warf eine vom Wind zerzauste Locke ihres goldbronzenen Haars zurück, eine Botticellifigur in Jeans und Khakihemd. Nur ihr energischer Unterkiefer und etwas Unnachgiebiges und Waches in ihren Augen deuteten darauf hin, daß Mikki eine hart arbeitende und hervorragende Naturwissenschaftlerin war. »Sobald sie geschlechtsreif sind, müssen die jungen männlichen Tiere ihre Familienhorde verlassen und sich einer fremden Horde anschließen. Ihr erstes Problem besteht darin, von der Horde als neues Mitglied akzeptiert zu werden. Wie geht ein solches Männchen dabei vor? Wenn es sehr aggressiv ist und die ganze Zeit mit anderen Männchen Machtkämpfe ausficht, schreckt es die Weibchen ab. Man erwartet von dem halbwüchsigen Männchen, daß es ruhiger wird. Es muß langsam versuchen, die Freundschaft eines Weibchens zu gewinnen, indem es sich in der Nähe ihrer Familie herumtreibt, nett zu ihren Jungen ist, bei Kämpfen ihre Partei ergreift – wie wir es gerade erlebt haben. Hat sie ihn erst mal akzeptiert, wird die ganze Horde das tun. Außerdem wird sie, wenn sie brünstig ist, mit ihm davonschleichen, um sich mit ihm zu paaren.«

Omondi klatschte anerkennend in die Hände. Mikkis Pferd schüttelte den Kopf und rasselte laut mit der Gebißstange. Das Zebra, das am nächsten zu uns stand, hob den Kopf, beäugte uns eingehend und ging dann langsam ein Stück weiter. Omondi zeigte sich immer wieder völlig erstaunt und stellte noch mehr Fragen. Ständig fiel ihm etwas Neues an der Pavianhorde auf, und er bat Mikki, es ihm zu erklären, bis sie ihn schließlich beschwor aufzuhören und ich kurz davor war zu explodieren.

Schließlich gelang es mir, Omondis Aufmerksamkeit auf mich zu ziehen, und er nickte. Ich legte Mikki meinen Arm kurz um die Schultern und nahm all meinen Mut zusammen.

Doch bevor ich etwas sagen konnte, platzte Mikki los: »Ich bin so froh, daß du hier bist. Ich weiß nicht mehr, was ich machen soll. Die Dinge haben sich total zugespitzt. Kann ich dich einen Augenblick allein sprechen, Jazz?«

»Klar.«

Jetzt war Omondi derjenige, der finster dreinschaute, aber er bot von sich aus an, am Auto zu warten.

Ich brachte gerade zwei Worte heraus, da unterbrach Mikki mich schon wieder. »Emmet hat plötzlich beschlossen, daß wir heiraten sollten, nach all den Jahren.« Mir sank der Mut. »Er hat es Alicia bereits gesagt und ist ausgezogen. Jetzt drängt er mich, ja zu sagen und Henry zu verlassen. Ich war zunächst einverstanden, aber jetzt hab ich es mir anders überlegt. Als es soweit war, konnte ich es Henry einfach nicht sagen.« Sie machte eine Faust und schlug damit gegen die andere Handfläche. »Gott, was bin ich für ein Feigling. Mir ist die Vorstellung zuwider, jemandem weh zu tun. Außerdem liebe ich beide, jeden auf seine Art.«

»Mikki –« Ich mußte es ihr sagen.

Sie ließ mich einfach nicht ausreden, die Worte sprudelten förmlich aus ihr heraus, so sehr hatte sie sich nach einem verständnisvollen Ohr gesehnt. »Emmet meint, wir können nicht ewig ein Doppelleben führen, und ich weiß, daß er recht hat. Aber ich fürchte, Henry würde nie darüber hinwegkommen. Er ist so abhängig von mir.«

»Ich weiß nicht, wie –«

Sie machte einen unglücklichen Eindruck. »Richtig und falsch scheinen unentwirrbar miteinander verknüpft.«

»Mikki.« Ich drehte sie unbeholfen zu mir. »Ich weiß nicht, wie ich dir das sagen soll. Wir haben sehr schlechte Nachrichten für dich. Es geht um Emmet.«

Ihre Augen wurden starr vor Angst. Sie drehte sich zu Omondi um, der ein paar Schritte von uns entfernt gegen den Rover lehnte. Dann sah sie mich wieder an. »Was ist passiert? Ist alles in Ordnung mit ihm?«

»Es tut mir sehr leid«, sagte ich. »Jemand hat auf ihn geschossen. In seinem Camp.«

»Auf ihn geschossen? Mein Gott. Ist er schwer verletzt?« Ihre Augen flehten mich an, nein zu sagen.

»Oh, Mikki, er ist tot.«

Sie fing an, den Kopf hin und her zu schütteln, nein, nein, nein, ihr Gesicht war unter den langen Haaren verborgen. Alles Leben schien aus ihrem Körper zu weichen, und sie sank in sich zusammen. »Ich wußte, sie würde ihn nie gehen lassen.«

»Sie meinen Alicia?« fragte Omondi sanft. Er hatte sich sofort wieder zu uns gesellt. Er mußte das gesamte Gespräch mitgehört haben.

»Emmet hat gesagt, es sei ihr egal, solange er sie auszahlt«, sagte Mikki tonlos.

Dann schwieg sie. Der Himmel, der bisher von einem

hellen Graublau gewesen war, verdunkelte sich zu Kobaltblau, und die tiefer sinkende Sonne wuchs zu einem riesigen, schwankenden Kürbis, der auf dem Rand der Welt saß. Mikkis bronzefarbenes Haar begann wie geschmolzenes Metall zu leuchten.

Omondi versuchte, sie sanft zum Reden zu bringen. »Ich weiß, daß dies ein furchtbarer Augenblick ist, und ich würde Sie auch in Ihrem Kummer nicht stören, aber Zeit ist ein entscheidender Faktor bei der Suche nach dem Mörder. Bitte, Mrs. Darrow, gab es einen besonderen Grund, weshalb Sie Ärger von Mrs. Laird erwarteten?«

Mikki riß sich zusammen. Sie hatte ihre Arme um ihre Taille gelegt. »Ich hatte nicht erwartet, daß sie ihn erschießt, falls Sie das meinen.« Im schwindenden Tageslicht wirkten ihre Augen dunkel und hohl.

»Aber Sie glaubten, sie würde ihn nie gehen lassen?«

»Hab ich das gesagt?« Ihr Pferd tänzelte nervös und rasselte mit seinem Geschirr. »Ich kann jetzt überhaupt nicht denken.« Das Pferd stieß sie mit seinen Nüstern an. Sie fuhr mit den Fingern durch seine dunkle Mähne, aber sie tat es so hastig, daß das Pferd noch nervöser wurde.

Omondi fragte sie, was sie über Emmets derzeitige Aktivitäten wüßte und wo er in den letzten Tagen überall gewesen sei. Sie erzählte uns mit langsamer, trauriger Stimme, daß sie Emmet vergangene Woche nicht so häufig wie sonst gesehen habe. Zu Anfang der Woche hätte ihn ein neues Projekt unheimlich in Anspruch genommen, bei dem es um das Elfenbeingeschäft ging – Mikki hatte keine Einzelheiten von ihm erfahren. Die meiste Zeit hatten sie sich darüber unterhalten, ob sie nun heiraten sollten oder nicht.

»War es ungewöhnlich, daß er mit einem neuen Projekt begann und Ihnen nichts darüber erzählte?«

»Ja, aber angesichts der Umstände – schließlich beendet man nicht jeden Tag eine Ehe. Emmet zeigte seine Gefühle zwar nicht so sehr, aber ich konnte dennoch erkennen, daß er unter einer wahnsinnigen Anspannung stand. Es war seine dritte Ehe, wissen Sie.«

»Es scheint merkwürdig, daß er Alicia um die Scheidung bat, kurz bevor sie in ihrem gemeinsamen Haus eine riesige Party veranstalten wollten«, bemerkte ich.

»Ich weiß. Das hab ich Emmet auch gesagt, aber wenn er mal was beschlossen hat« – ihre Stimme stockte – »beschlossen *hatte*, konnte er nicht mehr warten. Er mochte keine halben Sachen.«

Omondi stellte ihr noch ein paar Fragen. Mikki versuchte, sich kooperativ zu verhalten, aber ihre Stimme versagte immer wieder, oder sie wurde von dem Pferd abgelenkt und verlor den Faden. Schließlich fragte sie: »Habt ihr es Henry schon gesagt?«

»Nein. Wir wollten es Ihnen zuerst sagen.«

»Würde es euch was ausmachen, vorzugehen und es ihm zu sagen? Ich möchte gern noch ein bißchen allein sein.«

Der Gedanke, daß Mikki hier draußen allein sein würde, gefiel mir nicht sonderlich, aber sie schwang sich auf ihr Pferd und versicherte uns, es würde den Weg mit verbundenen Augen nach Hause finden. Wegen des Pferds machte ich mir auch keine Sorgen, aber es hatte keinen Zweck, sie zu bedrängen. Ich wünschte, ich hätte Omondi nicht erzählt, daß ich hierher wollte. Nun hatte ich das Gefühl, völlig versagt zu haben. Ich hatte sie überhaupt nicht trösten können.

Als wir uns dem Haus näherten, hatten die Zirpfrösche in voller Lautstärke ihren durchdringenden Gesang angestimmt. Aus den Fenstern fiel Licht auf den verdorrten Rasen. Das Haus selbst war ein riesiger Klotz, der ganz von einer Veranda umgeben war, die unter dem weit vorstehenden Wellblechdach entlanglief. Draußen standen einige lädierte Schaukelstühle aus Korb, von denen man die Aussicht auf die Grasebene und die vulkanischen Hügel in der Ferne hätte genießen können, aber niemand saß dort.

»Eine eindrucksvolle Frau, deine Freundin Mikki«, sagte Omondi.

»Es wäre besser gewesen, wenn sie geschrien oder geweint hätte«, sagte ich. »Daß sie ihre Gefühle dermaßen zurückhält, macht mir Sorgen.«

»Sie steht unter Schock. Die Tränen kommen später.«

»Ich konnte es nicht fassen, daß du immer weiter nach den Pavianen gefragt hast.«

Omondi faßte mich am Ellbogen und führte mich auf die Verandastufen zu. »Ich wollte ihr die schlechte Nachricht schonend beibringen, sie nicht damit überfallen, bevor ich sie überhaupt kennengelernt hatte.«

Ich löste meinen Arm aus Omondis Griff – ich mag nicht, wenn man mich am Ellbogen anfaßt – und hakte mich bei ihm ein. Wir gingen im Gleichschritt. Wir waren ja auch fast gleich groß. »Du wolltest dir ein Bild von ihr machen.«

Omondi ignorierte meine Bemerkung. »Auch die Geschichten, die Menschen über Tiere erzählen, sagen viel über ihre Persönlichkeit aus. Von diesen neuen wissenschaftlichen Theorien hatte ich noch nichts gehört. Äußerst faszinierende kulturelle Einblicke.«

»Und was hast du für einen Einblick gewonnen?« Ich ließ Omondi als ersten durch die Fliegentür gehen.

»Mikki hat uns eine hübsche Geschichte darüber erzählt, wie ein Weibchen sich einen Partner aussucht, der gleichzeitig ihr bester Freund ist. Sie möchte eine Welt voller Liebe sehen, keine voller Macht und Gewalt. Aber was wir mit eigenen Augen da unter den Pavianen gesehen haben, war ein heftiger Kampf.«

6

Henry saß auf einem der schäbigen Sofas vor dem Kamin, einen Whiskey-Soda in der Hand. Er stand auf, als wir hereinkamen. »Klingt so, als hätte Mikki euch ihre Theorien erklärt. Ich bin absolut Ihrer Meinung, mein Alter. Man kann das Wesen von Menschen und Tieren nicht verstehen, wenn man das Phänomen Aggression nicht erklärt.«

»Und Kooperation. Beides existiert.« Ich ließ mich in das andere Sofa sinken, legte den Kopf zurück und fühlte mich plötzlich völlig erschöpft. Sammy, der zahme Mungo der Darrows, sprang auf meinen Schoß und beschnupperte meine Tasche, hüpfte jedoch davon, als ich ihn streicheln wollte. Er fixierte mich eine Weile mit seinen glänzenden runden Augen und verschwand dann unter dem Sofa.

Der Raum war eine merkwürdige Mischung aus afrikanischen Artefakten und europäischen Antiquitäten. Dominiert wurde er von zwei gekreuzten Massaispeeren über dem Kamin. Rechts davon hingen Fotos aus Henrys frühen Tagen in Kenia. Mein Lieblingsfoto war ein Gruppenbild der ersten Paviane, die man in freier Wildbahn beobachtet hatte. An der gegenüberliegenden Wand stand eine Anrichte aus dunklem Eichenholz, auf der ein silbernes georgianisches Teeservice prangte, flankiert von zwei lebensgroßen silbernen Fasanen. Über der Anrichte hingen Ölgemälde in vergoldeten Rahmen.

Omondi ging hinüber, um sie sich anzusehen. »Ihre Vorfahren? Wenn man sich vorstellt, wie diese Gemälde für die weite Fahrt von Europa nach Afrika in Kisten verpackt wurden, durch den Ärmelkanal reisten, die Straße von Gibraltar, den Suezkanal, runter nach Mombasa und dann auf dem Landweg bis hierher zu diesem Platz an der Wand. Sie müssen sich ziemlich fehl am Platz vorkommen.«

»Überhaupt nicht, mein Lieber. Meine Familie hat schon seit langem eine Verbindung zu Afrika, das geht bis ins 17. Jahrhundert zurück. Der Grundstock des Familienvermögens wurde mit dem Sklavenhandel erworben.« Er lächelte, als ob er nur darauf wartete, sich an Omondis Unbehagen zu erfreuen.

Omondi kehrte zu dem ältesten Porträt zurück. »Das Gesicht des Bösen ist in der Tat oft ganz banal.« Er wandte sich um. »In diesem Raum ist nichts von Ihrer Frau. Sehr ungewöhnlich.«

Mir war das auch aufgefallen, und ich hatte bereits darüber nachgegrübelt. Henry dominierte hier in einer Weise, als ob er in seinem Haus nie Platz für eine andere Persönlichkeit gelassen hätte. Vielleicht hatte Mikki am Anfang zuviel Ehrfurcht gehabt, und hinterher war es ihr egal. Das Haus von Emmet war das genaue Gegenteil, oder eigentlich dasselbe; es war einzig und allein Alicias

Schöpfung. Dieser Raum war voller schöner Dinge, und dennoch fühlte ich mich nicht wohl darin.

Ausnahmsweise fehlten Henry mal die Worte, doch er kaschierte das, indem er geschäftig Whiskey und Soda ausschenkte.

Ich ging mit meinem Drink zu dem Gemälde von Henrys Großvater, dem viktorianischen Paterfamilias mit seiner geschnürten Frau und sechs engelhaften Kindern in Anzügen aus Veloursamt und Kleidern mit Krinolinen, alle unter einem Baum postiert. Er war groß und breitschultrig wie Henry, hatte die gleichen buschigen Augenbrauen und ein greifbares Flair von Wohlstand um sich. Das Familienanwesen stand auf einem Hügel im Hintergrund mit den unvermeidlichen kleinen Schafen darum, die den Rasen stutzten.

Omondi stellte sich neben mich. »Ah, diese Viktorianer! Mit ihrer simplen und eigennützigen Weltsicht.«

»Ja, sieht er nicht tugendhaft und selbstzufrieden aus?« In gewisser Weise beneidete ich die Viktorianer. Für sie war die Natur eine freigebige Mutter, deren unerschöpfliche Schätze sie sich nehmen und verzehren durften wie ein gieriges Baby. Sie haben alles daran gesetzt, die Natur zu kontrollieren und zu besitzen, sie zu domestizieren, wie sie ihre Frauen domestiziert haben. Zu ihrem Glück war die Natur groß, viel größer als der Mensch in jener Zeit, und das bewahrte sie davor, ihre Ziele zu erreichen. Unserer Generation blieb es dann vorbehalten, die Früchte jener Wissenschaft und jenes Fleißes zu ernten – ein überbevölkerter und vergifteter Planet, der auf Massenvernichtung zurast.

Und jetzt gab es noch einen Menschen weniger, der versucht hätte, die tödliche Entwicklung aufzuhalten.

Henry sah zur Tür. »Wo bleibt Mikki so lange?«

Omondi kehrte zum Sofa zurück. Ich folgte ihm. »Ich habe Mikki eine schlechte Nachricht überbracht. Sie wollte ein bißchen alleine sein.« Ich atmete tief durch. »Es geht um Emmet Laird.«

Henry sah mich freundlich an. »Und? Erzähl weiter.« Er trank einen Schluck Whiskey und setzte sich uns gegenüber. »Ich hab mich schon gefragt, ob ihr aus einem besonderen Grund heute abend vorbeigekommen seid. Tu nicht so geheimnisvoll.«

»Emmet ist ermordet worden.«

»Ermordet! Das gibt's doch nicht!« Henry stand auf und spielte an ein paar geschnitzten Holztieren herum, die auf dem Kaminsims standen. »Ermordet? Woher weißt du das? Wie ist es passiert?«

Sammy schlüpfte zwischen unseren Füßen hervor und begann, das Zimmer zu inspizieren. Er lief rasch unter Sofas und Stühlen hindurch, steckte seine Nase in jede dunkle Ecke und in jedes Loch und quietschte, grunzte und schnatterte dabei die ganze Zeit vor sich hin.

»Man hat ihn in die Brust geschossen. Ich hab ihn zusammen mit Omondi dort gefunden.«

»Wo?«

»In seinem Camp«, sagte Omondi.

»Das gibt's doch nicht.« Henry jonglierte mit einem hölzernen Nilpferd herum. »Üble Sache. Äußerst üble Sache. Noch so ein Mord, und wir können das ganze Tourismusgeschäft in den Kamin schreiben. Man schiebt die Schuld immer auf die somalischen Guerilleros, aber ich sag nur, wer ist denn da wieder mal geschmiert worden?«

»Es ist nicht die übliche Geschichte«, wandte ich ein.

»Wie kommst du darauf?« Henry stellte das Nilpferd wieder auf den Sims.

»Sie waren nicht hinter den Elefanten her, nur hinter Emmet. Und sie haben die Leiche neben die Wasserstelle geworfen.«

»Neben die Wasserstelle? Um Himmels willen, warum das?«

»Vermutlich um sicherzugehen, daß die Leiche rasch verschwindet, aber es hat nicht geklappt. Die Familie von Broken Tusk wühlte dort herum, als wir ankamen, und machte einen riesigen Krach. Sie haben Emmet begraben, als ob er ein Familienmitglied wäre.«

»Das ist aber ganz außergewöhnlich! So was ist ja noch nie in der Literatur erwähnt worden. Einen Menschen begraben?« Er lachte gehässig. »Ich glaube allerdings kaum, daß Mikki daraus einen Artikel für ihre Lieblingszeitschrift macht.«

Das war genau die Art geschmackloser Reaktion, die ich von Henry erwartet hatte. Ich hoffte, er würde nicht so weiter machen, wenn Mikki zurück war, obwohl ich es ihm durchaus zutraute. Sammy bot eine willkommene Ablenkung. Er begann sich an die silbernen Fasane anzupirschen und landete mit einem eleganten Sprung oben auf der Eichenanrichte. Omondi durchquerte mit schnellen Schritten den Raum, packte Sammy und setzte ihn mir auf den Schoß, etwas Kleines, Kuscheliges zum Trost. Sein Fell war ein schlichtes Graubraun mit dunklen Streifen, die dem Bändermungo seinen Namen geben. Er wehrte sich einen Augenblick, ergab sich dann meinem Streicheln und ließ sich sogar unterm Kinn kraulen.

»Wirklich außergewöhnlich«, sagte Henry. »Aber es

könnten trotzdem Wilderer gewesen sein. Wer sollte Emmet sonst erschießen wollen?«

Omondi und ich schwiegen. Ich wollte niemanden in die Verdachtsmomente gegen Alicia einweihen, schon gar nicht Henry.

Er sah uns an und lachte boshaft. »Ihr verdächtigt doch nicht etwa mich?«

»Na hör mal, Henry. Weshalb sollten wir dich verdächtigen?« fragte ich.

»Die männliche Ehre mag zwar nicht mehr das sein, was sie früher war«, sagte Henry, »aber schließlich hat Emmet Laird jahrelang meine Frau gevögelt.« Er ging steifbeinig zur Bar, schüttete sich noch einen Drink ein und sprach zu uns nach hinten: »Vielleicht hatte ich ja endgültig die Schnauze voll und hab beschlossen, dem Ganzen ein Ende zu bereiten. Ha, ha. Das ist stark.«

»Mikki glaubt, daß du nichts davon weißt«, sagte ich zu ihm.

»Das ist ja wohl ein Witz.« Er setzte sich uns gegenüber und machte mit der freien Hand eine Faust auf dem Knie. »Wofür hält sie mich eigentlich – glaubt sie, ich bin blind, taub und stumm? Ich mag zwar alt sein, aber nicht so alt. Da kommt sie von diesen Save-the-Elephants-Treffen mit einem unmißverständlichen Strahlen im Gesicht zurück, das ich schon seit Jahren nicht mehr gesehen habe, und glaubt die ganze Zeit, sie macht mir was vor. Das ist stark!« Er gab erneut sein meckerndes Lachen von sich und trank einen großen Schluck Whiskey. »Emmets Tod ist eine üble Sache. Jetzt hab ich echt Probleme.«

»Probleme?« fragte Omondi.

»Diese Affäre war das einzige, was unsere Ehe am

Leben erhalten hat. Jetzt, wo Emmet nicht mehr da ist, wird Mikki mich verlassen. Sie sehen doch, wie es hier ist. In diesem Haus ist die Zeit stehengeblieben. Die Geschichte hat mich überholt. Ich habe sogar noch weniger Zukunft als die Elefanten.« Henry ging erneut zum Kaminsims und schlug auf das Nilpferd. »Verdammt!«

Dann schien er sich wieder hinsetzen zu wollen, doch plötzlich drehte er sich um und schleuderte sein halbvolles Glas in den Kamin. Das Glas zersprang auf den Steinen, und die Scherben spritzten um unsere Füße herum. Sammy kletterte über meine Schulter, wobei er sich mit seinen starken Krallen eingrub. Henry riß die Fliegentür auf und murmelte, er müsse nach Mikki suchen. Seine Schritte hallten über die Veranda. Dann war er fort.

Mikki und Henry kamen zusammen zurück, sie steif und hohläugig, er fürsorglich um sie bemüht. Ich machte ein Omelette mit Salat zum Abendessen, und irgendwie überstanden wir vier auch das. Beim Kaffee kündigte Mikki an, sie wolle mit Omondi und mir nach Nairobi fahren und bei mir übernachten. Zumindest gab sie Henry dafür eine Erklärung, die es ihm erlaubte, das Gesicht zu wahren: Es sei ihre offizielle Pflicht, sich um Save the Elephants zu kümmern, da sie nun die wichtigste Ansprechpartnerin sei und in drei Tagen die große alljährliche Benefizparty stattfinden würde. Henry versuchte sie zu überreden, die Veranstaltung abzusagen, aber Mikki bestand darauf, daß sie zum Gedenken an Emmet stattfinden sollte, sofern Alicia ihnen noch das Haus zur Verfügung stellte. Sie schob ihr Kinn vor und wiederholte immer wieder, daß es ihre Pflicht sei.

Zu guter Letzt konnte Henry sie doch dazu bestimmen, in ihrem eigenen Bett zu schlafen, mit dem Versprechen, sie am nächsten Morgen nach Nairobi zu fliegen. Ich sollte sie am Flughafen abholen, und wir würden dann zusammen zur Villa der Lairds fahren, angeblich um einen Beileidsbesuch zu machen und mit Alicia über die Benefizparty zu sprechen. Der Besuch bei den Lairds paßte mir zwar überhaupt nicht in den Kram, zumal ich den ganzen Tag bereits mit Vorbereitungen für die Safari, die am Montag begann, verplant hatte, aber was spielte das schon für eine Rolle? Schließlich wollte ich Mikki helfen, so gut ich konnte. Wir verabredeten uns um elf.

Sie beugte sich ins Auto, um mir einen Abschiedskuß zu geben. Ihre Wange fühlte sich kalt an. »Danke, Jazz«, flüsterte sie. »Ich hoffe, du verstehst das. Ich muß Alicia selbst ins Gesicht sehen. Sobald ich sie gesehen habe, werde ich es wissen. Ich bin sicher, daß ich es ihr ansehen kann.«

7

Am Tag ist die Heimfahrt von den Darrows eine der schönsten Strecken der Welt. Meine Lieblingsaussicht ist auf halbem Weg, wo die A104 unmittelbar am Rand des Kikuyu Escarpment entlangläuft und es sechshundert Meter steil in die Tiefe geht bis auf den Grund des Great Rift Valley.

Ich war diese Strecke oft mit Striker gefahren, wenn wir nach Naivasha wollten, um uns die Vögel anzusehen, oder die Abzweigung auf die B3 nahmen und die lange, heiße Fahrt durch das Rift Valley zur Massai-Mara-Ebene machten oder, was auch häufig vorkam, auf dem Weg zum Lake Nakuru mit seinen prächtigen Flamingos waren. An diesem Abend sahen Omondi und ich nichts als das dunkle, stille Band der Straße, das unter uns dahinrollte.

Der Wagen dröhnte Meile um Meile durch die dunkle, schlafende Landschaft. So wie sich die Dinge entwickelten, würde ich an diesem Wochenende keine Zeit haben, zu Striker zu fahren. Falls er sich nicht herabließ, in die Stadt zu kommen, würden wir uns nicht mehr sehen, bevor ich wegfuhr. Im Prinzip war es zwar gut, dem andern seine Unabhängigkeit zu lassen, aber manchmal... Ich hatte das im Kopf schon so oft durchgespielt, daß meine Gedanken in festgefahrenen Gleisen verliefen, ohne daß das übrige Gehirn etwas dazutun mußte. Wie gewöhnlich kam ich zu dem Schluß, daß Striker und ich uns zu ähnlich waren.

Plötzlich schrie Omondi auf und riß eine Hand hoch, um sich vor den grellen Scheinwerfern eines Fahrzeugs zu schützen, das uns mitten auf der schmalen Straße entgegenkam. Das größte Risiko bestand in einem solchen Augenblick darin, nicht mehr schnell genug ausweichen zu können, wenn einer der rücksichtslosen Lastwagenfahrer beschloß, kurz auf meine Spur zu wechseln, um einem Schlagloch auszuweichen. Die defensive Fahrweise hat sich hier nie durchsetzen können. Insbesondere Lastwagenfahrer scheinen sich in beängstigendem Maße auf ihre Amulette und Talismane zu verlassen. Zum Glück war in dieser Nacht wenig Verkehr. Ich quetsche mich ganz an die rechte Seite und hoffte bloß, daß ich nicht auf den holprigen unbefestigten Seitenstreifen geriet. Der Lastwagen schoß donnernd vorbei.

»Machst du dir Sorgen um deine Freundin?« fragte Omondi mit erhobener Stimme, um den Lärm zu übertönen.

»Ich war mit den Gedanken woanders«, sagte ich peinlich berührt. »Aber ich mache mir Sorgen wegen Mikki. Um ihretwegen wünschte ich mir, daß Alicia nicht die Hauptverdächtige wäre. Das macht das Grauen über den Verlust von Emmet noch persönlicher und bitterer. Es ist, als ob Alicia schließlich gewonnen hätte.«

Omondi wandte sich zu mir. »Ich hoffe, du erzählst Mikki nicht, was wir in Emmets Camp gesehen haben und was unsere ersten Vermutungen waren.« Die letzten Worte sagte er mit besonderem Nachdruck. »Denk an das, was ich dir beim letzten Mal gesagt habe. Überprüfe jeden, verdächtige niemanden, bis der endgültige Beweis erbracht ist. Für mich gibt es bisher noch keinen Hauptverdächtigen.«

»Natürlich werde ich es ihr nicht erzählen. Das ist Sache der Polizei. Ich hab zwar nicht gern Geheimnisse vor Freunden, aber ich kann schweigen, wenn es sein muß.«

»In den nächsten Tagen werden wir viel mehr wissen. Sergeant Kakombe müßte noch im Hellen mit den Experten der Spurensicherung in Mr. Lairds Camp angekommen sein. Und der Pathologe hat versprochen, morgen die Autopsie vorzunehmen.« Er sah auf seine Uhr. »Ich meine heute.«

»Ich dachte, es gäbe keine Autos für Kakombe und seine Leute.«

»Ach, ich hab ein Auto für ihn aufgetrieben.« Omondi hörte sich verbittert an. »Der Kerl, der das Archiv leitet, ist ein Vetter eines Ministers. Er meint, er kann sich einen Polizeiwagen mit Fahrer zum persönlichen Gebrauch reservieren.«

»Wirst du deswegen Ärger kriegen?«

»Nein. Der Automechaniker ist ein Freund von mir. Der Möchtegern-Wabenzi glaubt, der Wagen würde repariert.« Wabenzi war der Spitzname für die neue afrikanische Elite, die aus Regierungsbeamten bestand, deren Symbol für sozialen Aufstieg ein Mercedes Benz war.

Wir waren immer noch in der Nähe von Nakuru, als ich plötzlich nur noch im Kriechtempo fahren konnte. Die Straße war wegen Reparaturarbeiten völlig aufgerissen, oder vielleicht war ja auch eine Bombe eingeschlagen. Der Lastwagen, der plötzlich aus dem Nichts hinter mir auftauchte, hielt es offenbar nicht für nötig, langsamer zu fahren. Seine Scheinwerfer durchfluteten den Rover und setzten Omondi, der sich besorgt umdrehte, quasi ins Rampenlicht. Es hörte sich an, als ob mir eine Diesellokomotive im Nacken säße und immer näher käme.

Aus reinem Reflex riß ich das Lenkrad nach rechts, fuhr krachend durch eine gelbe Holzabsperrung, holperte über den aufgerissenen Asphalt und fuhr schlingernd weiter, die Räder halb auf und halb neben der Straße. Wie in Zeitlupe beobachtete ich mit Entsetzen, wie der Wagen auf einen Schotterhaufen zusteuerte. Ich trat mehrmals auf die Bremse und versuchte, das Auto unter Kontrolle zu kriegen. Zentimeter – nun ja, einen Meter – vor dem Steinhaufen kam der Rover in 45-Grad-Schräglage abrupt zum Stehen, zwei Räder in der Luft, die beiden anderen bis zur Achse im sandigen Seitenstreifen versunken. Vermutlich war der Schotter dazu da, den Seitenstreifen auszubessern. Der Lastwagen hielt nicht an.

Seine Rücklichter leuchteten wie zornige rote Augen und verschwanden, als er um eine Kurve fuhr.

Als ich ausstieg, um den Schaden zu begutachten, hätte ich vor lauter Frust am liebsten geheult. Omondi stolperte im Dunkeln über irgendwas und fluchte.

»Die gute Nachricht zuerst: Zumindest läuft der Motor noch«, sagte ich. Die beiden Reifen, die in die Luft ragten, waren platt, aber da ich auf Safaris im tiefen Busch eingestellt war, hatte ich immer zwei Ersatzreifen dabei.

Wir machten uns an die Arbeit und wechselten beim weißen Licht einer zischenden tragbaren Gaslampe die Räder. Der Wagen stand in einem so ungünstigen Winkel, daß ich ihm trotz Vierradantrieb nicht von dem unbefestigten Seitenstreifen runterbekam.

Es dauerte ewig, bis ein Auto vorbeifuhr, und das war ausgerechnet ein winziger Morris Minor. Wir machten uns noch nicht mal die Mühe, ihn anzuhalten. Bis endlich ein Lastwagen anhielt und uns rauszog, war es bereits nach zwei Uhr morgens. Ich fuhr noch ein Stück weiter, konnte aber die Augen nicht mehr offenhalten, so sehr ich mich auch bemühte. Es war ein anstrengender Tag gewesen, und selbst zu meinen besten Zeiten fällt es mir schwer wachzubleiben, wenn mein Körper einmal beschlossen hat, daß es Zeit zum Schlafen ist. Es ist, als hätte ich einen automatischen Abschaltknopf in meinem Gehirn. Meinen Exmann hat das verrückt gemacht, aber mich stört es nicht außer in Situationen wie dieser, wo es regelrecht gefährlich sein kann einzuschlafen.

Als ich zum zweiten Mal am Steuer hochschreckte, nachdem ich kurz eingenickt war, erklärte ich Omondi, daß wir es in dieser Nacht auf keinen Fall mehr bis

Nairobi schaffen würden. Er wollte zunächst in ein Hotel nach Nakuru, war aber dann mit meinem Vorschlag einverstanden, am See zu campen. Wir könnten am Morgen, bevor wir nach Hause fuhren, nach Nakuru reinfahren und die Reifen reparieren lassen. Dann hätte ich immer noch genügend Zeit, Mikki um elf Uhr abzuholen. Ich fand meinen alten Lieblingscampingplatz und stellte ein kleines Zweimannzelt auf. Noch nie war ich ohne Striker hier gewesen.

»Wo soll ich denn schlafen?« fragte Omondi.

Richtig, wo denn? Mir wurde plötzlich bewußt, wie intim die Situation war. Ein Löwe brummte mit tiefer Baßstimme, vielleicht eine Viertelmeile von uns entfernt. Ganz in der Nähe kreischte ein Klippschliefer wie eine verdammte Seele. Das sind kleine, zahme Geschöpfe, die aussehen wie überdimensionale Meerschweinchen, aber sie klingen furchterregender als ein Löwe. Ich erinnerte mich an die sanfte Wärme von Omondis Brust und Schenkel und daran, wie wir zusammen gelacht hatten.

»Das kannst du dir aussuchen: im Auto oder im Zelt«, erklärte ich ihm. »Ich schlafe dann an der anderen Stelle.«

»Bist du ganz sicher?« Omondi kam einen Schritt auf mich zu. Ich hätte zurückweichen können, tat es aber nicht. Er legte seine Arme um mich und küßte mich erst zärtlich, dann heftiger. Mit winzigen Küssen fuhr er an meinem Hals entlang, und als ich den Kopf zurückwarf, war der Himmel über uns übersät mit Sternen. Zeit mich zu entscheiden. Ich könnte die Erinnerung an Striker heraufbeschwören und nein sagen, oder ich könnte mich daran erinnern, daß ich frei war, und ja sagen. Omondi küßte mich auf die Halsschlagader, und ich spürte, wie unter dem sanften Druck seiner Lippen mein Herz pochte.

Ich machte mich los und legte meine Stirn an seine Wange. »Nein. Nicht jetzt, nicht hier. Es ist zu verwirrend.«

»Möchtest du von mir eine Absichtserklärung?« Omondi lächelte. »Ich möchte mit dir schlafen.« Er zog meine Hand an seine Lippen und küßte sie.

»Yeah, das hab ich schon mitgekriegt.« Ich ließ die Hände sinken.

Er nahm sie und küßte sie erneut. »Und außerdem – ist es richtig, wenn wir nicht wissen, was los ist? Wir empfinden in unseren Herzen etwas Besonderes füreinander. Wer kann schon die Zukunft vorhersagen?«

»Omondi, ich kann nicht. Ich spüre die besondere Verbundenheit zwischen uns ebenfalls, aber solange ich mit Striker zusammen bin... ich kann einfach nicht mit zwei Männern schlafen. Das ist allen gegenüber unfair. Das stiftet nur Chaos und verletzt die Betroffenen zu sehr. Ich möchte nicht, daß man mir das antut – und ich möchte es auch Striker nicht antun. Oder sonstwem.«

»Man kann im Leben nicht immer alles fein säuberlich trennen...«

Ich wollte protestieren, doch er legte mir sanft einen Finger auf die Lippen.

»... aber wir können ruhig verschieden sein. Du bist halt so. Ich verstehe das.«

Omondi gab mir ganz artig einen Gutenachtkuß. Ich war enttäuscht und erleichtert zugleich. Zum Glück war ich zu müde, um lange über meine Tugendhaftigkeit frustriert zu sein. Omondi entschied sich großzügig für das Auto, und ich kroch ins Zelt. Sekunden später war schon Morgen.

Ich wachte vor Omondi auf und machte auf meinem Gaskocher Kaffee. Am Rande des Wassers saßen auf den silbrigen Ästen eines abgestorbenen Baums Dutzende kleiner rosa-weißer Pelikane, die mit ihren Jimmy-Durante-Schnäbeln ziemlich komisch aussahen. Ich füllte meine Lungen mit der kühlen Morgenluft, die von den frischen und fauligen Gerüchen aus dem Akazienwald hinter uns durchdrungen war. Zum ersten Mal seit Emmets Tod konnte ich wieder richtig durchatmen. Ich spürte einen Schub von Selbstvertrauen und Stärke. Omondi wachte auf und streckte beide Arme aus, als ob er den See umfassen wollte.

»Sieh dir das an!« rief er. »Wir sind im Paradies.«

Der See war in Nebelschleier gehüllt, die über ihn zogen. Während wir das Schauspiel betrachteten, schwebten zahlreiche kleinere Flamingos mit elegant gebogenen Hälsen in einer langen Reihe heran. Sie spiegelten sich in der absolut unbeweglichen Wasseroberfläche. Überall am Himmel kreuzten sich wellenförmige Linien von großen und kleinen Flamingos, die in der Ferne, wo der Nebel ihnen jede Farbe nahm, wie geisterhafte Erscheinungen aussahen und dann deutlich rosa wurden, je näher sie kamen. Um uns herum erhob sich ein dumpfes Raunen, unterbrochen von gänseartigen Schreien. Omondi zeigte auf dreißig größere Flamingos, die mit langsamem Schlagen ihrer rot geränderten Flügel über uns hinwegflogen.

Als sie vorbei waren, sah er mich mit einem glückseligen Lächeln an. »Die Matratze war zwar ein bißchen hart, aber damit kann kein Hotel konkurrieren. Soll ich uns ein bißchen Wasser holen?« Er deutete auf das flache Ufer.

»Nicht von dort. Lake Nakuru ist ein Sodasee. Das ist schlimmer als Meerwasser.« Wie konnte er das nicht wissen? Wie konnte ich mit ihm eine Beziehung haben? Wir hatten nichts gemeinsam, wußten nicht über dieselben Dinge Bescheid. Ich zeigte ihm, wo der Wasserbehälter verstaut war.

Omondi füllte seine Hände mit Wasser und spritzte es sich ins Gesicht. »Ah, das tut gut.«

Ich lehnte mich gegen den Rover. »Flamingos sind sehr alte und einzigartige Tiere. Sie ernähren sich von mikroskopisch kleinen Shrimps, die nur in dieser besonderen Umgebung existieren können. Es gibt hier in Kenia noch drei weitere Sodaseen im Rift Valley, mehr nicht. Das ist ihre ganze Welt.«

Omondi mußte irgendwas in meinem Gesicht gelesen haben. »Du hältst mich für einen Ignoranten.« Ich reichte ihm ein Handtuch, und er trocknete sich das Gesicht ab. Innerlich machte ich mich darauf gefaßt, daß ich ihn schon wieder gekränkt hatte, aber er sagte bloß: »Ich bin ein absoluter Stadtmensch. Das hier ist für mich wie ein fremdes Land.«

Es duftete, als ob der Kaffee fertig war. Ich goß zwei Becher ein. Omondi tat drei Teelöffel Zucker hinein und rührte kräftig um. »Ich bin vor der Unabhängigkeit zur Schule gegangen. Wir haben nur was über Europa gelernt, nichts über Afrika. Und wenn ich Urlaub habe, besuche ich meine Familie im Teeland. Dort sind alle Tiere bereits in den zwanziger und dreißiger Jahren von den Briten ausgerottet worden. Das hat damals niemanden gestört. Uns hat nur gestört, daß sie uns unser Land genommen haben.«

Omondi sprach es zwar nicht laut aus, aber ich wußte natürlich, daß fast nur weiße Touristen und gelegentlich auch mal eine indische Familie, die ein Auto und genügend Zeit und Geld besaß, Kenias Wildnis genießen konnten. Kein Wunder, daß es hauptsächlich Amerikaner und Europäer waren, die sich um den Naturschutz bemühten.

Ein schwarzweißer Fischadler stürzte sich von einem Baumstumpf, der aus dem See ragte, kopfüber aufs Wasser und bremste im letzten Moment ab, als er einen Fisch mit seinen scharfen Klauen erwischt hatte. Mit einem Triumphschrei trug er seine schwere Beute mit kraftvollen Flügelschlägen davon.

Ich trank einen Schluck schwarzen Kaffee. »Übernächste Woche werde ich mit meiner Safari wieder hier sein. Wenn die Ermittlungen bis dahin abgeschlossen sind, könntest du dir vielleicht freinehmen und mitkommen. Wir werden das volle Programm machen, uns Berge, Ebenen, Seen und Wälder ansehen.«

Omondi schüttelte lachend den Kopf. »Du bist viel zu optimistisch, was meine detektivischen Fähigkeiten angeht. Aber ich werde mir dein Angebot merken.«

Und ich hatte gesagt, ich wollte mein Liebesleben nicht komplizieren? Was um Himmels willen war in mich gefahren, daß ich Omondi einlud, eine Woche mit mir zu campen? Ich konnte nicht mehr so tun, als ob wir bloß gute Freunde wären, zumindest nicht nach letzter Nacht. Lud ich Omondi ein mitzukommen, weil ich sauer auf Striker war? Oder läutete Strikers Weigerung, an diesem Wochenende zu mir zu kommen, bereits das

Ende unserer Beziehung ein? Der Gedanke, Striker aufzugeben, machte mich traurig. Er bedeutete mir sehr viel. Ich stellte mir vor, was Mikki bei dem Verlust von Emmet empfinden mußte, und dachte über schwere Entscheidungen nach – und verpaßte Gelegenheiten.

Wir tranken unseren Kaffee und beobachteten, wie sich der Nebel über dem See auflöste. Am gegenüberliegenden Ufer erhob sich ein blaßblauer Berg, an dessen Fuß sich scheinbar ein rosa Sandstrand befand. Es waren jedoch Tausende von Flamingos, die sich an den seichten Stellen sammelten. Ganz in unserer Nähe planschte eine Gruppe rosaroter Löffelreiher und putzte sich die Federn, und einige Pelikane fischten in trautem Einklang.

Man hat mir erzählt, daß Nakuru früher eine hübsche Kleinstadt war, bevor Kenias Bevölkerung explosionsartig anstieg. Heutzutage ist es eigentlich gar keine richtige Stadt, sondern eher eine Übergangsstation für verlorene Menschen, eine sich drängelnde Masse entsetzlich armer Leute, größtenteils Kinder und Jugendliche ohne Vergangenheit, ohne Gegenwart, ohne Zukunft.

Noch bevor wir den Rand des Nationalparks erreichten, begannen meine Augen von dem Abwassersystem zu tränen, das kürzlich erbaut worden war, ein offener Kanal, der von der Stadt direkt bis an den Park führte. Er drohte, den Garten Eden, den wir heute morgen gesehen hatten, in einen Haufen toter Tiere und eine offene Kloake voller Menschenscheiße zu verwandeln. Für eine bessere Lösung war kein Geld da. Emmet hatte versucht, in Amerika eine Partnerstadt zu finden, die bereit wäre zu helfen. Doch heutzutage waren die Amerikaner sogar zu knauserig, um ihre eigenen Abwassersysteme zu bauen.

Ich umklammerte das Lenkrad und unterdrückte den Drang, die Leute einfach über den Haufen zu fahren. Das passiert mir in Nakuru immer. Wenn ich auch nur eine Woche hier leben müßte, würde ich wohl vollkommen wahnsinnig. Ich mußte unbedingt eine Werkstatt finden, die mir die Reifen reparierte, und dann nichts wie raus.

Der Mechaniker war ein lustiger Typ mit ölverschmierten Händen, dem vorne ein Schneidezahn fehlte und der ständig lächelte und Witze machte. Er versuchte, mir zwei Ersatzreifen zu verkaufen, die so weit abgefahren waren, daß sie dünn wie Spielkarten waren, aber das war nur zum Spaß. Dann testete er meine Suahelikenntnisse, indem er mich fragte, ob ich wüßte, was Schwanz und Fotze hieß, doch das tat er so witzig, daß ich in das Lachen der anderen einstimmte. Während Omondi und ich an einem kleinen Tisch in der Nähe der Zapfsäulen warteten, brachte er meine beiden kaputten Reifen zum Flicken weg. Wir plauderten mit ein paar Jugendlichen, die gelangweilt und nach Gesellschaft suchend dort herumlungerten. Ein Mann Mitte Zwanzig mit einem hübschen Gesicht erzählte uns im Vertrauen, er habe einen Onkel in Nairobi, der gute Beziehungen hätte und ihm einen Posten im öffentlichen Dienst besorgen würde. Er benutzte zwar den Ausdruck *Job,* aber da weder von Qualifikationen noch von einer bestimmten Tätigkeit die Rede war, schien das nicht ganz angemessen.

Schließlich waren die Reifen gemacht, und die Stadt Nakuru wurde in meinem Rückspiegel immer kleiner. Ich setzte Omondi bei seiner Wohnung ab und hatte gerade noch genug Zeit, nach Hause zu fahren und zu duschen. Als ich aus der Dusche kam, sah ich, daß das rote Lämpchen an meinem Anrufbeantworter blinkte.

Mir kam der furchtbare Gedanke, daß die Gruppe ihre Reise abgesagt hatte. Oder daß mein Vermieter erneut drohte, mir den Strom abzustellen. In letzter Zeit schienen fast nur schlechte Nachrichten anzukommen.

Mit unguten Gefühlen drückte ich auf den Rückspulknopf. Es war Ibrahima, mein Safari-Manager und Koch. Er wollte mir mitteilen, daß der Fahrer, den wir für Montag engagieren wollten, bereits einen anderen Job angenommen hatte, aber er glaubte, daß Chris Mbare, mein bisheriger Fahrer, Zeit hätte. Ich stöhnte auf. Es wäre toll, wenn wir Chris kriegen könnten, aber wenn nicht – mir war der Gedanke äußerst unangenehm, mich auf einen Fahrer einlassen zu müssen, den ich nicht kannte. Wenn er ein schlechter Querfeldeinfahrer war, oder noch schlimmer, wenn er überhaupt ein unsicherer Fahrer war, könnte das den ganzen Trip versauen. Zur Not könnte ich natürlich selbst fahren und nach Tieren Ausschau halten. Das war zwar nicht ideal, aber vielleicht auch gar nicht so schlecht. Zumindest hätte ich dann ein Gehalt weniger zu zahlen. Ich sah auf meine Uhr. Jetzt hatte ich keine Zeit, mich mit diesem Problem auseinanderzusetzen. Ich würde es kaum schaffen, bis elf am Flughafen zu sein.

8

Mikki schritt auf dem Gehweg vor dem Terminal auf und ab. Sie stieg ins Auto und gab mir einen flüchtigen Kuß. Sie wirkte erschöpft und unglücklich, aber was hatte ich erwartet? Ihr bronzefarbenes Haar bildete einen auffälligen Kontrast zu ihrem dunkelbraunen Kleid. Allerdings hatte sie die Haare hinten im Nacken zu einem strengen Knoten zusammengebunden, wodurch ihr Gesicht ungeschützt und verletzlich wirkte.

»Du willst also immer noch diesen Besuch bei den Lairds auf dich nehmen?« fragte ich. »Wenn du möchtest, besprech ich mit Alicia alles wegen der Benefizparty.«

»Mach dir um mich keine Sorgen. Ich bin einer Begegnung mit ihr schon gewachsen.« Sie senkte die Stimme und sagte mit Nachdruck: »Ich hab dir doch erklärt, daß ich ihr in die Augen sehen will.«

Ich ordnete mich in den Verkehr auf der Longata Road ein. Mikkis Entscheidung hielt ich für verrückt, aber sie hatte das Recht, sich sonderbar zu verhalten. Der Tod kann die merkwürdigsten Reaktionen bei den Überlebenden hervorrufen. Als Freundin mußte ich einfach Verständnis für sie haben und nur darauf achten, daß sie sich in keine allzu großen Schwierigkeiten brachte.

Die Villa der Lairds lag nur einige Meilen außerhalb der Stadt, direkt an der Südgrenze des Nairobi National Park. Als wir uns den Parktoren näherten, bat Mikki mich, kurz hineinzufahren. Ich zeigte am Schalter meine Dauerkarte. Ein Hammerkopf, dessen großer Kopf tatsächlich unheimliche Ähnlichkeit mit einem Holzhammer hat, flog mit einem Zweig im Schnabel vorbei auf ein großes unordentliches Nest zu, das er direkt neben dem Parkplatz gebaut hatte.

»Möchtest du an eine bestimmte Stelle?« fragte ich Mikki.

»Ist mir egal. Ich muß was Wichtiges mit dir besprechen, bevor wir zu Alicia gehen. Es dauert nicht lange.«

Die Hauptstraße des Parks führte durch ein Stück Wald und dann über eine offene Ebene, auf der eine gemischte Herde aus Zebras, Gnus sowie Thomson- und Grantgazellen scheinbar konzentriert graste, tatsächlich jedoch ständig vor Raubtieren auf der Hut war. In der reinen Luft hob sich jede Zeichnung im Fell der Tiere in leuchtenden Farben ab wie auf einem Gemälde von van Eyck, nachdem gerade die Ölfarbe erfunden worden war.

»Jazz?« Mikki schaute aus ihrem Fenster, so daß ich nur ihr bronzenes Haar und einen Teil ihres eleganten Profils sehen konnte. »Ich möchte dich um etwas ziemlich Ungewöhnliches bitten. Überleg es dir bitte gut, bevor du ja oder nein sagst.«

Die Wolkenkratzer von Nairobi bildeten eine zerklüftete Silhouette am Horizont, wie ein Mund voller abgebrochner Zähne. Ich erklärte mich ohne große Begeisterung dazu bereit und wünschte, sie würde mich ansehen.

»Der Mord an Emmet könnte eine komplizierte Sache sein – vielleicht ist sogar seine Familie darin verwikkelt.« Sie zupfte an ihrem Rock herum. Ihre Fingernägel waren völlig abgekaut, wie bei einem Kind.

»Ich verstehe, was du meinst, aber es ist wirklich zu früh, um das sagen zu können.«

»Du warst diejenige, die den Mordfall bei deiner ersten Safari gelöst hat – und nicht Omondi.«

Ein Schakal trottete mit erhobener Nase über die Straße, offensichtlich einem Geruch auf der Spur.

»Nur wenn du angeschossen werden einen Fall lösen nennst. Worauf willst du hinaus, Mikki?«

Sie hörte auf, an ihrem Rock herumzufummeln, und sah mir ins Gesicht. »Ich möchte dich engagieren. Um Emmets Mörder zu finden.«

»Was?« Eine Gazelle, die in die Nähe des Wagens geraten war, wurde von meinem Aufschrei erschreckt und trabte rasch davon. Ihr Schwanz schlug auf ihrem putzig gestreiften Hinterteil hin und her.

Sie ließ mich nicht weiterreden. »Einen Moment. Ich habe seit gestern abend darüber nachgedacht. Ich *muß* etwas tun. Das verstehst du doch.«

Das war keine Frage. In dieser Hinsicht waren wir uns sehr ähnlich, und natürlich konnte ich es verstehen. Nur herumzusitzen und zu warten, daß andere Leute den Mord an meinem Geliebten aufklärten, würde mich ebenfalls verrückt machen.

»Ich gehöre natürlich auch zu den Verdächtigen«, sagte Mikki. »Ich kann nicht auf eigene Faust ermitteln, ohne mich noch verdächtiger zu machen.«

»Du, verdächtig?« Doch bereits in dem Moment, wo ich die Frage aussprach, wußte ich, daß sie recht hatte. Deshalb hatte Omondi gestern abend unbedingt mit mir fahren wollen und sie immer weiter reden lassen, bevor er ihr endlich die Sache mit Emmet erzählte. »Okay, du hast recht. Du gehörst im Augenblick vermutlich zu den Verdächtigen, zusammen mit einem Dutzend anderer Leute, die Emmet nahegestanden haben. Das hat zu diesem Zeitpunkt überhaupt nichts zu bedeuten. Bitte überlaß das Ganze Omondi. Und wenn er nicht weiterkommt, dann engagier einen professionellen Ermittler. Es ist nicht so, daß ich dir nicht helfen will – ich meine bloß, ich bin nicht die richtige Person für so was.«

Mikki schob das Kinn vor. »Doch, das bist du. Du bist überhaupt die beste dafür. Ich hab dir doch gesagt, ich habe über alles gründlich nachgedacht.« Sie rutschte in dem Schalensitz herum, um mich besser ansehen zu können. »Du hast zwei Mordfälle geklärt, den einen hier und den anderen damals in Sizilien. Du hast genausoviel Erfahrung wie jeder andere, den ich hier in Nairobi finden könnte, und du bist doppelt so gut.« Sie sah mir in die Augen, um meine Reaktion abzuschätzen und meine Zustimmung zu erzwingen. »Du hast Zugang zur Familie – sie kennen dich, du hast mit Emmet zusammengearbeitet, und du hast die Leiche gefunden. Du kannst ganz zwanglos an Informationen rankommen, wie sonst niemand das könnte.« Sie wandte ihren Blick ab und sah nach unten. »Vermutlich könntest du sogar von Omondi Informationen erhalten. Beim letzten Mal war er durchaus bereit, dich mit einzubeziehen.«

»Das ist eine verrückte Idee. Ich bin kein professioneller Ermittler. Außerdem muß ich mich um mein eigenes Unternehmen –«

»Ich würde dich natürlich bezahlen – großzügig. Du kannst das Geld gebrauchen. Erst letzte Woche hast du mir erzählt, daß du nicht genug zu tun hast, um Jazz Jasper Safaris noch lange über Wasser zu halten.«

Ich lachte. »Was gibt's sonst noch Neues?« Mikki wußte, daß ich in der Klemme saß. Dennoch machte es mir Spaß, ein eigenes Unternehmen zu führen, trotz aller Probleme. Ich bin gern mein eigener Boß. Für eine gute Freundin in einer Sache zu arbeiten, die stark nach persönlicher Rache gegen eine Rivalin roch – da war die Katastrophe schon vorprogrammiert.

»Und außerdem hab ich Vertrauen zu dir. Du bist die einzige, an die ich mich wenden kann. Bitte, Jazz, sag nicht nein.« Mikki legte ihre Hand auf meine. »Es wird uns beiden helfen. Ich will Emmets Mörder finden – ob es nun Alicia ist oder jemand anders. Wenn wir warten, bis die Polizei alles vermasselt hat, bevor wir überhaupt anfangen – dann ist die Spur längst eiskalt.«

Ich lasse mich leicht damit rumkriegen, wenn man mir sagt, daß man mich braucht. Vielleicht ist das einer der Gründe, weshalb ich Striker mag. Er ist so unabhängig, daß er nie meine Hilfsbereitschaft ausnutzt. Bei Frauen fällt es mir schwerer, nein zu sagen. Doch diesmal rettete mich mein Terminplan. »Mikki, ich gehe am Montag auf eine zweiwöchige Safari.«

Sie machte ein enttäuschtes Gesicht. »Scheiße, das hatte ich vergessen. Es war mir völlig entfallen. Aber wenn du zurück bist –«

»Dann werden wir darüber reden«, sagte ich feige. In zwei Wochen würde Mikki sich vermutlich etwas beruhigt haben. »Wer weiß? Vielleicht hat die Polizei schon alles geklärt, wenn ich zurückkomme.«

»Und wenn nicht? Sag mir, ob du zumindest grundsätzlich dazu bereit bist.«

Mikki wirkte so verzweifelt, daß ich voller Mitgefühl war. Ich brachte es nicht fertig, ihr eine klare Absage zu erteilen. »Ich werde es mir überlegen.«

Ich wollte den Wagen wenden, um auf dem gleichen Weg zurückzufahren, den wir gekommen waren. Aber Mikki hielt mich zurück. »Fahr geradeaus und dann die erste rechts. Ich zeig dir einen Geheimweg zu Emmets Haus durch die südliche Begrenzung des Parks. Nur sehr wenige Leute wissen davon. Du wirst gleich sehen, warum.«

Eine Schar Helmperlhühner flitzte ins hohe Gras. Sie waren schwarzweiß gefleckt wie Op-art-Hühner. Wir verließen das offene Gelände und fuhren in ein dichtes Waldgebiet. Die Straße stieg in Kurven an. Hinter einer alten Kap-Kastanie wies Mikki mich an, scharf nach rechts abzubiegen. Leichte Furchen auf dem überwucherten Weg zeigten an, daß hier gelegentlich schon mal ein Auto hergefahren war.

Als ich im Vorbeifahren an der Kastanie hochschaute, sah ich auf einem Ast einen gefleckten Leoparden im gesprenkelten Schatten liegen. Unter seinen Vorderpranken baumelte der Kadaver einer Thomsongazelle. Ich war so nah dran, daß ich deutlich das frische Blut an der Schnauze des Leoparden erkennen konnte.

Der Weg fiel auf der anderen Seite der Hügelkette steil ab, was meine ganze Aufmerksamkeit in Anspruch nahm. Dann ging es durch eine Felsenschlucht und dahinter wieder steil bergauf. Wir waren von dichtem Gestrüpp umgeben, das uns nach allen Seiten die Sicht nahm. Dann sah ich plötzlich in einem Bogen aus grünem Blattwerk ein Stück blauen Himmel. Ich fuhr hindurch, und wir waren nicht länger im Wald, sondern unvermittelt auf einer Wiese, die bereits zum Grundstück der Lairds gehörte. Mikki sprang aus dem Wagen, um ein Tor hinter uns zuzuschieben, das zu ihrem Verdruß jemand hatte offenstehen lassen.

»Ich kann verstehen, weshalb Emmet keine Werbung für diesen Schleichweg zu seinem Haus machte.«

»Es gefiel ihm, daß er vorne herum in den Park und damit den Verkehr und die Besucher umgehen konnte.«

Schwache Reifenspuren führten an dem Pavillon mit dem Swimmingpool vorbei, hinter dem wir auf eine Schotterauffahrt gelangten. Wir fuhren durch eine Jacarandaallee, an Strauchwerk vorbei, und dann lag die Vorderfront der Villa vor uns. Soweit ich feststellen konnte, hatte uns niemand gesehen.

»Die Wächter am Tor werden sich ganz schön wundern, wenn sie uns rausfahren sehen, wo wir doch gar nicht reingekommen sind«, sagte ich.

Mikki lächelte gequält. »Oh, die sind an mein Kommen und Gehen gewöhnt. Sie werden einfach annehmen, daß wir während der früheren Schicht reingefahren sind.«

Während ich in dem Halbkreis vor der Lairdschen Villa parkte, wurde mein Horror immer größer. Ein Kronenkranich flog mit einem Schrei aus dem Hain von Feuerbäumen auf, der das Haus an einer Seite säumte. Dahinter fiel der Garten terrassenförmig bis zu einem weiten Rasen ab, der an den Bäumen des Nationalparks abrupt endete. Der Pool war vom Haus aus nicht zu sehen. Über den Baumwipfeln konnte ich das offene Grasland erkennen, wo wir hergekommen waren, mit winzig kleinen Gnus, Zebras und Gazellen gesprenkelt. Ein leichter Wind brachte den Geruch von Jasmin aus dem Garten und von weiter unten das Wiehern von Zebras.

»Ich würde einen Mord begehen, um diesen Besitz zu behalten, du nicht auch?« sagte Mikki.

Ich warf ihr einen scharfen Blick zu. Sie lächelte gequält.

»Alicia nicht.« Der Kies knirschte unter unseren Füßen, während wir unter einem weißen, von Säulen getragenen Vordach auf die Haustür zugingen. »Ich würde alles darauf wetten, daß sie das Anwesen verkauft und sich ein großes Haus auf der Embassy Row kauft.«

»Du nimmst also an, daß sie in Kenia bleibt.«

Ich zuckte mit den Schultern. »Wer weiß?«

Bevor wir klingeln konnten, wurde die Tür von einem

kleinen, dicken dunkelhäutigen Mann geöffnet, der ganz in Weiß gekleidet war.

»Hi, Joseph. Wir sind gekommen, um der Familie unser Beileid auszusprechen.« Ich trat vorsichtig auf den Marmorfußboden, der so blank poliert war, daß sich der Kristallkronleuchter darin spiegelte, der sechs Meter über unseren Köpfen hing. Hatte Emmet jedesmal einen Kulturschock erlitten, wenn er von seinem Camp in dieses Haus zurückkam? *Alicias Palast* pflegte er es zu nennen, aber das erst, nachdem er schon lange nicht mehr in sie verliebt war. Ich fand es unfair, Alicia für alles die Schuld zuzuschieben. Es war auch sein Haus und sein Ego. Die Afrikaner geben Kühe als Brautpreis, wir Häuser.

Joseph begrüßte uns leise und sagte, wie leid es ihm um Emmet tue.

Mikki umarmte ihn kurz. »Sie haben Emmet länger gekannt als alle anderen, nicht wahr?« fragte sie.

»Das stimmt, Miss. Er hat mich an dem Tag angestellt, als er nach Kenia kam. Viele, viele Jahre war ich sein Fahrer. Haben Sie das gewußt? Dann hatte er eines Tages Erbarmen mit all meinen grauen Haaren und sagte: ›Fahren ist zu anstrengend. Von nun an wirst du mein Privatdiener sein.‹ Sehen Sie? Er war ein guter Mann. Ich hätte niemals gedacht, daß man ihn einmal vor mir begraben würde«, fügte Joseph traurig hinzu.

»Es ist ein merkwürdiges Gefühl, hier zu sein, und er ist nicht da«, sagte ich mitfühlend.

»Das ist ganz schlimm für mich.« Joseph durchquerte mit schweren Schritten die Empfangshalle und öffnete die Wohnzimmertür. »Die Elefanten und ich, wir werden ihn am meisten vermissen.«

Nicht so sehr wie Mikki, dachte ich, während wir hinter seinem breiten Rücken hergingen. Joseph schien nicht zu wissen, daß Emmet vorgehabt hatte, Mikki zu heiraten, oder vielleicht verhielt er sich ganz einfach diplomatisch. Obwohl es wohl nicht allzu diplomatisch war zu sagen, er würde Emmet mehr vermissen als Alicia. Ihm mußte das meiste bekannt sein, was in dieser Familie vor sich ging. Vielleicht hatte Emmet ihm sogar anvertraut, daß seine jüngste Ehe zerrüttet war. Ich konnte mir vorstellen, daß Joseph in der langen Zeit, in der sie zusammen waren, also während allen drei Ehen von Emmet, viele Geheimnisse bewahrt hatte. Er hätte der Polizei sicher viel zu erzählen, wenn sie ihn zum Reden bringen könnten.

Das Wohnzimmer lag im hinteren Teil des Hauses, und man hatte von dort eine überwältigende Aussicht. Ich mußte zugeben, daß es ein schöner Raum war, wenn auch für meinen Geschmack viel zu formell und prunkvoll. Hier hingen zwei kleinere Kristalleuchter. Die Wände waren hellgrün gestrichen, und in Höhe der Decke befanden sich Stuckverzierungen aus Früchten und Antilopenköpfen. Es gab mehrere Sitzbereiche mit passenden Sofas, chinesische Teppiche in Blaßrosa und Grün, die obligaten Couch- und Beistelltische, alle mit silbergerahmten Fotografien, dazu sorgsam arrangierte silberne Dosen und Kerzenlöscher und was man sonst noch alles herumliegen haben mußte, um zu zeigen, daß man aus einer alten, reichen Familie stammte und einen guten Geschmack hatte. Ich glaubte nicht, daß Alicia aus solchen Verhältnissen kam, und fragte mich, ob sie das alles aus einer Zeitschrift kopiert hatte. Es wirkte einfach zu perfekt.

Als wir den Raum betraten, schien niemand da zu sein, doch dann bemerkte ich, wie am anderen Ende des Raums über einem Sessel mit breiter Rückenlehne Zigarettenrauch aufstieg. Joseph meldete uns, worauf Garret Laird wie ein aufgescheuchter Hase aus dem Sessel sprang. Seine große weiße Hand fühlte sich schlaff und feucht an, als ich sie schüttelte und mein Beileid aussprach. Er murmelte etwas, das ich nicht mitbekam, und ließ sich dann wieder in seinen Sessel fallen.

Ein zweiter Bediensteter erschien. »Sie haben nach Erfrischungen geläutet, Sir?«

»O ja, gute Idee. Das brauch ich jetzt. Ich hätte gern ein Lager, Nelson.« Dann fielen ihm seine guten Manieren ein. »Was kann ich euch anbieten? Das Lager ist sehr gut. Ich bestell es extra bei einer kleinen Familienbrauerei in Kent. Ich schätze, das ist der einzige Ort in Afrika, wo man das Zeug kriegt. Erstklassig.«

Ich bat statt dessen um ein Club-Soda mit Zitrone, doch Mikki nahm das angebotene Lager an. Nachdem das geregelt war, sank Garret ganz erschöpft in seinen Sessel zurück.

Mikki und ich kondolierten.

»Ein ganz schöner Schock, was?« Garret legte eine Hand auf seine Taille. »Ich fühl mich, als hätte mich ein Pferd getreten.«

»Wie kommt Alicia damit zurecht?« fragte ich.

»Wie zu erwarten war«, nuschelte Garret sarkastisch. »Für dich tut es mir echt leid, Mikki.«

»Danke.« Mikki sah sich im Zimmer um. »Ist Alicia zu Hause? Ich hatte gehofft, ich könnte mit ihr über die Benefizparty sprechen.«

Garret zerdrückte seine Zigarette in einem rosa und

grün gemusterten chinesischen Aschenbecher und zog mit seinen dicken weißen Fingern sofort eine neue aus dem Päckchen. »Alicia hatte heute morgen einen Termin beim Anwalt. Greg hat sie hingefahren. Bloß keine Minute verlieren.« Mit zitternden Fingern führte er die Zigarette an seine Lippen. »Ich hab verschlafen. Hatte ein paar Schlaftabletten genommen, die ich bei Vater in der Kommode gefunden habe. Furchtbares Zeug. Seht mal, wie zittrig ich davon bin. Der alte Junge war süchtig danach. Bei seiner manischen Art fiel es ihm schwer, abzuschalten und zu schlafen.«

»Ich würde eher energiegeladen als manisch sagen«, bemerkte ich und fragte mich, ob Garret häufiger in Emmets Kommode herumschnüffelte.

Mikki stand auf und begann, im Zimmer auf und ab zu gehen und dabei kleine silberne Gegenstände hochzuheben und wieder hinzustellen. Die wenigen Male, wo ich sie zusammen in einem Raum gesehen hatte, war mir aufgefallen, daß Garret eine ähnliche Wirkung auf Emmet hatte.

Garret sah auf seine Uhr. »Wo sie nur bleiben?«

Unsere Drinks wurden gebracht. Mikki nahm ihren und stellte sich vor die lange Reihe von Glastüren, die auf eine von einer Balustrade umrahmte Terrasse hinausführten. Garret schüttete ein Drittel seines Glases hinunter und wischte sich mit dem Handrücken den Schaum von seiner langen Oberlippe.

Schweigen machte sich breit. Selbst in guten Zeiten war es nicht einfach gewesen, sich mit Garret zu unterhalten. Ich suchte angestrengt nach einem Thema. »Ich hab gehört, du hast ein neues Unternehmen angefangen?«

»Du meinst, Vater hat sich bei dir über mein neuestes verrücktes Projekt beklagt.« Garrets Lippen waren zu einem selbstironischen Grinsen verzogen.

Garret kannte Emmets Einstellung ihm gegenüber nur zu gut. Dabei waren Garrets Ideen gar nicht mal dumm. Das Problem war nur, daß er sich in der Rolle des Gutsherrn sah, der den Gewinn einsteckte, ohne die eigentliche Arbeit zu tun. Emmet hatte ihm schon lange keinen Kredit mehr gegeben. Deshalb mußte der arme Garret mit den Zinsen aus dem Treuhandvermögen seiner Mutter auskommen, die er streckte, indem er bei Emmet und Alicia wohnte. Bei freier Unterkunft und Verpflegung konnte er so sein Geld für wichtigere Dinge aufsparen, wie zum Beispiel Lager aus Kent oder Clubbeiträge.

»Nein, Emmet hat mir nichts davon erzählt. Worum handelt es sich?« Mikki schritt erneut im Zimmer auf und ab. Als sie einen Sonnenstrahl passierte, der durch die Terrassentür fiel, flammte ihr Haar einen Augenblick rot auf.

»Ich errichte eine luxuriöse Ferienanlage auf Umar Island, an der Küste ein Stück oberhalb von Lamu. Es wird das perfekte tropische Ferienparadies werden. Wir haben einen netten kleinen Hafen ausgebaggert. Das Dock ist bereits fertig – groß genug, um die Baumaschinen zu entladen.«

»Und das machst du ganz allein?«

»Ich bin sozusagen der geistige Vater, aber natürlich habe ich nicht das Kapital für ein Projekt in dieser Größe.« Garret winkte mit einer Hand ab. Die brennende Zigarette glitt ihm durch die Finger und fiel auf den chinesischen Teppich. Ungeschickt grapschte er danach. Der beißende Geruch von verbrannter Wolle erfüllte den

Raum. Bis er den Stummel endlich aufgehoben hatte, war bereits ein schwarzer Brandfleck auf dem rosa-grünen Teppich entstanden. »Alicia kriegt einen Anfall, wenn sie das sieht.« Er versuchte, den Fleck mit dem Fuß wegzureiben. »Mist.« Er gab es auf. »Wo war ich stehengeblieben?«

»Umar Island.«

»Ach ja. Einer meiner Geldgeber ist ausgestiegen, und eine Zeitlang sah es ziemlich übel um das ganze Projekt aus. Vater war damals ziemlich sauer auf mich. Ich dachte, er hätte vielleicht was gesagt.«

»Nein, Emmet hat mir gegenüber nie darüber gesprochen«, sagte Mikki. »Sieh dir das an, Jazz. Sie füttern die Milane.« Mikki machte für mich Platz am Fenster.

Unter uns auf dem Rasen stand ein Hausangestellter mit einer großen Schüssel in Stücke geschnittenes rotes Fleisch. Milane schwirrten hektisch über seinem Kopf. Diese falkenartigen Vögel sind in Nairobi so verbreitet wie Tauben. Er warf die Brocken hoch in die Luft, und die Vögel fingen sie im Sturzflug auf. Die Luft war von ihren durchdringenden Schreien erfüllt. Sie machten akrobatische Drehungen, tauchten ab und schnellten wieder hoch, um ein Stück Fleisch zu erwischen und zu verhindern, daß ein anderer Vogel es ihnen abnahm.

Plötzlich war das Geklapper von hohen Absätzen auf dem Marmorboden zu hören. Alicia kam mit schnellen Schritten in den Raum. Keine leuchtenden Farben, kein wirbelnder Rock, kein Schmuck, kein tiefes Dekolleté. Sie trug ein kragenloses, graues Kostüm mit einem geraden Rock und Schuhe mit so spitzen Absätzen, daß ich mir vorstellte, sie müßte damit selbst in festgetretenen Boden winzige Halbmonde bohren. Statt ihrem üblichen

Was-kostet-die-Welt-Lächeln war ihr Gesicht heute so angespannt, daß die Muskeln um ihren Mund hervortraten und bebten.

Alicia streifte ihre Handschuhe ab und warf sie zusammen mit ihrer Handtasche auf einen Stuhl. Mikki und mich würdigte sie kaum eines Blickes. »Garret, du kannst dir nicht vorstellen, was Emmet uns angetan hat. Ich werde das Testament anfechten, auf jeden Fall. Ich fechte das Testament an.«

»Alicia, hör auf. Du machst mir angst.« Er griff nach einer Zigarette. »Wie schlimm ist es?«

»So schlimm es nur sein kann.«

Garret stöhnte. Er war älter als seine Stiefmutter, aber das konnte man nur an seinem schütteren Haar erkennen. Ansonsten wirkte er in ihrer Gegenwart höchstens noch kindischer.

Joseph kam mit einem Tablett frischer Drinks. Alicia entriß ihm förmlich das Whiskeyglas.

Garret griff nach einem Lager. »Joseph, mach schnell und gib einem Verdammten seinen letzten Drink.«

Ein verächtlicher Ausdruck huschte über Alicias Gesicht. »Hör bloß auf zu jammern. Du weißt ja noch gar nicht, was passiert ist.«

»Sag's mir doch, um Himmels willen.«

Gregs Stimme kam aus dem Türrahmen. Heute sah er eher wie ein Banker aus als wie ein Sportler. Er trug einen gutsitzenden schwarzen Anzug. »Er hat dich nicht enterbt ... jedenfalls nicht ganz.«

»Greg, nimm dir was zu trinken.« Alicia schritt wütend auf und ab. »Dieser Mistkerl mit seinen verdammten Elefanten ...«

Bei diesem Wort *enterbt* machte Garret ein Gesicht,

als hätte man ihn geschlagen. »Mach damit keine Witze. Emmet hat zu Kim gesagt, er hätte großzügig für uns gesorgt.«

»Du meinst, bevor sie aufhörten, miteinander zu reden«, sagte Alicia.

»Er hat sein Testament geändert?«

»Nein, diese Abrechnung – ich meine dieses Testament – wurde bereits vor Jahren aufgesetzt. Großzügig! Großzügig!« Alicias Drink schwappte über, während sie Garret angiftete. »Ich weiß nicht, was Emmet Kim erzählt hat oder wie du überhaupt dazu kommst, deiner verrückten Schwester etwas zu glauben.«

»Wollt ihr beide mir nun endlich sagen, was er getan hat?« meldete sich Garret zu Wort.

»Greg, sag du es ihm. Ich bin so wütend, ich bring keinen klaren Satz heraus.«

Greg setzte sich gehorsam in den Ohrensessel Garret gegenüber. Dann sagte er ganz sachlich: »Er hat die Hälfte seines Geldes seinen Elefanten vermacht.«

»Und die andere Hälfte?« Garret erhob sich halb aus seinem Sessel. »Was ist mit dem restlichen Geld? Mit dem Haus?«

»Das Haus und sein übriges Vermögen fließen in einen Treuhandfonds.« Greg schien Garret, der immer hysterischer wurde, zappeln zu lassen wie einen Fisch an der Angel, während er vorführte, wie gut er sich unter Kontrolle hatte.

Garret sank tiefer in seinen Sessel und hielt den Kopf mit beiden Händen fest. »Verdammt, verdammt, verdammt.«

Greg fuhr in seiner nüchternen Bankerstimme fort: »Das Haus steht jedem von euch, einschließlich Kim, solange ihr lebt, zur Verfügung. Wenn der letzte von euch gestorben ist oder falls niemand auf Dauer hier wohnen möchte, geht es ebenfalls in den Besitz von Save the Elephants über.«

»Und das Geld?« Die Worte kamen ohne jede Hoffnung aus Garrets verdecktem Gesicht.

»Jeder von uns erhält Unterhalt aus den Zinsen«, sagte Alicia. Sie sprach das Wort *Unterhalt* aus, als ob es Ungeziefer wäre. »Das Kapital bleibt erhalten, du darfst raten, für wen. Gott, ich könnte jeden Elefanten umbringen, der mir über den Weg läuft.« Sie warf den Kopf zurück und leerte ihr Glas mit einer heftigen Bewegung. Dann wandte sie sich zum ersten Mal Mikki zu. »Ich wette, du hast das gewußt, stimmt's?«

Mikki behielt die Nerven. »Nein, das kann ich nicht sagen.«

»Merkwürdig. Dabei hab ich gedacht, Emmet erzählt dir alles.« Sie kostete das Schweigen aus. »Die Elefanten können die *Schenkung* ja wohl kaum selber ausgeben.« Ihr Mund kräuselte sich bei dem Wort. »Du hast die alleinige Verfügung, du neunmalkluge Wissenschaftlerin. Die alleinige Verfügung über ein verdammtes Vermögen!«

9

Ich überzeugte Mikki davon, daß sie etwas essen müßte, selbst wenn sie keinen Hunger hatte, und wir gingen hinüber zu Shabaan's Bar und Grill. Das Lokal lag versteckt in dem Labyrinth von Straßen hinter dem alten

Markt. Ein paar Treppenstufen führten in eine Art Vorraum, in dem Shabaan selbst präsidierte, ganz prächtig in einem bestickten Grand Boubou und einer Muslimkappe. Er hatte pockennarbige Haut, so dunkel wie Espresso, auf die schwach das Licht von der Eingangstür fiel. Shabaan stammte aus Mombasa am Indischen Ozean, der einstigen Heimat der arabischen Sklavenhändler, die die Küste beherrscht und ein Erbe aus Islam und Suaheli hinterlassen hatten, einem arabisch gefärbten Handelsdialekt. Seine Küche war berühmt für frischen Fisch, der täglich angeliefert und über einem Bekken mit heißer Kohle gegrillt wurde.

Shabaan begrüßte uns freundlich, wurde aber sofort ernst, als Mikki ihm zuflüsterte, daß wir ungestört sein wollten und daß sie ihm ewas zu sagen hätte. Shabaan verlor kein weiteres Wort, sondern führte uns an der langen Mahagonibar vorbei. Der Barmann, ein breitschultriger Inder namens Raj, der durch seine ungewöhnlich langsamen Bewegungen auffiel, nickte uns zur Begrüßung zu. Dabei bewegte sich seine rechte Hand unablässig weiter und schnitt mit einem scharfen Messer eine Orange nach der anderen auf für den berühmten Shabaan Screwdriver.

Es war noch ziemlich früh zum Mittagessen, deshalb kamen wir nur an ein oder zwei Tischen mit Leuten vorbei, die wir kannten, und begrüßten sie, ohne bei ihnen stehenzubleiben. Im Lokal war es halbdunkel und kühl. Wir gingen durch einen breiten Bogen in einen der hinteren Räume. Shabaan führte uns zu einer schmalen Nische, in der nur zwei Tische standen, und wir drei setzten uns dorthin.

Kurz darauf erschien der Kellner mit unseren frischgepreßten Screwdrivers. Ein Hilfskellner füllte unsere Wassergläser und brachte Brötchen. Auf ein Zeichen von Shabaan räumte er die Gedecke vom Nebentisch ab, damit wir auf jeden Fall ungestört blieben. Ein Kellner mit einer roten Jacke und grauen Haaren zählte den frischen Fisch des Tages auf – Felsenkabeljau und Papageifisch – und verschwand dann mit unserer Bestellung.

Shabaan faltete die Hände und wartete geduldig, daß Mikki anfing.

Mikki holte tief Luft und sagte dann in einem Atemzug: »Emmet ist gestern in seinem Camp erschossen worden. Jazz kann dir mehr erzählen.«

»Ja, ich habe die traurige Nachricht schon erfahren. Es steht in der Zeitung.« Shabaans Miene gab keinerlei Gefühlsregung zu erkennen, doch er ließ seine breiten, weichen Schultern hängen. »Das ist wirklich sehr traurig. Mr. Laird war ein guter Mensch, ein Freund Kenias.«

Ich berichtete ihm in wenigen Worten, wie ich am Vortag zu Emmets Camp gefahren war und dort die Leiche gefunden hatte.

Shabaan blinzelte wissend mit den Augen. Wenn man Shabaan Informationen gab, konnte man sich darauf verlassen, daß man vielfach dafür belohnt werden würde. Diesmal zahlte es sich sofort aus. »Wenn ich daran denke, daß er erst letzte Woche hier war, genau an diesem Tisch«, er deutete mit dem Kinn auf den Nebentisch, »und dort mit seiner schönen Tochter zu Mittag gegessen hat, zum ersten Mal seit langer Zeit.«

Mikki beugte sich vor. »Mit Kim?«

»Ja. Sie haben dort gesessen.« Wir sahen alle auf den abgeräumten Tisch neben uns. Mikki und ich tauschten einen erstaunten Blick.

»Glaubst du, sie haben sich versöhnt?« fragte Mikki.

Shabaan machte ein zweifelndes Gesicht. »Ein schöner Gedanke – gelobt sei Allah«, intonierte er. Dann stand er schwerfällig auf und ließ uns allein.

Mikki und ich hoben unsere Gläser. »Auf Emmet.«

Der Drink war kühl und duftete nach Orangen. Ich sah auf meine Uhr. Bei Shabaan mußte man immer ziemlich lange warten, ich hatte also noch genügend Zeit, meinen Anrufbeantworter abzuhören, bevor das Essen kam. Ein paar Häuser weiter war ein Postamt mit öffentlichen Telefonen. Ich wollte hören, ob Ibrahima wegen des Ersatzfahrers noch eine Nachricht hinterlassen hatte. Der Nachmittag würde ganz bestimmt furchtbar hektisch werden, da alle Reservierungen noch einmal bestätigt und die Vorräte überprüft werden mußten, damit wirklich alles bereit war, wenn die Reisegruppe am Sonntag abend eintraf. Wie das in Afrika üblich war, würde es gewiß noch größere und kleinere Katastrophen geben, um die man sich dann in letzter Minute kümmern mußte.

Ich entschuldigte mich und ging zum Postamt rüber. Dabei steuerte ich direkt auf den Zeitungskiosk zu. Aus morbider Neugier wollte ich wissen, ob die Nachricht von Emmets Tod auf der Titelseite der *Daily Nation* stand. Tatsächlich. Neben einem unscharfen Foto von Emmet stand die Schlagzeile: ELEFANTEN BEGRABEN DIE LEICHE IHRES WOHLTÄTERS. Der Artikel konzentrierte sich zwar auf den Aspekt Tiere, wärmte aber auch die Serie von Anschlägen auf Touristen wieder auf, die Wilderer in letzter Zeit verübt hatten, um sich für das Verbot des Elfenbeinhandels zu rächen. Das würde üble Folgen fürs Geschäft haben.

Ich hörte die Nachrichten ab. Eine war von Striker, der sich nur mal melden wollte. Eine weitere von Omondi, der mich bat, möglichst bald auf die Polizeistation zu kommen, um eine eidesstattliche Erklärung abzulegen.

Die letzte Nachricht stammte von der U.S. Adventure Travel Agency, deren Reisegruppe am Sonntag abend eintreffen sollte. Betty Ann, die normalerweise immer fröhlich plauderte, klang geschäftsmäßig und kurz angebunden. »Ruf mich so bald wie möglich an.«

In Kenia ist es acht Stunden später als in New York minus eine Stunde für die Sommerzeit. Wenn also die Todesnachricht über Emmet nach unserer Zeit gestern abend über die Fernsprecher gelaufen war, wäre sie dort noch in die Nachmittagszeitungen gekommen, also einen Tag bevor sie hier bekannt wurde. Das bedeutete außerdem, daß Betty Ann sich den Wecker auf zwei Uhr morgens gestellt haben mußte, um mich heute in aller Frühe zu erreichen. Sie hatte bestimmt keine gute Nachricht für mich.

Ich rief die Vermittlung an und mußte nur fünf Minuten auf das Ferngespräch warten. Fünf Minuten, die allerdings die reinste Hölle waren. Ich starrte auf die vergammelte Mauer gegenüber der Telefonzelle und versuchte, nicht darüber nachzudenken, was es für Folgen hätte, wenn ich diesen Auftrag verlor. Geld leihen konnte ich mir nicht mehr. Ich könnte den Rover verkaufen, um die Miete zu bezahlen, aber was würde dann aus meinem Unternehmen? Striker und ich würden es keine Woche miteinander aushalten, wenn ich bei ihm einzöge. Das war das Ende. Leb wohl, Jazz Jasper Safaris. Natürlich könnte ich versuchen, für ein anderes Safari-Unternehmen zu arbeiten, aber die Geschäfte liefen überall schlecht. Bedeutete das auch leb wohl, Kenia? Das wollte ich nicht akzeptieren. Das Telefon klingelte. Ich hob ab. Die Vermittlung sagte mir, sie habe die gewünschte Verbindung.

Betty Ann kam sofort zur Sache. »Schlechte Nachrichten, fürchte ich. Du kannst dir sicher denken, was los ist.«

»Du willst die Reise stornieren.«

»Es führt kein Weg daran vorbei. Die Hälfte der Teilnehmer hat abgesagt, und wir haben nicht genug Zeit, Ersatz zu finden, selbst wenn die Leute auf der Warteliste bereit wären, auf Safari zu gehen, wo ein Mörder frei herumläuft. In New York City geschehen in einer Woche – vermutlich sogar an einem einzigen Tag – mehr Morde als in Kenia im ganzen Jahr, aber versuch mal, das denen klarzumachen. Reine Zeitverschwendung.«

»Die Hälfte der Leute hat also nach einer einzigen Zeitungsmeldung abgesagt?«

»Du mußt immerhin bedenken, daß dein Name in der Zeitung stand – damit kannst du's vergessen. Du hast die Leiche gefunden? Warst du mit einer Gruppe unterwegs?«

»Nein. Der Ermordete war ein Freund von mir.«

»Das tut mir leid. Furchtbare Sache. Nimmt man an, daß es wieder Wilderer waren?«

»Nein, eigentlich nicht. Man glaubt, es könnte ein persönliches Motiv dahinterstecken.«

»Nun ja, das nützt uns auch nichts, fürchte ich. Daß die Elefanten den armen Kerl begraben haben, macht es zu einer großen Sache. Die Nachmittagszeitungen haben viel darüber gebracht, und es ist sogar in die Elfuhrnachrichten gekommen. Wie ich schon sagte, damit kannst du's vergessen. Die erste Absage hatte ich noch während dem ersten Nachrichtenblock.«

Wir tauschten noch ein paar höfliche Bemerkungen über unsere Zusammenarbeit aus, dann sagte Betty Ann, sie würde mir meinen Anteil an den Stornierungsgebühren überweisen. Davon könnte ich mir noch nicht mal ein Ticket für den Heimflug kaufen.

Sobald Mikki mich sah, fragte sie: »Was ist los, Jazz? Ist was passiert?«

Ich nahm meine zerknitterte Serviette und ließ mich auf den Stuhl fallen. »Meine Tour ist storniert worden.«

»O nein!« Mikki war eine so gute Freundin, daß sie zuerst an mich dachte. »Was willst du jetzt machen?«

Ich zuckte mit den Schultern und strich die Serviette auf meinem Oberschenkel glatt. »Ich weiß es wirklich nicht, Mikki. Ich hab den Auftrag dringend gebraucht.«

»Jazz?« Mikki betrachtete ihr Messer, das sie hin und her drehte, als ob sie beobachtete, wie ihr Spiegelbild auf der schmalen Silberklinge auftauchte und wieder verschwand. »Mein Angebot, dich zu engagieren, um wegen des Mords an Emmet zu ermitteln, gilt immer noch.«

»Ehrlich gesagt, ich halte das für keine gute Idee. Du bist jetzt ganz aufgebracht und willst was tun, aber...« Ich schüttelte den Kopf.

»Aber was?«

»Dafür fehlt mir die nötige Qualifikation. Und ich stecke zu sehr mit drin, um objektiv zu sein.«

»Du verkaufst dich unter Wert. Ich hab Vertrauen zu dir. Ich weiß, daß du dieser Aufgabe gewachsen bist, wenn du es nur willst.«

»Und ich glaube, du hast Alicia auf dem Kieker.«

Sie starrte auf die funkelnde Fläche des Messers. Hin,

her. Ein Lichtstreifen, reflektiert von dem silbernen Messer glitt über ihr Gesicht. »Na und, es hindert dich doch niemand, alle Möglichkeiten in Betracht zu ziehen. Schließlich verlang ich ja nicht von dir, daß du ihr was anhängst. Das weißt du doch.«

»Daran hab ich nicht im entferntesten gedacht.«

Sie legte das Messer hin. »Also, was ist?«

Sie hatte mir alle Argumente genommen, und das wußte sie. »Denk doch nur mal einen Augenblick nach. Ganz ehrlich, Jazz, würdest du es nicht gern tun? Nicht nur für mich, sondern auch für dich. Du weißt, daß du in solchen Sachen gut bist. Und ich bin sicher, daß du fast genausosehr wie ich willst, daß Emmets Mörder gefunden wird.« Emmet und die Elefanten schienen mich durch Mikkis Augen flehend anzustarren. »Ich meine, sonst hängst du doch nur rum und wirst verrückt.«

Ich geriet ins Wanken.

»Wenn sich rasch herausstellt, daß Alicia es getan hat – und ich sage nur *wenn* –, dann kommt der Tourismus wieder in Schwung. Die Leute haben Angst, im Busch von Wilderern umgebracht zu werden, und wer könnte ihnen das verdenken? Nicht nur dein Unternehmen leidet darunter. Denk an die ganze Tourismusbranche, an all die Leute, die für dich arbeiten.«

Gleich würde sie mir erzählen, daß das Schicksal ganz Kenias von mir abhinge.

Der Kellner schlüpfte durch den Perlenvorhang in unsere Nische. Er trug einen Teller, auf dem ein ganzer Papageifisch lag. Geschickt zog er die Haut ab, zerlegte den Fisch und schob die Filets auf unsere Teller.

Mikki beugte sich zu mir. »Hast du Angst? Wenn es

das ist, dann sag's mir, und ich werde nie mehr davon anfangen.«

»Nein, ich hab keine Angst. Es ist nur ...« Nur was? Mikkis Argumente waren plausibel. So sentimental sich das auch anhören mag, ich wollte tatsächlich, daß Emmets Mörder seine gerechte Strafe bekäme. Dennoch wollte ein Teil von mir sich da nicht einmischen. Ich war nach Kenia gekommen, um mir das letzte Stückchen Paradies auf Erden zu sichern, um dem Kummer und menschlichen Verrat nach meiner Scheidung zu entfliehen. Ich wußte nur zu gut, welche mörderischen Gefühle eine Scheidung auslösen konnte, ganz gleich, für wie zivilisiert man sich hielt. Zwar bewunderte ich Emmet, aber ich hatte auch den Eindruck, daß er vielen Menschen weh getan hatte, seinen Kindern ebenso wie seiner Frau. Wollte ich etwa die Schattenseite seines Lebens aufdecken? Würde Mikki mir dafür dankbar sein? Andererseits war es weitaus konstruktiver, den Mörder zu suchen, anstatt bloß herumzusitzen und um Emmet zu trauern, um die Elefanten und um Kenias Zukunft. Man kann nur bis zu einem bestimmten Punkt vor Problemen davonlaufen – wann beginnt man zu kämpfen, um das zu beschützen, was man liebt?

Ich nahm die Zitronenhälfte und drückte sie über dem Fisch aus. Erst hatte ich geglaubt, daß ich gar nichts essen könnte, doch plötzlich hatte ich einen wahnsinnigen Hunger. »Laß mich darüber nachdenken. Bist du heute nachmittag in deinem Büro?«

Mikki sprang auf und umarmte mich. »Du bist eine wunderbare Freundin.«

»Halt! Ich hab noch nicht ja gesagt.«

»Noch nicht.« Mit einem Ausdruck, als habe man ihr

eine große Last von der Seele genommen, setzte sie sich wieder hin.

»Du kennst doch das Sprichwort. Trenne immer Geschäft und Freundschaft«, sagte ich, während ich ein großes Stück Fisch nahm. »Ich möchte nichts tun, was wir später bedauern.«

»Ich bin sicher, daß wir damit umgehen können. Ich werde dir nicht reinreden. Ich möchte zwar gern informiert werden, aber das liegt ganz bei dir.«

»Aber im Ernst, auch du solltest noch mal darüber nachdenken. Möchtest du dich dafür verantwortlich fühlen, wenn der Mörder gefunden wird und sich herausstellt, daß es nicht Alicia war? Garret und Kim beispielsweise hatten auch erwartet, ein Vermögen zu erben.«

»Ich glaube, Kim hat Emmet schon seit langem als elitären Neokolonialisten abgeschrieben oder wie auch immer das in ihrem Jargon heißt.«

»Das bedeutet aber nicht, daß sie auch sein Geld abgeschrieben hat.«

Wir diskutierten noch eine Weile. Der Kellner kam, räumte unsere Teller ab und goß uns aus einem langstieligen Messingtopf starken türkischen Kaffee in kleine Tassen. Ich nahm vorsichtig einen Schluck und hätte mir fast die Lippen verbrannt. »Und was, wenn Henry herausgefunden hat, daß Emmet dich gefragt hat, seine Frau zu werden?«

Mikki lächelte gequält. »Henry? Er sagt zwar gemeine Dinge, aber er ist leicht zu durchschauen. Im Grunde ist er wie ein großes Baby. Außerdem hatte ich Emmet noch nicht ja gesagt.« Mikki begann wieder, mit ihrem Besteck herumzuspielen. »Aber hör mal, Jazz. Ich engagiere dich doch nicht, damit du Alicia was anhängst. Ich will, daß Gerechtigkeit geschieht, egal wer der Mörder ist. Das ist mein Ernst.«

Mikki bestand darauf zu bezahlen und ging. Ich blieb sitzen, starrte auf die weißverputzte Wand und malte mir in allen Einzelheiten aus, was für eine Katastrophe die geplatzte Tour für mich bedeutete. Dann ließ ich mir langsam durch den Kopf gehen, was ich über den Mord und über Emmets Situation wußte. Ich spürte eine gewisse Erregung angesichts dieser Herausforderung, hatte aber gleichzeitig ein ungutes Gefühl, das mich mahnte, mich herauszuhalten. Wie das Schild neben dem Schloß der Hexe im *Zauberer von Oz.* »An deiner Stelle würde ich umkehren«, murmelte ich laut vor mich hin.

»Bitte?« Der Kellner blieb in dem bogenförmigen Eingang stehen und lächelte, weil er mich überrascht hatte. Er war ein Mann Mitte Fünfzig mit guten Manieren. Eine Brille mit einem schweren schwarzen Gestell saß etwas unpassend auf seiner hübschen, rundlichen Nase.

»Ich hab nur mit mir selbst geredet.« Ich lächelte zurück. »Sie haben mich doch auch letztes Mal bedient, als ich mit meiner Freundin Mikki hier war, oder?«

Erfreut, weil ich ihn wiedererkannt hatte, kam er an den Tisch. »Das stimmt. Normalerweise bestellen Sie beide immer Nachtisch, heute aber nicht.« Er räumte Mikkis leere Tasse ab und wischte ein paar unsichtbare Krümel weg.

Ich fragte mich, ob er auch Emmet und Kim bedient hatte. »Darf ich Sie was fragen?«

»Natürlich.« Keinerlei Zögern oder Vorbehalt. Wenn ich ihn um einen Kredit oder um einen Platz für diese Nacht zum Schlafen gebeten hätte, hätte er mir das wie die meisten Afrikaner vermutlich ohne weiteres gewährt.

»Kennen Sie Emmet Laird?«

»Das ist eine einfache Frage«, sagte er mit seinem weichen afrikanisch-britischen Akzent. »Jeder kennt hier Mr. Laird. Es tut mir furchtbar leid, daß er von uns gegangen ist. Möge der Herr ihn segnen.«

»Ich bin auch sehr traurig. Shabaan hat mir erzählt, daß Mr. Laird letzte Woche mit seiner Tochter Kim hier zu Mittag gegessen hat.« Ich deutete mit dem Kopf zum Nebentisch. »Ich hab gehört, daß sie sich früher nicht besonders gut verstanden haben.«

Kopfschüttelnd nahm der Kellner meine türkische Kaffeetasse hoch und balancierte sie mit Mikkis leerer Tasse auf dem Handgelenk. »Oh, es gibt immer Unruhestifter, die allzugern über anderer Leute Angelegenheiten reden. Ich bin kein klatschsüchtiger Mensch.«

Scheiße! Das sah mir mal wieder ähnlich, daß ich an einen Kellner geriet, der Klatsch ablehnte. Ich schob zwei Hundertshillingnoten unter den Salzstreuer. Der Kellner trat von einem Fuß auf den anderen und machte Anstalten zu gehen. »Glauben Sie, daß es ein Versöhnungsessen war?«

Der Kellner steckte die 200 Shilling in die Tasche. »Danke, Memsahib. Ich muß Ihnen eine traurige Wahrheit sagen, Mr. Laird hat mir sehr leid getan. Die jüngere Generation zeigt nicht mehr den nötigen Respekt für die Älteren. Bei meinem eigenen Sohn ist das genauso. Er widerspricht mir ständig. Wenn man zu meiner Zeit gewagt hätte, so mit seinem Vater zu reden, hätte einen der Lederriemen eines Besseren belehrt, das kann ich Ihnen versichern. Und wenn kein Lederriemen da war, tat es auch eine Faust. Die jungen Frauen sind sogar noch schamloser – der Mann schlägt sie, und am nächsten Morgen sind sie wieder bei ihrer Mutter, beklagen sich und sagen, sie wollen nicht mehr nach Hause, der Brautpreis soll zurückgezahlt werden. Wie soll die Harmonie in der Familie erhalten bleiben, wenn der Mann nicht respektiert wird?«

»Kim war respektlos? Was hat sie gesagt?«

»Oh, ich möchte ihre Worte nicht wiederholen. Wo keine Scham ist, ist auch keine Ehre. Diese Tochter, sie ist ein Mädchen, das ihr Zuhause verläßt, ohne ihrem Vater Rinder zu bringen.« Er schob seine Unterlippe vor. »Eine Frau in ihrem Alter sollte inzwischen viele Kinder haben. Es ist nicht so, wie es sein sollte.«

»Also haben sie sich übers Heiraten gestritten?«

Der Kellner wirkte verwirrt. »Heiraten? Vielleicht. Ich bin natürlich hin und her gelaufen, weil ich an vielen Tischen bedient habe.« Er dachte einen Augenblick nach. »Nein, ich kann nicht behaupten, daß sie über Heiraten gesprochen haben.«

Ich fragte mich, ob ich ihn mißverstanden hatte, ob 200 Shilling nicht genug waren oder ob er einfach nur Zeit brauchte, bis er darauf kam, was nun tatsächlich beim Essen zwischen Kim und ihrem Vater passiert war. Ich habe nie richtig gelernt, wie man Leute besticht. Ich komme mir dabei immer komisch vor, auch wenn ich weiß, daß es erwartet wird. Oder vielleicht gab es gar keine besonderen Regeln – einfach nur je mehr, desto besser. Ich nahm einen weiteren Hundertshillingschein heraus und steckte ihn unter den Salzstreuer. »Worüber haben sie geredet?«

Der Kellner trat von einem Fuß auf den anderen. Noch

immer balancierte er die Kaffeetasse so mühelos auf seinem Handgelenk, als ob sie dort angeklebt wäre. »Sie haben über Mr. Lairds ältesten Sohn gesprochen. Da gibt es das gleiche Problem. Er wohnt zwar im Haus seines Vaters wie ein guter Sohn, aber wo ist seine Frau? Ich habe einen Sohn im gleichen Alter, der hat zwar nur eine Frau, aber sie haben elf Söhne und auch viele Töchter. Außerdem bezahlt er für seine jüngeren Brüder die Schulgebühr. Was nützt das ganze Geld, wenn man keine Frauen und Kinder hat?«

Je mehr er mir erzählte, um so weniger wußte ich. Allmählich fragte ich mich, ob der Kellner überhaupt etwas mitgekriegt hatte. Ein letzter Versuch, und dann würde ich aufgeben. »Bei Ihrem wunderbaren Gedächtnis können Sie sich doch bestimmt erinnern, was Kim genau zu ihrem Vater gesagt hat.«

»Ich habe ihre Worte gehört, aber so etwas kann ich nicht wiederholen.« Der Kellner verzog die Lippen.

Ich bewegte den Schein, den ich unter den Salzstreuer gelegt hatte. Er steckte ihn in die Tasche. Ich wartete gespannt.

»Mr. Laird wollte, daß seine Tochter irgendwas für ihren Bruder tat, wie es ganz natürlich ist. Der Bruder ist – wie allgemein bekannt ist – zu dumm, mit Geld umzugehen. Man kann nicht im Luxus leben und gleichzeitig reich werden. Die Tochter dagegen ist sehr fleißig.«

Ich nickte. »Sehr fleißig, aber respektlos.«

»Kein Respekt. Ich brachte gerade Kaffee und Nachtisch, da sprang Miss Laird auf, als ob sie Kakerlaken in der Unterhose hätte – und dieses große Mädchen brüllt ihrem Vater direkt ins Gesicht. Ich kann Ihnen sagen, selbst ein Verrückter würde sich besser benehmen. Wir haben ein Sprichwort: Wenn dein Mund zum Messer wird, schneidet er dir die Lippen ab.«

»Hm«, stimmte ich zu. Innerlich schrie ich. Was hatte sie gesagt?

»Können Sie sich vorstellen, so etwas zu Ihrem Vater zu sagen?« Er stockte.

»Ja?«

Sichtlich um Mut ringend, flüsterte er: »Es ist mir egal, was du gefunden hast. Nimm doch die verdammten Stoßzähne und schieb sie dir in den Arsch.«

Ich ging zum Postamt zurück und hinterließ Mikki eine Nachricht in ihrem Büro: Ich würde den Auftrag übernehmen.

10

Der Name schwebte wie von allein mitten auf der Rauchglasscheibe in der Eichentür: KAMARIA LAIRD, RECHTSANWÄLTIN. Drinnen konnte ich eine altmodische Schreibmaschine klappern hören.

Vier Massai füllten das kleine Wartezimmer. Ein junger Mann in einem schlechtsitzenden Anzug klopfte nervös mit dem Fuß auf den Boden. Die übrigen waren alte Männer, die in rote oder rotkarierte, über der Schulter zusammengeknotete Decken gehüllt waren. Einer von ihnen hielt einen knorrigen Stock in der Hand. Er räusperte sich laut und spuckte auf den Boden. Die Ohrläppchen der alten Männer waren zu großen runden Löchern geweitet und mit silbernen Ringen geschmückt. Einer von ihnen, dessen Gesicht verschrumpelt wie ein welkes

Blatt war, trug außerdem oben an einem Ohr ein aus Draht gebogenes Dreieck. Die Ohrläppchen des jungen Manns waren ebenfalls geweitet, aber er hatte den Schmuck herausgenommen.

Ich nannte der Sekretärin meinen Namen, die das nikkend zur Kenntnis nahm und weitertippte. Ihre mit Perlen geschmückten Zöpfe klapperten bei jeder Kopfbewegung.

Da es so aussah, als ob ich eine Weile warten müßte, setzte ich mich neben den jungen Massai und sagte hallo. Er sprach Englisch. Der älteste der Männer sei sein Vater, erklärte er.

»Für Ihren Vater ist er sehr alt«, sagte ich.

»Ja, er ist der älteste von den zwölf Brüdern meines Vaters.«

»Ah.« Und ich hatte geglaubt, »Vater« hätte nur eine Bedeutung.

Sie waren wegen eines Streits um ein Stück Land zu Kim gekommen. Ein Schwager behauptete, der alte Mann hätte es ihm verkauft, und als Beweis dafür hatte er eine Urkunde mit einem Daumenabdruck des Alten. Dieser war zwar Analphabet, aber er war durchaus in der Lage, einen Betrug zu durchschauen. Er behauptete, er hätte eine Urkunde für ein anderes, ein kleineres Stück Land unterzeichnet. Nun war das eine Sache für die von den Kikuyus beherrschten Gerichte. Die Aussicht auf Gerechtigkeit war zwar gering, aber zumindest sprach der Neffe Englisch und konnte beim Gespräch mit der Anwältin helfen.

»Ich glaube, Sie haben sich an die richtige Stelle gewandt«, bestärkte ich ihn. »Diese Anwältin ist sehr einflußreich, und sie steht auf der Seite des Volkes.«

Der junge Mann entspannte sich ein wenig bei meinen Worten und übersetzte sie ins Massai. Der alte Mann lächelte mich mit seinen schiefen Zähnen an und sagte etwas.

»Was hat er gesagt?« fragte ich den jungen Mann.

»Er sagt, Sie sind kein junges Mädchen mehr, und trotzdem stehen Ihre Brüste immer noch aufrecht.«

»Das kommt daher, weil ich keine Kinder habe.«

Sie diskutierten eine Weile über diese neue Information. Dann wandte sich junge Mann an mich. »Das tut mir sehr leid. In der Nähe von Narok wohnt eine Frau, die große magische Kräfte hat. Vielleicht kann die Ihnen helfen.«

Eine pummelige Frau in nicht allzu sauberen Kleidern kam weinend aus Kims Büro und unterbrach damit die medizinische Beratung. Die Massai marschierten hinein. Auf dem abgenutzten Tisch neben mir lag ein Exemplar der *Daily Nation* mit dem unscharfen Foto von Emmet. Ich drehte die Zeitung um.

Eine Frau, ein Baby mit großen Augen auf dem Rücken, kam herein. Sie nahm das Baby aus dem Tragetuch und begann es zu stillen. Kurz darauf gesellte sich noch eine Frau in einem engen lilafarbenen Kleid zu uns. Sie war von einer Wolke stark riechenden billigen Parfüms umgeben.

Für eine Juraabsolventin von Harvard hatte Kim zweifellos eine ungewöhnliche Klientel. Ich bewunderte ihre Einstellung und ihren Mut und stellte mir vor, daß Emmet das eigentlich auch hätte tun müssen. Dennoch war zwischen den beiden irgendwas ganz furchtbar schiefgelaufen. Weshalb war Kim für ihn zu einem heiklen Thema geworden, über das er nie sprach?

Endlich kamen die Massai wieder heraus, und nun war die Reihe an mir, in das Büro zu gehen. Ich muß zugeben, daß ich etwas nervös war.

Bei ihrem Anblick war ich völlig sprachlos. Mikki hatte mir nicht erzählt, daß sie eine solche Schönheit war. Allerdings war Kim in den Staaten aufgewachsen und erst vor wenigen Jahren nach Kenia zurückgekehrt. Hatte sie sich praktisch sofort mit ihrem Vater überworfen? Vielleicht hatte Mikki sie nie kennengelernt. Ich mußte das herausfinden. Emmet war zu sehr Gentleman, um Mikki zu erzählen, daß seine zweite Frau umwerfend schön war, und ihre gemeinsame Tochter ebenfalls.

Kim war um die Dreißig, eine Frau in der Blüte ihres Lebens. Sie hatte eine hohe Stirn, elegante Wangenknochen und volle wohlgeformte Lippen. Ihre Gesichtszüge waren so perfekt, daß sie schon fast kalt wirkten, doch ihre warme, braune Haut hatte einen schimmernden Glanz, und ihr Körper war voller Leben, gut proportioniert, und strahlte unmerklich die Kraft und das Selbstvertrauen einer Sportlerin aus.

Sie kam um den Schreibtisch herum, schüttelte mir fest und geschäftsmäßig die Hand und zeigte auf den Stuhl, auf den ich mich setzen sollte. »Was kann ich für Sie tun?«

Ich nahm all meinen Verstand zusammen. »Ich war mit Ihrem Vater befreundet und möchte Ihnen sagen, wie leid es mir um ihn tut. Er war ein wunderbarer Mensch.«

»Sind Sie deshalb hergekommen?« Ihre Stimme wurde eine Spur kühler, und ihre klaren intelligenten Augen verengten sich.

»Nein, nicht nur um mein Beileid auszusprechen. Ich wollte Emmet in seinem Camp besuchen und war dabei, als seine Leiche gefunden wurde.« Ich nahm an, daß sie mir jetzt Fragen stellen würde, aber das tat sie nicht. Deshalb mühte ich mich weiter ab und merkte, wie meine Handflächen anfingen zu schwitzen. »Es gibt Anzeichen, daß er wegen einer Untersuchung umgebracht wurde, die er kürzlich durchgeführt hatte.« Immer noch keine Reaktion. »Über den Elfenbeinhandel.«

Kim zuckte mit keiner Wimper. »Haben Sie mit ihm daran gearbeitet?«

»Ich habe während der letzten Monate mit Emmet zusammengearbeitet.« Und mich gerade zum nächsten Opfer prädestiniert? fragte eine leise Stimme in mir. »Ich habe gehört, daß er sich neulich mit Ihnen wegen dieser Sache in Verbindung gesetzt hat.«

»Ihnen ist wohl bekannt, daß ich keinerlei Sympathie für Ihre Elefanten-Initiative habe?« Ihre Stimme war eisig geworden.

Ich versuchte, ruhig zu bleiben, und sagte ziemlich steif: »Deswegen bin ich nicht hier. Ich versuche herauszufinden, mit wem er gesprochen hat und was er entdeckt hatte, damit wir seinen Mörder finden können.«

»Wer ist *wir*?«

»Wir? Ich hoffe, Sie gehören dazu. Jeder, der will, daß Emmets Mörder gefaßt wird.«

»Ich glaube nicht, daß ich zu Ihrem *Wir* gehöre. Ein Weißer wird umgebracht, und alle regen sich auf. Gestern wurden zwei Schwarze ohne Warnung als Wilderer niedergeschossen, aber das gilt als gute Nachricht.« Sie sprach nicht lauter, doch jedes Wort war wie ein Faustschlag. »Also heulen Sie mir nicht vor, wie edel mein Vater war und was für ein großer Verlust das für

Kenia bedeutet. Ich glaube nicht, daß Kenia Leute wie ihn braucht.«

»Leute wie ihn!« Ich sprang auf. »Ihr eigener Vater?« Mir zitterten die Hände. »Und Sie predigen, man soll das Leben anderer Leute respektieren?«

In ihren Augen glitzerten Tränen, doch ihr Mund war verkniffen. »Machen Sie, daß Sie rauskommen.«

»Moment.« Ich setzte mich und versuchte, meine zitternden Hände zu beruhigen. »Kim, ich habe Ihre Klienten draußen im Wartezimmer gesehen. Ich glaube nicht, daß Sie Emmet so kaltblütig abtun – oder überhaupt irgendein menschliches Wesen.«

»Ersparen Sie mir diese Seifenoper.«

Zumindest warf sie mich nicht endgültig raus. »Als Anwältin werden Sie doch gewiß nicht stillschweigend über einen vorsätzlichen Mord hinwegsehen? Außerdem wurde Ihr Vater nicht aus politischen Gründen umgebracht. Es ging um Geld.«

Kim dachte einen Augenblick darüber nach.

»Wenn es um Wilderei ging, wollen wir denjenigen finden, der dahintersteckt, den Kerl, der den Mord angeordnet hat, damit er nicht einem armen, hilflosen Menschen angehängt wird.«

Sie nickte widerwillig. »Was wollen Sie? Ich habe genau fünf Minuten Zeit.«

»Warum hat Emmet sich mit Ihnen wegen des Elfenbeinhandels in Verbindung gesetzt?«

»Das hat er nicht. Es gäbe auch überhaupt keinen Grund dafür. Ich habe keine Ahnung von Elfenbein.«

Ich hatte keinerlei Anhaltspunkte außer einem Satz, den der Kellner angeblich mitbekommen hatte, aber den würde ich benutzen, so gut ich nur konnte. »Emmet glaubte, Sie wüßten etwas über die Stoßzähne, die er gefunden hatte.«

»Kann sein, er hatte sich halt geirrt.«

Aha, Emmet hatte also Stoßzähne gefunden. »Was hat er Ihnen darüber erzählt?«

»Ich werde keine verleumderischen Gerüchte wiederholen.«

Die zweite winzige Information. Emmet hatte jemanden beschuldigt, jemanden, den Kim kannte, weshalb sollte er sonst zu ihr gehen? Ich zerbrach mir den Kopf über eine kluge Anschlußfrage und zog eine Niete. »Er hat Sie beschuldigt?«

»Ich habe alles gesagt, was ich bereit bin zu diesem Thema zu sagen.« Sie begann mit einer Büroklammer zu spielen, die auf ihrem Schreibtisch herumlag.

»Worüber wollte Emmet mit Ihnen sonst noch sprechen?«

»Keine Ahnung. Er ist der einzige, der Ihnen sagen könnte, was er vorhatte.«

»Wie bin ich bloß auf die Idee gekommen, ich könnte einer Harvard-Juristin Informationen entlocken?«

Wir lächelten beide.

»Na schön.« Kim ließ die Büroklammer fallen, die sie zu einer Schlangenlinie auseinandergebogen hatte. »Emmet und Alicia wollten sich trennen. Er brauchte einen Rat wegen eines Ehevertrags, den sie vor ihrer Heirat unterschrieben hatten.«

Durch diesen totalen Themenwechsel aus dem Konzept gebracht – wie sie es zweifellos auch geplant hatte –, platzte ich mit der Frage heraus: »Warum sollte er Sie bei seinen Scheidungsplänen zu Rate ziehen, wo Sie beide noch nicht mal miteinander geredet haben?«

Kim zog eine ihrer sanft geschwungenen Augenbrauen hoch. »Wenn ich Ihnen etwas nicht erzählen möchte, werde ich das sagen. Sie können aber davon ausgehen, daß alles, was ich gesagt habe, wahr ist.«

»Das ist ein Spiel um Worte, was Sie da mit mir spielen.«

»Möchten Sie nun, daß ich Ihnen davon erzähle, oder nicht?«

»Bitte...« Ich gab ihr durch eine Handbewegung zu verstehen, sie solle weiterreden.

»Er und Alicia haben geheiratet, als ich im Jurastudium war. Eheverträge waren damals ein neues Phänomen. Ich habe seinem Anwalt Informationen darüber geschickt. Ich weiß nicht, für welche Form sie sich letztlich entschieden haben. Und Sie haben ganz recht, Emmet hat mich nicht als Anwältin zu Rate gezogen.«

In Kims Geschichte fehlten ganze Kapitel. Zwar existierte der Ehevertrag vermutlich, schließlich wußte sie, daß ich oder die Polizei das überprüfen könnten, aber das bewies nicht, daß Emmet mit ihr darüber hatte sprechen wollen.

Kim sah auf ihre Uhr. »Ich habe Ihnen soviel Zeit zur Verfügung gestellt, wie ich nur konnte. Draußen warten wichtige Klienten auf mich.« Sie stand auf.

»Können wir unsere Unterhaltung zu einem späteren Termin fortsetzen?«

»Ich sehe keinen Sinn darin.«

Falls sie sich nur entschlossen hatte, mit mir zu reden, weil sie herausfinden wollte, wieviel ich wußte, dann war uns beiden ziemlich klar, daß ich wenig bis gar nichts wußte. Ein winziges bißchen wußte ich allerdings schon mehr als am Anfang. Emmet hatte tatsächlich mit ihr über Stoßzähne geredet, und ihr ausweichendes Verhalten sowie die freiwillig erteilte Information, die vom Elfenbein ablenkte und auf Alicia hindeutete, sagten mir, daß sie etwas verbarg. Aber was? Hier würde ich die Antwort nicht bekommen. Ich mußte am anderen Ende anfangen und aus freundlicheren Quellen in Erfahrung zu bringen versuchen, was Emmet wußte und was ihn zu Kim geführt hatte. Ein paar Ideen hatte ich schon.

»Ihre fünf Minuten sind zu Ende.« Sie öffnete die Tür, sagte zu ihrer Sekretärin: »Der nächste«, und trat zur Seite, um mich vorbeizulassen. »Auf Wiedersehen, Miss Jasper.«

Sie fügte nicht hinzu: »Viel Glück.«

11

Ob mir danach war, Striker zu sehen, oder nicht, auf jeden Fall wurde es Zeit, mit ihm zu reden. Falls Emmet jemandem von seinen jüngsten Erkenntnissen über den Elfenbeinhandel berichtet hatte, dann wäre es Striker. Ich fuhr über die Murango Road in nördlicher Richtung zur A2 und dann die vertraute Strecke durch Thika und Kiganjo zum Mount Kenya.

Als ich mich die staubigen roten Ausläufer des Mount Kenya hinaufschlängelte, kam ich an einer Elefantenfamilie vorbei, die zwischen den Bäumen herumstöberte. Eine mittelgroße Akazie hatten sie umgeworfen. Zwei weitere Bäume waren kahlgefressen und würden bald eingehen. Die Rinde hing in langen Fetzen von den nässenden Stämmen herab. Langsam und methodisch rissen die Elefanten mit ihren geschickten Rüsseln weitere Äste ab und stopften sie sich ins Maul.

Ich war fast am Ziel. Striker hatte seine Hütte an einer alten Wanderroute gebaut. Tausende von Jahren waren die Elefanten in jeder Trockenperiode auf den Berg gezogen und, sobald der Regen kam, in die Ebene zurückgekehrt. Doch nun, wo die Ebene zum größten Teil von Menschen in Besitz genommen worden war, blieben die Elefanten das ganze Jahr hier und gaben dem Wald keine Zeit, sich zu regenerieren.

Ich hielt neben Strikers Landcruiser und legte mir im Kopf Argumente zurecht, um ihn davon zu überzeugen, daß er diesmal von seinen Prinzipien abweichen und mir über seine gegenwärtigen Nachforschungen berichten müsse. Es ist gefährlich, wenn du darüber Bescheid weißt, bevor es allgemein bekannt ist, würde er sagen. Und ich würde antworten...

Ein Christusdorn voller kleiner roter Blüten ragte in den Parkplatz und kratzte mir heftig den Arm auf, als ich mich aus dem Auto quetschte. Alles war still bis auf das allgegenwärtige Summen der Insekten und den Ruf eines Vogels im weiter entfernten Dschungel. Ein Schwarm prächtig gezeichneter Stare drängte sich um eine flache Futterschüssel auf einem Baumstumpf neben dem Küchenfenster. Während sie sich flatternd auf die letzten Krümel stürzten, funkelte das Licht in ihren saphirblauen Federn. Ein schwarzweißer Nashornvogel, der bedeutend größer war als sie, landete mit einem Schrei mitten in der Schüssel und jagte die Stare in die Flucht.

Über die Vögel lächelnd, schob ich die Tür auf und erwartete, daß Striker mich zum Empfang in die Arme nehmen würde. Aber niemand empfing mich. Im Haus war es noch stiller als draußen.

»Striker?« Keine Antwort.

Die kleine Hütte paßte perfekt zu Striker. Jeder Zentimeter spiegelte seine Persönlichkeit wider. Das Wohnzimmer war gemütlich mit Zeitungen und Zeitschriften vollgestopft, überall auf den abgenutzten Möbeln standen Kaffeetassen herum. Merkwürdige Steine und Muscheln sowie bizarr geformte, von der Sonne gebleichte Holzstücke, die es ihm auf lange zurückliegenden Reisen angetan hatten, lagen dicht nebeneinander auf den Bücherregalen, die zwei Wände einnahmen. In der ganzen Wohnung roch es nach Kaffee, aber schließlich war Striker dafür bekannt, daß er sich immer so stark auf seine Arbeit konzentrierte, daß er den Kaffee bis auf den Satz verkochen ließ.

»Striker?« Ich warf einen Blick ins Schlafzimmer. Es war leer. Die Matratze war halb vom Bett heruntergezogen. Merkwürdig. Offensichtlich war er nicht zu Hause. Aber sein Auto war da. Ich drückte gegen die Tür zum Arbeitszimmer. Sie ging nicht auf. Ich drückte fester und hörte, wie Papier über den Boden schleifte. Die aufgeregte Stimme in meinem Kopf, die mir sagte, daß etwas nicht stimmte, steigerte sich zu einem Schrei. Ich rammte die Schulter gegen die Tür und bekam sie so weit auf, daß ich mich durchzwängen konnte. Eine Lawine von Büchern war aus dem Regal gefallen und versperrte die Tür. Ungläubig ging ich einen Schritt weiter, ich wollte es einfach nicht wahrhaben. Die Eingeweide seines Computers knirschten unter meinen Füßen. Der Feuerhaken lag auf dem, was vom Bildschirm übrig war. Bücher lagen offen und zerfleddert auf dem Fußboden.

Überall waren Papiere verstreut. Sein Radio hatte man aus dem Gehäuse gerissen und zertreten.

Fast im Laufschritt eilte ich in die Küche. Eine Kanne Kaffee war umgeworfen worden, und die braune Brühe hatte sich über Herd und Fußboden ergossen. Ein Stuhl lag mit abgebrochenem Bein zwischen zerbrochenem Geschirr auf der Seite.

Ich rannte zu meinem Auto zurück, um über Funk die Polizei zu verständigen. Mein einziger Gedanke war: Er könnte noch am Leben sein, er könnte noch am Leben sein. Aber wenn sein Landcruiser hier ist... Bevor ich die Autotür offen hatte, hörte ich, wie sich im Unterholz an der Einfahrt etwas bewegte, und ging in die Hocke. Mein Herz hämmerte. Das Geräusch kam langsam näher. Ein Mann, der sich vorsichtig bewegte? Oder ein Tier auf Futtersuche? Es klang nach etwas Großem, und ich hatte keine Lust auf ein Tête-à-tête mit einem Wildschwein oder mit demjenigen, der Strikers Haus verwüstet hatte. So leise wie möglich schlich ich mich um mein Auto und brachte es zwischen mich und das geheimnisvolle Wesen, das da auf mich zukam. Ich linste unter dem Auto hindurch. Das Rascheln wurde lauter.

Dann hörte ich eine vertraute Stimme »Verdammt« brüllen, und Strikers schwarze hohe Turnschuhe kamen zum Vorschein.

Ich sprang auf. Er warf einen grimmigen Blick auf den Christusdorn und lutschte an seinem Daumen.

Ich stürzte auf ihn zu, schlang die Arme um ihn und zog ihn an mich heran. Ich atmete seinen würzigen Männergeruch ein. Sein Brustkorb fühlte sich hart und fest wie ein Fels an. Ich wollte ihn überhaupt nicht mehr loslassen.

Er schnupperte an meinem Haar. Dann wandte ich ihm das Gesicht zu, und wir küßten uns lange und leidenschaftlich. In Strikers grünbraunen Augen spiegelte sich der Wald um uns herum. »Ich brauch wohl nicht zu fragen«, sagte er. »Du warst drinnen.«

»Wo warst du?«

»Wollte nachsehen, ob die Schweine, die das gemacht haben, durch den Wald gekommen sind.« Er nahm seinen breitkrempigen Safarihut ab und schlug ihn gegen einen Oberschenkel. »Verdammte Schweine.«

»Wer war das?«

»Scheiße, ich weiß es nicht. Ich hab nichts gefunden. Sieht so aus, als wär jemand zufällig die Straße entlanggekommen, hätte das Haus offen gefunden und... verdammt.« Er riß die Tür auf, und als wir hineingingen, stieg uns der penetrante Geruch von verschüttetem Kaffee in die Nase.

Ich ging zur Tür des Arbeitszimmers und sah mir das Chaos an. »Wir sollten alles so lassen, bis die Polizei kommt.«

»Nein, ich räume auf. Ich will keine Polizei.«

»Aber, Striker, das muß was mit dem Mord an Emmet zu tun haben. Es wäre ein zu großer Zufall – an einem Tag wird er umgebracht, und am nächsten wird deine Wohnung durchsucht und verwüstet. Habt ihr beide nicht zusammen an einer neuen Ermittlung über den Elfenbeinhandel gearbeitet?«

»Nein. Nicht in letzter Zeit.« Er ging zur Küche. »Es gibt mehr Zufälle, als die Leute ahnen. Man spricht sogar vom Gesetz des Zufalls.«

»Wenn du nun hiergewesen wärst? Vielleicht haben sie nach dir gesucht!«

»Jetzt laß mal deine Phantasie nicht mit dir durchgehen«, rief er laut aus der Küche, um sein Rumhantieren zu übertönen. »In letzter Zeit hat es hier zahlreiche Probleme mit somalischen Banditen gegeben.« Er kam mit einem Besen und einem großen Abfalleimer zurück. »Seitdem wir sie um ihre Einnahmen aus dem Wildern gebracht haben. Du solltest mal sehen, was die mit dem Haus der Stedmans gemacht haben.«

»Ein Dieb hätte deinen Computer und dein Radio mitgenommen und nicht demoliert. Wer auch immer das getan hat, wollte entweder Informationen zerstören oder dir eine Warnung zukommen lassen.«

»Oder sie waren sauer, weil es nichts zu klauen gab. Diese Kerle wollen Geld oder einen Fernseher, etwas, das sie verkaufen können – keinen Computer.« Er schob sich an mir vorbei ins Arbeitszimmer.

Ich konnte nicht glauben, daß er meine Meinung so vollkommen ignorierte, zumal ich wußte, daß ich recht hatte. Er hob die Reste von seinem Computer auf und warf sie mit einem lauten Knall in den Abfalleimer. »Na komm schon, Striker. Laß das und hör mit diesem Quatsch von wegen Diebe auf. Das wäre einfach ein zu großer Zufall.« Er ignorierte mich und fing an, Papiere aufzusammeln und sie in ordentliche Stapel zu schichten. »Hör mal, ich weiß, daß Emmet mit dir an irgendwas im Zusammenhang mit dem Elfenbeinhandel gearbeitet hat.«

Striker blickte eine Sekunde auf. »Wer hat dir das erzählt?«

»Alicia.« Ich sagte ihm allerdings nichts, daß das eher eine Vermutung von ihr gewesen war. Aber sie hatte schließlich gesagt, daß Emmet sich über irgendeine Entdeckung aufgeregt hatte, und gefragt, ob er Striker angerufen hätte. Irgendwoher mußte sie diese Idee ja haben. »Außerdem hatte er sich mit seiner Tochter Kim in Verbindung gesetzt, und sie hatten eine Auseinandersetzung wegen Stoßzähnen, die er gefunden hatte. Das läßt einen den Mord aus einem völlig anderen Blickwinkel betrachten. Ich bin hergekommen, um zu hören, was du darüber weißt.« Ich schaute mich um. »Für mich sieht es so aus, als hätte der Mord was mit Elfenbein zu tun.«

Striker begann, die Bücher wieder in die Regale zu stellen. »Ein anderer Blickwinkel als was?«

»Es könnte auch persönliche Gründe geben«, sagte ich widerwillig. »Er hatte beschlossen, Alicia um die Scheidung zu bitten, um Mikki zu heiraten, obwohl die noch nicht ja gesagt hatte. Wer weiß, vielleicht wollte Alicia oder eines seiner Kinder das Ganze unterbinden.«

»Augenblick mal.« Mit drei Büchern in der Hand drehte Striker sich um. »Woher weißt du über all das so gut Bescheid? Wie hast du das von seinem Gespräch mit Kim erfahren?«

»Ich bin in ihre Anwaltskanzlei gegangen und hab sie gefragt.«

»O nein. Nein, nein, *nein.*« Er stellte die Bücher ins Regal und kam auf mich zu. »Jazz, du wirst nicht anfangen, in diesem Mordfall zu ermitteln. Einmal war genug – beim letzten Mal bist du fast umgebracht worden.«

»Fast zählt nicht.« Ich lächelte, aber er lächelte nicht zurück.

»Wenn es eine Familienfehde ist, wirst du dich doch wohl nicht einmischen wollen – und wenn es um Elfenbein geht, hast du es mit gefährlichen Verbrechern zu tun, die es todernst meinen.«

»Wie derjenige, der deinen Computer kaputtgemacht hat, wer auch immer es war«, erwiderte ich. »Sie haben vielleicht Fingerabdrücke oder Haare oder sonst was hinterlassen. Wir müssen die Polizei rufen.«

»Hör mal, ich kümmere mich um meine Sachen. Und du solltest dich um deine Sachen kümmern und sich die Polizei um ihre kümmern lassen.«

»Und was ist mit Emmet? Ist es dir egal, daß er tot ist?« Ich merkte, daß mein Gesicht ganz heiß wurde.

»Hör auf, Jazz.« Striker legte eine Hand auf meine Schulter, doch ich schüttelte sie ab. »Laß uns nicht darüber streiten. Das ist nicht fair. Du weißt, daß mir Emmet viel bedeutet hat.«

Ich bekämpfte den Impuls, mich zu entschuldigen. Ich konnte mir denken, was als nächstes kommen würde.

Er sagte: »Ich erzähl dir nicht, was du tun sollst, und du erzählst mir nicht, was ich tun soll.«

Ich hatte es gewußt. »Mir kommt es aber so vor, als ob du mir gerade erzählst, was ich tun soll.«

»Okay. Ich hör auf. Du hast recht. Was du tust, ist deine Sache.« Er sah mich ganz sonderbar an. »Ich liebe dich, Baby.« Er versuchte erneut, mich zu umarmen, aber ich stieß seinen Arm weg. »Laß uns nicht streiten. Willst du mir nicht helfen aufzuräumen?«

»Beweismaterial zu zerstören, meinst du wohl.« Es war ganz gut, daß ich in der Tür stand und nichts zum Werfen in Reichweite war. »Ich kann dich zwar nicht daran hindern, aber ich werde dir auch nicht helfen.« Ich atmete tief durch und versuchte, ganz normal zu sprechen. »Hat Emmet dir was von einer Entdeckung erzählt, die er in letzter Zeit gemacht hat? Weißt du, woran er gearbeitet hat?«

Striker sah mich an, als ob ich ihm so langsam auf die Nerven ginge. Schließlich sagte er: »Yeah, Emmet hat mich Anfang der Woche angerufen, um mir zu sagen, daß er möglicherweise die Zwischenstation an der Küste ausfindig gemacht hat, hinter der wir her waren, und daß er es ganz genau wüßte, wenn er noch ein paar Dinge überprüft hätte.« Er drehte mir den Rücken zu und hob einen weiteren Stapel Bücher auf.

»Das war alles?« Striker würde zwar in wichtigen Dingen nie lügen, aber es war ihm zuzutrauen, daß er etwas ausließ.

»Du meinst, ob ich ihm eine Szene gemacht habe, wie du das gerade tust, und versucht habe, ihn zu zwingen, mir alles zu erzählen, bevor er dazu bereit war? Nein, das hab ich nicht. Das ist nicht mein Stil.«

»Was hat er sonst noch gesagt?«

»Das war's in etwa.«

»Weißt du, warum er sich mit Kim wegen Stoßzähnen in Verbindung gesetzt haben könnte?«

»Wegen Stoßzähnen? Hat er dieses Wort benutzt?«

»Es ging aus dem hervor, was sie gesagt hat.«

»Das klingt ziemlich fadenscheinig. Du solltest lieber nach handfesteren Beweisen suchen, bevor du ihr überhaupt was glaubst, zumal du sie offenbar auch zu den Verdächtigen zählst.«

»Striker, tu mir einen Gefallen und erspar mir deine guten Ratschläge, okay? Genau das ist es, worum ich mich gerade bemühe.« Plötzlich konnte ich mich nicht mehr beherrschen. Heiße Wut stieg in mir auf, und ich explodierte. »Verdammt, manchmal machst du mich rasend. Du redest von Gleichberechtigung, aber du benimmst dich ganz anders. Du benimmst dich wie ein absolutes Arschloch.« Ich drehte mich um und stürmte hinaus. »Außerdem werde ich Omondi das mit deiner Hütte erzählen. Er sollte das wissen.«

Striker lief bis zur Auffahrt hinter mir her. »Wenn du Omondi was sagst, dann war's das, Jazz.« Als ich den Motor anließ, fügte er mit erhobener Stimme hinzu: »Hast du mich verstanden? Finito.«

Ich lehnte mich aus dem Fenster. »Ich habe Neuigkeiten für dich, Honey. Es ist bereits finito.« Ich legte den Rückwärtsgang ein und donnerte davon.

Fast blind vor Wut fuhr ich die halbe Strecke den Berg hinunter, während ich wie eine Achtjährige fauchte: »Gut, daß ich ihn los bin.« Plötzlich rannten ein paar schwarzweiße Perlhühner über die Straße. In meiner Verwirrtheit trat ich ein bißchen zu spät und zu fest auf die Bremse. Der Wagen schleuderte auf einem Stück Schotter hin und her. Ich beschloß, an den Rand zu fahren, bis ich mich wieder gefangen hatte. Ich konnte nicht fassen, daß Striker und ich soeben unsere Beziehung beendet hatten. Immer noch war ich zu wütend, um den Verlust zu empfinden, aber ich wußte, daß es mir schlagartig klarwerden würde, und dann würde es mir gar nicht gutgehen. Was für eine erbärmliche und dumme Art, Schluß zu machen. Warum brachten wir offenbar jeweils im anderen immer nur das Schlechte zum Vorschein? Nun ja, vielleicht war es besser so, aber noch während ich das dachte, fiel mir ein, wie wir uns eben geküßt hatten, als Striker aus dem Wald gekommen war, und ich wußte, ich machte mir was vor. Trotz all seiner Fehler war er für mich ein ganz besonderer und wunderbarer Mann. Es war eine Schande, daß er so stur war. Meine Sturheit war selbstverständlich etwas ganz anderes. Vielleicht wollten wir beide einfach nur jeder eine andere Art von Beziehung, und das war das Problem.

Seufzend setzte ich den Rover wieder in Gang und sah in den Rückspiegel. An einer Staubwolke konnte ich erkennen, daß ein anderes Auto den Berg herunterkam, vermutlich der Lieferwagen von der Touristenlodge weiter oben am Hang. Der Wagen kam um die Kurve. Es war Strikers zerbeulter alter Rangerover. Er hielt neben mir an.

»Es tut mir leid, Honey. Komm mit zurück, und wir fangen noch mal von vorn an.«

Die Matratze hing immer noch halb aus dem Bett, aber ein kräftiger Stoß rückte sie wieder gerade.

Ich zog meine Turnschuhe aus, ohne sie aufzuschnüren, warf meine Jeans über eine Stuhllehne und zog mein T-Shirt hoch. »Warum können wir uns nicht besser vertragen?«

»Das ist ein Zeichen von Leben. Zumindest langweilen wir uns nicht.«

»Ist es nicht langweilig, sich die Hälfte der Zeit zu streiten?« Ich warf das T-Shirt auf den Boden. »Wir streiten uns doch immer wieder über dasselbe.«

»Yeah, aber was ist mit der anderen Hälfte?« Striker lag nackt ausgestreckt auf dem Laken, die Hände hinter dem Kopf auf einem dicken Stapel Kissen. »Du siehst super aus.«

»Du auch.« Ich hockte auf der Bettkante und legte einen Arm auf seine Brust.

»Mmm, Baby. Komm her.« Strikers Brustkorb vibrierte unter meinem Arm wie eine Buschtrommel.

Ich beugte mich zu ihm, um ihn zu küssen. Er packte

mich und zog mich auf sich, so daß meine Brüste gegen seine feste, geschmeidige Brust drückten. Er massierte die angespannten Muskeln auf meinem Rücken. Allmählich begann mein Körper sich zu entspannen und dann zu reagieren. Unsere Wut verwandelte sich in Sehnsucht und dann in Leidenschaft, und wir wanden uns umeinander wie große Katzen, wild, geschmeidig und frei.

12

Das Klingeln des Telefons riß mich aus dem Schlaf. Einen Augenblick wußte ich nicht, wo ich war, und fühlte Panik in mir aufsteigen. Das Mondlicht schien durch ein Fenster auf der falschen Seite des Raumes und fiel auf ungewohnte Möbel. Dann machte es klick: ein Hotelzimmer. Obwohl Striker gestern so getan hatte, als ob bloß Diebe in seine Hütte eingebrochen wären, hatte er mir ohne weiteres zugestimmt, als ich meinte, ich hielte es für sicherer, ein Zimmer in der etwas höher gelegenen Mount Kenya Lodge zu nehmen. Das hatte mir mehr als alle Worte gesagt, wie ernst er den Einbruch nahm.

Mikki war die einzige, die wußte, wo wir waren. Ich hatte sie angerufen, um zu fragen, wie es ihr ging. Dreckig natürlich. Das Telefon klingelte erneut. Warum sollte sie mich jetzt zurückrufen? Ich tastete nach dem Hörer.

»Jazz! Gott sei Dank, daß du da bist.« Es war nicht Mikkis Stimme.

Striker drehte sich um und murmelte: »Wer ist da?«

»Pssst, schlaf weiter. Es ist für mich.«

Er zog sich das Kissen über den Kopf.

Das beleuchtete Zifferblatt des Weckers neben meinem Bett zeigte sechs Uhr. »Wer ist da?« Meine Zunge fühlte sich zu dick und unbeweglich an, um die Worte klar herauszubringen, doch noch während ich die Frage stellte, erkannte ich die Stimme. »Garret?« Ich suchte mit dem Fuß nach Striker und spürte seinen behaarten und muskulösen Unterschenkel.

»Oh, hab ich dich geweckt? Tut mir furchtbar leid. Ich wußte nicht, wen ich sonst anrufen sollte, und zu Hause hab ich dich nicht erreicht. Mikki hat mir gesagt, wo du wärst. Du mußt uns helfen, sonst fürchte ich, daß es einen weiteren Mord gibt.«

Ich setzte mich auf. »Wovon redest du?«

Garret kicherte. »Die Polizei hat die Leiche freigegeben. Die Beerdigung findet morgen statt. Alicia schreit Zeter und Mordio, weil sie damit rechnet, daß sehr viele Leute hinterher mit nach Hause kommen.«

»Warum –«

»Eine Katastrophe. Joseph ist abgehauen.«

Es hörte sich so an, als hätte Garret immer weiter getrunken, seit wir ihn an jenem Nachmittag gesehen hatten. »Joseph ist abgehauen«, wiederholte ich, weil mir nichts Besseres einfiel.

»Ja, du weißt doch, Joseph, unser Butler. Er hat sich ein bißchen heißes Wasser über den Fuß geschüttet oder irgend so ein Unsinn. Jedenfalls ist er dann zu dem Schluß gekommen, daß ein eifersüchtiger Rivale ihn mit einem bösen Zauber belegt hat, und das war's. Er hat noch nicht mal Bescheid gesagt. Ist einfach abgehauen.

Alicia ist ganz außer sich. Da hab ich an dich gedacht und dein wunderbares Safari-Personal, das jetzt nur rumsitzt und dich bis zum nächsten Trip Geld kostet.«

»Aha.« Plötzlich ergab der Anruf Sinn. »Ja, meine Leute sind im Augenblick verfügbar.« Und bis in absehbarer Zukunft. Ich nahm meine Gedanken zusammen. »Ich könnte Ibrahima fragen. Er ist zwar eigentlich der Koch, aber er ist ein sehr vernünftiger und verantwortungsbewußter Mensch. Er spricht gut Englisch, und ich bin sicher, daß er die Aufgabe mit ein wenig Anleitung hinkriegt.« Und für mich Augen und Ohren im Hause Laird aufhalten könnte.

Das war eine glückliche Wendung. Gestern hatte ich Ibrahima sagen müssen, daß ich sein Gehalt nicht mehr bezahlen könnte. Es war für uns beide ein harter Augenblick gewesen. Es war mir zuwider, ihn entlassen zu müssen, wo die gesamte Tourismusbranche auf einem derartigen Tiefstand war. Mir kam der Gedanke in den Sinn, daß er schließlich auf Dauer für Alicia und Garret arbeiten könnte, aber ich schob ihn hastig beiseite.

». . . bist ein Schatz«, sagte Garret gerade. »Wenn er um acht hier sein könnte, wäre das eine ungeheure Hilfe. Du und Striker, wir sehen uns dann um elf in der Kirche.«

»Garret? Könntest du mir vielleicht eine Frage beantworten?«

»Wenn es in meinen Kräften steht.«

»Wird Kim da sein?«

»Warum interessierst du dich plötzlich für meine kleine Wildkatze von Schwester?«

»Ich hab mich bloß gefragt, warum sie und Emmet nicht miteinander gesprochen haben.«

»Du bist tatsächlich an einen der wenigen geraten, die

das wissen«, sagte Garret mit dem aufgeblasenen Stolz eines Betrunkenen.

»Und?«

»Nachdem sie nach Nairobi zurückgekommen war und ihre Anwaltspraxis eröffnet hatte, hat sie sich wirklich um eine gute Beziehung zu Vater bemüht. Sie hat sich wirklich angestrengt.«

»Das glaub ich dir.«

»Ehrlich.« Garret hörte sich allmählich weinerlich an.

»Und was ist passiert?«

Ein Schnauben. »Vater hat es unmöglich gemacht. Ich meine, da arbeitet sie mit diesen entwurzelten Frauen vom Land, die Prostituierte geworden sind, um sich und ihre Kinder durchzuschlagen, und jetzt haben sie alle Aids, und niemand ist da, der sich um all diese Waisenkinder kümmert.«

»Das ist eine furchtbare Sache.« Mir fiel ein, daß Garret ebenfalls als Kind seine Mutter verloren hatte.

»Und Vater sitzt da am Tisch, stopft sich mit Essen voll und sagt, Aids sei ein heimlicher Segen, wenn die Leute dadurch endlich anfingen, Verhütungsmittel zu benutzen. Kannst du dir das vorstellen? Sie ist völlig ausgerastet. Sie hat ihm eine runtergehauen, aber ich meine, kann man ihr das verdenken? Das war das letzte Mal, daß sie im Haus war.«

»Deshalb hat er also nie von ihr gesprochen.«

»Vater hat sich nie gern mit Problemen in der Familie auseinandergesetzt. Wenn er mit jemandem nicht auskam, hat er sich ein neueres Modell gekauft. Wenn er einen nicht ersetzen konnte, tat er so, als existiere man nicht.« Er lachte wenig überzeugend.

»Das tut mir leid.« Das tat es wirklich. Garrets materialistische Fassade war einen Augenblick aufgeplatzt und hatte die Narben, die Schmerz und Bitterkeit ihm zugefügt hatten und die nie verheilen würden, sichtbar gemacht. Es irritierte mich, zugeben zu müssen, daß Emmet, ein Mann, den ich sehr geschätzt hatte, ein so beschissener Vater gewesen war. Natürlich hatte Emmet recht. Afrika brauchte ganz dringend Geburtenkontrolle, sowohl um die Armut zu bekämpfen als auch um die Umwelt zu schützen, aber warum hatte er mit einem solchen Argument das Engagement seiner Tochter herunterzumachen versucht? Langfristig zu denken ist keine Entschuldigung dafür, die Lebenden auf herzlose Weise zu mißachten. Oder die Sterbenden. Wie jemand so unsensibel der eigenen Tochter gegenüber sein konnte und außerdem so unversöhnlich – das war schwer zu verstehen. »Ich werde einen Ersatz für Joseph finden. Mach dir keine Sorgen«, sagte ich sanft. »Wir sehen uns morgen in der Kirche.« Ich legte den Hörer wieder auf die Gabel und stapfte ins Bad, um mir einen Schluck Wasser zu holen.

Erst als ich wieder im Bett war, wurde mir die Tragweite von Josephs plötzlicher Flucht bewußt. Er war einer der Leute gewesen, mit denen ich über Emmet sprechen mußte. Jetzt setzte ich ihn ganz oben auf die Liste. Es mußte einen plausiblen Grund geben, weshalb er einen so bequemen Job aufgegeben hatte. War er gegangen, weil er Angst hatte, weil er zuviel wußte? Es dürfte nicht allzu schwer sein herauszubekommen, wo er wohnte.

Als ich im Morgengrauen aufwachte, nahm Striker mit seinen langen Beinen fast die ganze Matratze ein. Wir liebten uns, während die Sonnenstrahlen sich auf der Bettdecke ausbreiteten, und ließen es geruhsam angehen. Wir spielten mit Rhythmen herum, mal heftig, mal sanft, mal schnell, mal langsam, und erfanden kleine lustvolle Passagen, die wir so noch nie ausprobiert hatten. Dann fanden wir einen gemeinsamen Rhythmus und blieben dabei, steuerten zusammen auf einen Höhepunkt zu wie ein donnernder Wasserfall, der überquoll und mich in einen ruhigen, klaren Teich sinken ließ – ein warmes Glücksgefühl, das mich den ganzen Tag begleiten würde.

Ich sang unter der Dusche und vergaß alles um mich herum. Als ich aus dem Bad kam, sah ich Striker auf dem Balkon bereits am Frühstückstisch sitzen. An meinem Platz lag eine leuchtend reife Papaya mit frischer Limone. Unterhalb des Hotels leckte ein feingesprenkelter Buschbock neben einem Wasserloch Salze auf, während mehrere Kaffernbüffel sich genüßlich im Schlamm wälzten.

»Ich hab mir gedacht, wenn wir schon hier sind, dann können wir auch den Zimmerservice in Anspruch nehmen.« Striker betrachtete mich anerkennend. »Toller Mantel. Tolle Beine.« Er streckte einen seiner langen Arme aus, zog mich zu seinem Stuhl und schob die schwere Seide des kurzen Kimonos beiseite, den ich immer bei ihm zu Hause habe. Dann küßte er mich direkt unterhalb des Nabels auf den Bauch.

Ich küßte ihn auf meine Lieblingsstelle an seinem Nacken, dort, wo sich die Haare leicht kratzig an meinen Lippen anfühlen. Er beklagte sich scherzhaft, ich würde ihn kitzeln.

Dann setzte ich mich hin und drückte mir Limonensaft über die Papaya. »Ich muß bald los. Ich möchte Mikki nicht warten lassen.«

Als ich gestern abend mit Mikki gesprochen hatte, hatte sie mir gesagt, sie müsse zur Polizei, um eine Aussage zu machen. Sie hatte mich gebeten, ob ich als moralische Unterstützung mitkommen könnte, und ich hatte natürlich ja gesagt. Es gefiel mir, wie Mikki einen ohne Umschweife um Hilfe bitten konnte. Ich habe nie gelernt, andere Leute sich um mich kümmern zu lassen.

Striker goß uns beiden aus einer weißen Porzellankanne eine Tasse duftenden kenianischen Kaffee ein. »Du hältst also an deinem idiotischen Plan fest, für Mikki als Privatdetektivin zu arbeiten, selbst nachdem ich dich gebeten habe, es nicht zu tun?«

»Ich kann es nicht glauben, was du da sagst!« Ich grinste breit und zeigte amüsierte Fassungslosigkeit. »Striker! Wie war das mit der persönlichen Freiheit und daß wir beide für uns selbst verantwortlich sind, was ist mit –«

Er lächelte zurück. »Okay, du hast ja recht. Ich weiß auch nicht, was in mich gefahren ist.«

Ich löffelte die Papayareste aus der weichen Schale und erzählte ihm, worum es bei dem Telefongespräch mit Garret im wesentlichen gegangen war, und endete ostentativ mit: »Die Beerdigung ist um elf.«

»Das war also der Grund für den tiefen Riß zwischen Kim und Emmet. Gott, sie wäre ja wohl die letzte in Nairobi gewesen, die er zum Mittagessen gebeten hätte, um mit ihr über seine Scheidung zu reden.«

»Er muß etwas aufgedeckt haben, das sie persönlich betraf.«

Eine halbzahme grüne Meerkatze kam auf unseren

Balkon geklettert auf der Suche nach was Eßbarem. Striker scheuchte sie fort und lehnte sich gegen das Geländer. »Jazz, wirst du Omondi erzählen, daß meine Wohnung verwüstet wurde?«

Lag in Strikers grünbraunen Augen die Sorge, daß ich unsere Versöhnung wieder kaputtmachen könnte? Wegen des Lichts hinter ihm war das schwer zu sagen. Ich antwortete ganz langsam: »Nein. Es ist wohl deine Sache, ob du's erzählst oder nicht. Ich werde zwar nicht für dich lügen, aber ich werde auch nicht von mir aus davon anfangen.«

»Danke – das meine ich ganz ehrlich.« Er beugte sich über die Brüstung. »Da unten ist eine wunderschöne Sykes-Meerkatze, die sich eine Papaya besorgt hat.«

Vielleicht würden wir noch lernen, wie man zusammenbleibt und trotzdem seine Unabhängigkeit bewahrt. Vielleicht waren all diese Streitereien nur ein mühsamer Wachstumsprozeß.

»Die Beerdigung ist um elf. Wirst du kommen?« fragte ich.

Striker wandte den Blick nicht von dem Affen ab. »Du weißt doch, daß ich Nairobi nicht mehr ertragen kann. Ich bin allergisch gegen diese Stadt.«

Ich starrte auf seinen breiten Rücken und fragte mich, ob es sich lohnte, darüber zu streiten. Zusammen und trotzdem unabhängig würde nur funktionieren, wenn der gemeinsame Teil ebenfalls auf Gegenseitigkeit beruhte. Striker wäre ohnehin keine allzu große Unterstützung, sagte ich mir. Ich würde mich auf Mikki konzentrieren und darauf, so viele Informationen wie möglich aufzuschnappen. Striker wäre mir dabei nur im Weg, und hinterher würde ich mir anhören müssen, wie sehr er

Menschenmassen haßte. Warum sich diesen Ärger aufladen? Allein käme ich bestimmt besser zurecht.

»In Ordnung«, sagte ich ein wenig deprimiert und fragte mich, ob Omondi kommen würde.

13

Als ich erst mal unterwegs war, besserte sich meine Laune. Ich fahre gern allein Auto. Die Trockenperiode ging langsam zu Ende, und das Gras war ausgedörrt, blaßgold bis schlohweiß. Ich fuhr ganz dicht an einem gelbschnäbligen Storch vorbei, der starr und unbeweglich stehenblieb. Über die Oberseite seines knallgelben Schnabels lief ein leuchtendroter Streifen mitten durch sein Gesicht. Über einen so lustigen Anblick mußte ich einfach lächeln.

Ich konnte einen flüchtigen Blick auf ein Dorf mit einer Mischung aus Stroh- und Blechdächern werfen, die das Morgenlicht reflektierten. Von den Kochstellen stiegen Rauchwolken auf. Ein Mosaik von Feldern war aus den Wäldern herausgehackt worden, und die nackte Erde wartete sehnsüchtig auf die ersten Regenfälle. Ein Stück weiter kam ich an einer Bäuerin vorbei, die Brennholz auf dem Kopf trug. Die langen, dicken Äste berührten vor und hinter ihr fast den Boden.

Hinter der nächsten Kurve hatte sich eine Pavianhorde auf der Straße breitgemacht und ging ihren Geschäften nach. Familienmitglieder und besonders gute Freunde putzten sich gegenseitig, Jungtiere turnten auf dem geduldigen Rücken eines großen Männchens herum, ein halbwüchsiges Weibchen präsentierte einem Männchen sein Hinterteil. Es untersuchte mit Interesse das rosafarbene Geschlechtsteil, stellte fest, daß das Weibchen zu jung war, und drehte sich um. Das Weibchen trottete enttäuscht davon. Halbwüchsige weibliche Paviane sind sexuell durchaus empfänglich, aber die Männchen wollen nichts mit ihnen zu tun haben, bis sie etwas reifer sind. Ich drückte auf die Hupe, aber es tat sich nichts. Also fuhr ich ganz langsam vor, bis die Paviane widerwillig zur Seite gingen und mich durchließen.

Als ich in Nairobi ankam, war die Welt schon lange wieder zum Leben erwacht, und auf den Straßen herrschte reger Betrieb: irrwitzig beladene Lastwagen, überfüllte Busse, Autos, die ölige Rauchwolken ausstießen, und die unberechenbaren Matutus – Sammeltaxis mit handgemalten Namen auf dem Heck –, die ständig kreuz und quer durch den Verkehr schossen und Fahrgäste aufnahmen und absetzten. Hinter einem solchen Matutu, auf dem der Name Hatari Safari – *Gefährliche Reise* – prangte, schlängelte ich mich durch bis zur Polizei.

Der Sergeant am Empfang zeigte mir lächelnd seine Goldzähne und erklärte mir, daß Mikki noch nicht da sei. Also holte ich mir auf der harten Sitzbank einen wunden Hintern. Ein mittelalter Kenianer in schäbigen Klamotten, einer wollenen Skimütze und nur einem Schuh lag regungslos vor dem Schreibtisch des diensthabenden Sergeanten auf dem Boden. Zunächst dachte ich, er sei betrunken, und sah nicht näher hin, bis er offenbar vor Schmerzen aufstöhnte. Er hatte einige üble Verletzungen im Gesicht.

»Sergeant, dieser Mann blutet.«

»Er ist ein Handtaschenräuber«, sagte der Sergeant.

Mehr brauchte er mir nicht zu erklären. Letzte Woche waren neun Straßendiebe von einer wütenden Menge auf dem Markt totgeprügelt worden. Der Sergeant, der damit beschäftigt war, die richtigen Formulare zum Ausfüllen zu finden, verfluchte den Krankenwagen, weil er so lange brauchte. »Wenn er tot wäre, bräuchte ich diesen Papierkram nicht zu machen«, beklagte er sich bei einem Untergebenen.

Endlich kam Mikki. Sie wirkte angespannt und elend. Sie trug ihr dunkelbraunes Kleid, das ihr bronzefarbenes Haar gut zur Geltung brachte und mich daran erinnerte, daß ich mich vor der Beerdigung noch umziehen mußte. Zu meiner Überraschung war Henry bei ihr, der weit weniger eingefallen aussah als gestern.

»Das alte Mädchen braucht ein bißchen Aufmunterung«, sagte er zu mir. »Hab gesehen, daß sie auf keinen Fall in der Lage war, allein hierherzufahren.«

Es schien Henry ausgesprochen gutzutun, daß er sich um sie kümmern konnte.

Mikki umarmte mich flüchtig. »Danke, daß du gekommen bist, Jazz. Ich fürchte, daß ich dich irgendwie umsonst hergebeten habe. Wir haben uns gedacht, daß Omondi vermutlich auch noch mit Henry sprechen will, und beschlossen, zusammen herzukommen und es hinter uns zu bringen.«

»Das macht nichts. Ich wollte ohnehin mit Omondi sprechen, wenn du fertig bist. Henry, würdest du uns einen Augenblick entschuldigen?« Und zu Mikki gewandt: »Laß uns kurz rausgehen.«

Wir stellten uns an die lädierte Stuckmauer neben der Eingangstreppe. »Keine neuen Entwicklungen, nur ein paar Ideen, die mir gestern kamen.«

Mikki nickte, aber sie wirkte unkonzentriert. Sie sah mich nicht an, sondern betrachtete die Menschenmenge, die sich vorbeidrängte, die Frauen ausnahmslos in gemusterten Pastellkleidern, die Männer in schwarzen Hosen und weißen Hemden. Ein Mann ohne Beine rollte auf einem knöchelhohen, selbstgebastelten Holzbrett auf uns zu. Ich gab ihm ein paar Münzen, und er verschwand in der Menge.

»Ich kann es dir auch ein andermal erzählen, wenn du willst«, sagte ich.

»Nein, überhaupt nicht.« Mikki drückte mir leicht den Arm. »Tut mir leid, es fällt mir im Augenblick schwer, mich zu konzentrieren. Erzähl.«

»Kannst du dich erinnern, daß Emmet dir gesagt hat, er sei mit einem neuen Elfenbeinprojekt beschäftigt?«

»Willst du mal was Verrücktes hören?« fiel mir Mikki ins Wort. »Nach Alicias gestrigem Anfall über Save the Elephants wollte ich die Benefizparty in das Haus von Louise Carruthers verlegen, aber Alicia hat darauf bestanden, daß alles wie geplant heute abend bei ihr stattfindet.« Mikki strich sich eine rotbraune Locke aus der Wange. »Warum will sie die Veranstaltung unbedingt bei sich im Haus haben? Versucht sie, Kontrolle über Save the Elephants zu bekommen?«

Soviel also zur Diskussion über die Elfenbeingeschichte. »Das kommt mir gar nicht so merkwürdig vor. Vielleicht will Alicia nur zeigen, daß sie Emmets Andenken ehrt, um Klatsch zu vermeiden.« Ich wollte Mikki davon abbringen, alles, was Alicia tat, als ein Zeichen von Schuld zu interpretieren. »Warst du denn einverstanden?«

Mikki zuckte mit den Schultern. »Klar. Das erspart

uns eine Menge Arbeit und Durcheinander. Es hat mir noch nie was ausgemacht, Alicia zu sehen, weshalb sollte ich jetzt damit anfangen.«

Yeah, klar, dachte ich im stillen. »Wir sollten lieber wieder reingehen.«

Sobald wir durch die Tür traten, erklärte uns der diensthabende Sergeant, daß Omondi uns alle drei sehen wollte. Zusammen.

»Hallo, hallo, hallo.« Omondi sprang hinter seinem Schreibtisch hervor und kam uns mit ausgestreckter Hand entgegen. Während er meine Hand mit beiden Händen festhielt, sah er mir mit einem Blick in die Augen, der Mitgefühl und Freude zugleich ausdrückte. »Wie erträgst du das alles, meine Liebe? Gestern war kein sehr schöner Tag.«

Omondi war weder groß noch kräftig, doch seine Gegenwart füllte den Raum, hellte die tristen grünen Wände auf und schob sie nach hinten. »Ich habe gerade mit deinem Freund Striker gesprochen.« Er deutete auf das altmodische schwarze Tischtelefon. »Er sagt, einige seiner Papiere seien durcheinandergebracht worden, als ob jemand sein Haus durchsucht hätte.«

Also hatte Striker doch auf mich gehört, zumindest teilweise. »Ja, ich war da. Glaubst du, das könnte was mit dem Mord an Emmet zu tun haben?«

»Vielleicht, vielleicht. Bei diesem Puzzle müssen wir viele Steine sammeln, bevor wir ein zusammenhängendes Bild bekommen.«

»Wir sind auf jeden Fall bereit, Ihnen auf alle erdenkliche Weise zu helfen«, sagte Henry wichtigtuerisch.

»Dafür möchte ich Ihnen schon im voraus danken. Da Sie alle drei auf einmal hier sind, habe ich mir gedacht, wir könnten statt eines formalen Gesprächs ein Palaver im afrikanischen Stil abhalten, um uns den Mord an Emmet näher anzusehen.«

»Bräuchten wir dazu nicht einen Medizinmann?« fragte Henry.

»Ein Wahrsager wäre schon nicht schlecht.« Omondi lachte. »Und wir sollten die ganze Familie, alle Nachbarn und auch entfernte Verwandten von nah und fern hier haben.« Er führte uns zu den unbequemen Holzstühlen, die vor seinem Schreibtisch aufgestellt waren, und ging dann herum, um dahinter Platz zu nehmen. »Und die Geister der Vorfahren nicht zu vergessen. Aber wir werden unser Bestes tun.« Er machte einige ausholende Gesten. »Alle kommen zusammen, jeder erhält die Gelegenheit zu reden, zu sagen, was er weiß und was er denkt. Große Dinge, kleine Dinge, aus jüngster Zeit oder längst vergangen – alles, was einem in den Sinn kommt. Ich will heute keine unterschriebenen Aussagen von Ihnen.« Er wischte den bloßen Gedanken mit den Händen beiseite. »Nein, hier reden drei Leute, die Emmet gekannt und vielleicht in letzter Zeit gesehen haben.«

Ich hatte Omondi schon einmal so etwas tun sehen. Er kann Leute auf wirkungsvolle Weise dazu bringen, mehr zu sagen, als sie eigentlich vorhatten, aber diesmal glaubte ich, daß er einen großen Fehler machte. Wie konnten Mikki und Henry frei voreinander reden, geschweige denn vor mir und Omondi? Wir lebten nicht in einem dichtgedrängten afrikanischen Dorf mit dünnen Wänden, wo ein Geheimnis etwas war, was jeder wußte, aber wo niemand drüber sprach – obwohl, wenn ich es mir recht überlegte, war Mikkis Affäre mit Emmet eigentlich genau das.

Mikki begann mit leiser Stimme. Sie beschrieb Emmet als engagierten, hart arbeitenden Geschäftsmann, der die letzten Jahre seines Lebens dem Kampf gegen das rapide Aussterben der Elefanten gewidmet und sich damit die Liebe Gleichgesinnter und die Feindschaft Andersdenkender zugezogen hatte, insbesondere seiner eigenen Familie.

»Wurde er jemals bedroht?« fragte Omondi.

»Im letzten Jahr hat er einige anonyme Anrufe bekommen, aber nichts, was wir ernst genommen hätten«, sagte Mikki. »Elefanten haben viele Feinde, aber Emmet persönlich? Eigentlich nicht. Es sieht im Moment nach einem permanenten Verbot des Elfenbeinhandels aus, daran kann auch der Mord an Emmet nichts ändern.«

Auf Omondis Fragen hin begann sie zögernd, die wichtigsten Personen im Elfenbeinhandel grob zu skizzieren. In den ersten Jahren nach Kenias Unabhängigkeit hatte sogar die Tochter des Präsidenten von einem Büro in der Innenstadt aus einen illegalen Elfenbeinhandel betrieben. Diese Zeiten waren vorbei, und der neue Präsident hatte mit Leakey, dem unbestechlichen Sohn des berühmten Archäologen, einen vertrauenswürdigen Umweltschützer mit der Oberaufsicht über die Wildschutzbehörde betraut. Vermutlich waren viele Regierungsangestellte, hohe wie niedrige, die bisher von Bestechungsgeldern der Wilderer gelebt hatten, nicht allzu glücklich über die neue Regelung. Das galt auch für die somalischen Wilderertrupps, für die Elfenbeinhändler aus Hongkong, die als Mittelsmänner fungierten, die arabischen Emire, die die Geldwaschanlagen deckten, sowie für die chinesischen oder japanischen Elfenbeinhändler, die einen großen Markt in Asien versorgten und Schmuck nach Europa und Amerika exportierten.

Omondi hörte zu, einen Finger gegen Lippen und Kinn gepreßt, den er ab und zu hochhob, um nach weiteren Informationen zu bohren. Als Mikki nichts mehr einfiel, wandte er sich an mich. »Möchtest du noch was hinzufügen, Jazz?«

Palaver hin oder her, ich war nicht bereit, Omondi alles zu erzählen, was ich wußte, ohne dafür weitere Informationen zu erhalten. »Alicia hat gesagt, Emmet habe sich über eine kürzlich gemachte Entdeckung aufgeregt. Ich meine, das ist unser bester Anhaltspunkt. Hatte Emmet etwas herausgefunden, das eine bestimmte Person oder eine Organisation mit dem Ruin bedrohte?«

Mikki zappelte auf ihrem Stuhl herum. »Ich hatte gedacht, ich hätte deutlich gemacht, daß sowohl Alicia als auch seine beiden Kinder Emmet für einen Spinner hielten. Sie respektierten seine Arbeit keineswegs, sondern ärgerten sich über jeden Penny, den er in Save the Elephants steckte. Das schaffte furchtbar böses Blut in der Familie.« Mit stockender Stimme beschrieb Mikki ihre letzte Begegnung mit Emmet. »Er hat mir gesagt, er wolle sich von Alicia scheiden lassen, ihre Ehe sei völlig zerrüttet. Ich fragte ihn, was er damit meinte, aber er wollte es mir nicht sagen.«

»Hat er Sie bei der Gelegenheit gefragt, ob Sie ihn heiraten wollten?« fragte Omondi.

Henry saß mit hoch erhobenem Kopf da, den Blick auf eine Stelle über Omondis Kopf fixiert.

Mikki nickte zustimmend. »Ich war ganz durcheinander.« Sie senkte den Kopf und versteckte sich hinter ihrer wallenden Haarmähne. »Ich habe um ein paar Tage Bedenkzeit gebeten, Emmet sollte mich gegen Ende der Woche anrufen. Ich hatte beschlossen, nein zu sagen.«

»Und wann hat er angerufen?«

Mikki schüttelte den Kopf. Als sie dann sprach, klang es, als ob sie gegen Tränen ankämpfen müßte. »Er ist nicht mehr dazu gekommen.«

Omondi drehte sich mit seinem Stuhl zu Henry. »Mr. Darrow, was wußten Sie von alledem?«

Henry räusperte sich gewichtig. »Inspector Omondi, diese Fragen sind sehr hart für meine Frau.«

»Ja. Mord ist eine brutale Erfahrung für alle Überlebenden.« Omondi wartete mit gespanntem Gesichtsausdruck.

Henry fragte Mikki, ob sie ein Glas Wasser wollte. Sie nahm ein Papiertaschentuch aus ihrer Handtasche und sagte, es sei alles okay, man solle sie nicht beachten und weitermachen.

»Wie ich Ihnen bereits bei uns zu Hause sagte, vermutete ich seit langem, daß meine Frau ein Verhältnis mit Emmet hatte.«

»Das machte Ihnen nichts aus?« fragte Omondi.

»Natürlich habe ich mich darüber geärgert. Dieser Mann nutzte Mikkis Verwundbarkeit aus. Doch angesichts der Umstände hielt ich es für das Beste, das Ganze zu ignorieren.«

»Welche Umstände?« bohrte Omondi.

»Nun ja« – er warf Mikki einen Blick zu – »meine Frau hatte einen schweren beruflichen Rückschlag erlitten und mußte ein neues Forschungsobjekt finden. Emmet bot ihr finanzielle Unterstützung an für den Fall, daß sie auf Elefanten überwechselte.«

»Erklären Sie mir das näher.«

»Meine Frau hatte unglücklicherweise eine völlig anomale Pavianhorde beobachtet und daraus ganz merkwürdige Schlußfolgerungen über Freundschaften und Scheinehen unter Pavianen entwickelt. Ich brauche wohl kaum zu sagen, daß sie damit bei der Kommission, die die Gelder vergibt, nicht sonderlich gut ankam.«

»Es ging nicht um Scheinehen«, sagte Mikki.

»Ich hatte ihr gesagt, sie würde ihre Karriere ruinieren, wenn sie diesen Quatsch veröffentlichte.« Offenbar hatte Henry kurzfristig seine Rolle als Mikkis Beschützer vergessen. »Sie hat sich in eine Außenseiterposition gebracht, weil sie ihre Forschungsergebnisse von ihrer politischen Einstellung hat vergiften lassen, und« – er schnipste mit den Fingern – »damit waren ihre Chancen auf ein Stipendium dahin.«

Mikki schob das Kinn vor. »Ich habe das Verhalten von jedem Mitglied der Horde in einem zufällig ausgewählten Zeitabschnitt von fünf Minuten aufgezeichnet. Das war die wissenschaftlichste Methode, die je bei Pavianen angewandt wurde. Das akademische Establishment wollte die Vorstellung nicht aufgeben, daß der natürlichen Ordnung gemäß unter den Primaten die Männchen das Sagen haben.«

»Kooperation ist einfach der letzte Schrei«, sagte Henry. »Diese Feministinnen wollen sogar die Paviane kastrieren.«

»Das ist doch lächerlich.«

»Ich kann dir versichern, in der ersten Generation von Verhaltensforschern, der ich angehörte – den Pionieren, wenn du so willst –, hatten wir zwar nicht die allerobjektivsten Beobachtungsinstrumente, aber wir sind zu Ergebnissen gekommen, die die Entwicklung bestätigt hat.«

»Niemand will deine Leistungen schmälern, Henry.«

Hörte ich da den Stolz der Ehefrau vermischt mit dem Ärger in Mikkis Stimme?

Sie fuhr fort: »Ich habe bloß gezeigt, daß die Dominanzhierarchie, die ihr unter den Männchen festgestellt habt, nichts mit dem Erfolg bei der Fortpflanzung zu tun hat. Das bedeutet allerdings nicht, daß es keinen Konkurrenzkampf gibt. Die beste Aussicht, bei einem Weibchen erfolgreich zu sein, hat ein Männchen, das gute soziale Fähigkeiten und kooperatives Verhalten zeigt.«

Henrys Mund wurde ganz verkniffen. »Man kann wissenschaftliche Ergebnisse nicht von einer einzigen Horde ableiten.« Er appellierte an Omondi. »Das hab ich Mikki gesagt. Ich hab sie gewarnt, daß es ihrer Karriere schaden würde, aber sie wollte nicht auf mich hören. Und dann war sie am Boden zerstört, als niemand ihr Stipendium verlängern wollte.« Seine Stimme wurde beißend. »Emmet Laird begann ihr Forschungsgelder in den Rachen zu schmeißen, er hat sie von den Primaten zu den Elefanten abgeworben, und das nächste, was ich hörte ... nun ja, es ist ziemlich mies, die verletzte Eitelkeit einer Frau auszunutzen.«

In gewisser Weise hatte Henry sogar recht – wenn er Mikki die Unterstützung und Bestätigung gegeben hätte, die sie verdiente, hätte sie vermutlich nicht ihre Studien auf andere Tiere verlagert und sich auch nicht in Emmet verliebt –, aber das begriff er nicht. Gestern hatte Henry uns erklärt, daß Mikkis Affäre mit Emmet das Sicherheitsventil gewesen sei, das dafür sorgte, daß Mikki bei ihm blieb. Jetzt beschuldigte er Emmet, sie in einem verletzlichen Augenblick verführt zu haben. Doch in keiner Version sah Henry sie als aktive Gestalterin ihres eigenen Lebens oder übernahm die Verantwortung dafür, daß er sie in Emmets Arme getrieben hatte.

Ich versuchte, mir die verworrenen Gefühle vorzustellen, die zu einem Mord führen könnten. Würde man es noch als Verbrechen aus Leidenschaft bezeichnen, wenn Henry seit Jahren über die Affäre Bescheid gewußt hatte? Aber können Gefühle nicht auch im Untergrund gären und dann plötzlich hervorbrechen? Doch was hätte der Auslöser bei Henry sein können? Schließlich hatte Mikki ihn überhaupt nicht verlassen wollen. Henry war zwar ein Ekel, aber er wirkte eher mitleiderregend als gefährlich.

»Das hört sich so an, als hätten sie einen guten Grund gehabt, Mr. Laird zu hassen«, sagte Omondi.

»Ja, aber ich habe mir was ausgedacht, wie ich mich rächen kann.« Henry lachte selbstbewußt und zeigte seine großen gelben Zähne. »Ich werde ebenfalls anfangen, Elefanten zu erforschen. Die Rolle der Aggression unter männlichen Elefanten, wie wir es bei den Pavianen getan haben. Ich möchte den Mythos vom sanftmütigen, matriarchalen Elefantenclan sprengen, den all diese Ladies, die sich als Wissenschaftlerinnen betätigen, verbreitet haben.«

Ladies, die sich als Wissenschaftlerinnen betätigen? Wollte Henry Mikki zurückgewinnen oder sie noch stärker vergraulen? Er machte einen noch verwirrteren Eindruck als Mikki.

Henry mißverstand das Schweigen, das seiner prahlerischen Bemerkung folgte. »Schmeißt mich noch nicht zum alten Eisen. Wartet nur, bis ich mein neues Forschungsteam zusammen habe.« Er zeigte auf mich. »Du solltest dich auf was gefaßt machen, ich werd's euch allen zeigen, euch Elefantenfreunden. Der sanftmütige Elefant, ha! Ein Elefant ist kein Kinderspielzeug.«

Omondi zeigte mit einem Finger auf Henry. »Seien Sie vorsichtig. Ich glaube, Elefanten sind fast unwiderstehlich. Auch Sie werden sich in sie verlieben.«

»Und du wirst dich ganz schön aufregen, wenn die Tiere, die du erforschen willst, eins nach dem andern abgeknallt werden«, fügte ich hinzu.

Henry lachte schallend. »Ich bin Realist, Schätzchen. Es ist überhaupt kein Platz für all diese Elefanten da. Save the Elephants ist für den Arsch. Für was soll man sie retten? Damit sie jeden Baum im Massai-Mara-Park umschmeißen und dann verhungern? Wir müssen die Herden ausdünnen, und warum soll man nicht daran verdienen? Die Wilderer denken einfach pragmatisch.« Er lächelte selbstgefällig.

»Oh, Henry. Hör auf, das Enfant terrible zu spielen«, sagte Mikki. »Ich fürchte, wir sind weit vom Thema abgekommen.«

Omondi begann, nach jedem bißchen Klatsch über die Lairds zu bohren. Henry kannte Emmet natürlich seit der Zeit, als dieser nach Kenia gekommen war, und es schien ihm einen gewissen Spaß zu bereiten, die beiden ersten Frauen von Emmet zu beschreiben sowie die schmutzige Wäsche auszubreiten, die bei den beiden Scheidungen gewaschen wurde. Während er sprach, warf er immer wieder verstohlene Blicke zu Mikki hinüber, die gedankenverloren dasaß. Dann begann er, wenig schmeichelhafte Porträts von Garret und Kim zu malen, und zu betonen, wie sehr sie ihren Vater gehaßt hatten.

»Mr. Laird scheint ein Mann gewesen zu sein, der erfolgreich im öffentlichen Leben war, aber privat versagt hat«, bemerkte Omondi. »Würden Sie dem zustimmen, Mrs. Darrow?«

Mikki sah Omondi mit ihren klaren blauen Augen an. »Emmet war jemand, der eher bereit war, im Unrecht zu erscheinen, als sich über seine Frau oder seine Kinder zu beklagen. Er war ein reicher Mann, dem Geld nicht viel bedeutete. Er war auch ziemlich naiv, was den Reiz betraf, den Geld auf andere Leute ausübte. Ich glaube, ihm war nicht klar, daß Alicia ihn wegen seines Geldes geheiratet hatte und Garret praktisch nur darauf wartete, daß Emmet starb und ihm ein Vermögen hinterließ. Jedenfalls hatte ich den Eindruck, daß Emmet die Schwierigkeiten, sich von Alicia scheiden zu lassen, bei weitem unterschätzte. In der Beziehung war er völlig blind.«

»War er denn so töricht, auf eine gütliche Scheidung zu hoffen?« fragte Omondi. »Schließlich war das doch so eine Art Vernunftehe. Immerhin gab es in Mrs. Lairds Leben einen anderen Mann.«

»Ja, einen jungen Mann mit teuren Vorlieben und einem Gehalt von der Bank«, sagte Mikki. »Alicia gibt vermutlich im Jahr allein für Partys und Kleider mehr aus. Und was glauben Sie, wie lange Gregs Interesse an ihr noch anhalten würde, wenn Emmet sich hätte scheiden lassen, ohne ihr einen Penny zu geben?«

»Übertreiben Sie nicht ein bißchen, Mrs. Darrow? Ohne einen Penny?«

Mikki lehnte sich auf ihrem Stuhl zurück. »Nicht in Alicias Augen. Da sie keine Kinder hatten, war er nicht verpflichtet, Unterhalt zu zahlen. Außerdem wollte er das Haus in ein Forschungszentrum umwandeln.«

»Das beweist doch, was für ein Typ er war«, sagte Henry. »Die eigene Frau aus dem Haus zu werfen. Herzlos.«

Mikki ignorierte ihn. »Sie haben Alicia kennengelernt, Inspector. Was hatten Sie für einen Eindruck? Was, glauben Sie, würde sie tun, wenn nur eine kleine Kugel sie von einem Vermögen trennt?«

Omondi kippte seinen Stuhl nach hinten und sprach zur Decke: »Haben Sie nicht eine Person vergessen, Mrs. Darrow? Einige Leute würden sagen, wenn jemand materiell von Mr. Lairds Tod profitiert hat, dann ist das weder sein Sohn noch seine Tochter noch seine Frau« – er ließ den Stuhl krachend wieder auf dem Boden aufsetzen und beugte sich über den Schreibtisch –, »sondern *Sie*.«

Ich hatte erwartet, daß Henry Mikki vehement verteidigen würde, aber er saß scheinbar sprachlos da.

Mikki sah Omondi starr an und sagte: »Diese Theatralik ist nicht angebracht, Inspector. Ich bin die letzte, die sich gewünscht hätte, daß Emmet tot ist.« Ihre Stimme zitterte bei den letzten beiden Worten ein wenig, aber ihr Blick blieb fest und sie brach nicht zusammen. »Ich möchte alles in meiner Macht Stehende tun, um herauszufinden, wer es getan hat.«

Omondi nahm einen Stift in die Hand und klopfte damit leicht gegen seine Finger. »Eine gute Einstellung, aber warum enthalten Sie mir dann Informationen vor?«

»Was meinen Sie?«

»Ich meine« – Omondi klopfte zu jedem Wort im Rhythmus auf den Schreibtisch –, »daß Sie im Camp waren?«

Mikki sagte nichts.

»Warum haben Sie uns nicht gesagt, daß Sie dort waren, Mrs. Darrow?«

»Ich dachte nicht, daß es wichtig wäre. Ich bin am Dienstag morgen kurz vorbeigekommen.« Sie wurde rot bis in die Haarwurzeln. »Ich...« Sie preßte ihre Lippen zusammen, damit sie nicht zitterten. Ihr Atem wurde unregelmäßig, und einen Augenblick glaubte ich, sie finge an zu weinen, aber es gelang ihr, sich zu beherrschen. Ich war überzeugt, daß uns allen klar war, daß sie miteinander geschlafen hatten. Ich fühlte mit Mikki.

»Hören Sie, das lasse ich nicht zu.« Henry erhob die Stimme, die schon normalerweise ziemlich dröhnend war. Die abgehackten Worte hallten von den Wänden des kleinen Büros wider und waren bestimmt auf dem halben Flur zu hören. »Uns ist klar, daß Sie eine Aufgabe zu erfüllen haben, und deshalb sind wir sehr entgegenkommend zu Ihnen gewesen, aber eine Frau hat auch ein Recht auf eine gewisse Privatsphäre. Sie quälen meine Frau ganz unnütz und auf grausame Weise. Es ist absolut lächerlich zu glauben, sie sei die Mörderin. Absolut lächerlich.«

»Es ist ganz natürlich, daß Sie Ihre Frau verteidigen...«, sagte Omondi ruhig.

»Absolut lächerlich.« Ich sah Speichel aus Henrys Mund sprühen.

»...aber wir wissen, daß sie im Camp war, vielleicht sogar die letzte Person war, die ihn lebend gesehen hat...«

Mikki preßte die Lippen noch fester zusammen.

»Außer dem Mörder!« erwiderte Henry scharf.

»...und daß sie uns davon nichts gesagt hat.«

»Ich will nicht, daß Sie sie demütigen! Das lasse ich nicht zu!«

Mikki knabberte am Nagel ihres kleinen Fingers. »Schon gut, Henry. Es macht mir nichts aus, darüber zu reden. Ich bin kurz vorbeigekommen, um einen Artikel über verwaiste Herden abzuholen, den wir zusammen schrieben und den ich diese Woche fertigmachen wollte. Ich hielt es nicht für wichtig, sonst hätte ich es ganz bestimmt erwähnt.«

»Ich dachte, wir hätten diesen Artikel unter Emmets Papieren im Camp gesehen«, sagte Omondi.

Mikki errötete erneut. »Ich weiß – ich hab ihn vergessen mitzunehmen, nachdem ich extra dafür gekommen war.«

Ich glaubte ihr nicht. Mikki war zu klug, um zu behaupten, sie hätte den Besuch im Camp nicht für wichtig gehalten. Seit ich ihr von Emmets Tod erzählt hatte, war sie zwar wie ein Zombie durch die Gegend gelaufen, aber trotzdem ... Vielleicht war es aber auch zu schmerzlich für sie, an das letzte Mal, wo sie zusammen waren, auch nur zu denken. Das Ganze mußte mit vielen Emotionen beladen sein – erst sich zu entscheiden versuchen, ob sie seinen Heiratsantrag annehmen sollte oder nicht, und dann im nachhinein zu wissen, daß es das letzte Mal war, daß sie sich geliebt hatten. Kein Wunder, daß sie nicht darüber geredet hatte.

Ich fragte mich, was Mikki mir sonst noch alles nicht erzählt hatte.

14

»Hast du ein paar Minuten Zeit?« fragte ich Omondi, als die Darrows sein Büro verließen.

»Natürlich.« Er kam herum und setzte sich so dicht vor mir auf die Schreibtischkante, daß mir auffiel, wie weich seine Haut aussah und wie elegant seine Hände wirkten. »Das war ein sehr fruchtbares Gespräch, findest du nicht?«

»Du verdächtigst Mikki doch nicht wirklich, oder? Du bist ganz schön hart mit ihr umgegangen.«

»Du kennst ja meine Methode. Ich stelle jede Frage, die mir in den Sinn kommt. Ich überlege mir nicht, ob es eine gute oder eine schlechte Frage ist. Manchmal kriegt man ganz überraschend eine Antwort. Man muß nur immer weiter fragen, und irgendwann wird die Wahrheit herauskommen. Außerdem muß man die alte Weisheit beachten: *Cherchez la femme.* In diesem Fall haben wir zwei *femmes,* Alicia und Mikki.«

Alte Weisheit? Ich hielt mich rechtzeitig zurück. Schließlich war ich nicht hier, um mit ihm über sexistische Sprüche zu diskutieren. »Mikki hat kein Motiv. Was hat man groß davon, zur Treuhänderin von Save the Elephants gemacht zu werden? Das ist doch nicht dasselbe, wie Geld zu erben.«

»Jetzt hat sie reichlich Forschungsgelder zur Verfügung. Sie ist von niemandem abhängig.«

»Aber sie wußte nicht, daß ihr dieses Amt übertragen würde.«

»Dafür hast du nur ihr Wort. Das reicht nicht.«

»Die Vorstellung ist lächerlich, Mikki könnte Emmet

ermordet haben – einen Mann, den sie leidenschaftlich liebte –, um Forschungsgelder in die Hand zu kriegen.« Mir gefiel weder der defensive Ton in meiner Stimme, noch die Art, wie dieses Gespräch lief. Es wurde immer peinlicher, Omondi sagen zu müssen, daß ich für Mikki arbeitete.

»Sie sieht aus wie ein romantisches junges Mädchen, doch unter dieser Oberfläche ist sie nicht nur ziemlich robust, sondern, wie ich vermute, auch unnachgiebig. Es überrascht mich nicht, daß sie ihren Mann nicht für Mr. Laird verlassen wollte. Diese Ehe ist eine sehr komplexe Angelegenheit. Er liebt sie, ist aber wütend und verbittert. Trotzdem will er sie zurückgewinnen, das ist klar. Was sie betrifft, ein starker Liebhaber ist gut und schön, aber als Ehemann ist ein schwacher Typ wie Henry leichter zu beherrschen. Außerdem hatte ich den Eindruck, daß Mrs. Laird immer noch eine gewisse Schwäche für ihren Mann hat.«

»Yeah, im Kopf. Ich glaube nicht, daß du damit recht hast, daß Mikki Henry dominieren will. Es ist eher etwas mütterlich Beschützendes, das sie für ihn empfindet, jetzt wo er alt ist. Aber das war nicht immer so. Sie hat mir mal erzählt, daß es der Traum ihres Lebens war, unter dem berühmten Henry Darrow zu arbeiten. Als er sie zu seiner Forschungsassistentin machte und dann anfing, um sie zu werben, glaubte sie, sie habe in die Hallen des Olymp Einlaß gefunden und auf wunderbare Weise die Aufmerksamkeit Zeus' erregt. Er glaubte, er hätte eine treue Schülerin gefunden. Damals bestimmte er alles, und sie waren eine Zeitlang sehr glücklich.« Ich verzog das Gesicht. Das war eine Seite an Mikki, die ich nicht gern zugab. »Aber es brach alles zusammen. Die

Schülerin wirft die Arbeit des Meisters über den Haufen und wird zu einer Cause célèbre, zumindest unter Wissenschaftlerinnen. Dann gibt sie die Paviane auf und wendet sich einem richtigen Machotier zu und fängt an, ihn zu betrügen. Ich frage mich, ob Henry Emmet ermordet haben könnte, aus purer Bosheit.«

Omondi hörte aufmerksam zu. »Dieser Plan von Henry, plötzlich selber in die Elefantenforschung einzusteigen, ist äußerst merkwürdig. Will er damit seine Frau umwerben oder mit ihr konkurrieren?«

»Beides, obwohl er sich vermutlich eingeredet hatte, er wolle mit Emmet konkurrieren. Er hat Mikki nie ernst genug genommen, um in ihr eine Konkurrenz zu sehen.«

»Ja, vielleicht versucht er, die Vergangenheit wiederaufleben zu lassen.« Omondi streckte seine Hände aus, eine hielt er hoch, die andere tief, dann bewegte er sie gegeneinander wie bei einer Wippe, um die Beziehung zwischen den Darrows zu illustrieren. »Aber nun wird es nicht funktionieren. Es ist viel schwerer, mit einem Geist zu konkurrieren als mit einem lebenden Mann.«

»Apropos, was hat die Autopsie ergeben? Stammte die Kugel aus Alicias Gewehr?«

Omondi verschränkte die Arme. »Meine liebe Jazz, deine Frage ist völlig unzulässig. Ich kann dich nicht in Polizeiangelegenheiten einweihen.«

»Aber letztes Mal –«

»Letztes Mal war das was anderes. Wir sind jetzt nicht im Busch, weißt du. Du befindest dich im Polizeipräsidium.« Er begann, an den Fingern abzuzählen: »Letztes Mal ereignete sich der Mord auf deiner Safari, du kanntest alle Verdächtigen, ich arbeitete unter extremem Zeitdruck, ich hatte nur Sergeant Kakombe zur Unterstützung, und wir waren weit von den Regeln und Bestimmungen der Hauptstadt entfernt.« Er hob seine ausgestreckte Hand hoch wie ein fünffingriges Stoppschild. »Das war eine Ausnahmesituation.«

Ich hörte ungeduldig zu. »Wenn ich mich nicht eingemischt hätte, wäre der Mörder nie geschnappt worden.«

»Und du wärst auch nicht angeschossen worden. Nein, Jazz. Diesmal werde ich dich nicht zu meiner Juniorpartnerin machen.«

»Ich bin eine erwachsene Frau und nicht an einer Stelle als Juniorpartnerin interessiert, besten Dank.« Ich spürte, wie mein Gesicht rot vor Zorn wurde. Ich dachte daran, ihm zu sagen, daß Mikki mich engagiert hatte, aber ich fürchtete, er würde mich auslachen. »Wenn er wegen Elfenbein getötet wurde – und das halte ich für die wahrscheinlichste Möglichkeit –, dann habe ich wertvolle Kontakte.« Ich meinte Striker, und das war Omondi vermutlich auch klar. »Ich bin sicher, daß ich eine Menge beisteuern kann.« Gott, warum hörte ich mich so defensiv an? Ich hatte das Recht, diesen Job anzunehmen, wenn ich es wollte. Zumindest Mikki hatte Vertrauen zu mir, und sie war kein Idiot.

»Jazz, beruhige dich. Ich wollte dich nicht kränken, ich weiß deine Fähigkeiten sehr wohl zu schätzen. Aber laß mich eines völlig klarstellen: Ich werde dich nicht in diese Ermittlung mit einbeziehen.«

»Ich werde mich aber nicht raushalten. Wenn du mir keine Informationen gibst, dann arbeite ich eben ohne.«

Omondi stand auf. »Jetzt habe ich aber allen Grund, beleidigt zu sein. Das klang wie eine Drohung.«

Ich fuhr mir mit einer Hand durch die Haare. Diese Begegnung lief überhaupt nicht so, wie ich es mir vorgestellt hatte. »Tut mir leid. Es war keine Drohung.« Meine Stimme klang nicht sehr nach einer Entschuldigung. Ich atmete tief durch und versuchte es in einem versöhnlicheren Tonfall. »Ich kann Dinge erledigen, mich umschauen und ganz zwanglos mit Leuten reden. Verstehst du das nicht? Ich weiß, daß ich eine Menge helfen kann. Mir ist natürlich klar, daß du nach persönlichem Ermessen entscheiden mußt, wieviel du mir erzählst –«

»Das ist genau der Punkt, meine liebe Jazz«, unterbrach mich Omondi. »Es geht hier nicht um mein persönliches Ermessen.« Das altmodische schwarze Telefon auf dem Schreibtisch begann scheppernd zu läuten. Omondi nahm ab. »Inspector Omondi. Ja, Sir, er wird gerade getippt. Ich bringe ihn Ihnen persönlich vorbei, sobald er fertig ist. Danke, Sir.« Er wandte sich an mich. »Siehst du, der Chief Inspector verfolgt den Fall sehr aufmerksam.« Er stand auf. »Jazz, sei vernünftig. Wenn es ein Mord aus persönlichen Motiven war, wirst du dich doch wohl nicht einmischen wollen. Und wenn es ein Profikiller war, dann besteht große Gefahr.«

»Ich bekomme so schnell keine Angst.«

Omondi sah mich traurig an. »Nein, du bist nicht so vernünftig, wie du eigentlich sein solltest. Sturheit ist selten mit Weisheit gepaart.«

»Ich würde es eher als Engagement bezeichnen.« Ich sah auf meine Uhr. Wenn ich nur außerhalb der Polizeistation mit Omondi reden könnte, dann würde er vielleicht auftauen. »Kommst du zur Trauerfeier?«

»Ich fürchte, dazu habe ich keine Zeit.«

»Wie wär's, wenn wir später zusammen eine Tasse Kaffee trinken?«

Omondi schob die Unterlippe vor und schüttelte den Kopf. »Nein. Heute gibt's für mich keine Pausen. Nicht bevor wir einige Fortschritte gemacht haben.«

»Dann einen Drink nach der Arbeit?«

Er schüttelte den Kopf, doch diesmal lächelnd. »Ich wünschte, du würdest aus einem anderen Grund mit mir ausgehen wollen, aber du bist zu leicht zu durchschauen. Du glaubst, wenn du mit mir allein bist und deinen Charme spielen läßt, werde ich dir alles erzählen. Es ist zwecklos.« Er nahm mich am Ellbogen und schob mich rasch zur Tür. »Du darfst mir nicht böse sein. Das ist eine sehr ernste Angelegenheit, und ich möchte dich da heraushalten.«

Er führte mich durch das leere Vorzimmer bis zur Treppe. Ich begann hinunterzugehen und winkte zum Abschied. Als er außer Sicht war, blieb ich stehen und wartete, bis sich seine Bürotür mit einem Klicken hinter ihm schloß.

Mit klopfendem Herzen stieg ich die Treppe wieder hoch, bemühte mich, nicht wie ein Verbrecher nach links und rechts zu sehen, und ging in das Vorzimmer des Sekretärs. Und tatsächlich lag dort ein Stapel getippter Blätter auf dem Schreibtisch, eine Seite war noch in der Maschine. Ich nahm mir den Stapel, während ich mit einem Ohr auf Schritte lauschte. Es war der Bericht vom Tatort. Ich überflog ihn, so rasch ich konnte, hatte jedoch Mühe mit dem Fachjargon.

Es gab zweierlei Reifenspuren, dazu noch Ölstellen von Alicias neuem Rover. Die Absatzeindrücke im Camp stammten von zwei Paar Schuhen von ihr, einem mit hohen und einem mit flachen Absätzen, wie Omondi und ich vermutet hatten. Als wir Alicia und Greg dort getroffen hatten, war sie bereits zum zweiten Mal im Camp. Das bewies natürlich nicht, daß sie ihn umgebracht hatte. Die Kugel, die Emmet getötet hatte, stammte nicht aus ihrem Gewehr, was immer das zu bedeuten hatte.

Auf dem flachen Stück Straße, das zum Camp führte und das Emmet als Landebahn benutzte, waren auch Spuren. Ein kleines Buschflugzeug hatte die Bahn erst kürzlich benutzt. Das war vermutlich bei Mikkis Besuch am Dienstag morgen gewesen. Man hatte zahlreiche Fingerabdrücke von ihr auf der *Daily Nation* gefunden.

Das Telefon auf dem Schreibtisch klingelte blechern. Ich ließ vor Schreck einige Blätter auf den Boden fallen. Als ich mich bückte, um sie aufzuheben, hörte ich, wie der Sekretär draußen auf dem Flur jemanden begrüßte.

Ich schob die durcheinander geratenen Seiten zu einem ordentlichen Stapel zusammen, legte ihn auf den Schreibtisch und war schon fast an der Tür, als Omondis Sekretär eintrat. Er hatte eine Figur wie ein Faß, und ich knallte heftig gegen seinen dicken Bauch. Meine Schultertasche fiel auf die Erde. Das Gefuchtel nach meiner Tasche und unsere hektischen Entschuldigungen machten soviel Lärm, daß Omondi seine Tür öffnete. Er sah mich durchdringend an und blickte dann sofort zum Schreibtisch seines Sekretärs.

»Was wolltest du hier?«

»Ich bin zurückgekommen, um dich zum Mittagessen einzuladen. Würdest du's dir noch mal überlegen?«

Omondis finsterer Blick erinnerte mich daran, was für eine schlechte Lügnerin ich war. Sein Sekretär schob sich an mir vorbei, um hinter seinen Schreibtisch zu kommen. Ich war sicher, daß er sofort merken würde, daß die

Blätter durcheinander waren. Ich hatte Omondi noch nie richtig wütend erlebt und war auch nicht wild auf diese Erfahrung. Ungeschickt lehnte ich mich gegen den Schreibtisch, als ob ich dem Sekretär Platz machen wollte, und schaffte es, den Bericht ein zweites Mal über den Boden zu verstreuen. Mit tausendfachen Entschuldigungen stahl ich mich aus der Tür.

15

Striker tauchte bei der Trauerfeier in der Kirche nicht auf. Im Grunde hatte ich auch nicht damit gerechnet, daß er mich überraschen würde. Ich war so daran gewöhnt, überall ohne ihn hinzugehen, daß es mir nur einen Augenblick bewußt wurde. Danach war ich so sehr damit beschäftigt, Mikki Beistand zu leisten, daß ich nicht mehr an mich selbst dachte. Als der Pfarrer gerade das erste Gebet beendet hatte, kam Kim eilig den Mittelgang entlang und rutschte neben Garret in die Familienbank. Während Emmets Leistungen für seine Wahlheimat und für die ganze Welt in seinem Kampf um das Überleben der Elefanten gelobt wurden, saß sie steif und wie erstarrt da.

Es fand kein Begräbnis statt, da es Emmets Wunsch gewesen war, verbrannt zu werden. Die Asche sollte über sein geliebtes Elefantenland verstreut werden. Alicia hatte den Anstand, keine übermäßige Trauer vorzutäuschen, doch ihr Gesicht war angespannt und blaß, als sie die Beileidsbekundungen entgegennahm. Sie ließ es sich nicht nehmen, die Darrows persönlich zu sich nach

Hause einzuladen, wo sich anschließend ein kleiner Kreis von Verwandten und Freunden zusammenfinden würde. Mikki lehnte ab unter dem Vorwand, daß sie für die Benefizparty am Abend noch etwas die Werbetrommel rühren müsse. Ich hatte mich verpflichtet, am Nachmittag den Aufbau des Zelts und der Tanzfläche im Garten zu beaufsichtigen, also mußte ich bleiben.

Ich hielt hinter einem Jaguar XKE und schloß mich dem Trauerzug an, der sich langsam durch die Tore der Lairds bewegte. Ibrahima, mein Koch von Jazz Jasper Safaris, stand an der Tür und spielte den Butler. Mit ausholenden Gesten wies er die Massen zum Tisch mit den Getränken. Statt seiner üblichen Kluft – einem T-Shirt, das er irgendeinem Safarigast abgeschwatzt hatte – wölbte sich heute ein langer Gehrock über seinem Bauch. Ich lungerte in der Nähe der Tür herum, grüßte ganz mechanisch Leute und hoffte, daß ich irgendwann ungestört ein paar Worte mit ihm wechseln könnte.

Als es einen Augenblick ruhig war, wandte Ibrahima sich an mich. »Ich hab schon was rausgekriegt.« Eine weitere Wagenladung Leute kam an, und Ibrahima war eine Weile damit beschäftigt, die Leute zu begrüßen und ihre Namen zu melden. »Bist du nachher zu Hause?«

»Wenn es wichtig ist, möchte ich nicht so lange warten.«

»Okay, dann komm später zu mir, wenn ich nicht mehr soviel zu tun habe, und dann reden wir.«

Ich rührte mich immer noch nicht von der Stelle.

»Geh und hol dir was zu essen und zu trinken, mein Kind. Wenn Striker kommt, sag ich ihm, er soll nach dir suchen.«

»Striker kommt nicht«, sagte ich und verschwand,

bevor Ibrahima etwas sagen konnte. Der Salon mit den grünen Wänden und dem Antilopenfries war von Gesprächen und dem üblichen übersteigerten Gelächter von Beerdigungsempfängen erfüllt. Ich machte eine Weile die Runde, weil ich hoffte, nützliche Informationen aufschnappen zu können, kam mir aber lächerlich vor. Deshalb gab ich es nach einer Weile auf und ging mit meinem Drink auf die Terrasse. Die dahinplätschernden Gespräche drangen durch die offenen Fenster und trieben mich die Treppe in den Garten hinunter.

Eine Blumenrabatte im englischen Stil prangte in äquatorialen Farben, die einen blendeten. Die Kniphofia streckte ihre Blütenstände wie rotglühende Feuerhaken zwei Meter in die Luft. Ein flottes, fröhliches Trällern lenkte meinen Blick auf einen Malachit-Nektarvogel mit zwanzig Zentimeter langen smaragdgrünen Federn, der mit seinem nadelspitzen Schnabel an den Blüten saugte. Über den Blumen jagten Schwalben mit rotem Bürzel in weit ausholendem Sturzflug nach Insekten.

Trotz der tropischen Farbenpracht hat Nairobi ein gemäßigtes Klima, weil es so hoch über dem Meeresspiegel liegt. Es wehte ein angenehmer Wind, und ich schloß einen Moment die Augen und hielt mein Gesicht in die Sonne.

»Hu-hu.« Garret winkte mir zu und schlenderte die Stufen der mit einem Geländer umgebenen Terrasse herunter, einen Whiskey-Soda in der Hand. »Ich hab dich schon überall gesucht. Ich wollte dir für Ibrahima danken. Er ist ein echtes Juwel.«

»Das hab ich mir gedacht. Ich werde ihn später begrüßen, wenn er nicht mehr soviel zu tun hat.« Wir gingen plaudernd an dem Blumenbeet entlang. »Er ist froh, daß er Arbeit hat. Es wundert mich, daß Joseph so einen guten Job aufgegeben hat.«

»Oh, er hat schon eine Zeitlang gespart, um mit einem Verwandten ein Geschäft aufzumachen, glaub ich jedenfalls. Nun hat Emmet ihm so viel Geld vermacht, daß er's jetzt sofort tun kann.«

»Ich dachte, er hätte sich den Fuß verbrüht und Angst gekriegt.«

»Oh, tatsächlich? Wer hat dir das erzählt?« Garret trank seinen Whiskey in einem Zug aus.

»Du selbst, Garret. Letzte Nacht am Telefon.«

Er hielt sein Glas ungeschickt in der Hand, riß ein Gänseblümchen aus und begann, die Blütenblätter abzuzupfen. »Gott, ich muß betrunkener gewesen sein, als ich dachte. Ich kann mich nicht erinnern, daß ich das gesagt habe. Ich muß es erfunden haben.« Er kicherte. »Wie lustig.«

Die heutige Version klang plausibler – außer daß ich wußte, daß es bei Erbschaften meist Monate dauert, bis alle juristischen Formalitäten abgewickelt sind. Es war ausgeschlossen, daß Joseph das Geld so schnell bekommen hatte, es sei denn, jemand – Garret? – hatte ihn ausgezahlt. Garret gab sich große Mühe, Josephs Verschwinden zu erklären. Ich fragte mich, warum.

Garret warf das entblätterte gelbe Zentrum des Gänseblümchens weg. »Heute abend, das wird das absolute Chaos. Mikki hofft, daß doppelt so viele Leute auftauchen wie sonst. Alicia war verrückt, sich darauf einzulassen.«

»Warum hat sie es dann getan? Ich könnte mir vorstellen, daß sie sich nichts sehnlicher wünscht, als daß die ganze Organisation zusammenbricht.«

»Oh, ich glaube, sie hat um eine Art finanzielle Entschädigung für die Benutzung des Hauses gebeten.«

Warum hatte Mikki mir das nicht erzählt? Ich würde mit ihr reden und sie bitten müssen, ehrlicher mir gegenüber zu sein. Sie war ziemlich zerstreut gewesen, erinnerte ich mich, aber sie hatte selbst davon angefangen, wie verrückt es doch sei, daß Alicia die Party trotzdem durchzog. War Mikki so sehr von Alicias Schuld überzeugt, daß sie Widersprüchlichkeiten überhaupt nicht mehr zur Kenntnis nahm? Ich wollte nur ungern wahrhaben, daß sie es mit Absicht tat. Das würde meine Aufgabe nicht gerade erleichtern.

Garret kicherte. »Der armen Alicia wird es ganz schön schwerfallen, mit ihrer Unterhaltszahlung auszukommen. Sie ist daran gewöhnt, im Geld zu schwimmen, und nicht, es zu zählen. Ich möchte bezweifeln, daß sie überhaupt noch weiß, wie man subtrahiert.«

»Ich bin froh, daß du darüber lachen kannst. Du schienst auch ganz schön erschrocken über das Testament gewesen zu sein.«

Garret winkte mit seiner blassen weißen Hand ab. »Natürlich war das eine Enttäuschung. Aber nun, wo ich aus dem Gröbsten raus bin, wovon ich dir erzählt hab – dank einem rettenden Engel, der gerade noch rechtzeitig erschienen ist –, werd ich bald nie mehr Geldsorgen haben.« Er seufzte. »Ist das nicht wunderbar.« Er schaute sich zum Haus um. »Ich sollte lieber mal nach meiner kleinen Schwester sehen, damit sie niemandem die Augen auskratzt.« Er ging langsam zurück, und ich hatte keine andere Wahl, als ihm zu folgen. »Ich hab gehört, ihr beide habt euch gestern kennengelernt«, sagte er über die Schulter gewandt.

»Sie hat dir davon erzählt?«

Anstatt meine Frage zu beantworten, tauschte Garret einige Worte mit einer Gruppe von Leuten, die sich auf der Terrasse breitgemacht hatten. An der Verandatür blieb er eine Weile stehen. »Vielleicht kennst du auch ihren Freund? Robert Thiaka.«

»Nein, ich glaube nicht, daß ich ihn schon mal gesehen habe.«

»Er interessiert sich nur für Tiere, die man essen kann. Deshalb verkehrt ihr womöglich nicht in denselben Kreisen.«

»Ich ziehe also Tiere vor, die Menschen fressen? Was macht er denn beruflich?«

»Er arbeitet am Zoologischen Institut, wie Mikki, aber er unterrichtet nur sporadisch. Sein derzeitiges Lieblingskind ist eine Modellranch, an der er herumbastelt. Vorher war er irgendein hohes Tier in der Regierung, bis ihm die Bürokratie und die Korruption zuviel wurden.«

Ich packte Garret am Arm und zog ihn beiseite, bevor er im Zimmer verschwinden konnte. »Augenblick. Ich bin mir nicht sicher, ob Kim mir noch mal begegnen möchte. Hat sie dir erzählt, daß sie mich aus ihrem Büro rausgeschmissen hat?«

Garret kicherte. »Das ist mir auch schon mal passiert. Mach dir deswegen keine Sorgen.«

»Wie kommt ihr so miteinander aus?« Man konnte sich kaum vorstellen, worüber sie sich unterhalten sollten.

»Kim gibt mir gerne gute Ratschläge. Ich soll hier ausziehen, mich endlich abnabeln, erwachsen werden.« Garret stellte sein leeres Whiskeyglas auf einen Tisch, an dem er gerade vorbeikam, nahm eine Zigarette heraus und steckte sie sich in den Mundwinkel. »Du weißt ja, wie beliebt gute Ratschläge sind. Außerdem wird die Ratgeberin immer wütend, wenn man nicht auf der Stelle tut, was sie sagt.« Er zündete die Zigarette an und inhalierte tief. »Ich hab Kim sehr gern, aber sie ist so furchtbar ernsthaft.«

»Weißt du, warum Emmet sie sprechen wollte?«

»Ich wußte noch nicht mal, daß sie miteinander geredet hatten, bis Kim mir von deinem Besuch erzählte.« Garret ließ seinen Blick forschend über die Leute hinter mir schweifen.

»Du mußt sie doch gefragt haben, worüber sie mit Emmet gesprochen hat.«

»Nein. Ganz ehrlich, ich nahm an, daß es um irgendeine vertrauliche Anwaltssache ging.«

»Also bitte, Garret. Dein Vater hat sie doch nicht als Anwältin konsultiert!«

Garret setzte ein starres Lächeln auf. »Den Eindruck hatte ich aber.«

»Ich hab gehört, er hätte was herausgefunden, worüber er mit ihr reden wollte, etwas im Zusammenhang mit Elfenbeinhandel, es ging um Stoßzähne.«

Garrets Lächeln wurde noch starrer.

»Was verheimlichst du?«

»Warum nervst du mich damit? Meinst du nicht, du bist ein bißchen neugierig?«

»Ich weiß nicht«, sagte ich und suchte nach einer plausiblen Entschuldigung, fand aber keine. »Ich hab der Polizei erzählt, daß Emmet sich mit Kim getroffen hat, und sie wollten wissen, warum. Hör mal, ich werde Omondi einfach sagen, er soll sich mit dir in Verbindung setzen, um mehr zu erfahren.«

»Spar dir bitte die Mühe. Er hat mich gestern kommen lassen, um mir ein paar Fragen zu stellen. Der Mann ist wie ein lächelnder Bullterrier. Und natürlich habe ich kein Alibi für die Mordzeit.« Seine Lippen zogen sich zu einem verkniffenen Lächeln zusammen. »Aber Alicia im übrigen auch nicht.« Er schnippte die Asche nervös über seine Hosenbeine, den Boden und meine Schuhe. »Ich erzähl dir, worüber Emmet und Kim gesprochen haben, wenn du mir versprichst, niemandem zu sagen, woher du das weißt.«

»Versprochen.«

»Vater wollte Kim persönlich sagen, daß er sich scheiden lassen würde.« Er blinzelte hektisch. »Es ging um einen Ehevertrag, den Kims Vater aufsetzen geholfen hat, als er und Alicia heirateten.«

Ich konnte immer noch nicht glauben, daß Emmet seine ihm völlig entfremdete Tochter aufsuchen würde, um ihr seine persönlichen Probleme anzuvertrauen, und schon gar nicht, um sich von ihr einen juristischen Rat zu holen. Wenn er mit jemandem über den Ehevertrag reden wollte, würde er das mit seinem Anwalt tun. Statt Kims Version von besagtem Mittagessen bestätigt zu sehen, hatte ich eher den Eindruck, daß Garret von Kim gespickt worden war. Die Sache mit dem Ehevertrag war eine nützliche Lüge, weil dadurch die Aufmerksamkeit wieder auf Alicias mögliche Motive gelenkt wurde.

»Das ist Schwachsinn, Garret. Emmet war auf etwas gestoßen, das mit Kim oder einem ihrer Klienten zu tun hatte, es ging um Elfenbein – das könnte der Schlüssel zu diesem Mord sein.«

»Ich sag dir doch, es hatte nichts mit Kim zu tun!« Garret redete schneller. »Es ging um die Scheidung.«

»Weißt du, was in diesem Ehevertrag stand?«

»Du hast mich jetzt lange genug ausgequetscht. Aus mir kriegst du nichts mehr raus.« Er warf seine Zigarette auf die Erde, zertrat sie und marschierte ins Haus.

Einer der Kellner sagte mir, die Leute von der Lieferfirma seien mit einem großen Lastwagen vorgefahren. Eine Zeitlang war ich damit beschäftigt, ihnen beim Aufstellen des hölzernen Tanzbodens und des Erfrischungszeltes zu helfen. Es war ein guter Trupp. Schließlich ragte das rot-weiß gestreifte Zelt mitten auf dem Rasen auf wie ein eleganter Pilz.

Während sie noch mit Hämmern an dem Tanzboden herumklopften, ließ ich sie allein und ging Ibrahima suchen. Um den wenigen verbliebenen Gästen aus dem Weg zu gehen, lief ich zum äußeren Ende der Terrasse und betrat das Haus durch die Bibliothek. Wenn man aus der hellen Sonne kam, wirkte der Raum trotz der großen Fenster düster, und ich war bereits drinnen, bevor ich merkte, daß dort Leute waren.

Garret, Kim und ein großer Mann unterhielten sich intensiv in der hintersten Ecke. Bei meinem Anblick verstummten sie.

Erneut war ich von Kims Schönheit überwältigt. Die ebenmäßigen Flächen und Linien in ihrem Gesicht waren jetzt zwar bewegungslos, fast gleichgültig, aber ihre klaren dunklen Augen strahlten vor Energie. Neben ihr wippte ein sehr dunkelhäutiger Mann mit breiten Schultern, der sie um einiges überragte, auf den Fußballen.

Garret wiederholte unsere Namen. Der andere Mann war Robert Thiaka, Kims Freund. Er trug eine Brille mit einem schweren schwarzen Gestell, und der zurückweichende Haaransatz gab seiner Stirn imposante Dimensionen. »Haben Sie Lust, an unserer Diskussion teilzunehmen?« lud er mich ein. »Wir hecken gerade einen Plan aus, wie man –«

»Pssst –« Garret fuchtelte mit den Händen vor Robert herum. »Verrat meine Geschäftsgeheimnisse nicht.«

Robert Thiaka fuhr mit einem breiten, verschmitzten Lächeln fort. »... mehr ausländische Investitionen nach Kenia holen kann. Betreiben Sie auch ein Geschäft?«

»Das frag ich mich allmählich. Ich hab in diesem Jahr ein kleines Safari-Unternehmen gegründet. Bisher hab ich es nur geschafft, all meine Ersparnisse auszugeben plus einen Kredit, den ich aufgenommen hatte.«

»Kapital ist ein großes Problem. Ich versuche den Massai gerade kommerzielle Viehzucht beizubringen. Das Problem ist das Wasser. Wenn wir die Herden vergrößern und das ganze Jahr über halten wollen, brauchen wir mehr Wasser, und die verdammten Nationalparks geben uns keinen Zutritt zu ihrem Land. Brunnen oder Reservoirs zu bauen, kostet Geld, das wir nicht haben, Geld, das dem Volk zugute kommen sollte.«

»Kann das Land wirklich Viehzucht in großem Rahmen verkraften? Ich dachte, es gäbe jetzt schon zuviel Rinder.« Bevor es moderne Pestizide gab, hat die Tsetsefliege verhindert, daß die Rinder alle größeren Weidegebiete vereinnahmten. Die wilden Tiere waren immun gegen die Schlafkrankheit und machten längst nicht soviel kaputt wie die Rinder. Nachdem durch unser Eingreifen dieser natürliche Ausgleich nicht mehr stattfand und wir auch nichts an seine Stelle gesetzt hatten, führte unbegrenzte Expansion durch die Menschen rasch und unweigerlich zu Hungersnot.

Kim kniff ihr Gesicht wie eine geballte Faust zusammen. »Sie meinen also, das Land sollte den wilden Tieren gehören, oder? Was sollen denn die Leute dort tun? Alle in die Slums nach Nairobi ziehen?«

»Wir sollten uns nicht streiten«, sagte ich. »Ich denke, daß wir alle eine gute Zukunft für das kenianische Volk wollen. Vielleicht sind wir uns nicht darüber einig, wie man das erreichen soll, aber das macht uns noch nicht zu Feinden.«

Kim lächelte verbissen.

Garret sah mir tief in die Augen, als ob er mich von seiner Aufrichtigkeit überzeugen wollte. »Du bist nicht unser Feind, Darling.« Irgendwie beunruhigte mich diese Beteuerung viel mehr.

Robert Thiaka schien ihre Feindseligkeit nicht zu bemerken. »Natürlich wollen wir nicht, daß alle in die Städte ziehen. Und wir wollen auch nicht, daß die Rinder die Sahara nach Süden bringen. Genau. Sie haben das Problem ganz genau erkannt.« Er wippte auf den Absätzen. »Man hat heute größere Herden, doch anstatt daß es mehr zu essen gibt, verhungern die Menschen. Aber es hat keinen Zweck, diesen Leuten zu sagen, sie sollen kleinere Herden halten, denn für uns sind Rinder ein Statussymbol, wie in der westlichen Welt das Geld. Je mehr man hat, um so mehr wird man geachtet. Rinder werden als Brautpreis benötigt, um die Tochter eines reichen Mannes für sich selbst oder für einen Sohn zur Frau zu bekommen. Können Sie sich vorstellen, einem Amerikaner zu erzählen, daß es besser für die Umwelt wäre, wenn er weniger Geld hätte und weniger konsumierte? Der würde sich den Atem sparen, Ihnen zu sagen, daß Sie verrückt sind, der würde Sie einfach ignorieren.

Bei den Massai ist es mit den Rindern genauso. Hab ich recht?«

Ich nickte. »Absolut.« Robert mußte ein wunderbarer Lehrer sein.

»Was also ist die Lösung? Denn es muß eine Lösung geben, wenn wir nur kreativ genug an die Sache herangehen. Wir wollen für Nahrung sorgen, die Verwüstung des Landes verhindern – die Sahara soll oben im Norden bleiben, wir wollen nicht, daß sie sich nach Kenia ausbreitet, und genau das passiert im Augenblick – und wir wollen den Leuten ein Einkommen geben, damit die Rinder nicht mehr als Währung benötigt werden. Können Sie erraten, worauf wir gekommen sind?«

»Sie züchten Gazellen.«

»Ausgezeichnet! Sie sind ganz nahe dran.« Robert Thiaka lächelte erfreut. »Impalas. Sie können fast ohne Wasser leben, sie treten ganz leicht auf, und ihr Fleisch ist köstlich.«

»Ich hab's mal im Carnivore gegessen«, sagte Garret. »Ein leichter Wildgeschmack, aber nicht zu streng.«

»Du gehst ins Carnivore?« fragte Kim.

»Ich weiß, daß das eine Touristenfalle ist, aber finde, das Fleisch dort ist recht gut, solange man kein Nilpferd bestellt.«

»Nein, du darfst ihn nicht davon abbringen«, sagte Robert zu Kim. »Wir wollen, daß alle entdecken, wie gut Impalafleisch ist. Es wird Rind als Standardkost ersetzen. Rinder gehören nicht nach Kenia. Das Nomadenleben ist zu Ende, wir sind zu viele Menschen.« Er wandte sich an mich. »Wenn ich die Mittel bekomme, werden wir im nächsten Jahr aus dem alten Ranchhaus eine wunderschöne Gästelodge machen. Sie müssen uns mit Ihren

Touristen besuchen. Die werden die Ranch bestimmt sehr interessant finden, und außerdem kann man dort auch viele wilde Tiere sehen – Löwen, Leoparden, Büffel, Elefanten, alles außer Nashörnern natürlich.« Es gab nur noch so wenige Nashörner, daß man sie mit eigenen Wächtern in die am besten gesicherten Parks gebracht hatte. »Sehen Sie, wir haben ein Modell, das alles mit einbezieht. Nahrung, kommerzielle Herden und Tourismus, alles auf einem Stück Land. Es wird sehr vielen Familien Lebensunterhalt bieten. Also, werden Sie kommen?«

»Wenn ich bis dahin noch im Geschäft bin«, witzelte ich.

»Sie müssen schon vorher kommen. Sie werden mit Kim kommen.« Er legte einen Arm um Kims Taille. »Sie arbeitet so hart und nimmt sich nicht genug Zeit, um mich zu sehen.«

Kim schien nicht sehr angetan von Thiakas Idee, daß wir ihn zusammen besuchen sollten. Sie sah mich mit den flachen leuchtenden Augen einer Kobra an, die den Abstand zu der Maus abmißt, die sie töten will. Ich beschloß, daß es Zeit war, Ibrahima zu suchen, um herauszufinden, ob er etwas Nützliches in Erfahrung gebracht hatte.

Ibrahima zog mich in den hinteren Teil der Eingangshalle, in den Schatten der gewundenen Treppe, wo wir jeden sehen konnten, der hereinkam, bevor er uns bemerkte.

»Du hast schon was rausgekriegt?« fragte ich ihn.

»Alle, die hier arbeiten, haben eine eigene Version, warum Joseph weggelaufen ist.«

»Wissen sie denn irgendwas?«

»Josephs Verschwinden hat etwas Mysteriöses an

sich.« Ibrahimas Gesicht nahm den angemessenen Ernst an, um über Schwarze Magie zu sprechen. »Einige sagen, ein Rivale habe ihn mit einem Zauber belegt, aber niemand weiß genau, wie. Er war nicht krank. Er hat auch kein heißes Wasser auf den Fuß gekriegt, wie Garret dir erzählt hat.«

Also hatte Garret diese erste Geschichte aus der Luft gegriffen. »Garret hat mir auch erzählt, Joseph hätte viel Geld von Emmet geerbt und wäre gegangen, weil er mit einem Verwandten ein Geschäft aufmachen wollte.«

»Ich weiß nicht.« Ibrahima guckte zweifelnd. »Nach dem, was ich gehört hab, hatte Joseph nicht das Gesicht eines Mannes, dem man Geld gegeben hat. Gestern, als Garret von der Polizei zurückkam, hat er Joseph in sein Büro gerufen. Die Tür war zu. Als sie wieder aufgeht, kommt Joseph mit einem Gesicht aus Stein heraus. Das Dienstmädchen sagt, er ist ohne zu grüßen an ihr vorbeigegangen. Er zieht sich um, verläßt das Haus, sagt nicht auf Wiedersehen, und heute morgen tauche ich auf. Verhält sich so ein Mann, der eine gute Nachricht erhalten hat? Ich glaube, Garret hat ihn vor irgendeiner Gefahr gewarnt.«

Oder ihn bedroht. »Das beste wäre, mit Joseph selbst zu reden.«

»Ich krieg schon raus, wo seine Familie wohnt.«

»Ausgezeichnet.« Als wir ihn gestern sahen, hatte Joseph nicht nervös gewirkt, nur traurig. Warum wollte Garret ihn unbedingt aus dem Haus haben? Hielt er die Polizei für so blöd, ihn nicht aufspüren zu können? Ich hoffte, daß Joseph nicht endgültig verschwunden war. »Ja, ich würde sehr gerne mit ihm reden.«

»Wir können zusammen hingehen.«

Ich drückte Ibrahimas Arm. »Du bist ein guter Verbündeter.«

Ibrahima legte zwei Finger zusammen. »Wir sind ein Team.«

»Okay, ein Team, was hast du sonst noch rausgekriegt?«

»Es ist nur ein Gefühl. Garret, der Sohn, ist schwach, und seine Schwester Kim ist stark. Sie haben ihren Vater verloren, da wäre es natürlich, daß sie zusammenhalten. Aber ich sehe sie nur reden und reden. Viele Telefongespräche. Wenn ich ins Zimmer komme, verstummen sie. Helfen sie der Frau, alles für ihren Vater zu arrangieren? Nein, sie beklagt sich laut, daß sie alles alleine machen muß. Trauern sie? Nein, sie sind besorgt und aufgeregt, wie Kinder mit einem schlimmen Geheimnis.«

»Ich weiß genau, was du meinst. Sieh zu, ob du irgendwas mitkriegst, aber geh kein Risiko ein. Versprochen?« Ibrahima nickte. »Was ist denn mit Emmet und Alicia? Hast du was davon gehört, daß er sie um die Scheidung gebeten hat?«

»Das Beste hab ich bis zum Schluß aufgehoben.« Ibrahima klopfte zufrieden auf seinen Bauch. »An dem Abend, als er fortfuhr, gab es ein großes Gebrüll zwischen ihm und seiner Frau. Er hat zu ihr gesagt, sie müsse in das Haus ihres Vaters zurück, und sie war überhaupt nicht einverstanden, ganz und gar nicht. Am selben Abend noch ist er in sein Camp gefahren. Am nächsten Tag raste sie den ganzen Morgen wie eine Gewitterwolke durch das Haus, doch als sie am Abend nach Hause kam, hatte sich die schwarze Wolke verzogen. Am nächsten Tag hast du ihn tot aufgefunden.« Plötzlich sagte Ibrahima mit lauter Stimme: »Es läuft alles sehr gut. Mach dir keine Sorgen um mich. Du solltest jetzt nach Hause gehen und dich ausruhen.«

»Ich seh besser noch mal nach dem Tanzboden, bevor ich gehe.« Ich folgte Ibrahimas Blick die Treppe hinauf.

Kim trat auf den Treppenabsatz und legte ihre Hand auf das geschwungene Geländer. Ein silbernes afrikanisches Armband, das ihr Handgelenk wie ein Halbmond umschloß, blinkte im Licht des Kronleuchters. Sie sah teilnahmslos zu uns herunter. »Was habt ihr beide denn da zu flüstern?«

»Hi, Kim. Haben Sie Alicia gesehen? Ich wollte mich von ihr verabschieden.« Das war nur eine halbe Lüge. Als ich Kim auf der Treppe sah, kam mir eine Idee. Ich mußte Alicia unbedingt für etwas um Erlaubnis bitten, was ich noch tun wollte, bevor ich ging.

»Vor einer Minute war sie noch auf der Terrasse.« Kim schritt mit katzenhafter Sicherheit die Treppe herunter. Ich hatte erwartet, daß sie einfach an mir vorbeiging, doch statt dessen streckte sie ihre Hand aus. »Leben Sie wohl. Ich glaube nicht, daß wir uns noch mal sehen. Robert hat gesagt, ich sei zu hart mit Ihnen umgesprungen. Ich bin sehr offen, und manchmal kommt das halt falsch rüber.« Sie lächelte verlegen. »Vielleicht hab ich einen Teil meiner Wut über Emmet auf Sie abgeladen. Das wollte ich Ihnen nur sagen.«

Ich dankte ihr und sagte etwas in der Richtung, daß Wut ein Teil von Trauer sei, aber ich konnte nicht umhin, mich zu fragen, ob das Friedensangebot echt war. Ich rätselte, ob Garret und Thiaka sie aufgefordert hatten, sich nicht mehr so offen feindselig gegenüber Emmet und all diesen Tierschützern zu verhalten, weil das Verdacht erregen könnte.

Ich hatte noch mehr Fragen. Wie war Kim aus der Bibliothek hierhergekommen, ohne durch die Eingangshalle zu gehen? In einem Haus von dieser Größe mußte es natürlich eine Hintertreppe geben, aber warum sollte sie eine Treppe hinauf und die andere wieder hinunter gehen? Und wie lange hatte sie uns schon beobachtet?

16

»Schätzchen, von mir aus kannst du all seine Papiere nehmen und verbrennen.« Alicia lehnte sich in dem Terrassenstuhl zurück und deutete lässig mit einer wunderbar manikürten Hand zu Emmets Arbeitszimmer im ersten Stock. Obwohl Save the Elephants ein Büro in der Innenstadt hatte, zog Emmet es vor, den größten Teil seiner Schreibarbeit zu Hause zu erledigen. »Ja, du kannst Mikki ausrichten, daß ich den ganzen Elefantenkram hier raushaben will, und zwar pronto.«

»Danke. Da sind nur ein paar Dinge, die ich jetzt gleich brauche.« Als ich Kim auf der Treppe stehen sah, war mir Emmets Arbeitszimmer eingefallen, das mit seinen minuziösen Aufzeichnungen vollgestopft war. Vielleicht lag die Antwort auf die Frage, was für Stoßzähne er entdeckt hatte, direkt über mir.

Ich ging wieder ins Haus und eilte den Flur im oberen Stockwerk entlang. Meine Schritte wurden von einem dicken Orientläufer gedämpft. Ich kam an einer mannshohen chinesischen Vase vorbei sowie an einer alten Truhe, auf der eine Vase mit Blumen aus dem Garten stand. Afrika schien merkwürdig weit entfernt.

Wenn man Emmets Arbeitszimmer betrat, trat man in eine noch andere Welt. Mattes Sonnenlicht fiel in einem Rechteck auf die Maserung eines Mahagonischreibtischs oder zumindest auf die Stellen, die zu sehen waren. Der größte Teil des Tisches war mit Papierhaufen bedeckt, die aus Ablegekästen aus rotem, blauem, gelbem und grünem Plastik quollen. Am Fenster standen zwei Sessel und ein altes Sofa. Ich sah hinunter auf die Terrasse. Alicia war allein. Sie hatte den Kopf auf die geblümten Kissen gelegt und hielt ihr Gesicht in die Sonne. Es war das erste Mal, daß ich sah, wie sie sich ausruhte. Sofort zog ich mich zurück, weil ich das Gefühl hatte, in ihre Privatsphäre eingedrungen zu sein.

Trotz des schrecklichen Durcheinanders war Emmets Arbeitszimmer warm und gemütlich. Ich hatte hier viele Stunden verbracht und mit Mikki und Emmet für Save the Elephants gearbeitet, allerdings nicht mehr so häufig, seit ich Jazz Jasper Safaris gegründet hatte. Hinterher saßen wir dann oft in diesen Sesseln, während die Sonne unterging, entwickelten Ideen, planten zukünftige Projekte und redeten über Strategien. Ich verdrängte meine Trauer darüber, daß diese Zeiten und auch Emmet nie wiederkommen würden. Ich hatte hier etwas zu erledigen. Ich wollte alles einsammeln, weswegen ich gekommen war, und verschwinden, bevor Garret oder sonst jemand vorbeikam und mich fragte, was ich denn hier zu suchen hätte.

Ich setzte mich an den Schreibtisch, zog die Ablegekästen näher an mich ran und begann, den Inhalt durchzublättern. Schecks, Rechnungen, Rundschreiben, Zeitschriftenartikel, Mitteilungsblätter, Entwürfe für den Artikel, den Emmet mit Mikki schrieb. Nichts über eine neuere Untersuchung zum Thema Elfenbein. Die Schubladen enthielten Stifte, Büroklammern und unbenutztes Schreibpapier.

Dann wandte ich mich den Aktenschränken zu, die unter einer Maske aus Zaire standen, die von einem Spot angestrahlt wurde; ein Gesicht mit Schlitzaugen und einem großen, viereckigen Mund, in dem Eisennägel als Zähne steckten. Normalerweise nahm ich mir etwas Zeit, dieses Stück zu bewundern, aber heute wirkte er nur allzu real. Ich beugte mich ein wenig vor, um die Aufschrift auf den einzelnen Fächern lesen zu können.

Ein ganzer Schrank war für Save the Elephants. In dem daneben befanden sich Forschungsberichte über diverse afrikanische Tiere sowie Zeitungsausschnitte, in denen es um die Bevölkerungsexplosion, die Ausbreitung von Aids, um Umweltschutz und Maßnahmen gegen Wilderei ging. Es gab ein Fach mit Finanzunterlagen, in dem ich sein Scheckbuch fand, Rechnungen und einen Hefter, der ganz penibel mit AUSGABEN FÜR BENEFIZAKTIONEN beschriftet war. Den legte ich auf den Schreibtisch. Dann gab es Schubladen mit Unterlagen zu verschiedenen Projekten, die er finanzierte. In einer anderen lagen Dinge von allen möglichen Reisen, die er gemacht hatte; sie war vollgestopft mit Bierdeckeln von längst vergessenen Restaurants sowie alten Straßenkarten.

Es sah aus, als hätte Emmet jedes Stück Papier aufgehoben, das er je in der Hand hatte, alles alphabetisch geordnet und mit Farben gekennzeichnet. Ich ging zu dem Schrank zurück, in dem die Unterlagen über Save the Elephants standen, und sah unter *E* wie Elfenbein nach. Exakt an der richtigen Stelle stand ein Ordner mit einem blau umrandeten Etikett und der Aufschrift EL-

FENBEIN – ILLEGALER HANDEL. Ich beglückwünschte mich selbst, daß ich endlich an das Naheliegende gedacht hatte, zog den Ordner heraus und ging damit zu einem der Sessel.

Der Ordner war voller Zeitungsausschnitte, einige vom Alter vergilbt, andere erst von letzter Woche, aber nichts über Emmets eigene Arbeit.

Ich ging wieder an den Schrank und sah erneut unter Save the Elephants nach. Unter Elfenbein war nichts weiter zu finden, auch nicht unter Ermittlungen, Wilderei oder Handel. Mir fielen keine Überschriften mehr ein. Ich wußte allerdings genau, daß Emmet eine Akte über den Ring von Wilderern angelegt hatte, den er und Striker im letzten Jahr gesprengt hatten. Ich hatte selbst einige Anmerkungen hinzugefügt. Sie mußte falsch abgelegt worden sein, und es würde ewig dauern, sie zu finden.

Ich hatte mich schon damit abgefunden, alle Aufschriften durchgehen zu müssen, da fiel mir auf, daß sämtliche Akten hier rote Etiketten hatten; die mit den Zeitungsausschnitten über Wilderer, die ich herausgezogen hatte, hatte einen blauen Aufkleber. Ich sah mir die anderen Fächer an. Grün, gelb und blau. Blau war für Zeitungsausschnitte zu verschiedenen Themen.

Emmet hätte den blauen Zeitungsordner nicht in das Fach mit den rot gekennzeichneten Save-the-Elephants-Unterlagen gestellt. Und selbst wenn ihm ein solcher Fehler unterlaufen war, wo waren dann die Akten über die Projekte gegen Wilderei, die eigentlich hier sein sollten? Omondi und ich hatten sie auch nicht im Camp gefunden. Es sah ganz so aus, als hätte jemand alle Akten über Elfenbein herausgenommen und das zu kaschieren versucht, indem er die Mappe mit den Zeitungsausschnitten hier hereinstellte.

Mir wurde langsam klar, was das bedeutete. Es mußte jemand gewesen sein, der wußte, daß Emmet Unterlagen über alles mögliche hortete. Jemand, der sich in seinem Arbeitszimmer auskannte. Jemand, der Zugang dazu hatte. Jemand, der etwas über Elfenbein-Stoßzähne zu verbergen hatte. Jemand, der wußte, daß Emmet nicht zurückkommen würde.

Die beiden Spuren, die ich verfolgt hatte – die familiären Motive und die Stoßzähne, die Emmet gefunden hatte –, begannen sich zu überschneiden. Die Maske über dem Aktenschrank grinste mit ihrem Mund voller Eisenzähne auf mich herab.

»Klopf, klopf«, sagte Alicia von der Tür her. »Meine Güte, du hast aber lange gebraucht. Alle anderen sind schon nach Hause gegangen.« Sie hatte ihre schwarzen Sachen ausgezogen und trug jetzt einen Overall, rückenfrei mit Nackenverschluß, dazu ein schweres goldenes Sklavenhalsband. Statt in Löwen und Tiger war ihr üppiger Körper heute in einen Seidenstoff mit roten und gelben Hibiskusblüten gehüllt.

Ich erstarrte einen Augenblick erschrocken, als ob ein Blitzlicht aufgeflammt wäre, um meine Herumschnüffelei auf Film festzuhalten. Doch falls Alicia auffiel, daß ich mit aufgerissenem Mund, einen rotmarkierten Ordner in der Hand, neben einem offenen Aktenschrank stand, so ließ sie es sich nicht anmerken.

Sie ließ sich in einen der Sessel fallen. »Puh, ich bin völlig fertig. Ich glaub, ich leg mich den restlichen Nachmittag an den Pool und bete die Sonne an.« Sie musterte einen ihrer gebräunten Arme.

Ich beschloß, ihr ein wenig auf den Zahn zu fühlen, um festzustellen, ob sie tatsächlich nichts von den fehlenden Akten wußte, wie es den Anschein hatte. »Alicia, mir ist was Komisches aufgefallen.«

»Gut. Ein bißchen Lachen könnte ich vertragen. Beerdigungen.« Sie verzog das Gesicht. »Es scheint alles ganz unwirklich, findest du nicht?«

Ich fuchtelte mit dem Ordner über Elfenbeinhandel vor ihrer Nase herum. »Das hier hab ich unter Save the Elephants gefunden. Es ist die einzige Akte dort über das riesige Thema Wilderei, was an sich schon merkwürdig ist. Und sieh mal hier.« Ich zeigte auf die unterschiedlichen Farben. »Sie gehört noch nicht mal hierher. Sie wurde aus dem anderen Schrank genommen.«

Alicia sah mich zum ersten Mal richtig an. »Ich dachte, du wolltest einige Unterlagen für die Benefizveranstaltung morgen abend abholen.«

»Die hab ich schon.« Ich deutete mit dem Kopf zum Schreibtisch. »Dann fiel mir ein, daß du gesagt hattest, Emmet habe sich über etwas aufgeregt, das er letzte Woche entdeckt hatte. Da hab ich gedacht, ich seh mal unter Elfenbein nach, ob er sich irgendwelche Notizen gemacht hat.«

»Weshalb? Willst du weitermachen, wo er aufgehört hat?«

Ich zuckte mit den Schultern. »Reine Neugier.«

»Neugier ist schon manch einem zum Verhängnis geworden, das weißt du doch.« Alicia stand auf, um mir über die Schulter zu sehen.

Ich sah sie aufmerksam an und fragte mich, ob das eine Drohung war. Aber ihr Verhalten wirkte weder bedrohlich noch defensiv.

»Könnte Emmet das nicht selbst getan haben?«

»Aber wo sind dann die fehlenden Akten? Mikki weiß nichts davon, und im Camp waren auch keine Unterlagen darüber.«

»Willst du behaupten, daß Emmet von jemandem ermordet wurde, der an diese Akten heranwollte?«

Alicia war clever. »Das ist ein gewagter Schluß. Laß uns mal so sagen, daß jemand, der Zugang zu diesem Arbeitszimmer hatte, die Akten zum Thema Elfenbein herausgenommen und die hier dafür reingestellt hat.«

»Das hätte Emmet sofort gemerkt.«

»Genau. Deshalb muß es jemand gemacht haben, nachdem der Mord entdeckt worden war oder nachdem Emmet zum Camp aufgebrochen war –«

»Der Mörder.« Alicia wirkte ernüchtert und ein bißchen ängstlich.

»Hast du während der letzten Tage jemand hier reingehen sehen?« fragte ich.

»Du machst wohl Witze. Weißt du, wie viele Türen dieses Haus hat, die immer offen sind?« Alicia machte eine Handbewegung zum Fenster und auf die Terrasse hinunter. »Frag Joseph. Er weiß am ehesten, wer kommt und geht. Hmm. Ich weiß gar nicht genau, wann er zurückkommt. Seine Mutter ist krank, und er mußte sie besuchen gehen, ganz weit draußen im Busch. Du kannst ja versuchen, eines der Mädchen zu fragen, aber sie halten sich nicht allzuviel in der Eingangshalle auf.«

»Joseph hat dir gesagt, seine Mutter wäre krank?« Das war die dritte Version über das Verschwinden des Butlers. Ich hoffte, sie stimmte ebensowenig wie die Geschichte mit Josephs verbrühtem Fuß, sonst würde es ungeheuer schwer sein, ihn zu finden.

»Nein, Garret. Joseph ist Hals über Kopf verschwunden.«

»Garret hat mir erzählt, Joseph sei gegangen, weil er ein eigenes Geschäft aufmachen wollte.«

»Hat er? Ist das nicht komisch? Kommt Joseph denn nun wieder arbeiten oder nicht?« Alicia wirkte verärgert. »Noch eine Sorge, die ich überhaupt nicht gebrauchen kann. Wenn Garret ihn vergrault hat und rumlügt, dann bin ich aber stinksauer.«

»Vielleicht hab ich es ja falsch verstanden.« Ich war selbst keine gute Lügnerin, aber zumindest kannte ich die Grundregel, daß man immer bei einer Version bleiben mußte. Garret hatte offenbar jeweils gesagt, was ihm gerade in den Sinn kam. Für mich brauchte Joseph nur das Haus verlassen zu haben, während er für Alicia ganz aus Nairobi verschwunden sein mußte. Ich hätte den Mund halten sollen. Denn ich wollte eigentlich nicht, daß Alicia meinen Namen nannte, wenn sie Garret zur Rede stellte, aber ich hatte bereits zuviel gesagt.

»Um noch mal auf die fehlenden Akten zurückzukommen.« Ich klopfte auf den Ordner, den ich in der Hand hielt. »Entweder wurde Emmet aus persönlichen Gründen ermordet« – Alicias Ausdruck änderte sich nicht –, »in dem Fall hatte es nichts mit diesen Akten über Wilderei zu tun, oder es hängt mit dieser Entdeckung zusammen, über die er sich, wie du sagtest, aufgeregt hat. Hat er irgendwas darüber gesagt?«

Alicia biß sich auf die Lippe. »Zu mir nicht, aber er war letzte Woche in der schlimmsten Laune, die ich je bei ihm erlebt habe. Wir hatten einen furchtbaren Streit über eine persönliche Sache, was bei uns sehr ungewöhnlich war, aber er war schon vorher in einer saumäßigen Stimmung.« Sie sah mich an, als ob sie meine Reaktion abschätzen wollte. »Weißt du, Emmet und ich sind immer ganz reibungslos miteinander ausgekommen. Zu gut, vielleicht. Ich glaube, wenn wir uns mehr gestritten hätten, hätten wir uns besser verstanden, aber das ist Schnee von gestern. Er war immer ein Gentleman – sehr fair, sehr kultiviert –, deshalb ist dieses erbärmliche Testament...« Tränen traten ihr in die Augen. Sie lachte verlegen. »Ich weine nicht bloß um all die Millionen, mit denen ich gerechnet hatte. Ich hätte nie geglaubt, daß Emmet so gemein sein könnte.« Sie fischte ein Papiertaschentuch aus ihrer Tasche und betupfte sich vorsichtig die Augen, um die Wimperntusche nicht zu verschmieren. »Mikki muß ihn richtig in den Klauen gehabt haben.«

Dieses Thema wollte ich nicht weiter vertiefen. »Könnte Garret wissen, warum Emmet so schlechter Laune war?«

»Glaubst du etwa, Emmet hätte seinem Erstgeborenen irgendwas Wichtiges erzählt? Er hat letzte Woche auch auf Garret herumgehackt, ihn wegen irgendeiner dummen Sache zur Schnecke gemacht, in die er sich mit seiner Treasure-Island-Geschichte gebracht hatte.«

»Weißt du, worum es ging?«

Alicia dachte einen Augenblick nach. »Ich hab mitgekriegt, wie Garret jammerte, Emmet hätte nicht an seine Sachen gehen dürfen. Ich hatte den Eindruck, daß er Regierungsbeamte mit teuren Geschenken oder sonst was bestach; vielleicht ging es auch um Geschenke, die er als Dankeschön für eine saftige Bestechungssumme erhalten hatte. Emmet konnte das nicht akzeptieren. Er glaubte, daß korrupte Regierungen Afrikas Zukunft zerstören würden. Wenn Leute aus westlichen Ländern so etwas machten, drehte er vollkommen durch.«

»Entschuldigen Sie, daß ich so unangemeldet hereinplatze, Mrs. Laird. Ibrahima sagte mir, Sie seien hier oben.« Der unerwartete Klang von Omondis Stimme durchfuhr mich wie ein Blitz und rief ein Bild in mir wach. Er trug einen kurzärmeligen, grauen Tropenanzug, der seine muskulösen Arme und seine weiche Haut gut zur Geltung brachte. Ich hoffte, er merkte nicht, woran ich dachte.

»Inspector.« Alicia schüttelte ihm die Hand.

Wortlos gab auch ich ihm die Hand, und Omondis Blick huschte kurz an meinem Gesicht vorbei. »Schön, dich zu sehen, Jazz, und ich freue mich, auch Sie wiederzusehen, Mrs. Laird. Ich wollte Ihnen nur mitteilen, daß wir alle Ihre Hausangestellten heute nachmittag vernehmen werden, und ich muß Sie ebenfalls bitten, zu einem offiziellen Gespräch auf die Polizeistation zu kommen.« Er sah auf die große goldene Armbanduhr an seinem Handgelenk. »Ginge es, wenn ich hier fertig bin?«

Alicia zögerte. Ihre Hand fuhr nervös nach oben und berührte kurz die schwere Halskette, die sie umhatte. »Wäre Ihnen morgen früh recht, Inspector? Ich bin sehr müde von der Beerdigung.«

»Das ist in Ordnung.« Er machte eine leichte Verbeugung. »Sollen wir sagen, um zehn Uhr?« Dann sah er auf die über den Schreibtisch verstreuten Akten. »Darf ich fragen, was Sie hier machen?«

»Oh, Inspector, Sie können sich nicht vorstellen, was Jazz entdeckt hat – irgendwer hat sich an Emmets Papieren zu schaffen gemacht.«

»Ach, tatsächlich?« Omondi ging zum Schreibtisch.

»Ich war gekommen, um Belege und Rechnungen und andere Dinge zu holen, die wir für die Benefizparty brauchen, und da sprangen mir all die Aktenschränke in die Augen – Emmet hat alles schriftlich festgehalten«, hörte ich mich zu meiner Verteidigung stammeln.

Omondi sah mir zum ersten Mal ins Gesicht. »Jazz, ich hoffe, du versuchst dich nicht in die Ermittlungen einzumischen. Noch wissen wir nicht, mit wem wir es zu tun haben, aber es könnte sich um sehr üble Leute handeln.«

»Emmets Akten durchzusehen scheint mir nicht sonderlich gefährlich.«

»Alles, was mit der Untersuchung in einem Mordfall zusammenhängt, kann gefährlich sein. Du solltest wissen, daß du nicht einfach hier hineinspazieren kannst, ohne das mit mir abzusprechen. Zeig mir, was du gefunden hast.«

Ich mag es überhaupt nicht, wenn man mich herumkommandiert, aber ich verkniff mir eine freche Antwort. Ich zeigte Omondi die farblich markierten Schubfächer und den falsch eingestellten Ordner mit den Zeitungsausschnitten. »Siehst du? Irgendwer hat alle Akten weggenommen, die mit Elfenbein zu tun haben, und versucht, das durch diese Zeitungsausschnitte zu kaschieren.«

»Ich soll wohl davon beeindruckt sein, wie klug du bist, und dir danken«, sagte er. »Doch das einzige, was ich sehe, ist, daß du alles angefaßt hast, jede Chance, Fingerabdrücke zu nehmen, zerstört und das Beweismaterial unbrauchbar gemacht hast. Wie kann das Gericht sicher sein, daß nicht du und Alicia die relevanten Akten gefunden und vernichtet haben?«

»Warum sollte ich das tun?«

»Um deine Freundin Mikki zu schützen.«

»Gehört Mikki denn zu den Verdächtigen?« fragte Alicia.

»In diesem Stadium ist jeder verdächtig«, erklärte ihr Omondi. »Deshalb sammeln wir systematisch alle Beweismittel. Dazu gehört auch, die Schubfächer auf Fingerabdrücke zu untersuchen.«

»Du willst mir doch wohl nicht erzählen, du hättest diese Schubladen untersucht, bevor du sie geöffnet hättest! Vermutlich hätte dir irgendein pflichtbewußter Sergeant diese Akte mit all den alten Zeitungsausschnitten gebracht, und du hättest daraus geschlossen, daß daran gar nichts verdächtig ist.«

Omondi kniff die Lippen zusammen. »Wir wären nach den Vorschriften verfahren, Vorschriften, von denen du offenbar nichts weißt. Zum Glück bin ich gekommen, bevor einer von euch gegangen ist, und kann bezeugen, daß ihr nichts aus dem Zimmer entfernt habt.«

»Also wirklich, Inspector. Ich bin äußerst beunruhigt über diese Sache, und Ihnen fällt nichts Besseres ein, als auf zwei hilflosen Frauen herumzuhacken.« Alicia setzte sich hin und schlug die Beine übereinander. Der seidige Stoff ihres Overalls legte sich in neuen Mustern um ihre wohlgeformten Oberschenkel und gab ein bißchen mehr Dekolleté frei. Sie deutete ringsum auf die vier Wände. »Emmets Mörder war in diesem Raum!«

»Es sei denn, Ihr Mann hat die Akten selbst entfernt.«

»Daran haben wir auch schon gedacht«, sagte ich. »Aber warum sollte er sich die Mühe machen, die Zeitungsausschnitte an ihre Stelle zu stecken? Falls er es getan hat, bedeutet das, daß er jemandem im Haus nicht traute.«

»Oje, dieser Gedanke ist mir zuwider«, sagte Alicia.

»Ich würde für jeden vom Personal die Hand ins Feuer legen. Das meine ich ehrlich. Ich möchte nicht, daß Sie sie mit irgendwelchen Anschuldigungen erschrecken, Inspector.« Ich hatte allerdings an die Familie gedacht, nicht ans Personal, aber es hatte keinen Sinn, Alicia zu verärgern, da Omondi ganz bestimmt wußte, was ich gemeint hatte.

Omondi versicherte ihr, er würde das Personal befragen, ohne jemanden zu beschuldigen oder zu beunruhigen. »Es ist gut, daß ihr das bemerkt habt«, gab er widerwillig zu. »Wir werden jeden fragen, ob er jemanden auf dem Flur oder in dieses Zimmer hat gehen sehen.«

»Während des Empfangs habe ich jemand ganz unerwartet die Treppe runterkommen sehen«, sagte ich. »Kim.«

»Was hat sie oben gemacht?« fragte Alicia. »Gewiß, das ist das Haus ihres Vaters – sie kann hingehen, wo sie will«, fügte sie rasch hinzu. »Aber was sollte sie hier oben wollen?«

Omondi nickte. »Wir werden sie fragen.«

Und sie wird eine überzeugende Entschuldigung vorbringen, dachte ich, weil ich mich daran erinnerte, wie geschickt Kim Fragen auszuweichen verstand. Wenn sie hier raufgekommen ist, um Emmets Aufzeichnungen verschwinden zu lassen, dann muß sie sie irgendwo im Haus versteckt haben. Sie hätte sicher nicht mit einer Ladung Akten auf dem Arm erwischt werden wollen, also je schneller sie sie irgendwo abladen konnte, desto besser. Ich sah mich im Arbeitszimmer um. Sie unter seinen anderen Papieren zu verstecken schien mir zu riskant. Ich ging in Gedanken durch, was sich zwischen hier und der Treppe befand.

»Es ist bloß so eine verrückte Idee von mir«, sagte ich, »aber kommt mal kurz mit.« Ich führte Omondi und Alicia auf den Flur und zeigte auf die mannshohe chinesische Vase, die ineinander verschlungenen blauen Ranken und Blüten bemalt war. »Wäre das nicht ein idealer Platz, um etwas zu verstecken, was möglichst lange nicht gefunden werden soll?«

Omondi nahm ein großes weißes Taschentuch heraus, packte damit den hinteren Rand der Vase und kippte sie vorsichtig, damit wir hineinsehen konnten.

Nichts.

Alicia atmete laut aus. »Ich komme mir vor, als hätte ich es mit Sherlock Holmes persönlich zu tun.«

»Nur daß seine Ideen funktioniert haben«, sagte ich. Omondi schwieg freundlicherweise. Ich sah den Flur entlang. Das einzige andere Möbelstück war die schwere alte Truhe, auf der der farbenprächtige Blumenstrauß stand. »Wir könnten es da noch mal probieren.«

Die Truhe war mit einer dicken, dunklen Farbschicht bedeckt, die vom Alter rissig geworden war. Außerdem war sie mit Wassertropfen bespritzt. Mir wurde eng ums Herz. Ein achtloser Angestellter könnte das Wasser verschüttet haben, als er die Blumenvase hier abstellte. Es könnte aber auch von jemandem verschüttet worden sein, der hastig die Blumen beiseite gestellt hatte, um die Truhe zu öffnen. Omondi griff nach der Blumenvase.

»Seht mal, da ist schon Wasser auf der Truhe«, sagte ich.

Als er den Strauß wegstellte, konnten wir sehen, daß die Vase fast bis zum Rand gefüllt war. Ein bißchen Wasser schwappte über. Omondi kniete sich hin und öffnete langsam und vorsichtig mit Hilfe seines Taschentuchs, damit keine Fingerabdrücke verlorengingen, den eisernen Verschluß und hob den Deckel.

Auf dem Boden der Truhe lagen mehrere dicke Aktenordner mit roten Aufklebern: ELFENBEIN – HANDELSWEGE, ELFENBEIN – MÄRKTE, ELFENBEIN – ERMITTLUNGEN.

17

Daß ich die verschwundenen Akten zusammen mit Omondi gefunden hatte, stellte sich als ziemlich unklug heraus. Er war zwar nicht mehr böse auf mich – na prima. Aber alles, was ich davon hatte, war, daß ich ihm hinterhersehen konnte, wie er mit den Akten unterm Arm wegging.

Der restliche Nachmittag war ebenso frustrierend. Ich verbrachte ihn damit, kreuz und quer durch Nairobi zu rennen, bevor alles zum Wochenende dichtmachte, um Anhaltspunkte dafür zu finden, daß Kim, Thiaka und Garret in den illegalen Elfenbeinhandel verstrickt waren. Ich suchte das Büro des Steuerschätzers auf, das Grundbuchamt, die Universität und sogar Garrets Club. Ich mußte mehr über Thiakas kommerzielle Ranch sowie über Garrets Baupläne auf Umar Island herausfinden. Mehr? Ich mußte überhaupt was darüber rauskriegen, angefangen mit der Frage, wo sie sich genau befanden, ganz zu schweigen von der Finanzierung und möglichen illegalen Hintermännern.

Ich geriet immer wieder in eine Sackgasse. Dabei hätte ich wissen sollen, daß es zwecklos ist, an einem Freitagnachmittag bei öffentlichen Stellen etwas zu erreichen versuchen. In Afrika betrachten die meisten öffentlichen Angestellten ihren Job als reines Renommee, als Symbol für die Gunst, die man ihnen zuteil werden ließ, und sind der Meinung, daß das Ganze mit wenig Arbeit und noch weniger persönlicher Verantwortung verbunden sei. Zahlreiche öffentliche Einrichtungen, selbst die Gesundheitsstationen sind den größten Teil des Tages geschlossen, um das Personal mit den lästigen Bedürfnissen der Bürger zu verschonen. Beim Grundbuchamt war es besonders ärgerlich, weil ich sehen konnte, wie die Angestellten plauderten, Witze rissen und zum Teil sogar an ihren Schreibtischen dösten, während der Mann am Schalter mich abwimmelte, indem er stur wiederholte: »Wir haben zu Reinigungszwecken geschlossen.« Schließlich gab ich es auf und ging. In den Büros der Universität war es so leer wie in einer Geisterstadt.

Als gewinnbringend erwies es sich, die Gerüchtekanäle anzuzapfen. In Garrets Club, dem Grosvenor, wollte man mich vorne nicht reinlassen. Also ging ich zum Lieferanteneingang und schaffte es mit viel Reden, in die Küche vorzudringen, wo ich sofort Freundschaft mit dem Oberkellner schloß. Er nannte mir die Namen von mehreren hohen Regierungsbeamten, die Garret während der letzten Monate dort häufig bewirtet hatte. Außerdem hatte Garret in jüngster Zeit mehrfach einen japanischen Geschäftsmann zum Essen eingeladen. Ich steckte dem Kellner etwas Geld zu, und er erklärte sich bereit, heimlich einen Blick ins Gästebuch zu werfen und mir den Namen des Geschäftsmanns auf meinem Anrufbeantworter zu hinterlassen.

Inzwischen waren drei Tage vergangen, seit wir Emmets Leiche entdeckt hatten. Obwohl ich viele Dinge herausgefunden hatte, hatte ich immer noch ein verwirrendes Durcheinander von Tatsachen und Vermutungen vor mir, die in alle Richtungen deuteten. Welche Spuren waren falsch und welche richtig? Ich schlief unruhig und träumte, ich jagte hinter Emmet her durch eine fremde Stadt, selbst gejagt von einer unbestimmten Bedrohung. Dann verwandelten sich die Gebäude in einen Wald, und Emmet war ein verwundeter Elefant. Die bösen Buben wollten mich gerade schnappen, da wachte ich auf. Die Sonne schien durchs Fenster, und die üblichen frohmorgendlichen Geräusche waren zu hören, ein Esel, der schrie, und die Stimmen von Kindern, die von den Hütten und Schuppen hinter meinem Apartmenthaus herüberschallten.

Es kam mir so vor, als jagte ich Emmet mit alptraumhaft langsamer Geschwindigkeit hinterher und versuchte, seine letzten Schritte nachzuvollziehen, ohne dort zu landen, wo sie ihn hingeführt hatten. Ich überlegte, wie ich Einblick in Emmets Akten bekommen könnte, die jetzt sicher verschlossen in Omondis Büro lagen, aber mir fiel nichts ein. Dann wäre es wohl das beste, zunächst mit Joseph zu reden, dem Butler der Lairds und wohl einzigen Menschen, der wissen könnte, was Garret im Schilde führte und was Emmet entdeckt hatte. Sobald ich geduscht und gefrühstückt hatte, machte ich mich auf den Weg zu Ibrahima, um mit ihm zu Joseph zu fahren. Ibrahima war ebenfalls ein Frühaufsteher, und falls wir Joseph im Bett antrafen, wäre das immer noch besser, als wenn er nicht zu Hause war. Aber schon wieder lief ich auf Grund. Ibrahima war bereits bei Joseph vorbeigegangen und hatte eine schlechte Nachricht für mich. Joseph war mit der ganzen Familie mit unbekanntem Ziel abgereist.

Striker würde natürlich auch schon auf sein, und ich rief ihn kurz an. Er hatte letzte Nacht in seiner Hütte geschlafen, und es waren keine unerwarteten Besucher gekommen. Zu meiner Beruhigung hatte er am Montag – dem Tag, an dem ich mit meiner Reisegruppe hätte losfahren sollen – einen Termin am Lake Baringo, um eine Geschichte über eine Brutkolonie von Riesenreihern zu schreiben. Es war ein gutbezahlter Auftrag für *International Wildlife*, was bedeutete, daß auch ein Fotograf mitkam. Und was noch besser war, sie würden bei alten Freunden wohnen, die auf einer Insel im See ein Luxus-Safaricamp leiteten. Striker war immerhin so nett zu fragen, ob er die Reise absagen sollte, um in der Nähe zu sein, aber das kam mir lächerlich vor. Schließlich war das mein Job, nicht seiner. Außerdem, was hatte es für einen Sinn, daß Striker blieb, wenn er ohnehin nicht nach Nairobi kommen würde? Auf diese Weise brauchte ich mir zumindest keine Sorge zu machen, falls derjenige, der seine Hütte verwüstet hätte, wer auch immer es gewesen war, zurückkommen würde. Erst nachdem ich den Hörer aufgelegt hatte und meine Wohnung mir leerer als sonst erschien, wurde mir klar, daß er mir doch fehlen würde.

Von allen anderen Leuten, mit denen ich sprechen mußte, war Mikki die einzige, die um diese Zeit schon auf sein würde. Also fuhr ich zu ihr, ohne vorher anzurufen. Als ich kurz nach neun dort ankam, nötigte Henry mich, zuerst mit ihm auf der Veranda eine Tasse Kaffee zu trinken, bevor ich zu Mikki rausfuhr, die bereits draußen bei den Elefanten war.

Henrys Kaffee war nicht schlecht. Ich lehnte mich in dem Korbschaukelstuhl zurück und beobachtete, wie er ein paar langgliedrigen grünen Meerkatzen Brocken von seinem Frühstücksbrötchen zuwarf. Die Gummibäume raschelten angenehm und erfüllten die Morgenluft mit ihrem Eukalyptusduft. Wenn er mit mir reden wollte, sollte er anfangen. Ein Affenweibchen mit einem winzigen schwarzhaarigen Jungen unter dem Bauch erwischte das größte Stück Brot und rannte triumphierend den Baum hinauf, bevor die Männchen es ihr wegschnappen konnten. Ein Männchen hockte auf den Hinterbeinen und saugte wie verrückt an einem Grashalm. Das weich aussehende weiße Fell an seinem Bauch reichte nicht tief genug, um seine Hoden zu bedecken, die von einem leuchtenden Graublau waren.

»Guck dir diesen Kerl an. Ich weiß genau, wie er sich fühlt.« Henry lachte meckernd und zeigte dabei seine großen gelben Zähne. Er sah mich an, um meine Reaktion zu testen.

»Dann kannst du dich glücklich schätzen, Henry. Die meisten Männer in deinem Alter wären froh, wenn sie dieses Problem hätten.«

»Man ist so jung, wie man sich fühlt, sage ich immer, so jung, wie man sich fühlt.«

»Dann müßtest du ungefähr zwölf Jahre alt sein.«

Henry warf den Kopf zurück und wieherte vor Lachen. »Ha, ha, ha.« Die Affen liefen auseinander. »Bitte, zumindest vierzehn. Du kannst doch wohl nicht abstreiten, daß ich schon in der Pubertät bin.«

Er tätschelte mein Knie mit seiner runzeligen Hand, die sich anfühlte wie Leder und mit Altersflecken übersät war. Wie konnte Mikki ihn bloß ertragen? Das fragte ich mich zum tausendsten Mal. Ich trank meinen restlichen Kaffee aus.

Bevor ich aufstehen konnte, sagte Henry: »Mikki hat mir erzählt, sie hätte dich engagiert, um den Mordfall zu untersuchen. Ich will dich ja nicht fragen, ob du schon was herausgefunden hast...«

Weil du weißt, daß du das aus Mikki leichter rauskriegst als aus mir, dachte ich.

»... aber ich wollte dir sagen, daß ich es nicht richtig finde, wie Mikki versucht, es Alicia anzuhängen. Es ist ganz natürlich, daß sie durcheinander ist und so, aber man kann sich doch nicht so gehenlassen. Das ist krankhaft. Mit der Polizei zu kooperieren ist ja gut und schön, doch nicht so unausgegorenes Zeug. Aber ich weiß, daß du sie darin nicht noch bestärken wirst. Mehr wollte ich nicht sagen.«

Ich hätte mich zu gern mit ihm gestritten, aber das Problem war, daß ich seiner Meinung war. Nicht was das unausgegorene Zeug anging, aber daß Mikki Alicia auf dem Kieker hatte. Ich klopfte ihm leicht aufs Knie. »Mach nicht so ein besorgtes Gesicht, Henry. Wir werden uns bemühen, nicht zu emotional zu sein. Und ich habe nicht vor, diesen Mord jemandem anzuhängen – außer dem Mörder.«

Ich fuhr durch ein Wäldchen struppiger Akazien, deren trockene Samenhülsen im Wind klapperten. Dann sah ich ihren Landrover neben einem runden Stück festgetretener glatter Erde parken, wo eine große Elefantenfamilie eifrig nach mineralischen Salzen grub.

Ich erkannte Mikkis Hinterkopf, als sie sich ihre langen, rotbraun aufblitzenden Haare aus dem Gesicht strich, dann sah ich ihr feines Profil, dann wieder ihren Haarschopf. Sie schien zeitlich begrenzte Beobachtungen aufzuzeichnen, eine Methode, die sie benutzte, um die Voreingenommenheit des Betrachters auszuschalten. Ich unterbrach sie nur ungern bei der Arbeit, besonders wenn sie es geschafft hatte, sich eine Zeitlang in der Welt der Elefanten zu verlieren.

Die Elefanten schienen ebenfalls völlig in ihre Arbeit vertieft zu sein, bis auf einen. Als ich neben Mikkis Auto anhielt, hörte ein großes erwachsenes Weibchen auf, mit ihren gebogenen Stoßzähnen die Erde zu bearbeiten, und steuerte auf mich zu. Sie knurrte, schüttelte den Kopf so heftig, daß ihre crêpedünnen Ohren flatterten, und hob den Rüssel. Ich sah zu Mikki hinüber und wartete auf ein Zeichen, ob ich mir Sorgen machen müsse.

»Hi, Jazz. Noch drei Minuten«, rief sie, hielt drei ihrer schlanken Finger mit den wie bei einem Kind abgekauten Nägeln hoch und trug etwas in ihre Tabelle ein, vielleicht: *9.22, Wackelzahn hebt Rüssel, 9.23 wirft unbekanntes Auto um und trampelt Fahrerin tot.*

Das Elefantenweibchen war mittlerweile so nah, daß ich die borstigen Wimpern über ihren Augen sehen konnte. Sie trompetete mich kurz und spöttisch an und blieb stehen. Die übrigen erwachsenen Elefanten ignorierten sie, doch eines der Jungtiere ließ sich von ihrer Aufregung anstecken und fing an, sich hektisch hin und her zu bewegen. Wackelzahn fand einen kleinen Ast im trockenen Gras und begann, damit um sich zu schlagen. Ich legte den Rückwärtsgang ein für den Fall, daß ich ganz schnell verschwinden müßte. Sie schwang den Ast rauf und runter, über den Kopf, auf den Rücken, zwischen die Beine und wieder in die Luft. Dann ließ sie ihn fallen, schnaubte laut durch ihren Rüssel, hatte keine Lust mehr, mich zu bedrohen, und ging wieder den Boden umgraben.

Mikki schob ihren Stift in die Spiralbindung des Notizblocks und rief mir mit einem herzlichen Lächeln zu: »Juno scheint heute guter Laune zu sein. Vorhin hat sie schon mal einen Scheinangriff auf Touristen veranstaltet, aber die haben das nicht so gelassen hingenommen wie du.« Der Blick ihrer blauen Augen war klar und offen, doch die Haut darum herum schien dunkel vor Anspannung zu sein. »Komm hier rein, dann können wir besser reden.«

Ich stieg von meinem Auto in ihres um. »Wie geht's, Süße?«

Sie strich eine Haarsträhne zurück, die ihr in die Wange gefallen war. »Solange ich arbeite, ganz gut.« Sie lächelte unsicher, fast verlegen. »Die Abende sind am schlimmsten. Aber es hilft zu wissen, daß du herauszufinden versuchst, wer es getan hat.« Ihre zarten Augenbrauen hoben sich zu einem Fragezeichen. »Bist du schon auf was gestoßen?«

»Viele Informationen«, sagte ich zu ihr und stellte erleichtert fest, daß sie sich besser konzentrieren konnte als gestern. »Ich erzähl dir, was ich bis jetzt habe.« Ich hatte mir Notizen auf einen kleinen Block gemacht, den ich nun hervorzog, mehr um mich an etwas festzuhalten als zur Gedächtnisstütze. Es gab zwei unterschiedliche Ermittlungsrichtungen, die immer wieder auftauchten. Auf der einen Seite Alicia und die Scheidung, auf der anderen Emmets Beschäftigung mit dem Elfenbeinschmuggel. Ich versuchte, mit den Punkten anzufangen, die nichts mit Alicia zu tun hatten.

Inzwischen waren die Elefanten auf die Knie gegangen und langten in ein Loch, in dem ihre Rüssel völlig verschwanden. Dann kam die Rüsselspitze des Leittiers zusammengerollt wie eine Faust wieder hoch. Es hielt darin einen Klumpen nahrhaften klebrigen Schlamms, den es sich mit offensichtlichem Vergnügen ins Maul steckte.

Ich begann mit der Elfenbeinschiene und berichtete wortwörtlich, was der Kellner bei Shabaan's über Kims Mittagessen mit ihrem Vater gesagt hatte, erzählte von meiner Begegnung mit Kim in ihrem Büro, daß ich Strikers Wohnung verwüstet vorgefunden hatte, meine Unterhaltung mit Garret, Kim und deren Freund Robert Thiaka nach der Beerdigung, wie ich Kim die Treppe hatte herunterkommen sehen und kurz darauf feststellte, daß jemand Emmets Elfenbeinunterlagen aus seinem Arbeitszimmer entfernt und in der Truhe im Flur versteckt hatte und daß sie jetzt im Polizeipräsidium unter Verschluß waren. Ich erwähnte auch das Verschwinden von Joseph und die Möglichkeit, daß man ihm Angst eingejagt hatte, obwohl noch nicht klar war, ob er über das Elfenbein oder über sonst etwas Bescheid wußte. Es mußte allerdings einen Grund geben, warum Garret so viele Lügen darüber erzählte, weshalb Joseph seinen Job aufgegeben hatte.

Ich stellte fest, daß es Mikki guttat, wieder mit der Arbeit angefangen zu haben. Gestern war sie nicht in der Lage gewesen, sich auf irgendwas zu konzentrieren, was ich sagte. Heute hörte sie aufmerksam zu, nickte und stellte Fragen, wenn ihr etwas nicht ganz klar war.

Als ich fertig war, verzog sich Mikkis hübscher Mund zu einem bitteren Lächeln. »Ich kann mir vorstellen, wie

Garret ins Elfenbeingeschäft einsteigt, um rasch zu Geld zu kommen – und gleichzeitig um Emmet heimlich eins auszuwischen. Und falls es rauskommt, wie er aus lauter Panik eine Waffe auf Emmet richtet – ja, auch das könnte ich mir vorstellen.«

»Aber laut Alicia hatte Emmet bereits eine Auseinandersetzung mit Garret, nachdem er seine Entdeckung gemacht hatte, und zwar vor ein paar Tagen, als sie beide in Nairobi waren. Wenn Garret mit einer Waffe zum Camp gefahren ist, um Emmet zu überraschen, hat er das in böswilliger Absicht getan.«

Sie verfiel in Schweigen. An der Salzlecke versuchte ein pummeliger kleiner Elefant ein eigenes Loch zu graben, indem er ungeschickt mit seinen kleinen Stoßzähnen herumstocherte. Dann gab er auf und zwängte sich zwischen die erwachsenen Tiere, um etwas von dem köstlichen, mineralienreichen Schlamm abzubekommen.

Mikki erwachte aus ihren Gedanken und fragte: »Welche Rolle spielt Alicia dabei?«

Ich holte tief Luft. »Ich konnte einen Blick in den Polizeibericht werfen. Es gibt Anzeichen dafür, daß Alicia kurz vorher schon einmal im Camp war. Dabei trug sie andere Schuhe, und von ihrem Auto gibt es zwei unterschiedliche Spuren.«

Mikkis Blick wurde hart, und sie schob ihr Kinn vor. »Dann haben sie sie also überführt.«

»Moment mal. Ihr erster Besuch könnte am selben Tag gewesen sein, an dem du da warst, also einen Tag bevor Emmet ermordet wurde. Der ballistische Test hat ergeben, daß Emmet nicht mit ihrem Gewehr erschossen wurde.«

Mikki tat diesen Einwand mit einer Handbewegung ab. »Sie würde ja wohl kaum mit der Mordwaffe ins Camp zurückkehren, oder? Es ist doch kein Problem, im Busch eine Waffe loszuwerden.«

»Jetzt hör mir mal ganz ruhig zu. Kim und Garret haben mir beide erzählt, daß Alicia und Emmet einen Ehevertrag hatten.«

Mikki nickte. Eine rotbraune Haarsträhne fiel über ein Ohr. »Das wußte ich.«

»Mikki, du mußt mir alles erzählen, was du weißt! Begreifst du das nicht? Dadurch hatte Alicia nämlich wirklich ein Motiv, nachdem Emmet sie um die Scheidung gebeten hatte. Als Witwe hätte sie doch viel mehr Geld zu erwarten denn als geschiedene Frau.«

»Damit steht das Motiv fest.« Mikki umklammerte das Lenkrad mit beiden Händen, bis ihre Knöchel weiß wurden. »Zu dumm, daß sie die Waffe nicht finden können.« Sie drehte sich wieder mir zu. »Weißt du, ob sie die Wasserstelle schon ausgebaggert haben? Vielleicht könnte ich anbieten, das zu bezahlen.«

»Oder das Ganze ist ein abgekartetes Spiel.«

»Du redest doch wohl nicht von mir?« Mikki sah mich entsetzt an.

»Nein, natürlich nicht. Wie kommst du nur darauf? Ich rede von Garret. Vermutlich wußte er, daß Alicia Emmet im Camp aufsuchte, was sie zur Hauptverdächtigen macht. Oder vielleicht war sie ja auch niemals da. Woher wollen wir wissen, ob er sich nicht Alicias Auto ausgeliehen hat. Mit seinem kleinen MG hätte er es wohl kaum bis zum Camp geschafft. Er könnte sich auch ihre Schuhe ausgeliehen haben, falls der Mord vorsätzlich geplant war. Er und Kim waren in jeder Hinsicht unkooperativ, mit einer Ausnahme: Beide haben es sich nicht nehmen lassen, mir von dem Ehevertrag zu erzählen, was die Aufmerksamkeit von ihnen auf Alicia lenkt. Und dann die Sache mit dem Elfenbein. Wir können das nicht ignorieren. Es ist wohl wahrscheinlicher, daß Garret und Kim mit Elfenbeinschmuggel zu tun haben als Alicia.«

Mikki schob ihr Kinn wieder vor. »Solange wir nur Hypothesen aufstellen, könnte Alicia genausogut in den Elfenbeinhandel verstrickt sein. Ihr Freund Greg Garner hat früher als Kreditsachbearbeiter für die WorldCorp in Hongkong gearbeitet und fliegt immer mal wieder dorthin.«

»Und? Ist das alles?«

»Du weißt doch, daß Hongkong sowohl ein Zentrum für Geldwäsche als auch für den Elfenbeinhandel ist.« Ihre Kiefermuskeln traten zitternd hervor. »Du guckst mich an, als ob ich phantasiere. Warum sträubst du dich so sehr, gegen Alicia zu ermitteln?«

»Augenblick mal. Das ist unfair. Ich gebe dir einen so vollständigen Überblick, wie ich nur kann, mit Anhaltspunkten für und gegen jede Person. Ich hab dir gesagt, daß sie bereits vorher im Camp war und uns nichts davon erzählt hat – aber das trifft auch auf dich zu. Die Tatsache an sich beweist überhaupt nichts. Ich hab dir auch von dem Ehevertrag erzählt, der Alicia noch ein viel stärkeres Motiv gibt, ihn umzubringen, aber so einfach ist die Sache noch nicht erledigt, Mikki. Ich muß meinem Instinkt vertrauen. Ich bin sicher, daß sie von den versteckten Elfenbeinunterlagen nichts gewußt hat. Außerdem hat Garret ebenfalls ein starkes finanzielles Motiv. Seine Baupläne für Umar Island hätten ihn ruinieren können. Er hat gesagt, das Geld, das er brauchte, sei erst kürzlich angekommen. Woher? Könnte es von Elfenbeinverkäufen stammen? Ich möchte zu diesem Zeitpunkt noch niemanden ausschließen, das ist alles.«

Ein Elefantenweibchen schob mit ihrem tellerförmigen Fuß trockene Erde zusammen, saugte den Staub mit dem Rüssel auf und sprühte ihn sich über den Rücken. Ihre graue Haut nahm einen hellen Ockerschimmer an.

Mikki kaute an der Haut neben ihrem Daumennagel herum. »Vielleicht solltest du nach Lamu runterfahren und dir dieses Umar Island mal ansehen.«

»Das hatte ich mir auch schon überlegt. Ich wollte es nur mit dir abklären, bevor ich das Geld für die Fahrt ausgebe.«

»Wenn du willst, könnten Henry und ich dich sofort hinfliegen.«

»Du willst Henry da mit reinziehen?« Ich konnte die Ungläubigkeit in meiner eigenen Stimme hören – das war zwar nicht allzu diplomatisch, aber den Ehemann zu bitten, bei den Ermittlungen über den Tod des Geliebten mitzuhelfen, schien mir ein bißchen zu weit zu gehen.

»Ich hab ihm erzählt, daß ich dich engagiert habe. Er war sehr verständnisvoll.« Mikki wich meinem Blick aus. »Er hat mir jede erdenkliche Hilfe angeboten.«

Ich würde nie verstehen, warum ein Energiebündel wie Mikki die Rolle des kleinen Mädchens spielte und es so sehr genoß, wenn man sich um sie kümmerte, aber vermutlich konnte sie auch meine Abhängigkeitsphobie nicht verstehen. Zu einer Freundschaft gehört auch, daß man die jeweiligen Unterschiede akzeptiert, dachte ich, und sah kurz Omondis Gesicht vor mir.

»Versteh mich bitte nicht falsch, Mikki, aber ich halte es für besser, wenn du Henry nicht alles erzählst, was ich dir gesagt habe. Wenn es wichtig sein könnte, Umar Island zu besuchen, dann werde ich entweder den Nachtzug nehmen oder mit einer Linienmaschine fliegen.«

»Aber warum denn? Du brauchst ja nicht mit ihm rumzulaufen, wenn du erst mal an der Küste bist«, fügte sie hinzu. »Das würde viel Zeit und Geld sparen. Und er würde es gerne tun.«

»Mikki. Er gehört zu den Verdächtigen. Ich möchte nicht, daß er weiß, was ich tue.«

Mikki biß auf die bereits rote Haut an ihrem Daumennagel. »Ich weiß, daß du Henry nie gemocht hast.«

»Nun werd doch nicht persönlich. Du hast mich als Privatdetektivin engagiert. Ich versuche, einen Auftrag zu erledigen, und meine Berichte müssen streng vertraulich sein. Du kannst meinetwegen davon überzeugt sein, daß Alicia es getan hat, aber ich muß für alles offen bleiben. Das bedeutet, daß Henry immer noch verdächtig ist – und du auch.«

Sobald die Worte heraus waren, wünschte ich, ich könnte sie zurücknehmen. Mikki sah mich an, als hätte ich sie ins Gesicht geschlagen. Sie starrte geradeaus durch die Windschutzscheibe, aber ich bezweifelte, ob sie wahrnahm, daß die Elefanten sich in einer Reihe davonmachten, das Leittier an der Spitze.

»Ich denke immer wieder, wenn ich doch nur zu ihm ins Camp gegangen wäre. Wenn ich doch nur dabeigewesen wäre. Vielleicht hätte dann derjenige, wer immer es getan hat, mich ebenfalls erschossen.« Sie fing an zu weinen. »Dann wären wir wenigstens zusammen.«

18

Wie Mikki vorhergesagt hatte, tauchten unglaublich viele Leute am Abend bei der Benefizparty auf. Sie blieb nur so lange, um die Leute zu begrüßen, dann fuhr Henry sie nach Hause. Selbst ich mußte zugeben, daß er sehr nett und besorgt war.

Der Partyservice hatte wunderbare Arbeit geleistet, und Louise Carruthers, eine treue Mitstreiterin von Save the Elephants, hatte sich bereiterklärt, das Ganze zu beaufsichtigen. Ich hatte einen frustrierenden Tag hinter mir. Am Morgen war es mir nicht gelungen, Garrets japanischen Geschäftsmann ausfindig zu machen, und am Nachmittag hatte ich vergeblich nach weiteren Anhaltspunkten zu Emmets Entdeckung gesucht. Jetzt war ich bereit für eine große Party.

Bis Mitternacht hatte ich mit vielen verschiedenen Partnern getanzt und mal wieder festgestellt, wieviel Spaß es doch machte zu flirten. Ein Dschungelkaktus, der an einer Palme hinaufgeklettert war, streckte über der Tanzfläche seine erotischen scharlachroten Blüten in die Nachtluft. Champagner, Mondschein und die eindringlichen Rhythmen der afrikanischen Tanzkapelle stellten eine berauschende Mischung dar. Ich wiegte meine nackten Schultern im Takt und gab mich ganz der Musik hin. Nach der Ausgelassenheit der Party zu urteilen, schienen viele Leute in der gleichen Weise auf Emmets Abwesenheit zu reagieren.

Omondi tauchte aus der Dunkelheit auf. Seine schlanke Gestalt steckte in einem eleganten Abendanzug. Ich konnte ein amüsiertes Funkeln in seinen Augen erkennen und noch etwas mehr. »Du siehst wahnsinnig durchgestylt aus, Jazz. Das ist das erste Mal, daß ich dich nicht in Buschklamotten sehe.«

»Alles für einen guten Zweck.« Ich mußte mich sehr zusammennehmen, um nicht nach dem nicht vorhandenen Ausschnitt meines schulterfreien Kleids zu tasten. »Du siehst auch super aus. Ich hatte mich schon gefragt, ob du kommen würdest.«

Die Band begann gerade eine lateinamerikanisch angehauchte Nummer. Omondi streckte die Arme aus, und plötzlich waren wir auf der Tanzfläche und bewegten uns zu dem synkopischen Rhythmus. Omondi wurde ein bißchen langsamer, damit ich mithalten konnte, und führte mich geschickt mit Händen und Hüfte. Wir tanzten Bauch an Bauch, dann schwang er mich herum, hinter sich, einmal im Kreis, Seite an Seite, ohne je aus dem Takt zu kommen. Ich hatte gar nicht gewußt, daß ich so gut tanzen konnte.

Dann kam wieder eine schnelle Nummer und noch eine, bis ich ganz rot im Gesicht war und keuchte. Als ich gerade vorschlug, wir sollten uns siegreich zurückziehen, wechselte die Band zu einem langsameren Tempo über. Omondi kam näher und nahm mich in die Arme. Wir schwebten scheinbar mehrere Zentimeter über dem Boden dahin. Sein Ohr streifte meine Wange, sanft und intim.

Der Tanz endete, und wir lösten uns voneinander. Ich stürmte von der Tanzfläche auf das Getränkezelt zu, Omondi direkt hinter mir, und kam mir sowohl ihm als auch Striker gegenüber unaufrichtig vor. Flirten war ja gut und schön, aber Omondis Arme wieder um mich zu spüren war etwas völlig anderes. Während ich ganz unverfänglich ein Tablett mit gegrillten Shrimps auf Zahnstochern begutachtete, entschuldigte ich mich dafür, daß ich ihn bedrängt hatte, mir über den Fall zu berichten, mir sei natürlich klar, daß er sich an die Dienstvorschriften der Polizei halten müsse.

»Das brauchst du mir doch gar nicht zu sagen.« Omondi nahm sich einen Picker und zog den Shrimp mit den Zähnen ab. »Alles vergessen. Es ist vorbei und erledigt.«

»Noch nicht ganz«, sagte ich.

»Wie meinst du das?«

»Mikki hat mich engagiert, damit ich für sie den Mord an Emmet untersuche.« Ich schlenderte am Buffet entlang, um Omondi nicht ansehen zu müssen. »Ich scheine mich ganz gut auf Detektivarbeit zu verstehen, ich brauche das Geld und helfe ihr gleichzeitig damit, also hab ich mir gedacht, was soll's? Ich wollte nur, daß du es weißt. Wenn du natürlich beschließt, daß wir Emmets Akten gemeinsam einsehen könnten, hätte ich nichts dagegen. Vielleicht könnten wir Informationen austauschen.«

»Ach so, jetzt spielst du also Mata Hari und tanzt mit mir, damit ich ganz verrückt nach dir werde und dir alles erzähle, was du wissen willst.«

Unsere Blicke begegneten sich.

»Wenn ich glaubte, daß es funktioniert, würde ich es vielleicht versuchen«, witzelte ich schwach.

»Versuch's doch auf jeden Fall mal.«

»Ich bin froh, daß du mir nicht böse bist.«

»Warum sollte ich dir böse sein? Du willst mir ja nicht weh tun, sondern deiner Freundin helfen. Ich bewundere deinen Mut und deine Loyalität. Diese Seite an dir habe ich ja schon früher kennengelernt. Außerdem bist du eine unglaublich eigensinnige Frau. Warum sollte ich gegen deinen Dickkopf anrennen?« Er nahm meine Hand. »Komm, laß uns einen Ort suchen, wo wir in Ruhe reden können.«

Wir schlenderten über einen bemoosten Plattenweg, der sich an einer Jasminhecke entlangschlängelte, deren süßer Duft schwer in der lauen Nacht hing, und zu einem versteckten Garten führte. Es war ein Garten mit ausschließlich weißen Blumen, den ich als etwas gekünstelt und nichtssagend in Erinnerung hatte. Im Mondschein hatte er jedoch eine magische Ausstrahlung.

Omondi beugte sein Gesicht zu mir und küßte mich. Seine Lippen fühlten sich weich und voll an, ganz anders als die von Striker. Selbst als ich seinen Kuß erwiderte, spürte ich eine Panik im Inneren. Ich hasse emotionales Durcheinander, das damit endet, daß alle leiden. Nicht daß Omondi ernste Absichten gehabt hätte. Meine Lippen öffneten sich, und Omondi begann mich noch heftiger zu küssen.

Vor dem dunklen Hintergrund meiner geschlossenen Augenlider tauchte das Bild meines Exmanns auf, wie er seine Studentin küßte. Zum ersten Mal verspürte ich bei diesem Bild den Wunsch zu lachen. Es hatte seine Macht verloren und tat mir nicht mehr weh. Ich war frei. Und noch viel mehr, es war nicht mehr meine Welt. Ich war nicht mit Striker verheiratet. Wir kamen nicht miteinander aus, außer im Bett. Jeder Idiot konnte erkennen, daß ich nicht für immer mit Striker zusammenbleiben würde. Ich hatte das Recht, auf einer Party einen Mann zu küssen, ohne nervös zu werden. Mehr war es ja schließlich nicht, nur ein wunderbarer Kuß.

Der Champagner sprudelte in meinem Kopf und vermischte sich mit dem Mondschein und den entfernten Klängen der Band. Ich schlang meine Arme um Omondis Rücken, fuhr mit meinen Fingern über die weiche Haut an seinem Nacken und über den Ansatz seines wuscheligen Haars und schmolz dahin.

Die Band beendete ihr Stück. In der kurzen Stille, die uns umgab, hörte ich eine Nachtschwalbe rufen, das Rascheln von Stoff und die Stimme einer Frau aus einer der dunklen Ecken hinter den Blumenbeeten. Das war das zweite Mal an diesem Tag, daß Alicia mich in einem interessanten Augenblick unterbrach.

»Hey, Cowboy, du weißt, daß ich nicht im Traume daran denken würde, die Bank um einen Gefallen zu bitten, aber er macht mir ziemlichen Druck. Ich kann noch nicht mal die Party in Frieden genießen, ohne daß er droht, mir Ärger zu machen. Normalerweise würde ich mit diesem Würstchen fertig, ohne einen Schweißtropfen zu vergießen, aber wenn seine Schwester, dieses Biest, mitmischt, dann ist er –«

Gregs tiefe Stimme war weniger deutlich zu hören.

»Du bist so süß.« Ein kurzes Rascheln. »Es ist mir wirklich unangenehm, dich um Hilfe zu bitten, aber ich weiß nicht, an wen ich mich wenden soll.«

»Vielleicht könnte ich helfen.« Omondi ging auf die Stimmen zu.

Greg und Alicia saßen auf einer niedrigen Bank, die von hohem weißen Rittersporn eingerahmt war. Greg war mit dem weißen Anzug, den er trug, und mit seinem blonden Haarschopf deutlich im Mondschein zu erkennen. Alicia wirkte eher schattenhaft in ihrem schwarzen Samt.

»Ah, Inspector! Jazz! Ihr habt also meinen Lieblingsplatz im Garten gefunden. Ist es nicht wunderschön hier? Es gibt keinen Duft wie Jasmin, findet ihr nicht? Habt ihr meine Klagen über Garret gehört? Dieser Junge – ich sage Junge, obwohl er die Vierzig schon hinter sich hat, aber er ist eher ein Teenager als ein erwachsener Mann, mit all seinen Träumereien, eine verrückter als die andere. Ich wünschte, sie könnten ihn mir zuliebe ins Gefängnis werfen und ihn aus meinem Haus schaffen und mir vom Hals. Mein Mann ist kaum unter der Erde, da bittet er mich schon um Geld – das ich nicht habe. Halten Sie das für richtig?«

Ich sah Alicia mit Hochachtung an, diese Frau konnte schneller reden, als ich denken konnte. Es sah schlecht für Alicia aus, und möglicherweise hatte sie ihren Mann umgebracht, aber dennoch mußte ich ihren Schwung und ihren Verstand bewundern.

Omondi bedauerte sie und fragte, was für Drohungen Garret denn ausgesprochen hätte.

Alicia legte eine Hand auf Gregs Arm. »Ehrlich, Inspector, Scherz beiseite, das ist keine Angelegenheit für die Polizei. Garret bittet schneller um Geld, als er atmet.«

»Sie haben gesagt, er hätte gedroht, Ihnen Ärger zu machen. Haben Sie eine Ahnung, was er meint?«

Der unausgesprochene Gedanke an Erpressung hing über den mondbeschienenen Blumen.

Alicia zögerte ganz kurz, ich konnte förmlich spüren, wie es in ihr arbeitete. »Ich habe keinen Schimmer, Inspector. Er hat mich früher schon ein- oder zweimal um einen Kredit angehauen, aber diesmal ist es anders . . .« Sie legte eine dramatische Pause ein. »Er will sehr viel Geld, und er scheint verzweifelt zu sein. Deshalb hab ich

Greg gefragt, ob er mir helfen kann. Ich mache mir Sorgen, daß Garret sich in ernsthafte Schwierigkeiten gebracht hat. Er hat mir beinah angst gemacht, ehrlich, es schien so, als ob er bereit wäre, etwas völlig Verrücktes zu tun.«

Greg legte einen Arm um Alicias Schultern. »Aber Häschen, nun laß mal nicht deine Phantasie mit dir durchgehen. Garret ist ständig in Geldnöten, das hast du mir selbst erzählt.« Alicia schob ihn von sich. Greg schaltete sofort um. »Aber wenn du Angst hast, ihn im Haus zu haben, sag es mir nur. Er kann im Club schlafen, wenn du dich dann sicherer fühlst. Du brauchst es mir nur zu sagen, und ich werd mich darum kümmern.«

Alicia legte einen Arm um Gregs Taille. »Ist er nicht süß?« fragte sie mich. »Ich mag es einfach, wenn ein Mann sagt, er wird sich um mich kümmern. Dann komme ich mir wie ein kleines Mädchen vor.«

Mir fiel ein, daß Omondi gesagt hatte, Alicia würde zuviel reden, wenn sie wütend war. Es könnte ganz wirkungsvoll sein, sie ein bißchen aus der Fassung zu bringen – wenn mir das gelänge. Ja, und gleichzeitig könnte ich Omondi zeigen, daß ich wertvolle Informationen hatte. »Alicia, es geht da so ein häßliches Gerücht um, daß Emmet dich gezwungen hat, einen Ehevertrag zu unterzeichnen. Ich hab gedacht, du wolltest das vielleicht stoppen, bevor es sich noch weiter ausbreitet.«

»Wer hat dir das erzählt?« Alicia ließ Greg los und setzte sich so gerade hin, daß ihr Busen aggressiv auf mich zeigte.

»Irgendeine Brünette in einem schwarzen Kleid hat es ein paar Leuten erzählt. Ich glaube, sie ist Lokalreporterin von der *Nation*. Deshalb dachte ich, ich sollte es dir besser sagen.« Wenn ich lüge, komme ich mir immer wie ein fünfjähriges Mädchen vor, ich bin sicher, daß alle es merken. Doch diesmal ging es glatt. »Dürfen sie ein solches Gerücht abdrucken, ohne vorher mit dir Rücksprache zu nehmen?«

Alicia nahm eine Zigarette und ein goldenes Feuerzeug heraus, das sie mehrmals anknipste, ohne daß eine Flamme kam. »Was ist denn mit diesem verdammten Ding los?«

Greg nahm es ihr aus der Hand und machte ihr die Zigarette an.

»Erklär mir das mit dem Ehevertrag«, sagte Omondi. »Von so etwas hab ich noch nie gehört.«

»Ich glaube, das fing alles in Kalifornien an«, sagte ich, »unter Filmstars, die nicht ihr ganzes Vermögen jemandem vermachen wollten, mit dem sie mal kurz verheiratet waren. Das Paar legt in einem juristischen Dokument fest, daß im Falle einer Scheidung der ärmere Partner keinerlei Anspruch auf das Vermögen hat, das der reichere Partner vor der Eheschließung angehäuft hat.«

»Aber das ist ja ganz gefährlich!« rief Omondi.

»Na hören Sie mal, Inspector«, sagte Greg. »Das ist gängige Praxis unter den Superreichen.«

»Es schafft ein Motiv für einen Mord; wer würde nicht lieber eine reiche Witwe werden wollen als eine arme geschiedene Frau?«

»Aber ich bin von einer reichen Ehefrau zu einer armen Witwe geworden.«

»Nach unseren Informationen hat Mr. Laird Sie um die Scheidung gebeten, kurz bevor er ermordet wurde.«

»Das ist eine gemeine Lüge!« sagte Alicia scharf. »Oder Dienstbotenklatsch.« Sie gestikulierte wild mit dem glühenden Ende ihrer Zigarette vor Omondi herum. »Sie wissen doch, wie diese Leute einen Gesprächsfetzen, den sie aufgeschnappt haben, zu einer riesigen Sache aufbauschen.« Sie nahm einen kräftigen Zug von ihrer Zigarette und atmete durch die Nase aus. Der Rauch sah aus wie nächtlicher Nebel, der sich in der windstillen Luft über ihrem Kopf kringelte.

»Sie streiten also nicht ab, daß Sie einen solchen Ehevertrag hatten?«

»Ich versuche überhaupt nicht das abzustreiten. Aber Emmet hätte mich zum jetzigen Zeitpunkt auf keinen Fall um die Scheidung gebeten.« Sie legte eine Hand auf ihren Bauch. »Nicht wo ich ein Kind von ihm erwarte.«

19

Greg sprang unvermittelt auf. »Ich meine, du solltest die Wahrheit sagen, Alicia.« Er hörte sich jung und leidend an. »So machst du alles nur noch schlimmer für dich.«

Der große Brocken hatte also eine eigene Meinung. Aber ich stimmte ihm zu. Alicias Schwangerschaft schien mir ein guter Grund für Emmet, die Scheidung zu verlangen, wenn er – wie wir alle – vermutete, daß sie kein Kind von ihm, sondern von Greg erwartete.

»Greg, komm setz dich wieder hin, hier neben mich«, redete Alicia ihm gut zu.

Greg setzte sich hin, stützte die Ellbogen auf die Knie und vergrub den Kopf in den Händen. Alicia zerrte an seinem Bizeps, aber er wollte nicht hochgucken.

»Mrs. Laird, Sie haben gerade einen guten Rat bekommen«, sagte Omondi sanft. »Es wird Zeit, die Wahrheit zu sagen. Ich warte auch immer noch auf eine Erklärung von Ihnen, was während Ihres ersten Besuchs bei Emmet im Camp passiert ist.«

Interessant. Als Alicia heute nachmittag bei der Polizei war, hatte Omondi offenbar nichts von ihr erfahren. Auf meinen Armen bildete sich Gänsehaut.

Alicia zerrte an Gregs Handgelenk, aber er rührte sich immer noch nicht. »Hey, Cowboy, wie kannst du so etwas sagen? Du weißt doch, daß ich die Wahrheit sage.«

Greg drehte seinen Kopf zur Seite und sprach mit Alicia, als ob sie unter sich wären. »Die ganze Wahrheit, Alicia. Ich kann das nicht länger ertragen. Ich bin stolz, daß das Baby von mir ist. Es macht mir nichts aus, dem Inspector zu sagen, daß wir heiraten wollten.«

Nun, da es heraus war, regte Alicia sich keineswegs auf, sondern klopfte Greg auf den breiten Rücken. »Okay, Cowboy, wenn du willst, dann decke ich meine Karten auf.« Im Mondschein wirkte ihr Gesicht wie ein bleiches Herz mit einem dunklen Schlitz dort, wo ihre geschminkten Lippen waren. »Wie ich bereits sagte, ich bin dort runtergefahren, um ein paar persönliche Dinge mit Emmet zu besprechen. Verstehen Sie, ich hatte Emmet um die Scheidung gebeten.«

»Du hast Emmet um die Scheidung gebeten!« Die Worte schossen mir förmlich aus dem Mund.

»Die Angestellten müssen das Wort Scheidung mitgekriegt und daraus geschlossen haben, ich sei rausgeworfen worden, und nicht, daß ich aus eigenem Antrieb gehen wollte.«

»Welche Auswirkungen hatte das auf den Ehevertrag?« fragte ich.

»Er galt nicht, falls ich schwanger war.« Alicias Hand wanderte zu ihrem Bauch und blieb dort liegen. »Emmet und ich waren dabei auszuhandeln, was für eine Regelung für mich getroffen werden sollte.« Ihre andere Hand kreiste schützend über Gregs Rücken. »Das Baby ist von Greg, aber das habe ich Emmet nicht erzählt, ich hab ihm gesagt, es sei vermutlich von ihm.«

»Und er hat dir geglaubt?«

»Emmet war viel zu sehr Gentleman, um eine Vaterschaftsklage anzustrengen, aber ich kann dir sagen, er war entsetzt über die Vorstellung, ein weiteres Kind großzuziehen.« Sie zog an Gregs Arm, und diesmal ließ er sie seine Hand nehmen. »Er war nur zu froh, als er hörte, daß Greg mich heiraten wollte. Ich bin ins Camp gefahren, um mit ihm die Einzelheiten zu besprechen.«

»Worauf hatten Sie sich geeinigt?« fragte Omondi.

»Ich würde das Haus aufgeben, das er in ein Naturzentrum umwandeln wollte, und er würde mir zwei Millionen Dollar übertragen und ein Treuhandvermögen für das Kind einrichten.«

»Haben Sie irgendeinen Beweis für diese Behauptungen, Mrs. Laird?«

Alicia antwortete völlig selbstsicher. »Beweis? Ich besitze eine schriftliche Vereinbarung in Emmets Handschrift, die wir beide unterschrieben haben – das war am Tag bevor er umgebracht wurde. Als wir uns trafen, war ich mit Greg zurückgekommen, um noch einige Probleme wegen der Möbel und ähnlichem zu klären und über den Scheidungstermin zu reden. Statt dessen fand ich einen toten Mann.«

»Es war dumm von Ihnen, nichts davon zu sagen, Mrs. Laird. Sie haben unnötig Verdacht auf sich gezogen.«

»Das werden Sie bestimmt verstehen, Inspector. Nachdem Emmet tot war, mußte ich mich erst mal bei den Anwälten erkundigen, was Vorrang hatte, diese schriftliche Vereinbarung oder mein Status als Witwe. Da keine legale Trennung stattgefunden hatte, war ich rechtlich gesehen Witwe. Warum sollte ich da unsere Scheidungspläne bekanntgeben, die für viele Klatschmäuler ein gefundenes Fressen gewesen wären?«

»Das sind Haie. Man muß einfach ignorieren, was die Leute sagen«, erklärte ihr Greg.

»Das ist alles, Inspector. Ich habe Emmet nicht gehaßt, er war ein anständiger Mann. Warum sollte ich einen Mord riskieren, wo ich so großzügig abgefunden werden sollte? Außerdem, würde ich um die Scheidung bitten, wenn ich vorhätte, meinen Mann zu ermorden?«

Als ich am nächsten Morgen aufwachte, galt mein erster Gedanke dem Butler der Lairds. Nun, wo Alicia über jeden Verdacht erhaben war, war ich mehr denn je daran interessiert, mit Joseph zu sprechen. Ich wollte ihn nach Garrets Streit mit Emmet fragen, und was er über Emmets Elfenbeinfund wußte und warum er seinen Job so überstürzt aufgegeben hatte – oder ob Garret ihn gefeuert hatte. Ich wollte ein paar handfeste Informationen für Mikki haben, wenn ich sie anrief, um ihr zu sagen, daß Alicia aus dem Schneider sei.

Ich beherrschte meine Neugier jedoch und beschloß, erst noch mal die Behörden zu besuchen, die am Freitag geschlossen gewesen waren, so unangenehm mir der Gedanke auch war, mich erneut mit der Bürokratie herumzuschlagen. Wenn ich Joseph bei seiner Mutter im Busch aufsuchen mußte, war ich durchaus dazu bereit, doch je nachdem, wo sie wohnte, könnte ich das vielleicht mit einem Besuch von Garrets oder Robert Thiakas Grund und Boden oder beiden verbinden. Deshalb mußte ich zuerst meine Hausaufgaben machen.

Es dauerte den ganzen Morgen, aber schließlich fand ich die Unterlagen über Umar Island. Garret hatte einen hohen Preis für seine winzige, nicht erschlossene Insel bezahlt. Er hatte genau auf dem Höhepunkt eines wahren Booms in der Grundstücksspekulation gekauft, und mittlerweile waren die Preise wieder heruntergegangen. Bei Robert Thiaka hatte ich weniger Glück. Die Sekretärin in seinem Institut war in eine ausgiebige Mittagspause entschwunden. Ich wartete, und – was für eine Überraschung – sie kam überhaupt nicht mehr ins Büro zurück. Niemand sonst dort schien je von Professor Thiakas kommerzieller Ranch gehört zu haben. Ich versuchte eine Weile, gegen die Gleichgültigkeit dieser Leute anzurennen, und gab schließlich angewidert auf.

So holte ich Ibrahima erst am Nachmittag ab. Wir fuhren zu Josephs Apartmenthaus, einem vierstöckigen, verputzten Gebäude, das neben dem dreißig Meter hohen Wolfsmilchbaum, der in dem winzigen verstaubten Vorgarten wuchs, klein wirkte.

Ibrahima erklärte erneut, er glaube nicht, daß wir Joseph hier finden würden. Ich hatte ihm noch nichts von meinen Plänen erzählt, Joseph bei seiner Mutter zu suchen. »Ich sag dir doch, als ich gestern seine Adresse bekommen habe, bin ich hierhergegangen, um mich zu vergewissern. Seine ganze Familie ist weg. Joseph ist nach Hause gekommen, hat seine Frau alles zusammenpacken lassen, und sie sind in einem großen Taxi weggefahren, das dem Onkel seiner Frau gehört.«

Ich steuerte auf die Haustür zu. »Wer hat dir das erzählt?«

»Der Sohn seiner Schwester wohnt auch hier, aber er weiß nichts, oder er tut zumindest so. Er hatte Angst. Es ist im dritten Stock.«

Von der hellen Nachmittagssonne draußen geblendet, gingen wir die dunkle Treppe hinauf. »Wir müssen diesen Onkel mit dem Taxi suchen und herausfinden, wo er sie hingefahren hat.« Etwas Kleines rannte über den düsteren Flur davon. Ich trat fest auf jeder Stufe auf, um anderen Lebewesen, die sie vielleicht auch benutzten, unsere Anwesenheit anzukündigen.

»Joseph hat eine zweite Frau in Ngong. Vielleicht sind sie dorthin gegangen.« Dann machte er eine Handbewegung, als ob er eine lange Geschichte verkürzen wollte. »Aber die beiden Frauen kommen nicht miteinander aus. Deshalb hält er sie in verschiedenen Städten. Vermutlich ist er in das Dorf seiner ersten Frau gegangen.« Er begann zu keuchen. »Noch eine Treppe.«

Inzwischen hatten sich meine Augen an die Dunkelheit gewöhnt, und mir wäre fast lieber gewesen, es wäre nicht so. Dieser Teil von Nairobi war noch nicht so alt. Wie konnte ein Gebäude nach nur wenigen Jahren so heruntergekommen und schmutzig sein? »Ich hoffe, der Onkel oder Cousin hat uns was zu erzählen.«

Ibrahima deutete nach links, und wir gingen einen Flur entlang. »Wenn wir herauskriegen, wo Joseph ist, fahren wir zusammen hin.«

Ich blieb vor der Tür stehen. »Nein, Ibrahima, das ist zuviel verlangt. Ich muß vielleicht zwei Tage bleiben oder sogar länger. Wenn noch andere nach Joseph suchen, könnte es gefährlich werden. Ich fahre lieber allein.«

Ibrahima sah mich kummervoll an. »Was du für dumme Sachen sagst.« Dann klopfte er laut an die dünne Holztür.

Der Cousin, ein kleiner Mann mit einer großen dreieckigen Nase, bat uns herein und beantwortete unsere Fragen mit einer wahren Flut von Worten. Ah, Joseph. Ein ehrenwerter Mann, ein großzügiger Mann, ein guter Mann. Ein fleißiger Mann. Er hatte viele Jahre für Emmet Laird gearbeitet, ebenfalls ein ehrenwerter, ein guter und großzügiger Mann. Und er konnte Ibrahima ansehen, daß er ebenfalls ein guter Mensch war. Wie viele Kinder? Joseph würde sehr traurig sein, daß er uns verpaßt hatte. Innerhalb von zwanzig Minuten erfuhren wir nichts weiter, als daß Josephs Frau Margaret hieß. Er tat so, als wüßte er den Namen des Dorfes nicht, aus dem sie stammte, eine dreiste Lüge, von der er nicht abrücken wollte. Auch als es um den Namen ihres Onkels mit dem Taxi ging, schüttelte er bedauernd den Kopf, denn er war unglücklicherweise zu dem Zeitpunkt nicht dagewesen. Er wußte nichts von diesem Onkel, hatte den Mann nie gesehen und glaubte im übrigen auch nicht, daß es sich um einen richtigen Onkel handelte, eher ein Onkel ehrenhalber, kein Verwandter.

Ich versuchte ihn auszutricksen, ich versuchte es mit Bestechung. Schließlich platzte ich damit heraus, daß Joseph eventuell der einzige sei, der die Identität eines Mörders kenne, und daß wir ihn unbedingt finden müßten. Danach knackte er nur noch ganz scheußlich mit seinen Knöcheln und wiederholte immer wieder, wie leid es ihm täte, daß er uns nicht helfen könnte, bis wir aufgaben und gingen.

»Mach dir keine Sorgen.« Ibrahima legte seine warme

Hand auf meine Schulter. »Die Nachbarn werden es uns erzählen. Wir hätten uns gar nicht mit diesem albernen Feigling abgeben sollen.«

Also klopften wir bei der Nachbarin an die Tür, doch als sie aufmachte, kam der Cousin rasch auf den Flur und sagte mit lauter Stimme, wenn eine bestimmte Person von dem bösen Zauber befreit würde, könnten wir ohne Gefahr deren Namen erwähnen. Die Tür knallte vor unserer Nase zu, und auch sonst öffnete uns niemand mehr auf dem Flur.

Wir machten uns auf den Weg die Treppe hinunter, wo es nach Feuchtigkeit und Pisse stank. Eine fast zehn Zentimeter lange Kakerlake lief an einer der Wände herunter, und ich meinte, in den Ecken noch weitere Umrisse zu sehen, die sich bewegten. Ich nahm die Stufen so schnell es in dem düsteren Licht ging.

Am Fuß der Treppe wartete eine extrem dicke Frau in einer hellblauen Bluse und einem weißen Faltenrock, die aussah wie einer Waschmittelreklame entsprungen. Sie sagte, ich solle mir Zeit lassen, sie habe keine Eile, zum dritten Stock hinaufzusteigen. Ibrahima machte einen derben Witz darüber, wie das wohl wäre, wenn sie hinaufginge, solange er noch mit seiner mächtigen Statur die Treppe einnahm. Innerhalb von fünf Minuten hatten wir erfahren, daß sie seit der Unabhängigkeit zwei Türen neben Josephs Familie wohnte, daß Margaret mit den Kindern zu ihrer Mutter gefahren war, die in der Nähe von Nyahururu lebte, während Joseph vorübergehend zu einem Onkel von Margaret gezogen war. Diesem Onkel, einem gewissen Martin Chege, gehörten einige Taxis, und Joseph habe die Absicht, für ihn zu arbeiten. Der Onkel sei gewöhnlich an einem Taxistand in der Nähe des Kilimanjaro Palace zu finden. Ich hätte vermutlich noch erfahren können, wie viele Male pro Woche Joseph und Margaret miteinander schliefen, aber wir hatten es eilig.

»Hier gibt's keinen Chege. Steigen Sie ein, steigen Sie ein. Ich fahre Sie überall hin!« Der Taxifahrer sprang aus dem Wagen und riß die Hintertür auf. Einen Augenblick fürchtete ich, er würde mich auf den Rücksitz zerren.

Ibrahima sagte: »Mein Bruder, wir wollen nicht fahren, wir suchen Martin Chege oder seinen Neffen Joseph Muranga.«

»Sie müssen das erste Taxi in der Schlange nehmen. Das ist Vorschrift.«

Aus dem zweiten Taxi stieg ein Fahrer mit knorrigen Händen. »Sie kommen mit mir! Dieser Mann, sein Taxi schafft es noch nicht mal bis zur nächsten Werkstatt. Und da muß er heute abend hin, bevor es ganz auseinanderfällt!«

»Du Lügner! Zumindest hab ich genug Benzin, um überall hinzukommen«, brüllte der erste Fahrer seinem Kollegen ins Gesicht.

Innerhalb kürzester Zeit waren wir von Taxifahrern umringt, die entweder Partei ergriffen oder Frieden zwischen den beiden Männern zu stiften versuchten.

Dabei hatten wir uns doch ganz unauffällig verhalten wollen. Ich gab Ibrahima ein Zeichen, und wir kämpften uns durch an den Rand des Geschehens, wo wir einen alten Mann mit wachen Augen fragten, ob er Joseph oder seinen Onkel kennen würde. Wir hatten Glück. Er sagte, Chege sei gerade mit einem Fahrgast weggefahren, und bot uns an, kostenlos in seinem Taxi zu warten.

Ich schwitzte auf dem zerfetzten Plastiksitz im Taxi des alten Mannes, und jedesmal, wenn ein Taxi kam, richtete ich mich auf und sank dann enttäuscht wieder zurück. Ich zwang mich, mir keine Sorgen wegen der Zeit zu machen, sondern mich einfach auf die vorliegende Aufgabe zu konzentrieren. Wir würden Joseph bald finden, und dann würden wir erfahren, ob und warum Garret ihn gefeuert hatte und warum er aus seiner Wohnung ausgezogen war. Er mußte etwas Wichtiges wissen. War es etwas, das er im Haus gefunden hatte? Etwas, das Emmet ihm erzählt oder das er zufällig mitgehört hatte? Würde er offen mit mir reden, oder hätte er zuviel Angst?

Drei- oder viermal ließ der alte Mann den Motor an, und wir rückten ein Stück in der Schlange vor, doch jetzt am späten Nachmittag war das Geschäft ziemlich flau. Josephs Onkel müßte eigentlich längst von seiner Tour zurück sein.

Als ich den alten Taxifahrer fragte, warum Chege nicht zurückkam, zuckte er mit den Schultern und sagte, er würde schon kommen, wenn nicht jetzt, dann später; wenn nicht später, dann morgen; keine Sorge, wir könnten gerne in seinem Taxi sitzenbleiben. Er räusperte sich und spuckte aus dem Fenster, dann begann er wieder, mit Ibrahima das letzte Fußballspiel auseinanderzunehmen. Sie waren beide Fans der Leopards und gleichermaßen unglücklich über den neuen Torwart.

Lenkte der alte Mann uns nur ab, während jemand anders dem Onkel einen Tip gab? Ich schüttelte diese Wahnvorstellung als unsinnig ab. Seine lockere Haltung hinsichtlich der Zeit war nichts Ungewöhnliches, auch nicht die Freundlichkeit, daß er uns Zuflucht in seinem Taxi gewährte.

Obwohl ich gelernt hatte, geduldig zu sein, seit ich in Kenia lebte, schien dies nicht der richtige Zeitpunkt, es auch zu praktizieren. Ich stellte mich zu einigen Fahrern am Ende der Schlange, die ausgestiegen waren, um eine Zigarette zu rauchen und sich zu unterhalten. Ein Typ mit langem Kinn und einem herunterhängenden Auge meinte, er würde Josephs Onkel gut kennen und daß Joseph heute morgen angefangen hätte, für ihn zu arbeiten.

»Joseph Muranga? Von diesem Taxistand aus?«

»Warum suchen Sie nach ihm? Er ist alt und fett. Vielleicht kann ich Ihnen helfen.« Er zog mit einem obszönen Grinsen seine Hose hoch, worauf die anderen Männer zu lachen anfingen.

Ich tat so, als ob ich nichts merkte, nahm ihn beiseite und drückte ihm eine Hundertshillingnote in die Hand. »Ich muß Joseph Muranga sofort finden. Wenn Sie mich zu ihm bringen können, werde ich das verdoppeln. Und er bekommt das gleiche. Er wird Ihnen dankbar sein.«

Wenige Minuten später wurden Ibrahima und ich auf dem weich gefederten Rücksitz von Schiefauges Taxi hin und her geschaukelt. Wir fuhren zur Haltestelle der Überlandbusse und -taxis.

»Warum hat der alte Mann gesagt, wir sollten in seinem Taxi warten? Wußte er überhaupt, wen wir suchen?« brüllte ich Ibrahima durch das komplizierte Getrommel und die heißen E-Gitarrenklänge der Jujumusik zu, die aus dem Autoradio dröhnte.

»Er wollte nur nett sein. Er hat gemerkt, daß du Joseph unbedingt finden wolltest, und wollte nicht, daß du enttäuscht wärst, weil niemand ihn kannte.« Ibrahima hielt sich an einem zerfledderten Gurt über dem Fenster fest und wurde durch das Geholpere des Taxis immer wieder gegen mich gedrückt. »Sieh doch mal, wenn er uns nicht hätte warten lassen, wäre dieser Fahrer hier nicht gekommen. Wir hätten nie herausgefunden, wo Joseph Taxi fährt.«

Wir fuhren auf einen chaotischen Platz, auf dem es von Bussen, Matutus, Taxis, Reisenden, Bettlern und Straßenhändlern nur so wimmelte. Unser Fahrer gab Gas und kreuzte den fließenden Verkehr und zwei Reihen parkender Peugeot-Kombiwagen, sogenannte Buschtaxis, die auf Fahrgäste warteten, die das gleiche Ziel hatten oder zumindest in die gleiche Richtung wollten. Er drosselte das Tempo so weit, daß er den Kopf aus dem Fenster stecken und einer dicken Frau, die gekochte Maiskolben verkaufte, eine Frage zubrüllen konnte, dann raste er weiter. Wir kamen zu einem Abschnitt, wo Taxis standen, die Fahrgäste mit Bergen von billigem Gepäck, Kisten, an den Füßen festgebundenen Hühnern und manchmal sogar einer völlig verstörten Ziege ein- und ausluden.

»Wartet hier«, wies uns der Fahrer an und sprang aus dem Auto. Ich beobachtete, wie er an den Fahrzeugen entlangging und mit den Fahrern redete, bis mir die Sicht genommen wurde, zunächst von einer geistesgestörten Frau in einem zerrissenen Umhang, deren Haare aus verfilzten, schmutzigen Strähnen bestanden, dann von einem Straßenhändler, der an das Fenster kam und einzelne Zigaretten aus einer offenen Packung anbot, gefolgt von einem Jungen, der in Zeitungspapier eingepackte Erdnüsse verkaufte, und schließlich einer Frau, die mir einige Silberarmbänder und Perlenketten verlockend vors Gesicht hielt.

Ibrahima langte herüber, schloß mein Fenster bis auf

einen Spalt und sagte, ich sollte mich zurücklehnen und mich nicht länger verrückt machen. Schiefauge kam grinsend zurück, ließ wortlos den Motor an und fuhr mit hoher Geschwindigkeit rückwärts. Dabei hätte er fast ein paar Frauen überfahren, die auf dem Boden ausgebreitete gebrauchte Kleider verkauften.

»Was haben Sie rausgekriegt?« fragte ich ihn.

»Joseph war hier, aber er hat Hunger bekommen. Zum Glück haben Sie den richtigen Mann um Hilfe gebeten. Ich kenne sein Lieblingsrestaurant.«

Am Taxistand gab es reichlich Buden, die Essen, Bier und Softdrinks verkauften, und ich fragte mich, ob Joseph tatsächlich weiter weggefahren war, um etwas zu essen, oder ob Schiefauge bloß nett sein wollte wie der alte Mann oder noch schlimmer, ob er mit uns eine lange sinnlose Suche veranstaltete, um mir hinterher mehr Geld abknöpfen zu können. Ich wünschte, Ibrahima oder ich wären mit ihm gegangen, als er die Leute befragt hatte, aber dafür war es jetzt zu spät.

»Wo ist das?« fragte ich den Fahrer schroff, doch da hielt er bereits vor einem Block einstöckiger Läden und Restaurants. Diesmal sprang ich gleich hinter ihm aus dem Wagen, und wir betraten zusammen den winzigsten Kabuff von allen, der sich Mama Magdelena Adoyos nannte. Drinnen standen sechs Tische mit Plastikdekken, an denen jeweils ein einzelner Mann saß, der schweigend und ernst eine große Portion *Githeri* aß, einen Brei aus Bohnen und Mais. Sie waren alle in mittlerem Alter, unauffällige Arbeiter in Baumwollhemden und dunklen Hosen. Das Lokal war peinlich sauber und wurde von einer blendenden nackten Glühbirne hell erleuchtet.

Offensichtlich kannte der Taxifahrer zwei von den Männern, die ihn laut willkommen hießen. Wir schüttelten uns alle die Hände, und Schiefauge rasselte das volle Begrüßungsritual herunter, fragte nach Gesundheit und Familie und sprach alle möglichen Segenswünsche aus. Gleichzeitig wehrte er ihre Bemühungen ab, uns zum Dableiben zu bewegen.

»Joseph ist nicht hier?« fragte er und sah sich nach allen Seiten um, als könnte Joseph zwischen den dampfenden Schüsseln und Brotlaiben, die man an die Wände gemalt hatte, hervorspringen.

»Er hat gegessen und ist gegangen.« Der Mann machte eine obszöne Geste und lachte schallend los. »Er wollte noch was zum Nachtisch.«

»Wo geht er hin?« fragte ich. »Hat er eine spezielle Freundin? Ist er irgendwo Stammkunde?«

Die beiden Männer sahen sich zögernd an. »Er ist zu geizig, um eine spezielle Freundin zu haben«, erklärte mir der eine. »Er geht nach Majengo.«

Ich fluchte innerlich. Majengo ist der älteste und berüchtigtste Slum von Nairobi. Eine Viertelmillion Menschen sind dort in ein Labyrinth von Wellblechhütten und düsteren Gassen zusammengepfercht, das gleichermaßen berühmt ist für die große Anzahl von Schlägertypen wie für die Aggressivität seiner Huren. Es war so ziemlich der letzte Ort, an dem ich den würdevollen Joseph in seiner Freizeit erwartet hätte, aber offenbar hatte ich bisher nur eine Seite von ihm kennengelernt.

Wir würden Joseph in Majengo niemals finden. Wir könnten froh sein, wenn wir lebend dort rauskämen.

Ich wandte mich an Schiefauge: »Das war's dann wohl. Fahren wir.«

»Zurück zum Taxistand? Oder zum Kilimanjaro Palace?«

»Wir fahren nach Majengo.«

20

Stellen Sie sich eine durchschnittliche amerikanische Familie in einem Häuschen in der Vorstadt vor. Nun nehmen Sie das Haus weg und packen alle in die Garage. Nehmen Sie das Auto weg, die Fahrräder, den Rasenmäher – eigentlich alles. Errichten Sie ein paar dünne Wände und stellen Betten und Kochtöpfe hinein. Behalten Sie den Holzkohlengrill, denn von jetzt an werden Sie nur noch mit Holz, Holzkohle oder Mist kochen. Nehmen Sie die Haustiere weg. Geben Sie statt dessen Dutzende Kakerlaken dazu, so lang wie ein Finger. Werfen Sie alle Klamotten weg bis auf zwei Hosen und zwei Kleider für die Erwachsenen und ein zerlumptes Kleidungsstück für jedes Kind. Vervierfachen Sie die Anzahl der Kinder. Wenn sich die Mutter zwischen der ersten Menstruation und den Wechseljahren befindet, ist sie entweder schwanger oder stillt. Nun nehmen Sie das Dach weg und ersetzen es durch rostiges Blech, das das Haus bei heißem Wetter in ein Inferno verwandelt. Nehmen Sie die Garagenwände weg. Ersetzen Sie sie durch platt gemachte Ölkanister, ein paar Reste benutztes Bauholz und einige irgendwo ergatterte Betonplatten. Nehmen Sie den Fußboden heraus – und ersetzen ihn durch gar nichts. Stellen Sie ein Reisigbündel hin, um den nackten Boden zu fegen. Reißen Sie Elektrizität und Installationen heraus. Als Waschbecken dient ein öffentlicher Hahn, den Hunderte von Menschen mitbenutzen. Die Toilette ist der unbefestigte Weg hinter der Schlafzimmerwand. Geben Sie den Gestank dazu. Und jetzt nehmen Sie noch allen die Jobs.

Willkommen in Majengo.

Keine der Hauptstraßen führt nach Majengo. Kein Tourist kriegt es je zu sehen. Ich lebte schon seit über zwei Jahren in Nairobi und hatte zwar davon gehört, hätte es aber nie allein gefunden. Schiefauge hielt es für den Witz der Woche, daß er mich dort hinfahren sollte. Er drehte sich immer wieder um und fragte: »Wo wollen Sie hin?« und brach dann jedesmal in schallendes Gelächter aus, wenn ich den Namen wiederholte. Das war mir egal, solange er uns dort hinbrachte.

Wir fuhren die Straße weiter, bis sie zu schmal für Autos wurde, und dort stießen wir auf das erste hoffnungsvolle Zeichen, ein Taxi, das vor einem kleinen Kramladen parkte. Es war eher ein schrankgroßer Schuppen, der mit staubiger Ware vollgestopft war, die Art von Geschäft, wo man Tomatenmark löffelweise aus einer offenen Dose kaufen kann. Einige Männer, die nichts Besseres zu tun hatten, saßen auf der nackten Erde vor der Tür.

Ich beugte mich über Schiefauges Schulter. »Könnte das Josephs Taxi sein?«

Er machte einen heftigeren Schlenker als meiner Ansicht nach notwendig und hielt hinter dem Taxi. »Ganz genau. Das gehört Joseph. Ich bin mir sicher.«

»Woran können Sie das erkennen?« fragte ich, weil ich keine gutmütigen Lügen mehr wollte, und auch keine eigennützigen.

»Kein Auto ist wie das andere«, sagte er. Er klang beleidigt, als hätte ich ihn gefragt, ob er Joseph überhaupt erkennen würde.

Bei näherer Betrachtung merkte man, daß der zerbeulte Peugeot vor uns tatsächlich nicht so leicht mit einem anderen Auto zu verwechseln war. Jemand hatte ihn durch hauchfeine Gardinen mit rosa Troddeln am Rückfenster und einer gelben Kunstpelzabdeckung auf dem Armaturenbrett gemütlich gemacht, außerdem hingen zwei überdimensionale Würfel an einem Stumpf, wo eigentlich der Rückspiegel hätte sein sollen. Irgendwie sah das nicht nach Joseph aus. Hatte Garret ihn ohne Referenzen rausgeschmissen? Oder hatte er sich entschlossen, für den Onkel seiner Frau zu arbeiten, weil ihn in dieser Welt kein Weißer finden würde? Mein Puls beschleunigte sich. Joseph mußte etwas wissen.

Ein dünner Junge mit zerlumptem T-Shirt kam mit einem fröhlichen Grinsen an mein Fenster gelaufen. »Soll ich auf Ihr Auto aufpassen?« Drei weitere Jungen tauchten neben ihm auf, starrten mich an und schubsten sich gegenseitig. Die etwas älteren Leute auf ihrem Beobachtungsposten vor dem Laden hörten auf zu reden und sahen herüber.

Wir stiegen aus, und Ibrahima gab dem Jungen eine Münze. »Paßt du auch auf das Auto da auf?« Er deutete mit dem Kinn auf Josephs Taxi.

Der Junge verknotete die Münze in einem Zipfel seines ausgeleierten T-Shirts. »Aboge paßt darauf auf.« Er zog einen seiner Begleiter an der Schulter, einen schlanken Jungen mit dem eleganten Profil der Nofretete.

»Wir wollen wissen, wohin dieser Mann, der Mann

von dem Taxi, gegangen ist«, sagte ich zu ihnen. »Könnt ihr uns dort hinbringen?«

Aus der Menge drängender und starrender Kinder, die inzwischen auf über ein Dutzend angewachsen war, kamen zustimmende Rufe und Angebote, uns zu begleiten. Ich sah immer noch mehr Kinder in unsere Richtung laufen. Das Ganze nahm die Ausmaße eines freundlichen Tumults an.

Ein Teenager in einem Polyesterhemd löste sich aus der Gruppe der erwachsenen Gaffer und bot an, uns zu Joseph zu führen. Die Kinder wußten, daß sie gegen ihn nicht ankamen, das setzte ihrer Aufregung einen Dämpfer auf.

Wir schüttelten uns die Hände und stellten uns vor. »Wie sieht er aus?« fragte ich, um auf Nummer Sicher zu gehen.

»Dick, mit grauen Haaren und ungefähr so groß«, sagte der junge Mann, der Nelson hieß. Er hob die Hand und zeigte eine Größe von 1,60 Metern an.

Das hörte sich nach Joseph an. Wir kamen der Sache näher!

»Ich kenn den Mann ziemlich gut«, fuhr Nelson fort. »Er kommt oft hierher und geht immer denselben Weg.« Er deutete auf eine Gasse gegenüber von dem kleinen Lädchen.

Alle Kinder kicherten. Einige ließen ihre Hüften kreisen und riefen: »Komm mit!« – »Wir treffen uns im Kasino!« Zwei von ihnen taten so, als ob sie es miteinander trieben. Offensichtlich wußten alle ganz genau, warum Joseph nach Majengo kam.

Unser Taxifahrer, der weder sein Versprechen noch sein Trinkgeld vergessen hatte, wollte uns nicht diesen

Führern aus dem Viertel überlassen. Den Jungen, mit dem wir zuerst gesprochen hatten, ignorierte er, wandte sich statt dessen an einen ganz angenehm aussehenden älteren Mann, dem ein Prügel an einem Riemen vom Handgelenk baumelte, und beauftragte ihn, auf sein Taxi aufzupassen. Dann lief er los, um sich an die Spitze unserer Meute zu setzen.

Wir bildeten einen netten kleinen Zug. Nelson, unser halbwüchsiger Führer, Schiefauge, Ibrahima und ich, dazu etwa zwanzig kichernde und schreiende Kinder.

»Was brüllen die da ständig?« fragte ich Ibrahima. »Hier gibt's doch gar kein Kasino, oder?«

»So nennen sie die Klinik für Geschlechtskrankheiten.« Er schnaufte, um mit dem enthusiastischen Tempo unseres Führers Schritt zu halten. »Diese Huren in Majengo sind einfach zu schmutzig. Joseph ist ein dummer Geizhals. Für fünfzig Cents kauft er sich hier eine Dosis Slim's.« Slim's ist die volkstümliche Bezeichnung für Aids. »Ja, ja. Wenn einem Mann der Schwanz juckt, verabschiedet sich sein Verstand.«

Wir gingen etwa dreißig Meter geradeaus, dann versperrte eine Blechwand die Gasse. Durch einen Spalt konnte ich eine Frau sehen, die in einer Wanne ein kleines Kind wusch, während mehrere junge Männer auf dem Boden auf einer Strohmatte saßen und Karten spielten. Wir bogen rechts ab in einen noch schmaleren Weg. In der ersten Tür stand eine Frau in einer zerrissenen Nylonbluse, hob ihre Brüste an und machte dabei eine einladende Bemerkung zu Ibrahima. Als er sie ignorierte, zerrte sie so heftig an seinem Arm, daß er fast in ihrer Hütte gelandet wäre, bevor er die Hacken in den Boden stemmen und sich befreien konnte. Das löste wahnsinniges Gelächter bei den Kindern aus, anzügliche Bemerkungen wurden gebrüllt und Pantomimen vorgeführt, die den korpulenten Ibrahima beim Geschlechtsverkehr darstellten.

Nelson, unser halbwüchsiger Führer, forderte die Kinder auf zu verschwinden. Sie blieben einen Meter hinter uns zurück. Dann hob er eine Handvoll Steine auf, schleuderte sie mit Schwung den Kindern vor die Füße in den Dreck, allerdings nur um zu zeigen, daß er es ernst meinte, nicht um ihnen weh zu tun. Zu meinem Erstaunen funktionierte es. Die ganze Horde zerstreute sich in Seitengassen, um sich dann neu zu gruppieren und uns fast lautlos im Abstand von gut fünf Metern zu folgen. Unterdessen fragte Nelson eine andere Hure, eine mollige Frau, zu deren Füßen ein fünfjähriges Kind spielte, ob sie Joseph gesehen hätte. Sie schickte ihn ein Stück weiter die Gasse entlang.

Ein stämmiger Typ mit zermatschter Nase und den Augen eines Säufers kam aus einer dunklen Ecke zwischen zwei Häusern und rempelte mich absichtlich an. Er roch nach totem Fisch und billigem Wein. Ibrahima zog mich weg und sagte dem Kerl, er solle aufpassen, wo er hinlaufe. Der Betrunkene murmelte etwas, eine Drohung oder einen Fluch, ließ uns aber vorbei.

Wir bogen um eine weitere Ecke. Ich versuchte, mir zu merken, wie wir gekommen waren, für den Fall, daß Nelson sich aus irgendeinem Grund in Luft auflöste, aber ich war nicht sicher, ob ich mir das ganze Zickzack hatte merken können. Vor uns dröhnte zairische Musik aus einem Radio, und eine Gruppe jugendlicher Rowdys beobachtete, wie wir näher kamen. Einer von ihnen hatte eine Machete mit gebrochenem Griff und glänzender

Klinge im Gürtel stecken. Ich glaubte kaum, daß er damit gerade Unterholz geschlagen hatte. Hier gab es meilenweit kein bißchen Grün. Direkt neben ihnen befand sich eine offene Abwassergrube, aber sie mußten gegen den ekelerregenden Gestank abgehärtet sein. Ich bemühte mich, nicht zu würgen oder das Gesicht zu verziehen, aus Angst, sie könnten das persönlich nehmen.

Wir gingen weiter. Der Tag neigte sich langsam dem Ende zu, und in den engen Gassen wurde es dämmerig. Ich hakte mich bei Ibrahima ein. Ich wollte irgendwas erzählen und herumscherzen wie immer, aber mir fiel kein normales Gespräch ein. Ich war total angespannt, hielt nach Joseph Ausschau und achtete gleichzeitig darauf, ob es keinen Ärger gab. War ich dabei, Ibrahima in einen Hinterhalt zu führen, wo man uns überfallen und umbringen würde? Noch nie hatte ich Ibrahima so still erlebt. Ich wünschte, die Kinder würden sich wieder an unsere Fersen heften, als ob sie uns Schutz bieten könnten. Wie tief würden wir in dieses finstere, geballte Elend eindringen müssen?

»Ich hoffe, wir sind hier raus, bevor es dunkel wird«, sagte Ibrahima. »Die Nutten machen nur tagsüber Geschäfte in Majengo. Nachts trauen sich die Kunden nicht hierher.«

Der Geruch von offenen Feuern zum Kochen legte sich über den üblen Gestank von Müll und menschlichem Schmutz. Ich fragte Nelson, ob es noch sehr weit sei. Nur noch ein kurzes Stück, versicherte er mir. Zweimal um die Ecke. Mittlerweile hatte ich völlig die Orientierung verloren, und es wurde merklich dunkler. Ich hoffte, wir hatten Joseph nicht bereits verpaßt – *falls* unser Führer uns tatsächlich zu ihm bringen würde.

Nelson wandte sich an ein paar Kinder, die im Dreck spielten. Sie zeigten nach nebenan auf eine Hütte aus Lehmwänden. Er steckte den Kopf in den offenen Eingang und wurde mit einer Woge von Beschimpfungen begrüßt. Dann wandte er sich mit einem triumphierenden Grinsen an uns. »Es ist der Mann, den ihr sucht. Er ist gleich fertig.«

In dem Augenblick erschienen auf beiden Seiten von uns die jugendlichen Rowdys, die eben Radio gehört hatten. Mehrere von ihnen hatten jetzt Macheten, die sie mit kräftigen Fäusten hochhielten.

Nelson hob beschwichtigend die Hände. »Halt, meine Brüder. Keinen Ärger. Diese Leute sind wegen einer privaten Sache hier.«

Ein besonders kräftiges Mitglied der Gang fuchtelte mit seiner Machete vor uns herum und forderte uns auf, unsere Taschen zu leeren. Ich hoffte bloß, daß sie nicht getrunken hatten. Ganz in der Nähe zündete jemand eine Kerosinlampe an, und das sanfte Licht schimmerte auf den scharf geschliffenen Macheten. Mit pochendem Herzen zog ich ein Bündel Geldscheine aus meiner Jeans. Laß sie das Geld nehmen und verschwinden, betete ich, bevor Joseph fertig ist. Ich darf ihn jetzt einfach nicht verlieren.

Ein Typ mit einem Wieselgesicht pflanzte sich vor mir auf. Ich gab ihm mein ganzes Bargeld, und er stopfte es sich in die Tasche. »Ihre Uhr auch.«

Ein anderer hatte sich Ibrahima vorgeknöpft, der wegen seiner Uhr zu streiten anfing.

»Gib sie ihm«, sagte ich.

Zufällig wußte ich, daß Ibrahima ein Amulett gegen Diebe trug, und fragte mich, ob er für diesen Vorfall eine vernünftige Erklärung finden würde. Widerwillig fummelte er an seinem Uhrarmband herum, worauf ihn der junge Rowdy mit dem Griff seiner Machete seitlich gegen den Kopf schlug. Ibrahima taumelte und hielt sich eine Hand an die Schläfe. Der junge Kerl hob seine Machete, als ob er zuschlagen wollte. Ich nahm mir rasch eine Handvoll Dreck und warf sie ihm in die Augen.

Fluchend torkelte er zurück. Ich langte nach seinem Arm mit der verrückten Idee, die Machete aus dem Weg zu räumen oder ihn zumindest festzuhalten. Ich stieß gegen etwas, das sich wie eine Wand anfühlte, in Wirklichkeit aber nur der Brustkorb eines riesigen Mannes war. Er drückte mich an sich und lachte. Ich erstarrte, während ich mir vorstellte, wie die Machete gegen meinen Rücken schlug, aber es passierte nichts.

»Ihr seid verrückt, eine Europäerin umzubringen«, brüllte Schiefauge.

»Wir bringen keinen um«, rief der Riese, der mich festhielt. »Packt das Geld und die Uhren ein.« Ich spürte eine enorme Erektion durch seine Hose. Er rieb sich an mir und lachte wieder. »Du wolltest dich hier amüsieren?«

»Wenn du mir was tust, wird dich die Polizei bei lebendigem Leibe auffressen«, sagte ich zu ihm. »Im Gefängnis wird dir dein Pimmel abfallen, und dann weint deine Freundin.«

Zum Glück kam Schiefauge und zog mich an den Schultern, als ob er mich von dem Brustkorb des Riesen abschälen wollte. »Mach keinen Scheiß mit ihr, Bruder. Sie hat gute Beziehungen zu Wabenzis. Wir wollen keinen Ärger. Wir haben euch alles gegeben, was wir haben, zeig dich als wahrer Freund und bringt uns hier raus, als unsere Beschützer. Sieh's mal so, wir haben euch engagiert, damit ihr uns helft, kapiert.«

Der Riese ließ zu, daß Schiefauge mich von ihm wegzog. Ibrahima blutete, aber nicht allzu schlimm. Alle waren vom Vorschlag des Taxifahrers begeistert.

Nur ich nicht. »Wir können nicht ohne Joseph Muranga gehen.«

»Wer ist dieser Mann?« fragte der Riese.

Ich sah mich um, aber Nelson, unser Führer, war verschwunden. »Er ist da drin.« Ich zeigte auf die Lehmhütte.

Der Riese zeigte auf einen seiner Männer. »Hol ihn.«

Der Mann tauchte in den dunklen Innenraum und kam sofort wieder aus. »Er ist durch den Hintereingang verschwunden.«

Ich fluchte lauthals. Wir mußten vor Joseph an dessen Taxi sein. Ich wandte mich an den Riesen. »Ihr müßt uns ganz schnell zu seinem Taxi bringen, bevor er dort ankommt. Vergeßt nicht, wir haben euch bezahlt, damit ihr uns helft.«

Der Riese grinste. Er fand die Sache spaßig. Dann wandte er sich an seine Gefährten. »Ich bring sie zurück. Ihr geht da lang« – er zeigte nach links und rechts – »und versucht diesen Joseph zu erwischen.«

»Dick, grauhaarig und so groß.« Ich zeigte seine Körperlänge mit der Hand an.

Der Riese stieß einen Schrei aus und hob die Machete. Wir rannten los.

21

Das Taxi fuhr genau in dem Moment los, als die Räuberbande auf die einzige Straße in Majengo stürmte. Ohne zu zögern, sprangen mehrere von ihnen auf das fahrende Auto. Doch trotz der Mauer menschlicher Körper vor seiner Windschutzscheibe fuhr Joseph weiter. Da sprang der Riese auf den Kofferraum und zerschmetterte mit einem einzigen Schlag seiner Machete die Heckscheibe. Das Taxi hielt mit kreischenden Bremsen an.

Ich kam gerade in dem Augenblick angerannt, als der Riese die Wagentür öffnete und Joseph herauszerrte. »*Asante*«, keuchte ich. »Danke, daß ihr das Taxi festgehalten habt. Den Fahrer könnt ihr in Ruhe lassen.«

Der Riese lachte und ließ Joseph los, der wieder hinter das Lenkrad rutschte und es mit zitternden Händen umklammerte. Ich nahm auf der vorderen Sitzbank Platz und bat Ibrahima, sich neben mich zu setzen. An seiner Schläfe war eine böse Schramme, wo der Dieb ihn getroffen hatte.

Der Riese machte Josephs Tür zu und wünschte uns gute Fahrt. Schiefauge kam um das Auto herum und hängte sich ans Beifahrerfenster. »Was ist mit meiner Belohnung?«

»Fahr hinter uns her. Ich werd dich bezahlen, keine Sorge. Du warst heute ein Held.« Er ließ los und rannte zu seinem Taxi.

»Gott sei Dank. Was machen Sie hier?« Joseph gab Gas.

»Wieso fahren Sie Taxi?« Es schien mir am klügsten, schweigend darüber hinwegzugehen, daß ich ihm die

Räuber auf den Hals gehetzt hatte. Schiefauge wendete in drei Zügen und fuhr dann hinter uns her.

»Sie sind gerade noch rechtzeitig aufgetaucht.« Joseph ignorierte meine Frage ebenfalls. »Diese Schurken wollten mich ausrauben. Sehen Sie, Sie haben mir mein Fenster zerbrochen.«

»Alles in Ordnung?« flüsterte ich Ibrahima zu. »Brauchst du einen Arzt?«

Er berührte vorsichtig seine Wunde. »Deswegen? Es hat schon aufgehört zu bluten. Ich werde es nachher auswaschen.«

Ich wandte mich an Joseph. »Können Sie mich zu meiner Wohnung fahren?« Ich gab ihm die Adresse. »Ich muß etwas Geld holen, und dann bringen wir gemeinsam Ibrahima nach Hause.«

Ich lief nach oben und holte Geld, um Schiefauge zu bezahlen, während Ibrahima rasch seine Wunde im Badezimmer auswusch. Sein blutiges Hemd sah schlimmer aus als sein Kopf. Ibrahima war damit einverstanden, Joseph zu einer stärkenden Tasse Tee bei sich einzuladen. Dann könnten wir ihn in einer angenehmen Umgebung ausfragen.

Beim Einbiegen in Ibrahimas Straße schnitt Joseph ungeniert einen ziemlich lädierten Lieferwagen. »Zum Glück bin ich immer noch ein guter Fahrer, und mein Onkel wollte schon seit langem, daß ich für ihn fahre.«

Er nahm Ibrahimas Einladung an, das Taxi hier zu parken und mit reinzukommen. Ibrahima führte uns auf den Hof eines blauverputzten Hauses, das mit etlichen Anbauten versehen war, dann durch eine niedrige Mauer, die eine Art Veranda vor der Wohnung seiner ersten Frau bildete. Dort deutete er auf eine zusammengewürfelte Sammlung von wackligen Holzstühlen, Hokkern und Rattanmöbeln. Es war kaum Platz zum Sitzen da. Ibrahima schaltete eine Glühbirne an, die die Veranda mit seltsamen Schatten füllte. Dann verschwand er einen Augenblick nach drinnen. Joseph und ich ließen uns in dem Durcheinander von Töpfen und Pfannen neben einem tropfenden Wasserhahn nieder, einem Holzkohlengrill, der noch warm vom Mittagessen war, und Bergen von sonstigen Haushaltsgegenständen, die vor langer Zeit hier gelandet und dann liegengeblieben waren.

Ibrahima teilte das Haus mit seinen beiden Frauen und elf Kindern, mehreren Brüdern und deren Familien, seiner verwitweten Mutter und einer wechselnden Schar entfernter Verwandter, die auf Besuch nach Nairobi gekommen waren, was mehrere Tage bis zu mehreren Jahrzehnten dauern konnte. Ohne Übertreibung. Da außerdem ständig Nachbarn und Freunde ein und aus gingen, wußte ich immer noch nicht, wer nun in diesem Haus wohnte und wer nicht, obwohl ich schon häufig dort gegessen hatte. Vielleicht wußte Ibrahima es manchmal selbst nicht so genau.

Joseph und ich berichteten uns gegenseitig von unseren heutigen Abenteuern in Majengo. Ich bearbeitete meine Version ein wenig, aber das tat er schließlich auch. So gab er vor, er sei dort gewesen,um Spielschulden zu bezahlen.

»Sind Sie Missionarin?« fragte Joseph.

»Sie wundern sich wohl, was ich dort gemacht habe. Ich hab nach Ihnen gesucht.«

»Nach mir?« Joseph war völlig verblüfft.

»Es hat mir so leid getan, als ich hörte, man hätte Sie

gefeuert. Ich hab mir Sorgen um Sie gemacht. Wie konnte Garret nur so etwas tun?«

Es war, als ob ein Vorhang vor Josephs rundem, offenem Gesicht heruntterginge. »Ach, Miss«, seufzte er kopfschüttelnd. »Die jungen Leute sind undankbar.«

»Hat er Ihnen einen Grund genannt?« fragte ich und versuchte, den Triumph zu verbergen, den ich innerlich empfand.

Meine Taktik mit der Annahme, daß er gefeuert worden sei, hatte funktioniert, doch sobald ich die nächsten Worte ausgesprochen hatte, merkte ich, daß ich einen grundlegenden und verhängnisvollen Fehler gemacht hatte. Ich hatte eine Frage gestellt, die zu einem *Nein* als Antwort einlud, etwas, das ein erfahrener Interviewer zu vermeiden wußte. Und noch viel schlimmer, ich hatte ihm eine perfekte Entschuldigung geliefert, meinen Fragen auszuweichen. Und das tat er. Er hätte keine Ahnung, warum Garret ihn entlassen hatte, nicht die geringste. Warum er mit seiner Familie aus der Wohnung ausgezogen war, ohne zu hinterlassen, wo er hinging, erklärte er damit, daß seine Frau beschlossen hätte, Verwandte auf dem Land zu besuchen, und sein Onkel hätte ihn freundlicherweise eingeladen, bei ihm zu wohnen, damit er nicht eine ganze Woche im Restaurant essen müsse. Alles klar und stichhaltig, alles verständlich. Er wirkte so aufrichtig, daß ich mich einen Moment lang fragte, ob ich meine Phantasie mit mir hatte durchgehen lassen. Dann fiel mir der mit den Knöcheln knackende Cousin in seiner Wohnung ein, der so getan hatte, als ob er nichts wüßte. Joseph versteckte sich eindeutig, aber wie konnte ich ihn dazu bringen, daß er Vertrauen zu mir hatte?

Ibrahima kam mit den Teeutensilien zurück. Er hatte sich ein sauberes T-Shirt angezogen, auf dem KÖCHE SIND SAFTIGER in großen Buchstaben über seinem dikken Bauch stand. Er legte noch etwas Holzkohle auf den Grill, blies, bis die Kohlen Feuer fingen, und füllte an dem tropfenden Hahn einen verbeulten Blechkessel. Ein kleines Mädchen – ein Kind oder ein Enkelkind? – guckte schüchtern aus der Tür zu uns herüber. Dann kam es und lehnte sich an Ibrahimas Oberschenkel. Als Ibrahima mit den Vorbereitungen fertig war, legte er seine große Hand dem Kind auf den Kopf, und es starrte uns zwischen seinen Fingern hindurch an.

»Joseph weiß nicht, warum Garret ihn entlassen hat«, sagte ich zu Ibrahima. Dann wandte ich mich wieder an Joseph. »Wissen Sie, ich bin sicher, daß es etwas mit dem Mord an Emmet zu tun hat. Und das könnte bedeuten, daß Sie in Gefahr sind.«

Joseph legte eine Hand auf seine Brust, und ich konnte die Umrisse eines Glücksbringers erkennen, der an einem Lederriemen unter seinem Hemd hing. Er lachte wenig überzeugend.

Ibrahima hob das kleine Mädchen hoch, setzte es auf seinen Schoß und klatschte mit seinen Füßen, bis es kicherte. »Mein Bruder, bei uns bist du sicher. Hast du nicht gesehen, wie Jazz mit diesem Schurken fertig geworden ist, der dein Fenster zerbrochen hat und dir jeden Penny geraubt hätte? Sie besitzt eine starke Magie, deshalb behandeln Fremde sie wie ein Mitglied der eigenen Familie. Du kannst ihr vertrauen wie deiner Mutter.«

Stimmen, die lachten, stritten und plauderten, plätscherten in den Hof und vermischten sich mit den Schatten. Ich senkte meine Stimme. »Sie haben doch gesehen, daß wir Sie gefunden haben. Es ist nicht so einfach, sich zu verstecken.«

Joseph sagte nichts. Ibrahimas Hände hielten inne, und die Beine des kleinen Mädchens hingen gerade herunter. Jetzt klatschte es selbst mit den Füßen, damit Ibrahima weiter mit ihm spielte, aber er hob das Kind vom Schoß, und es trottete wieder nach drinnen. Dann sagte er zu Joseph: »Du wirst dich ständig umdrehen. Es ist besser, wenn du eine Weiße auf deiner Seite hast. Hilf Jazz, die Gefahr aufzuspüren, und sie wird sie vernichten.«

Joseph blickte lange auf seine Hände. Aus Sekunden wurde eine Minute, zwei Minuten. Er würde nicht reden. Ibrahima und ich sahen uns frustriert an. Das Wasser fing an zu kochen. Ibrahima warf einige Teeblätter in den Topf und fügte zahlreiche Zuckerklumpen hinzu.

Ich beugte mich zu Joseph rüber. »Sie haben Mr. Laird getötet. Warum sollten sie Sie leben lassen?«

Ein weiteres langes Schweigen. »Was ich Ihnen erzähle, darf nicht weitergesagt werden.« Er sah demonstrativ zu der Tür, die ins Haus führte.

Ibrahima rief eine abgehackte Phrase, worauf Mary, seine erste Frau, in der Öffnung erschien. Da sie nie zur Schule gegangen war und ihr Englisch genauso beschränkt wie mein Kikuyu war, kannte ich sie nicht sehr gut. Er flüsterte ihr etwas ins Ohr. Sie holte eine von den alten Frauen – ihre Mutter oder ihre Schwiegermutter? –, und sie hielten im Flüsterton zu dritt eine Konferenz ab.

Ibrahima setzte sich wieder auf seinen Stuhl. »Ich hab ihnen gesagt, daß ein mordlustiger Geist Joseph aus seinem Job vertrieben hätte und sich gegen jeden wenden würde, der darüber spricht oder erwähnt, daß Joseph hier war. Sie haben das sehr gut verstanden.«

Josephs Stimme kam heiser und flüsternd, aber er sprach wie jemand, der eine lange Geschichte erzählen will. Er hatte eine Entscheidung getroffen. »Als ich bei Mr. Laird als Chauffeur anfing, war er der begehrteste Junggeselle in Nairobi. Jeden Abend fand irgendwo eine Dinnerparty statt, und ich fuhr ihn überall hin.« Ibrahima goß den süßen, dunklen Tee ein und reichte ihn herum. Joseph trank einen Schluck, und seine Stimme wurde kräftiger. »Dann heiratete Mr. Laird. Der Vater seiner Frau gab ihm eine ganze Ranch als Brautpreis, ein großes Stück Land, gut für Rinder, nicht weit von Massai Mara.«

Fünf langbeinige Mädchen im Teenageralter stürmten in strengen Schuluniformen kichernd auf den Hof. Als sie uns sahen, kamen sie herüber, um uns die Hand zu schütteln, dann verschwanden sie hinter verschiedenen Türen. Ein Radio ging an, und die mädchenhafte Stimme von Michael Jackson ermahnte uns, bloß aufzupassen.

Nachdem er einmal angefangen hatte, ließ sich Joseph aber nicht mehr bremsen. Er sah in den dunklen Hof, als ob er weit in die Ferne blickte. »Dort fuhr ich einen großen Lastwagen. Im ersten Jahr wurde Garret geboren, und alle waren glücklich. Aber es kamen keine Kinder mehr. Die Ehe starb. Mr. Laird ging fort und kam nie wieder. Er ist kein einziges Mal zurückgekommen.« Seine Stimme wurde heiserer und verstummte dann.

»Und Garret?« fragte ich.

»Garret blieb mit seiner Mutter auf der Ranch. Als sie eines Tages während eines Ausritts vom Pferd stieg, um nach einer kranken Kuh zu sehen, wurde sie von einer Schlange gebissen. Garret war zwölf. Seine Mutter brauchte einen ganzen Tag, um zu sterben.«

Joseph nahm behutsam einen kleinen Schluck Tee und stellte die Tasse neben seinen Stuhl auf den Boden. »Ja, er war damals zwölf, als er zu uns nach Nairobi kam. Mr. Laird hatte eine neue Familie, ein neues Geschäft. Er war glücklich, und Garret wurde gemieden wie die Dunkelheit. Kim war die einzige, die ihren großen Bruder willkommen hieß. Ach, wie sie auf ihren wackeligen kleinen Beinchen hinter ihm herlief.«

»Und was ist mit der Ranch seiner Mutter passiert?«

»Der Verwalter blieb da, bis Garret volljährig war und sie selbst hätte leiten können, aber das hat er nie getan.«

Also reichte das Zerwürfnis zwischen Garret und Emmet weit zurück. Es steckte eine bittere Geschichte dahinter, die viel häßlicher war, als es nach außen hin den Anschein hatte. Es war nicht nur die Geschichte des erfolgreichen Vaters, der von seinem faulen Sohn enttäuscht ist. Ich versuchte die Tatsachen aus Josephs Erzählung herauszukristallisieren. »Sie sagen also, daß Garret diese Ranch jetzt besitzt?«

Joseph nickte. »Ja. Als Mr. Laird sich scheiden ließ, mußte er natürlich den Brautpreis zurückgeben, und als Garrets Mutter starb, ging die Ranch an ihren Sohn, aber sie hatte dafür gesorgt, daß sie nicht verkauft werden konnte. Sehen Sie, aus dieser Ranch bezieht Garret jetzt das Taschengeld für sein Flugzeug, seine Clubbeiträge und was er sonst noch so mag. O ja, seine Mutter, die war klug. Wenn er die Ranch verkauft hätte, wär das Geld schon lange weg.«

Garret besaß also eine Ranch. Merkwürdig, daß er so gar nichts davon erzählte. »Fährt er manchmal raus, um sich um die Dinge zu kümmern?«

»Vielleicht einmal im Monat. Früher war es nicht

so oft, in letzter Zeit häufiger. Er fliegt mit seinem kleinen Flugzeug und bleibt manchmal über Nacht.«

Ich war zwar froh, daß Joseph redete, aber was hatte das alles damit zu tun, daß Garret ihn gefeuert hatte? »Hatte Garret wegen dieser Ranch Streit mit seinem Vater?«

»Nein, weil Mr. Laird Vertrauen zu dem Verwalter hatte. Er kannte ihn schon seit der Zeit, als er zum ersten Mal verheiratet gewesen war. Deshalb ist er auch zu seiner Beerdigung gegangen.«

»Emmet ist zur Beerdigung des Verwalters gegangen? In letzter Zeit?«

»Ja, sogar in diesem Monat, vielleicht vor zwei Wochen.«

»Auf der Ranch?«

»Emmet ist dorthin geflogen, sein erster Besuch seit dreißig Jahren. Er hat viele alte Gesichter gesehen. Vielleicht hatte ihn der Geist seiner Frau von dort ferngehalten, ich weiß es nicht, aber es war ein Unglück zurückzugehen. Nach dem Besuch fand Mr. Laird keine Ruhe mehr.« Joseph klopfte sich auf die Brust. »Hier drinnen stimmte was nicht.«

Eine Reaktion auf Erinnerungen an seine erste Ehe? Oder etwas Aktuelles, etwas Tödliches? »Stimmte was nicht«, wiederholte ich wie ein Echo.

»An der Oberfläche ist alles normal, aber darunter ist Mr. Laird wie ein Topf, den man auf dem Feuer vergessen hat. Eines Tages lädt er Garret zu einer Fahrt ein, und als sie zurückkommen, sind beide unheimlich still und haben starre Augen.« Joseph schauderte. »Man könnte sagen, tote Männer. Eine Woche später erzählt Emmet seiner Frau, sie müsse ausziehen. Und ein paar Tage danach ist er tot.« Er rieb sich den Nacken.

»Und ein paar Tage später entläßt Garret Sie. Warum, Joseph?«

»Er sagte, es wäre zu meiner eigenen Sicherheit, und daß es das beste wäre, wenn ich eine Weile verschwände. Er sagte, ich könnte meinen Job wiederhaben, wenn alles erledigt ist.«

»Wenn was erledigt ist?«

Er antwortete nicht.

»Die Ermittlungen in dem Mordfall?«

»Ich weiß nicht, aber ich konnte seine Angst riechen. Ich habe Garret sein Leben lang gekannt, und er würde mir nie etwas Böses wünschen.«

»Aber warum Sie, Joseph? Was bringt Sie in Gefahr? Wissen Sie, worüber Emmet und Garret auf der Fahrt gesprochen haben?«

»Nein.« Seine Stimme hallte in dem dunklen Hof wider. Sie war zu laut, zu emphatisch. Er wußte noch mehr. Ibrahima und ich bearbeiteten ihn, aber er wollte nichts mehr sagen. Er zuckte immer wieder mit seinen breiten Hängeschultern und fragte, woher er das denn wissen sollte.

»Joseph, Sie haben uns schon soviel erzählt. Warum erzählen Sie uns nicht auch den Rest?«

»Ich habe alles gesagt, was ich weiß.« Er machte eine abrupte Bewegung, und seine Teetasse fiel klappernd um. »Wenn Sie mehr herausfinden wollen, müssen Sie auch zur Phantom Ranch fahren.«

22

Garrets Ranch tauchte unter uns auf wie ein wohlgeordnetes Monopolybrett mit Zäunen, Schuppen, Personalquartieren, einem Hauptgebäude, Anzeichen neuer Bautätigkeit und endlosen Ebenen, die sich in alle Richtungen erstreckten. Ein Windstoß rüttelte das Flugzeug durch, als Darrow eine Kurve flog und zur Landung ansetzte. Ich starrte auf Mikkis Hinterkopf, zählte die verschiedenen Bronze- und Rottöne in ihrem Haar und betete, daß wir gelandet wären, bevor mein Magen sich entschloß, von sich aus einen Luftsprung zu machen. Mikki drehte sich um und sah mich mitfühlend an. Sie weiß, daß ich Buschflugzeuge hasse.

»Warum hab ich mir bloß von dir ausreden lassen, mit dem Wagen hierher zu fahren?« Und zwar allein, fügte ich im stillen hinzu.

»Weil mir die bessere Geschichte eingefallen ist, weshalb wir hier sind«, erinnerte sie mich. »Außerdem geht es so viel schneller. Und falls Garret hier ein faules Spiel treibt, ist es sicherer, wenn wir zu dritt sind.«

Deshalb sagen die Leute einem immer, man soll nie Geschäfte mit Freunden machen. Doch jetzt war jede Reue zu spät. Begleitet von lautem Dröhnen raste der Boden verschwommen auf uns zu. Unser Gespräch brach ab, und meine Bedenken gegenüber dem Wunder des Fliegens traten wieder in den Vordergrund. Angesichts der Tatsache, daß die Landebahn nur ein abgemähtes Feld war, war Henrys Landung vermutlich so sanft, wie sie nur sein konnte, aber ich war froh, wieder festen Boden unter den Füßen zu haben.

Ganz in der Nähe lag ein Haufen Dornbuschzweige, die wir um die Räder packten, damit sie nicht von Hyänen angeknabbert wurden. Als wir damit fertig waren, war bereits ein Auto vorgefahren, und ein schwitzender Mann mit rundem Gesicht chauffierte uns das kurze Stück bis zum Hauptgebäude. Mikki gab ihre Story zum besten, daß sie nach einer privaten Ranch suchte, auf deren Gelände es auch Tiere in freier Wildbahn gäbe und wo sie und Henry eine kurze Untersuchung über das Wanderverhalten von Elefanten am Ende der Trokkenperiode durchführen könnten. Der Fahrer schien nichts Merkwürdiges daran zu finden, denn er sagte, daß viele Elefanten sich um diese Jahreszeit am nördlichen Ende der Ranch sammelten, weil sie in dem ausgetrockneten Flußbett dort nach Wasserlöchern graben konnten.

Ein anderer Mann führte uns durch ein gemütliches Wohnzimmer mit verblichenen Chintzsofas und durch das übliche Durcheinander eines Farmbetriebs auf eine schattige Veranda an der Rückseite des Hauses. Er sagte, man habe dem Bwana Bescheid gesagt, daß Gäste gekommen seien, und bot uns einen kühlen Drink an, während wir warteten.

Kurz darauf ertönten Schritte im Raum hinter uns, zu schnell, als daß der Diener bereits zurück sein konnte. Die Fliegentür wurde aufgestoßen, und ein großer Mann mit breiten Schultern, zurückweichendem Haaransatz und einer schweren schwarzen Brille trat auf die Veranda. Wir standen auf, um unseren Gastgeber zu begrüßen. Es war Kims Freund Robert Thiaka.

»Jazz, wie wunderbar! Sie sind meiner Einladung gefolgt! Und Sie haben alte Freunde mitgebracht.« Er wandte sich an die Darrows. »Ihr seid gekommen, um euch meine Impalazucht anzusehen?«

Ich bekam große Augen. Robert Thiakas Impalaranch und Garrets Phantom Ranch waren ein und dasselbe! Es war verwirrend, wie zwei Fotos, die man übereinander projiziert und die dann ein drittes unerwartetes Bild ergeben. Natürlich war an einem Pachtvertrag zwischen Garret und Thiaka nichts Illegales, Unmoralisches oder Belastendes. Zweifellos fungierte Kim als Vermittlerin zwischen ihrem Bruder und ihrem Liebhaber. Trotzdem hatte ich ein prickelndes Gefühl im Nacken.

Thiaka schien mein entsetztes Schweigen nicht zu bemerken. »Ihr habt Glück, daß ihr mich hier noch angetroffen habt. Morgen muß ich nämlich in mein Heimatdorf, um bei der Beschneidung der Jungen dabeizusein. Nur einen Tag später, und ihr hättet mich verpaßt.«

Dann machten Mikki und Thiaka ein bißchen Smalltalk über die Universität von Nairobi und staunten darüber, wie lange sie sich dort schon nicht mehr über den Weg gelaufen waren, wenn man bedachte, daß sie schließlich im selben Institut arbeiteten.

Henry begrüßte Thiaka auf seine übertrieben herzliche Weise. »Ja, Jazz hat uns von Ihren wunderbaren Bemühungen erzählt, hier draußen wilde Tiere zu züchten. Hörte sich ungeheuer faszinierend an – eine zukunftsträchtige Sache.« Er lächelte und zeigte seine großen gelben Zähne. »Ich würde mir gern Ihre Anlage ansehen, selbstverständlich nur, wenn es keine Umstände macht. Aber wir haben auch ein Anliegen an Sie.«

Zu meinem Erstaunen nickte Henry Mikki zu zum Zeichen, daß sie jetzt übernehmen sollte. War das ein neuer, geläuterter Henry, der plötzlich bereit war, mit

Mikki als gleichrangiger Partnerin zusammenzuarbeiten? Mikki gab noch einmal die Geschichte mit der Untersuchung über das Wanderverhalten von Elefanten während der Trockenperiode zum besten. Thiaka glaubte, daß das gehen könnte, warnte uns aber davor, daß die Wilderei in letzter Zeit bedenklich zugenommen habe.

Er bot uns an, uns persönlich die Ranch zu zeigen, und anschließend könnte er uns ein Auto leihen, falls wir uns den nördlichen Teil der Ranch ansehen wollten, wo eine alte Elefantenwanderroute das Grundstück kreuzte.

»Emmet Laird hätte sich das sicher gerne angeschaut«, sagte ich. »Er hatte unter anderem den Plan, die alten saisonalen Wanderrouten kartographisch zu erfassen, bevor sie alle von menschlichen Siedlungen versperrt sein würden.«

»Sie wissen, daß er Anfang des Monats hier draußen war, um an der Beerdigung des alten Verwalters teilzunehmen?« fragte Thiaka. »Ich habe ihm von dieser Stelle erzählt, wo die Elefanten nach Wasser graben und wo ich euch auch hinschicken werde. Er war sehr daran interessiert. Er wollte irgendwann wiederkommen und sich das ansehen, aber« – Thiaka schüttelte traurig den Kopf – »wer hätte gedacht, daß er nur noch so wenige Tage zu leben hatte?«

Thiaka machte mit uns – bei zunehmender Hitze – eine ausgiebige Führung durch den Betrieb, von den Einrichtungen für die kontrollierte Aufzucht bis hin zu dem Lastwagenpark für den Transport der Impalas zum Markt. Mir erschien nichts verdächtig, obwohl die Lastwagen vermutlich auch zum Transport von Elfenbein benutzt werden konnten. Doch ohne die Möglichkeit, jeden einzelnen Wagen genau zu untersuchen oder die Fahrer zu befragen, war das nicht festzustellen. Hatte Emmet sich am Tag der Beerdigung hier frei bewegen können?

Die Korrals mit den Impalas machten mich froh und traurig zugleich. Die Gazellen hatten ein glänzendes bronzefarbenes Fell, fast die Farbe von Mikkis Haaren, und zierliche schwarze Hörner – bezaubernde Geschöpfe. Es tat weh, sie halb domestiziert zu sehen, aber andererseits war das besser, als wenn sie ausgerottet und durch Rinder ersetzt wurden. Zumindest gehörten Impalas hierher und würden das Grasland nicht zerstören.

Trotz Roberts ständiger Klagen, daß er mehr Geld brauchte, um all seine Ideen in die Tat umzusetzen – unter anderem wollte er das Hauptgebäude in eine Touristenlodge mit Pferdeställen umwandeln, wo die Söhne von Farmern ein Praktikum absolvieren konnten –, war die Anlage bereits beachtlich. Ich fragte mich, was Kim von all diesem kapitalistischen Ehrgeiz hielt. Robert Thiaka selbst war in einem winzigen Dorf in der Nähe vom Lake Nakuru aufgewachsen und war stolz darauf, daß er so viele Jobs für die ländliche Bevölkerung schuf und gleichzeitig mit den Impalas eine neue Nahrungsquelle entwickelte. Außerdem gab es eine vorbildliche Gemüsefarm und Fischteiche, um das Personal zu versorgen. Und den Überschuß, den sie produzierten, verkauften sie auf dem Markt am Ort.

Es war verdammt eindrucksvoll. Ich konnte mir nicht vorstellen, daß irgendwas von dem, was wir hier gesehen hatten, Emmet Laird so deprimiert haben sollte. Im Gegenteil, Robert Thiaka erzählte, daß er sich mit Emmet sehr ausführlich über die Rentabilität der Farm, seine finanziellen Ressourcen und ähnliches unterhalten hätte, sowie über die Problematik, wilde Tiere zu retten, indem man sie vermarktet. Er hatte eindeutig den Eindruck gewonnen, daß Emmet so begeistert war, daß er sogar in Betracht gezogen hätte, das Projekt mit einer größeren Spende zu unterstützen.

»War das Ihre erste Begegnung mit ihm?« fragte ich, als wir zum Haupthaus zurückgingen.

»Die einzige«, sagte Robert traurig. »Sie wissen, daß Kim und ihr Vater nicht miteinander geredet haben. Sehr traurig. Und jetzt ist es für die beiden zu spät, sich zu versöhnen.«

»Wußte Emmet, wer Sie sind – ich meine von Ihrer Beziehung zu Kim?«

Robert schob seine Brille höher auf die Nase. »Nein. Ich wollte es ihm sagen, aber ich habe nicht den richtigen Augenblick gefunden. Also hab ich ihn gehen lassen, ohne daß er es wußte.« Er hatte ein gewinnendes Lächeln. »Ich war feige.«

Henry brummte. »Emmets Pech, einfach jegliche Beziehung zu seiner Tochter abzubrechen. So ein hartherziger Kerl.«

Robert war ganz irritiert von Henrys Bemerkung. »Es ist nicht die Aufgabe des Vaters, sich bei der Tochter zu entschuldigen, die ihn geschlagen hat. Ich hab Kim gesagt, daß sie im Unrecht sei, aber sie ist natürlich zu modern, um auf mich zu hören. Meines Erachtens waren die beiden nicht hartherzig, sondern dickköpfig.« Er klopfte gegen seine breite Schläfe.

Thiaka bestand darauf, daß wir mit ihm zu Mittag aßen. Dann liehen wir uns ein Auto und fuhren nach Norden, um die Elefanten zu suchen. Ich fragte mich, ob wir jemals herausfinden würden, was Emmet so tief getroffen hatte. Über irgend etwas hier war es zu einem großen Streit mit Garret gekommen. Es wurde heißer, und unsere Gespräche wurden einsilbiger. Hitzewellen rasten vom Wind getrieben über den Boden, und die Luft flimmerte, wo Straße und Himmel ineinander übergingen. Ich balancierte eine Feldflasche zwischen meinen Oberschenkeln und nippte an dem lauwarmen Wasser, doch es gelang mir nicht, den Staub aus meiner Kehle zu spülen.

Die Piste führte immer weiter durch die wellige Ebene und machte nur ab und zu einen Bogen, um einem Gebirgsgrat oder einer Schlucht auszuweichen. Der Fluß war eine dunkle Reihe von Bäumen, mal nah, mal fern. Wir ratterten durch die Betten von Nebenflüssen, die um diese Jahreszeit zwar ausgetrocknet, aber immer noch schwierig zu durchqueren waren wegen der losen runden Felsbrocken, die das Auto durchschüttelten und unsere Motorwanne oder eine Achse zu beschädigen drohten.

Wir sahen nur sehr wenige Tiere. Außer den Impalas waren die meisten Grasfresser nach Süden gezogen und würden vor den ersten Regenfällen nicht zurück sein. Wir erspähten ein Löwenrudel, das scheinbar erschöpft von der Hitze im Schatten einer Akazie schlief. Sie machten auf mich einen schlechtgelaunten Eindruck, aber das war wahrscheinlich Projektion. Auf jeden Fall sahen sie dünn aus. Selbst wenn die großen Herden wegziehen, bleiben Löwen da, um ihr hart erkämpftes Jagdrevier zu bewachen. Die Trockenzeit ist eine Hungerzeit für die Löwen.

Am frühen Nachmittag erschien eine riesige Wolke über den fernen Hügeln. Sie war unten gerade und bauschte sich nach oben in die Stratosphäre. Sie war so strahlend hell, daß es in den Augen weh tat, ein Vorbote der Hitze und nicht des Wassers. Trotzdem war es die erste Wolke, die wir alle seit Monaten gesehen hatten.

Meilenweit fuhren wir über schwarz verkohlte Erde, ein Schatten der Hölle. Der Wind peitschte Staub und Asche mit einem prasselnden Geräusch gegen die Windschutzscheibe. Die Trockenperiode war die Zeit der Brände. Da gutes Weideland für Rinder knapp wurde, legten die Einheimischen Buschbrände, damit das Gras bereits vor dem Regen wieder neues Grün trieb. Die Feuer wüten vom Wind getrieben tagelang, bis sie Hunderte von Meilen in der Ebene verwüstet haben. Das empfindliche Gleichgewicht zwischen Elefanten, Bäumen und Gras pendelt in Richtung Erosion, wenn bereits junge Bäume zu Kohle verbrannt werden.

Die Straße machte einen Bogen in Richtung Fluß, führte an einer primitiven Start- und Landebahn vorbei, die man aus dem Busch geschlagen und mit Fässern markiert hatte und die wir glücklicherweise nicht ausprobiert hatten. Dann hörte man Geräusche menschlicher Aktivität, und wir stießen auf ein Durcheinander von Lastwagen, Schuppen und Maschinen zum Bewegen großer Erdmassen. Wir waren an der Baustelle für den Damm angekommen, die wir uns laut Robert Thiaka unbedingt ansehen mußten. Sie lag ganz in der Nähe der Wasserstelle der Elefanten.

Ich parkte neben einem Zementsieb, stieg aus dem Auto und streckte mich. Ein schwarz-gelber Webervogel mit einem Stück Stroh im Schnabel flog dicht an meinem Kopf vorbei. Er gesellte sich zu einer Kolonie von Artgenossen, die fleißig an ihren wie Flaschenkürbisse geformten Nestern bauten, die wie Christbaumschmuck von den Zweigen einer kleinen Akazie hingen. Der Fluß hatte sich eine tiefe Rinne gegraben, die jetzt ausgetrocknet war, aber in der Regenzeit zu einem tosenden Strom wurde. Man hatte ein hölzernes Gerüst von einem Ufer zum anderen gebaut. Die Luft schwirrte von den Geräuschen der Arbeiter und dem hellen Summen der Insekten.

Der Vorarbeiter stand mit dem Rücken zu uns, die Hände in die Hüften gestützt, und rief den Arbeitern Anweisungen zu, die mit nacktem Oberkörper einen feuchten Zementbrei auskippten. »Langsam, langsam, langsam. Gelobt sei Allah. Paßt doch auf, ihr Hurensöhne.« Er drehte sich um und sah uns, machte ein überraschtes Gesicht und kam sofort zu uns herüber. Er wischte sich die großen Hände an seiner Shorts ab, bevor er uns die Hand schüttelte.

»Rashid Husseini.« Er war ein attraktiver Mann, aber es lag etwas unangenehm Selbstbewußtes in seiner Art, als ob er sein gutes Aussehen dazu benutzte, um Macht über Frauen auszuüben, sogar um sich an ihnen zu rächen. Mir gefiel nicht, wie sich seine Augen langsam auf meine Brüste senkten und dann auf Mikkis, als ob das sein gutes Recht wäre.

Mikki ließ ihre Erklärung von der Studie über Elefanten in der Trockenzeit los.

Rashid Husseini drehte sich zu seinen Arbeitern um und wandte sich dann wieder an uns. »Ich werde einen der Männer bitten, Tee für Sie zu machen, doch es tut mir leid – ich kann mich jetzt nicht mit Ihnen unterhalten. Ich muß mich entschuldigen, daß ich ein so schlechter Gastgeber bin. Wir sind gerade an einem heiklen Punkt.«

»Tee wäre sehr schön, aber wir möchten Sie nicht

stören. Wenn Sie uns freundlicherweise den Weg zeigen könnten ...«, sagte Henry mit einem demonstrativen Blick auf seine Uhr.

»Nein, Sie müssen einen Tee trinken. Sie sind meine Gäste. Ich fühle mich durch Ihre Anwesenheit geehrt. Was die Elefanten betrifft, so fürchte ich, werden Sie enttäuscht sein. Wenn Sie sehen wollen, wo sie graben« – er machte eine Bewegung mit der Handkante –, »müssen Sie dem Flußbett folgen, etwa drei Meilen flußaufwärts. Es gibt keine Straße, und man kommt nur sehr schwer voran. Sie werden nicht viel sehen. Vor einem Monat haben hier Wilderer gewütet, und alle Elefanten haben sich verzogen.«

»Mr. Husseini, eine Frage«, sagte ich. »Sie kennen doch Emmet Laird, den Vater des Ranchbesitzers?«

»Ich habe ihn nie gesehen, Miss«, sagte er und sah mich kalt aus seinen mandelförmigen Augen an. »Er war vor ein paar Wochen zu einer Beerdigung im Haupthaus, habe ich gehört, und dann haben wir gehört, daß er selbst gestorben ist.«

»Ist er hier draußen gewesen, um sich den Damm oder die Elefanten anzusehen, als er auf der Ranch war?«

»Nein, wie ich bereits sagte, ich habe Mr. Laird nie gesehen.« Er fixierte mich mit seinem Blick. »Passen Sie auf, daß Sie keinem Wilderer in die Arme laufen. Wenn Sie sie auf frischer Tat ertappen, wird man Sie ohne Vorwarnung erschießen.«

Wir lehnten sein erneutes Angebot, Tee zu trinken, ab und kehrten zum Auto zurück. Henry fing an zu murren, daß wir für diese letzten drei Meilen Stunden brauchen würden. Und er hatte natürlich recht. Aber Mikki wies darauf hin, daß wir uns an den Vorwand für unseren

Besuch halten müßten – und außerdem wären die Elefanten so spät in der Trockenzeit vermutlich zurück, um nach Wasser zu graben, Wilderer hin oder her.

Ich wendete das Auto und wollte gerade losfahren, als ein Arbeiter mit dunkler, fast schwarzer Haut hinter einem parkenden Lastwagen hervortrat und mir verstohlen ein Zeichen gab. Ich fuhr neben ihn in den Schatten, und er beugte sich an mein Ohr. »Memsahib. Mr. Laird ist wohl gekommen. Am Tag der Beerdigung.« Er flüsterte so leise, daß ich ihn kaum verstehen konnte, obwohl sein warmer Atem mein Gesicht streifte. »Er war hier. Dieser Somali ist ein Lügner.« Er sah mich mit traurigen, erwartungsvollen Augen an. Ich dankte ihm und gab ihm ein Trinkgeld. Er duckte sich und lief weg.

»Was wollte der Kerl?« fragte Henry.

»Er hat angeboten, uns zu führen«, sagte ich.

»Warum hast du ihm ein Trinkgeld gegeben?«

»Warum nicht? Er sah so aus, als ob ihm schon länger nichts Gutes passiert wäre.«

Wie sich herausstellte, war der erste Teil der Strecke gar nicht so schlimm, da es Autospuren gab, denen man im Gras folgen konnte. Erst als wir zwischen den Bäumen am Rande der *Donga*, des ausgetrockneten Flußlaufs, fuhren, wurde es sehr mühsam.

Im Schatten der Bäume entlang der Donga sank die Temperatur sofort. Der schwere, süße Geruch reifer Feigen lag in der Luft. Ein Geier landete auf einer spindelförmigen Palme, deren Wedel unter seinem Gewicht knackten. Palme wie Geier waren Überlebende eines Zeitalters, bevor die Säugetiere die Erde beherrschten. Wir fuhren tiefer ins Dunkle.

Vor uns hörten wir Elefanten rumoren, doch das Unterholz war zu dicht, um durchzufahren. Also ließen wir das Auto stehen und gingen zu Fuß über einen Tierpfad. Vom letzten Regen waren noch tiefe runde Pfotenabdrücke von einer großen Katze im trockenen Lehm zu sehen. Wir gingen schweigend weiter. Eine kniehohe Dik-Dik-Antilope starrte mich unter einem Busch hervor an, ihre lange Nase zuckte unentschlossen, dann schoß sie aus dem Unterschlupf und raste im Zickzack den Pfad entlang.

Wir hörten ein lautes Krachen und gingen in die Hocke. Es kam näher, und dann konnte ich zwischen dem verschlungenen Buschwerk eine rauhe graue Fläche erkennen. Von hinten und von der Seite kamen noch mehr krachende Geräusche. Es war eine Elefantenfamilie. Sie gingen vor uns her, und kurz darauf hörte ich ein lautes, kehliges Brummen.

»Das Wasser muß gleich da vorn sein«, flüsterte Mikki.

»Das ist verdammt gefährlich und total verrückt«, sagte Henry.

Wir kämpften uns durch das letzte Stück Laubwerk und befanden uns am Rand einer hohen, sandigen Böschung über dem Flußbett. Direkt unter uns war es trokken und voller Felsbrocken, aber ein Stück weiter war ein sandiger Abschnitt, der mit Löchern durchsetzt war. Eine kleine Gruppe Elefanten hatte sich um diese Löcher versammelt und tauchte die Rüssel hinein, um an das Wasser heranzukommen. Um sie herum lagen Elefantenskelette in unterschiedlichen Stadien der Verwesung, teilweise oder zum größten Teil mit Sand bedeckt. Offenbar hatten Wilderer hier gewütet. Wir legten uns auf den Bauch.

Drei Elefanten kletterten die Böschung hinunter und trotteten schwerfällig auf die andere Gruppe zu, die sich ihrerseits auf sie zu in Bewegung setzte. Sie wedelten mit ihren Rüsseln, flatterten mit den Ohren, schrien und trompeteten. Die beiden größten Elefanten, eigentlich zu klein, um Leittiere zu sein, schoben sich durch ihre begeisterte Nachkommenschaft und rieben die Köpfe aneinander, knallten die Stoßzähne zusammen, brummten tief in der Kehle und schlangen ihre Rüssel umeinander. Ein kleiner Elefant wirbelte aufgeregt immer wieder um die eigene Achse.

»Das sieht aus wie die Wiedervereinigung einer Familie, die ihr weibliches Leittier verloren hat und auch noch die nächste Generation«, flüsterte Mikki. Die Großfamilie spaltet sich in der Trockenzeit auf, um in kleineren Gruppen nach dem knappen Futter und Wasser zu suchen, doch man würde erwarten, daß jede Gruppe von einem älteren Elefanten angeführt würde als die, die wir dort sahen. Mikki betrachtete die Gruppe durch ihr Fernglas. »Ich möchte bezweifeln, daß die Ältesten schon über zwanzig sind. Verdammt noch mal.«

Ich wußte, warum Mikki fluchte. Die Wilderer hatten alle größeren und von daher älteren Elefanten in weitem Umkreis ausgerottet. Eine Familie ohne erfahrenes Leittier ist verwundbar. In harten Zeiten – besonders bei so ausgedehnten Dürrephasen, wie wir sie in den letzten Jahren erlebt hatten – hängt das Überleben der Herde von der lebenslangen Erfahrung und Klugheit der ältesten Elefanten ab.

Bevor die Neuankömmlinge anfingen zu trinken, näherten sie sich vorsichtig dem größten Knochenhaufen. Sie wurden ganz still. Erst einer und dann alle anderen streckten sie die Rüssel aus, um das Skelett zu beschnuppern, besonders den Schädel mit den abgehackten Stoßzähnen. Behutsam tasteten sie den Kiefer entlang und fuhren in die Hohlräume.

»Ob das ihre Mutter ist?« flüsterte Mikki.

»Sie erinnern sich an die Form ihres Gesichts.« Ich biß die Lippen zusammen, um nicht loszuheulen.

Die Elefanten traten mit den Füßen noch etwas mehr Erde auf die Knochen, dann endlich begannen sie aus den bereits gegrabenen seichten Löchern zu trinken. Sie saugten das Wasser in die Rüssel und spritzten es sich in den Mund. Ein kleines Kalb, das noch nicht geschickt genug mit dem Rüssel umgehen konnte, kletterte in eins der Löcher, legte den Rüssel zurück und trank mit dem Maul.

»Laßt uns mal nachsehen, ob es hier in der Nähe einen Platz gibt, der für ein Camp geeignet ist«, flüsterte ich. »Das können wir dann Thiaka mitteilen, und unser Interesse wirkt dadurch glaubwürdiger.«

»Wir wollen bloß hoffen, daß wir nicht *zu* erfolgreich sind und auf die hiesigen Wilderer stoßen«, sagte Henry mit seinem üblichen Pessimismus.

Wir schlichen uns an der Böschung entlang zurück. Vor uns ragte die Krone eines riesigen Fieberrindenbaums aus dem Unterholz und breitete fünfzehn Meter über dem Boden ihr luftiges Dach wie ein Zirkuszelt aus. Ich wies unter den schützenden Baum und deutete mit den Händen zeltförmige Gebilde an. Mikki nickte zustimmend. Es war eine schöne Stelle für ein Camp. Wir näherten uns vorsichtig, für den Fall, daß Henry recht hatte.

Bereits auf den ersten Blick war klar, daß die Lichtung häufig benutzt worden war.

»Hey, seht mal hier.« Henry trat gegen ein Stück Holz,

das an einem Ende verkohlt war. »Hier ist 'ne ganze Menge Asche. Von mehr als einem Lagerfeuer, würde ich sagen.«

Mikki ging um die Lichtung herum. »Und von mehr als einer Mahlzeit. Seht euch mal diese ganzen Impalaknochen an.«

»Ich glaube, wir sollten von hier verschwinden«, sagte Henry. »Ganz schön bescheuert, ohne Waffe in Wilderergebiet zu gehen.«

Wir bahnten uns einen Weg zum Rover zurück, achteten dabei aufmerksam auf Tiergeräusche. Die Elefanten hatten zu fressen begonnen. Während wir einen Bogen um das Wasserloch machten, konnten wir hören, wie Äste abgerissen wurden. Wegen des Lärms hätten wir fast ein leises Rascheln im Gras überhört, aber Mikkis Erfahrung aus all den Stunden, die sie in der Nähe von Paviane verbracht hatte, hatte ihre Ohren empfindlicher gemacht als meine. Ihre Hand schoß vor, hielt mich fest und zwang mich, auf der Stelle stehenzubleiben. Eine lange grüne Schlange glitt in eleganten Windungen über den Tierpfad, schön und tödlich.

Auf der Rückfahrt zur Ranch war es fürchterlich heiß, und wir waren alle schweigsam. Ich dachte über all das nach, was Joseph mir gestern abend erzählt hatte. Nach seinem Besuch auf der Ranch hatte Emmet eine Auseinandersetzung mit Garret. Wenn Emmet gesehen hatte, was wir heute gesehen hatten, wäre er dann mißmutig nach Hause gekommen und hätte sich mit seinem Sohn gestritten? Das bezweifelte ich. Er mußte auf mehr gestoßen sein als nur ein Wildererlager – die waren überall zu finden, wo es Elefanten gab. Wenn er nichts weiter gesehen hätte, hätte er zu Thiaka gesagt, er solle die Nordseite bewachen lassen, oder schlimmstenfalls noch, daß sein Vorarbeiter am Damm sich verdächtig verhielt. Nichts, was wir gesehen hatten, belastete Thiaka oder Garret in irgendeiner Weise.

Ich mußte immer noch herauszufinden versuchen, was Emmets Verdacht erregt und was sein Mißtrauen auf seinen Sohn gelenkt hatte. Ich wußte noch nicht mal, ob es dabei um verschiedene Dinge ging oder um ein und dieselbe Sache. Es lag nur eine kurze Zeit zwischen Emmets Besuch hier und seiner Fahrt mit Garret, von der sie laut Joseph wie tote Männer zurückgekommen waren. Meine einzige Vermutung war, daß Emmet hier etwas gefunden hatte, nach Hause gefahren war und weiter nachgeforscht und dabei festgestellt hatte, daß Garret in die Sache verwickelt war. Ich mußte das Ganze von beiden Enden aus angehen, aber wie? Die verbrannte Ebene vor uns gab mir keine Antwort.

Als wir uns von Thiaka verabschiedeten, fragte ich ihn, ob er Emmet ebenfalls auf der Ranch herumgeführt hätte, als er zu der Beerdigung da war. Thiaka sagte bedauernd, das sei unter den damaligen Umständen nicht möglich gewesen, aber ihm sei aufgefallen, daß Emmet allein ein bißchen herumgestöbert hätte.

Als das Flugzeug die richtige Höhe erreicht hatte, sah ich auf die weit verstreuten Gebäude hinunter. Ich würde zurückkommen. Nächstes Mal würde ich allein hierherfahren, Thiaka aus dem Weg gehen und auf eigene Faust herumstöbern, wie Emmet es getan hatte. Und hinterher würde ich Mikki erzählen, was ich entdeckt hatte.

23

Ich war gerade im Bad und spritzte mir kaltes Wasser ins Gesicht, als das Telefon klingelte. Es war Ibrahima. Ich erzählte ihm, wir hätten festgestellt, daß Thiaka Garrets Ranch leitete. Außerdem beschrieb ich die Hinweise auf das Wildererlager, die wir gefunden hatten. »Der Vorarbeiter auf der nahe gelegenen Baustelle, wo sie einen Damm bauen, hat gesagt, er hätte Emmet nie gesehen – aber einer der Arbeiter sagte mir, daß der Vorarbeiter lüge. Emmet hatte die Gegend dort am Tag der Beerdigung erkundet.«

»Du hast den Ort gefunden, an dem Emmet das Hauptquartier der Wilderer aufgestöbert hat!«

»Vielleicht. Der zeitliche Ablauf paßt mit dem zusammen, was wir über die letzten beiden Wochen wissen, in denen Emmet noch gelebt hat. Aber Emmet muß mehr gesehen haben als Elefantenskelette und ein verlassenes Wildererlager. Die meisten Lastwagen von Thiaka sind für den Transport lebender Impalas zum Markt bestimmt, aber an der Baustelle für den Damm haben sie auch geschlossene Fahrzeuge, mit denen man durchaus eine Ladung Elfenbein transportieren könnte. Ich werde dorthin zurückkehren und alles auskundschaften, um festzustellen, ob der Vorarbeiter in irgendeiner Weise verdächtig ist.«

»Ich hab auch was Interessantes zu berichten. Ich hab im Elephant House Cocktails serviert. Garret hat einen Gast aus Japan, einen Geschäftsfreund. Sie haben sich über Garrets Insel und seine Ranch unterhalten – und über Elfenbein.«

»Über Elfenbein?«

»Ja. Dieser Japaner mag Elfenbein sehr gerne. Sie sind gerade auf dem Weg zu Shabaan's. Wir sollten uns auch dort treffen.«

Ich sah auf meine Uhr. »Danke für das Angebot. Und für die Information. Es ist wohl besser, wenn ich allein zu Shabaan's gehe. Es ist sicherer für dich, wenn Garret uns nicht zusammen sieht.«

Die erste Person, die ich zu Gesicht bekam, als ich durch den bogenförmigen Eingang von Shabaan's ging, war Garret. Er schlängelte sich unsicher zwischen den Tischen hindurch, offenbar kam er gerade von der Toilette. Ich konnte nicht sehen, zu wem er sich setzte, weil Shabaan auf mich zukam und mir mit seinem breiten Kreuz die Sicht versperrte.

»Guten Abend und willkommen.« Shabaan verbeugte sich. »Darf ich dich an einen Tisch führen?«

Ich erwiderte seinen Gruß und setzte mich auf einen Barhocker. »Ich sitze hier gut, ich möchte nichts essen. Sag mal« – ich sprach so leise, daß Shabaan sich zu mir beugen mußte, um mich zu verstehen –, »weißt du irgendwas über die Ranch von Robert Thiaka?«

»Ein bißchen.« Shabaan gab Raj ein Zeichen, mich zu bedienen. Ich brauchte nichts zu bestellen, ich bekomme immer einen von Rajs frischgepreßten Screwdrivers.

»Ich habe gehört, daß er eine große und prächtige Ranch irgendwo draußen hat, in der Nähe von Massai Mara«, sagte Shabaan, »wo er Impalas für den Markt züchtet. Ab und zu kaufe ich Fleisch bei ihm. Viele Gäste hier in Nairobi essen gerne Wild und sind auch bereit, dafür zu zahlen. Aber er ist ein Träumer, wenn er glaubt, daß die Hirten ihre Rinder aufgeben werden. Wie sollen sie denn ohne Kühe Bräute kaufen?«

»Weißt du, wer ihn finanziell unterstützt hat?«

»Er tut sehr geheimnisvoll, was das angeht. Bei der Universität hat er nicht viel Geld verdient.«

»Hast du eine Vorstellung, wo er all die Knete her hat? Er hat ein Vermögen für neue Gebäude, Einzäunungen und alle möglichen Geräte ausgegeben.«

»Einige Leute glauben, daß er das Geld von Kim bekommen hat, es ihm aber peinlich ist, eine Frau finanziell auszunutzen.« Er warf einen Blick in das Restaurant. Mehrere Tische waren zusammengeschoben worden, an denen einige größere Gesellschaften saßen, die das Lokal mit schallendem Gelächter und lauten Stimmen füllten. »Ich glaube, daß Kim ihm vielleicht eine Starthilfe gegeben hat, aber wie du schon sagtest, er hat vergrößert, viele Gebäude errichten lassen, er baut einen Damm – ich glaube, daß diese Dinge große Summen verschlingen.«

»Das denke ich auch.«

Er nickte auf seine lehrerhafte Weise. Die Tür ging auf, und eine Gruppe Nachtschwärmer kam die Treppe herunter. Shabaan stand auf. »Ich muß meine Gäste begrüßen. Wenn du willst, können wir nachher weiterreden.«

»Danke, Shabaan.« Ich trank einen Schluck von meinem Screwdriver, der noch unberührt vor mir stand, und schaute mich um.

Ich fühlte mich ein wenig gehemmt. Alle anderen Frauen, die ich sah, trugen schicke enganliegende Abendkleider, als ob sie von einer Tanzveranstaltung oder einer Party kämen. Ich hatte ebenfalls erwogen, mich in ein Kleid zu werfen, aber das hätte bedeutet, richtig feine

Schuhe tragen zu müssen, und ich war nicht in der Stimmung, meine Füße zu quälen. Zumindest hatte ich meine Jeans mit einem modischen Overall und einer schweren Navajokette ausgetauscht, mein einziges gutes Schmuckstück.

Ich renkte mir fast den Hals aus, um einen Blick auf Garret werfen zu können. Er und ein grauhaariger Asiat im grauen Anzug prosteten sich mit lässigen, offenkundig schon ziemlich betrunkenen Bewegungen zu. Ich fragte mich, was die beiden wohl zu feiern hätten.

Plötzlich verstummte das Stimmengewirr kurz, und zahlreiche Köpfe wandten sich zur Tür. Im Türrahmen stand Kim Laird. Sie trug ein Chasuble aus Rohseide, das ihre Figur umschmeichelte. Falls sie das Aufsehen bemerkte, das sie hervorrief, gab sie es nicht zu erkennen.

Am Tisch ihres Bruders wurde Kim mit hektischem Händeschütteln und Verbeugungen begrüßt. Es wurde Zeit, etwas zu unternehmen. Ich ging um die laute Gruppe in der Mitte herum auf Garrets Tisch zu. Meinen Drink nahm ich als Zeichen mit, daß ich erwartete, man würde mich auffordern, bei ihnen Platz zu nehmen. Es funktionierte.

Kim sah mich eisig an, aber Garret hieß mich sehr freundlich willkommen. Mr. Hanyo bestand darauf, daß ich mich neben ihn auf die Bank setzte. Er schob meinen Screwdriver beiseite und goß mir ein Glas Champagner ein.

Ich hob mein Glas. »Worauf trinken wir?«

»Auf Umar Island«, sagte Garret.

»Paradise Island«, korrigierte Mr. Hanyo ihn.

»Auf Paradise Island und all die bleichen deutschen Touristen, die sich dort wie verrückt am Strand braten lassen werden.« Garret stieß laut mit jedem von uns an. Die Bläschen zitterten und sausten nach oben wie winzige Perlen aus Gold.

»Leeres Land wird in Jobs verwandelt«, fügte Kim hinzu, bevor sie einen Schluck trank.

»Auf die Geisterranch«, prostete Mr. Hanyo. Wir hoben alle erneut unsere Gläser. Bildete ich mir das nur ein, oder mahnte Kim Garret mit den Augen zur Vorsicht? Garret bestellte beim Kellner eine weitere Flasche.

»Das hört sich nicht gerade nach einer Touristenattraktion an«, sagte ich.

Mr. Hanyo tätschelte mein Knie. »Von Geisterranch Sie nie etwas hören, erst wenn wir Namen in Elefantenparadies ändern, Sie hören davon. Sie werden mit all Ihren Reisegruppen kommen. Es wird ein Luxushotel, fünf Sterne, Deluxe, dazu all die Tiere in freier Wildbahn. Genau wie Mount Kenya Safari-Club geleitet von Hollywood-Star, nur besser. Wir werden bewaffnete Wachtrupps haben, um Wilderer rauszuhalten.«

»Das hört sich wunderbar an.«

»Wir werden größte Elefantenherde in Afrika haben. Zwei Geschäfte in eins. Die beste Methode, Elfenbein zu züchten, ist mit lebendige Tiere, nicht mit tote.« Mr. Hanyo lachte. »Man läßt Elefant groß werden, Elefant stirbt natürlichen Tod, man sammelt Stoßzahn ein. Großer Stoßzahn. Diese Weise, viel Elfenbein.«

Die zweite Flasche Champagner wurde gebracht, und wir unterbrachen einen Augenblick das Gespräch, um zuzusehen, wie der Kellner feierlich die Folie abriß, das Drahtgestell entfernte und den Korken langsam lockerte. Es gab einen zufriedenstellenden Knall, und eine Dunstwolke Champagner stieg hoch.

Kim lenkte die Diskussion auf die Pläne für Umar Island. Das Dock war fertig, Material und Maschinen befanden sich zum Verschiffen in einem Lagerhaus auf Lamu, und sobald die endgültigen Baugenehmigungen ausgestellt wären, könnte man damit anfangen, die Fundamente auszuheben. Das hörte sich nach einer idealen Zwischenstation für Schmuggler an, zumindest bis mit der Arbeit begonnen wurde.

Die Unterhaltung schweifte zu weniger interessanten Dingen ab. Deshalb wandte ich mich an Mr. Hanyo. »Ich bin fasziniert von Ihrem Plan, Elefanten als erhaltenswerte Ressource zu züchten. Diese Idee ist bei einigen Umweltschützern der letzte Schrei –«

»Die wilden Tiere werden dafür zahlen müssen, wenn sie überleben wollen«, verkündete Garret wichtigtuerisch.

»Kims Freund, Professor Thiaka«, fuhr ich fort, »experimentiert mit der Züchtung von Impalas. Sie können sich von trockenem Grasland ernähren, auf dem Kühe verhungern würden. Aber Elefanten...« Ich schüttelte den Kopf. »Das ist was anderes als Gazellen. Wenn Elfenbein irgendwo legal aufgesammelt werden darf, kann man nicht verhindern, daß die Tiere auch illegal umgebracht werden, und dann bleiben nur noch kleine Restbestände in gut bewachten Safariparks.«

»Genau.« Mr. Hanyo hielt seinen Champagner gegen die Kerze, die aufwirbelnden Bläschen funkelten und blitzten. »Sie werden alle Elefanten töten, nächste zehn Jahre, nirgendwo mehr Elfenbein. Alle müssen dann für Elfenbein zu uns kommen. Wir werden sehr, sehr reich.«

»Wie wollen Sie die Wilderer von Ihrer Ranch fernhalten?«

»Das ist nicht so schwer. Ich werde zahlen. Wildparks haben keine Autos, kein Personal, keine Waffen, keine Gehälter. Wie können sie da ihre Tiere schützen? Eine Million Dollar pro Jahr würde alle Elefanten in Kenia retten.« Um das zu unterstreichen, nickte er heftig mit dem Kopf. »Ja, das ist wahr. Eine Million Dollar, und es wäre kein Problem. Außerdem, ganz wichtig, man muß mit Regierungsbeamten klarmachen.« Er rieb seine Finger gegeneinander, um kein Mißverständnis aufkommen zu lassen, daß auch dabei der Dollar eine große Rolle spielte.

Wollte Garret Mr. Hanyo die Phantom Ranch langfristig verpachten als Teil des Deals mit Umar – demnächst Paradise – Island? Was war mit Thiaka? War er auch in das Geschäft verwickelt? Fungierte Kim hier als Thiakas Stellvertreterin? Immer mehr Fragen stürmten auf mich ein. War Mr. Hanyo der Elfenbeinmogul, der den Tod der kenianischen Elefanten inszenierte? Könnte Hanyo derjenige gewesen sein, der Emmet in seinem Camp überrascht hatte? Über die andere Möglichkeit mochte ich gar nicht erst nachdenken – daß Garret und Kim ihren Vater umgebracht hatten.

Der Kellner kam, um die Bestellung für das Essen aufzunehmen. Ich schlug Mr. Hanyos freundliche Bitte ab, sein Gast zu sein, und verabschiedete mich. Ich hatte sehr viele Fragen. Es wurde Zeit, ein paar Antworten zu finden.

24

Es war nicht schwierig, Ibrahima zu überreden, mir bei der Durchführung meines Plans zu helfen. Da Garret und seine beiden Begleiter gerade Essen bestellten, nahm ich an, daß wir für mein Vorhaben genug Zeit hätten.

Ibrahima hielt mit dem Wagen vor dem Pförtnerhaus der Lairds an. Ich nahm meine Taschenlampe, kletterte nach hinten und drückte mich flach auf den Boden, wobei mein Overall ganz dreckig wurde. Ibrahima sagte hallo zu dem Pförtner und scherzte freundlich mit ihm über ihre gemeinsame Arbeitgeberin. Das Tor fiel krachend hinter uns zu. Wir fuhren auf der Kiesauffahrt bis zu dem Seitenweg, der zu den Personalunterkünften führte. Der Wagen hielt, und Ibrahima begrüßte den patrouillierenden Wächter, der neben ihm einstieg. Die Hintertür war um diese Uhrzeit bereits abgeschlossen, und das Personal wurde von einem Wächter hereingelassen, der mit Schlagstock und Pistole bewaffnet war.

»Ich kann mir denken, wo du gewesen bist, du alter Hund«, sagte der Wächter mit lautem Lachen. »Deine Freundin benutzt ein süßes Parfüm.«

Ich schwor mir, in Zukunft vorsichtiger mit der Kokosnuß-Haarspülung zu sein, und betete: Sieh bitte nicht hinter dir auf den Boden. Ich versuchte, ganz leise zu atmen. Solange ich kein Geräusch machte, war ich sicher. Es sei denn, seine Nase veranlaßte ihn dazu, sich umzudrehen.

»Was glaubst du denn, warum ich diesen Job angenommen hab?« scherzte Ibrahima zurück. »Glaubst du, ich war heiß darauf, im Elephant House schlafen zu können?

Meine zweite Frau ist sehr eifersüchtig. Uuh – ich kann dir sagen! Sie macht mir das Leben schwer.«

»Ich hab eine Frau und zwei Freundinnen, und sie sind alle eifersüchtig«, prahlte der Wächter. »Hast du 'ne Zigarette?«

»Hier, nimm soviel du willst.« Ibrahima reichte ihm seine Packung. Die beiden stiegen aus. Wir waren am Personaleingang angekommen. Der Wächter schloß die Tür auf, lehnte es ab, auf einen Kaffee mit hineinzukommen, weil er seinen Job verlieren würde, wenn man ihn im Haus fand, und setzte seine Runde fort. Ibrahima schaltete das Licht im Eingang aus, wartete ein paar Minuten, dann schlich er hinaus und öffnete wortlos die Autotür. Ich wand mich aus der brezelartigen Haltung, in die ich mich gezwängt hatte, und folgte ihm ins Haus.

Der einfache Teil war vorbei.

Ich war zwar noch nie in Garrets Räumen gewesen, wußte allerdings, daß er den ersten Stock im Westflügel bewohnte. Als Ersatzbutler hatte Ibrahima sich mit dem ganzen Haus vertraut machen können. Er machte einen raschen Rundgang durch das Untergeschoß, um sicherzugehen, daß niemand auf war, während ich im Anrichteraum des Butlers wartete.

»Alles klar?«

»Ich hab auch oben auf Alicias Flur nachgesehen. Es war kein Licht unter ihrer Tür. Sie geht normalerweise gegen elf ins Bett, also sollte sie inzwischen schlafen.«

Und laut Ibrahima kam Garret selten vor ein Uhr nach Hause. Also blieb uns nicht ganz eine Stunde, um hier herumzuschnüffeln und wieder zu verschwinden. Lange genug, wie ich hoffte.

Ibrahima führte mich durch den schmalen Dienstbotenflur zu einer ebenso schmalen Treppe. Die Stufen gingen nach oben in ein dunkles Loch, und ich blieb stehen, um kurz mit der Taschenlampe hinauf zu leuchten.

»Tritt vorsichtig auf. Die Stufen knarren.«

Ich hielt mich an dem glatten Treppengeländer fest und tastete mit den Zehen jede Stufe ab, bevor ich ihr mein Gewicht anvertraute. Dann gingen wir schweigend durch eine Pendeltür. Nun hatten wir einen dicken Teppich unter den Füßen.

Ibrahima blieb stehen. Ungewollt machte ich noch einen kleinen Schritt und trat ihm auf den Fuß. Er flüsterte mir ins Ohr: »Mach mal kurz deine Lampe an.«

Ich schaltete sie an und gleich wieder aus. Aus Protest gegen die plötzliche Helligkeit erschienen auf meiner Netzhaut orangefarbene Blitze. Man konnte einen geräumigen Flur erkennen, der an einem mit Vorhängen versehenen Fenster endete. Er war kahl bis auf das riesige Rosenmuster auf dem Teppich, eine mannshohe chinesische Vase in Blauweiß, die zu der Vase neben Emmets Arbeitszimmer paßte, und einen antiken Tisch, auf dem Schnittblumen standen, die die Luft mit einer schweren Süße erfüllten. Zumindest würde hier niemand meine Anwesenheit mit der Nase feststellen.

Ibrahimas Hand legte sich warm auf meine. »Die linke Tür«, flüsterte er.

Wir kamen sicher an der bedrohlich aufragenden Vase vorbei und betraten den Raum zur Linken. Ibrahima zog die Tür hinter uns zu. Ich machte erneut die Taschenlampe an und dämpfte das Licht an meinem Bauch. Schwere Vorhänge verbargen die Fenster.

Wir befanden uns in Garrets Arbeitszimmer. Es hätte

kaum einen größeren Kontrast zu Emmets Arbeitszimmer geben können mit seinen bequemen schäbigen Sofas und den nüchternen Aktenschränken. Ich hatte Clubatmosphäre erwartet, eine Ledercouch, Sessel mit hohen Lehnen und in Leder gebundene Bücher, von denen man wußte, daß niemand sie je gelesen hatte. Garret war etwas viel Bezauberndereres gelungen. Wir waren zurückversetzt in die zwanziger Jahre mit den für das Art déco typischen sparsamen Formen und den nackten Damen, die sich hemmungslos amüsierten. Vor siebzig Jahren mußte ein reicher weißer Siedler all diese ultramodernen Möbelstücke direkt von London und Paris hierher verschiffen haben lassen. Garrets Großeltern vielleicht? Ich konnte mir nicht vorstellen, daß Garret das Geld hatte, bei den heutigen Preisen Art déco zu kaufen.

Ich legte die Taschenlampe auf einen Stuhl, von wo aus ihr Strahl auf einen Schreibtisch aus Ebenholz und Chrom fiel, der einen langen Schatten an die Wand warf. Ibrahima zog eine Stiftlampe heraus. Er übernahm eine Seite des Raums, ich die andere, und wir öffneten systematisch jeden Schrank und jede Schublade. Auf einem dekorativen Glastisch lag eine Sammlung japanischer Netsuke aus Zinnober, Elfenbein, Jade und Quarz, lauter kunstvoll geschnitzte Phantasiefiguren.

»Sieh dir das an«, flüsterte Ibrahima. Ich trat neben ihn vor eine schwarzlackierte Kredenz. Darauf stand eine lange Holzkiste mit orientalischen Schnitzereien, die groß genug für ein Tenorsaxophon war. Ihre aufwendig verzierte Oberfläche wirkte völlig deplaziert in einem Raum, in dem glatte, gerade Linien vorherrschten. Ibrahima machte den Deckel auf. Die Kiste war mit blauem Samt ausgekleidet. Darauf ruhten zwei kleine Elefantenstoßzähne.

Das polierte Elfenbein schimmerte im Strahl meiner Taschenlampe. Kaum ein Zentimeter war unbearbeitet. Beide Stoßzähne waren in Form eines chinesischen Lustgartens geschnitzt mit Pfaden, Treppen, Pavillons, von Wistarien umrankten Bögen und winzigen menschlichen Figuren. Ich bin gewiß kein Experte für asiatische Antiquitäten, aber für mich sah das Elfenbein so blaß aus, als ob es erst gestern geschnitzt worden wäre.

Angst kribbelte mir auf der Haut und ließ die Haare auf meinen Armen hochstehen. »Wenn sein Vater das je gesehen hat ...« Ich fuhr mit dem Finger über das Elfenbein. Man konnte seine Schönheit nicht verleugnen. Aber war es schön genug, um dafür zu töten?

Ich wischte mir die Finger an der Hose ab. Mich machte der Gedanke wütend und traurig, daß wir immer weiter Elefanten verlieren würden, nur damit Sammler mit ihren geschnitzten Stoßzähnen protzen konnten. Alicia zufolge hatte Garret letzte Woche gejammert, Emmet hätte nicht an seine Sachen gehen dürfen. Vermutlich war Emmet nach seinem Besuch auf der Phantom Ranch mißtrauisch geworden und hatte hier nachgesehen. Danach hatte er Garret zu einer Spazierfahrt gebeten, von der sie laut Joseph wie tote Männer zurückkehrten. Hatte Emmet Garret bei dieser Gelegenheit zur Rede gestellt? Und ging es um diese Stoßzähne oder auch um das Abschlachten von Elefanten draußen bei der Phantom Ranch? Hatte Garret daraufhin beschlossen, seinen Vater umzubringen? Die Stoßzähne lagen schweigend in ihrer Holzkiste und gaben nichts preis.

Ich schloß den Deckel. Eigentlich hätten wir jetzt gehen können, aber uns blieb immer noch ein gewisser Spielraum, bevor Garret zurückkam. Es wäre schön, wenn wir geschäftliche Unterlagen von ihm über die Ranch finden würden. Ich ging zurück zu dem Schreibtisch auf der anderen Seite des Raums und öffnete eine Schublade nach der anderen, fand aber nur stapelweise cremefarbenes Briefpapier, dünnes blaues Luftpostpapier sowie Briefe, die mit ausgefransten Gummibändern zu dicken Stapeln zusammengebunden waren. Garret schien eine rege Korrespondenz zu führen. Ich warf einen kurzen Blick auf die Briefmarken und Absender. Die meisten stammten aus England, ein paar aus Amerika. Nichts aus Hongkong, China oder Japan – den Weltzentren für Elfenbeinschnitzerei. Nichts aus Somalia oder den Vereinigten Arabischen Emiraten, sichere Häfen für das Umdeklarieren von Elfenbein auf dem Weg nach Fernost. Natürlich mußte Garret irgendwo die Unterlagen über seine geschäftlichen Unternehmungen aufbewahren, aber hier wohl nicht. Ich schloß die letzte Schublade und drehte mich um zu Ibrahima.

In dem Moment ging die Tür zum Zimmer auf, und es wurde gleißend hell.

Garret stand im Türrahmen. Ich warf mich auf den Boden, beinah noch bevor ich den gedrungenen Revolver in seiner rechten Hand sah. Er schoß sofort. Es klang wie eine Explosion, als ob das ganze Zimmer auseinandergerissen würde.

Fast im gleichen Augenblick hörte man Glas zerbrechen, einen dumpfen Aufprall und einen Schmerzensschrei. Ibrahima und Garret rangen miteinander auf dem Fußboden, um sie herum lagen die Scherben einer zerbrochenen Lampe. Ich rappelte mich hoch. Garret hielt immer noch den Revolver umklammert.

Ibrahima war zwar älter, aber er hielt sich gut. Er rang mit Garret, bis er auf ihm lag, drückte ihn mit seinem größeren Gewicht gegen den Boden und umklammerte sein rechtes Handgelenk. Ich entriß Garret die Waffe, der versuchte, die Finger seiner freien Hand Ibrahima in die Augen zu stoßen.

Ich richtete den Revolver auf seinen Kopf. »Hör auf, oder ich puste dir den Kopf weg, verdammt noch mal!«

Er wandte den Blick kurz von Ibrahima ab und registrierte mein Gesicht. Ich konnte sehen, wie mörderische Wut in Erkennen überging. Schlaff ließ er die Arme sinken. »Was, zum Teufel, macht ihr denn hier?« Er richtete sich auf und rieb sich das Handgelenk. Es blutete aus einer Schnittwunde am Unterarm. »Du hast mir fast den Arm gebrochen mit dieser verdammten Lampe.«

Ibrahima stand auf und ließ sich von mir die Waffe geben. »Soll ich einen Arzt rufen?«

»Nein! Ich brauche keinen Arzt!« Garret hievte sich auf die Füße. Dann streckte er die Hand nach dem Revolver aus. »Den will ich wiederhaben.«

Ibrahima nahm die Patronen heraus und gab ihm die Waffe.

»Auch die Patronen!«

Ibrahima ignorierte ihn und ließ die Patronen in seine Tasche fallen. »Darf ich Ihnen einen Brandy bringen, Sir?«

Garret war einen Augenblick sprachlos über diesen abrupten Rollenwechsel. Ich lächelte hinter Garrets Rücken, doch Ibrahima sah mich mit seinem neuen Ausdruck gelassener Würde an. Wo hatte er gelernt, einen englischen Butler nachzuahmen? Hatte Alicia ihm Unterricht gegeben?

»Auch für Sie einen Brandy, Miss?«

»Es ist wohl das beste, wenn ich gehe. Garret, es tut mir furchtbar leid, daß ich dich erschreckt habe. Ich hoffe, dein Arm ist bald wieder okay.« Ich ging in Richtung Flur. »Danke, Ibrahima, daß du mich beschützt hast – und Mr. Laird davor bewahrt hast, einen unbeabsichtigten Mord zu begehen. Du warst wunderbar.«

Das mit dem *unbeabsichtigten Mord* gefiel mir. Ich hoffte, das würde Garret so lange zum Schweigen bringen, bis ich hier raus war, ohne daß man mir peinliche Fragen stellen konnte. Fragen wie: Was hattest du mitten in der Nacht in meinem Zimmer zu suchen?

Ich schaffte es bis zu der mannshohen chinesischen Vase, da kam mir ein uniformierter Wächter entgegen. Er ließ sich auf ein Knie nieder und richtete seine Waffe auf mich. »Lassen Sie Ihre Waffe fallen«, befahl er.

Ich zeigte meine leeren Hände. »Garret!«

Garret kam durch den Flur marschiert. »Es ist alles in Ordnung. Ich habe geschossen. Ich hab gedacht, es wär jemand ins Haus eingedrungen.« Er sah mich schräg von der Seite an, um festzustellen, ob ich den Sarkasmus mitbekam.

»Ist alles in Ordnung?« Alicias Stimme schallte die Treppe herauf.

Soviel zu meinem Versuch, mich unauffällig davonzuschleichen. Der Wächter stand auf und steckte seine Waffe weg. »Ja, Mrs. Laird. Mr. Laird ist hier oben, und es ist alles unter Kontrolle.« Dann wandte er sich an Garret. »Möchten Sie, daß ich durchs Haus gehe, Sir?«

»Komm rauf, Alicia!« Garret ging ihr bis zum Rand der

Treppe entgegen. Dann sprach er nach hinten zu dem Wächter. »Nein, danke. Das ist im Augenblick alles.«

»Danke, Sir.« Der Wächter warf noch einen neugierigen Blick auf uns und ging.

Alicia blieb mit der Hand auf dem Treppenpfosten stehen. »Dein Arm blutet ja. Was, zum Teufel, ist hier los?«

Garret massierte sich sein Handgelenk. Dann deutete er mit dem Kinn auf mich. »Ich hab Jazz bei der schwachen Beleuchtung nicht erkannt und auf sie geschossen.«

»Was?« Alicia sah rüber zu seinen Räumen. Sie versuchte, meine Anwesenheit hier irgendwie zu verstehen. Es gelang ihr nicht.

Ich hatte zwei Möglichkeiten, zu lügen oder die Wahrheit zu sagen. Ich versuchte, mir eine gute Lüge auszudenken, aber mir fiel nichts ein, deshalb entschied ich mich für die Wahrheit.

»Ich hab ein bißchen hier rumgeschnüffelt, als Garret nicht da war.«

Alicia sah mich eisig an. »Vielleicht sollten wir in Garrets Arbeitszimmer gehen und uns das alles anhören, während wir auf die Polizei warten.«

»Gute Idee. Aber vielleicht solltest du mit der Polizei warten, bis du mich hast ausreden lassen. Hast du übrigens einen Waffenschein für diesen Revolver, Garret?«

»Die Waffe gehört mir.« Alicia zog den Gürtel an ihrem Seidenmorgenrock enger. Ihre Brüste schaukelten unter dem dünnen Stoff hin und her. »Ich hab sie ihm geliehen.«

»Hast du erwartet, daß es diese Nacht Ärger geben würde?«

»Nein, reine Vorsichtsmaßnahme.« Sie klopfte auf die Taschen ihres Morgenrocks, als ob sie nach Zigaretten suchte, fand aber keine. Garret bot ihr sein Päckchen an. »Die Polizei hat bisher noch keinen einzigen Verdächtigen gefunden.« Sie ließ sich von Garret Feuer geben und tat einen tiefen Zug. »Einer von uns könnte der nächste sein.«

»Besonders mit einer Waffe im Haus. Gewöhnlich wird damit nämlich jemand aus der Familie erschossen.«

»Du hast keinen Grund, so sarkastisch zu sein, Jazz«, sagte Garret. »Ich denke, du schuldest uns eine Erklärung. Ich bin jedenfalls absolut gespannt darauf.« Er zog den Schreibtischsessel näher heran und setzte sich seitlich darauf. »Bitte, fang an.«

»Ich glaube, die Polizei würde sich genausosehr für deine Erklärung interessieren. Warum solltest du ohne Warnung auf eine Frau in deinem Zimmer schießen?«

»Ich hab die Hintertür offen vorgefunden, was sie nicht sein sollte, und in der Küche brannte Licht. Also dachte ich, ich seh besser mal nach, ob jemand ins Haus eingedrungen ist.« Garret begann zu gestikulieren, merkte dann, daß er mit der Waffe herumfuchtelte, und ließ die Hand sinken. »Was sehe ich in meinem Arbeitszimmer? Es kam mir verdächtig vor.« Seine Stimme wurde immer weinerlicher. »Das Licht war aus, überall Schubladen herausgezogen, und hinten im Zimmer wühlt jemand in meinem Schreibtisch. Da frag ich dich ...«

Alicia und ich warteten höflich, aber der Satz blieb unvollendet. Schließlich fragte ich: »Warum hast du geschossen?«

Garret wurde laut. »Aber ich hab dir doch gerade erklärt –«

»Du hast eine dunkle Gestalt gesehen, du hast nicht erkannt, wer es war, und da hast du einfach geschossen?«

»Ja, aber ...« Er fuchtelte schon wieder mit dem Revolver herum.

»Würdest du bitte die Waffe hinlegen, bevor sie noch mal losgeht«, sagte Alicia. Dann wandte sie sich an mich, richtete sich zu voller Größe auf und schob ihre Brust aggressiv vor. »Garret war nicht hinter dir her und wollte dich erschießen. Er hat einen Eindringling überrascht. Ich möchte wissen, wie du dazu kommst, mitten in der Nacht in meinem Haus herumzuschleichen.«

»Entschuldige bitte, daß ich mich in dein Haus geschlichen habe, Alicia. Ich hab nach Informationen im Zusammenhang mit dem Mord an Emmet gesucht. Aber Garret, es war nicht stockfinster hier drin, besonders nachdem du das Licht angeschaltet hattest. Du hast direkt auf mich geschossen. Das finde ich sehr beunruhigend. Du kannst es nicht als Notwehr bezeichnen: Ich hatte keine Waffe, ich hab dich nicht angegriffen.«

»Ich glaube, ich werd erst meinen Anwalt konsultieren, bevor ich auf diese Beschuldigungen antworte«, sagte Garret.

»Hör mal, ich hab nicht vor, Anzeige zu erstatten, solange ihr nicht die Polizei hinzuzieht.«

»Von uns will auch keiner Anzeige erstatten«, sagte Alicia. »Du weißt doch, daß Garret dich nicht verletzen wollte. Es ist doch nichts passiert, oder? Außer daß wir alle um etwas Schlaf gebracht worden sind.«

»Und daß ich Elefantenstoßzähne bei Garret gefunden habe«, sagte ich.

Garret sah mich herausfordernd an. »Das war ein Geschenk. Das beweist überhaupt nichts.«

»Du hast was?!« Alicia trat ihre Zigarette aus. »Laß mich mal sehen.«

»Du hast kein Recht, meine Sachen zu kontrollieren!«

»Du hörst dich an wie ein Dreizehnjähriger, Garret. Ich meine mich zu erinnern, daß du Emmet letzte Woche denselben Satz entgegengeschrien hast.«

»Ach, was soll's.« Garret winkte mit seiner großen bleichen Hand ab. »Guck dir ruhig die verdammten Stoßzähne an. Ich wünschte, sie wären mir nie unter die Augen gekommen.« Alicia ging zu der Kredenz. »Paß auf die Glasscherben auf«, sagte er und sah mich böse an.

Alicia hob den Deckel der Kiste hoch und betrachtete die in Samt gehüllte Schnitzarbeit. Dann wandte sie sich an Garret. »Du bist ein Idiot, Garret. Emmet hätte dich umgebracht, wenn er das gesehen hätte.«

»Ich hab das nicht gekauft. Es ist ein Geschenk. Von meinem neuen Geschäftspartner. Frag Jazz. Sie hat ihn heute abend kennengelernt.«

»Mr. Hanyo.« Ich nickte. »Wann hat er dir das geschenkt?«

»Donnerstag vor einer Woche. Genau an dem Tag, als mein Vater meine Ranch besuchte und völlig verstört wiederkam. Ich weiß nur, daß er anschließend in meinen Sachen herumgeschnüffelt und« – Garret deutete auf die Stoßzähne – »einen Tobsuchtsanfall gekriegt hat.«

Er zog die Tür der Kredenz auf, hinter der sich ein gut sortierter Bestand an Spirituosen verbarg, nahm eine Flasche Courvoisier und einen Cognacschwenker heraus und goß sich einen Doppelten ein. Mir und Alicia bot er nichts zu trinken an. »Er ist sogar nach Umar Island rausgefahren und zu dem Schluß gekommen, das sei ein Stützpunkt der Schmuggler.«

Garret schwenkte den Cognac in seinem Glas hin und her. »Ich hab ihm von Hanyo erzählt. Ich hab ihm sogar Hanyos Karte gezeigt, die da drin liegt, aber das reichte ihm nicht.« Garret verzog verbittert den Mund. »So wie er sich angestellt hat, hätte man meinen können, ich hätte eigenhändig alle Elefanten Afrikas umgebracht.«

»Weil er auch Hinweise auf Wilderei bei deiner Ranch gefunden hat«, suggerierte ich.

»Na und? Damit hab ich nichts zu tun.« Garret schob sein Kinn vor. »Thiaka führt den Laden, nicht ich. Ich bin so gut wie nie da draußen.«

»Ich hab gehört, du seist in letzter Zeit öfter dort gewesen.«

»Du hast aber wirklich eifrig rumgeschnüffelt«, sagte Alicia.

Ich gab keine Antwort.

»Ich war mit Hanyo dort und hab ihm die Ranch gezeigt. Wir haben aber nicht mit weißen Baumwollhandschuhen in jede Ecke gelangt, wie Emmet das offenbar gemacht hat. Woher, zum Teufel, sollte ich denn wissen, daß die geschlossenen Lkw zum Transport von Stoßzähnen benutzt wurden?«

»Wie hat Emmet das rausgekriegt?« fragte ich leise.

»An einer Baustelle in der nordöstlichen Ecke des Grundstücks hat er Kratzer auf dem Boden eines verfluchten Lkw entdeckt, außerdem ein winziges Stück verschrumpelte Elefantenhaut und ein paar Blutflecken, und sofort war er bereit, Thiakas gesamtes Unternehmen als Hauptquartier von Wilderern dichtzumachen. Die ganze Arbeit, die Thiaka da reingesteckt hatte, interessierte ihn nicht. Auch nicht, daß ich dabei war, das größte Geschäft meines Lebens abzuschließen! Nein,

Emmet fand ein fingernagelgroßes Stück Elefantenhaut in einem Lkw, und das war's. All unsere harte Arbeit, all unsere Träume zum Teufel.« Garret trank den Rest in seinem Cognacglas mit einem Schluck aus. »Mein neuer Partner macht mir ein schönes Geschenk, das in seinem Land hergestellt wurde und das ich noch nicht mal aus dieser Kiste genommen habe, und mein lieber Vater beschließt, daß ich ein Monster bin. Ist das richtig? Ist das fair?«

»Was ist mit all dem Geld, das in die Ranch gepumpt wurde? Wo kam das her?«

»Das hat Emmet mich auch gefragt. Thiaka hat es nicht von mir, das kann ich dir versichern. Ich hab Emmet mein Bankkonto gezeigt. Da sind keine lumpigen zwanzig Cent drauf! Warum sollte ich denn Hanyo meinen Hauptanteil an Umar Island verkaufen, wenn ich Millionen mit Elfenbeinschmuggel mache? Warum sollte ich in diesem verdammten Haus wohnen?« Garret gab ein unechtes Lachen von sich.

»Hat er Thiaka auch zur Rede gestellt?« fragte ich.

»Nein. Er hat mir gesagt, ich sollte Thiaka nichts davon erzählen, bis er mehr Beweise in der Hand hätte.«

»Du hast es ihm trotzdem gesagt?« fragte Alicia.

»Nein.« Garret baute sich vor der schwarzlackierten Kredenz auf und verschränkte die Arme mit einem schwachen Lächeln. »Ich hatte versprochen, Thiaka nichts zu erzählen, und das hab ich auch nicht. Ich hab es Kim erzählt.«

25

Seit Stunden fuhr ich schon durch die hohen, bewaldeten Hügel, und als ich gerade erwartete, hinter der nächsten Kurve Robert Thiakas Dorf auftauchen zu sehen, endete die Piste auf halber Höhe in einer unwegsamen Schlucht. Ein lautes Rascheln verriet mir, daß ich ein Tier aufgeschreckt hatte, dann sah ich ein riesiges Wildschwein mit einer Schulterhöhe von weit über einem Meter im dichten Busch verschwinden. Ich sah auf meine Karte. Hatte ich eine Abzweigung verpaßt? Verdammt. Diesen Weg rückwärts wieder herunterzufahren, wäre überhaupt nicht lustig.

Im Rückspiegel sah ich ein Tier, das Hilfe versprach. Es war ein dürres Schaf. Wo ein Schaf war, mußten noch andere sein, und wo eine Herde war, da mußte es auch einen kleinen Jungen geben. Ich wurde nicht enttäuscht. Ein staubiger kleiner Kerl in zerrissenen Shorts gab dem herumstreunenden Schaf einen Klaps mit einem geschälten Stock. Dann kam er zu mir gelaufen und starrte mich mit unverhohlener Neugierde an.

»Enderit?«

Der Junge nickte und zeigte geradeaus, also in Fahrtrichtung. Dann hob er ein Bein, um mir seinen schwieligen Fuß zu zeigen. Ich verstand. Wenn ich nach Enderit wollte, mußte ich zu Fuß gehen.

Ich zog Wanderstiefel an und setzte einen breitkrempigen Hut auf, außerdem hakte ich mir eine volle Feldflasche mit Wasser an den Gürtel. Schließlich wußte ich ja nicht, wie lange ich würde laufen müssen. Ich fand den Fußweg, der voller Schafskot war, und begann zu klettern. In dem Moment hörte ich das Geräusch eines Autos. Ich wartete, um festzustellen, wer ebenfalls beschlossen hatte, Thiaka einen Besuch abzustatten. Ich hatte da meine Vermutungen.

Ein gemieteter Suzuki Sierra mit schwarzweißen Zebrastreifen hielt hinter meinem Auto. Und tatsächlich war es Kim, die den Motor abstellte und ausstieg.

Sie trug eine enge Jeans und eine afrikanische Bluse in kräftigen Farben, dazu große Ohrringe aus Kupfer, die ihre eleganten Gesichtszüge hervorhoben. Sie strahlte dieses Gefühl von innerer Kraft und Selbstbewußtsein aus, das mir schon vorher aufgefallen war.

Ich hatte einen Augenblick Angst, doch dann redete ich mir die aus. Wer auch immer Emmet umgebracht hatte, hatte sich große Mühe gegeben, die Tat nicht wie einen Mord aussehen zu lassen. Niemand würde mich kaltblütig umbringen und glauben, er könnte das vertuschen.

»Ich hab stundenlang Ihren Staub geschluckt. Puh.« Sie wischte sich mit einem Kleenex durchs Gesicht und klopfte ihre Sachen ab.

»Ich hab mir schon gedacht, daß Garret Sie wegen letzter Nacht anrufen würde. Sie wollen also Robert warnen, daß Garret alles ausgeplaudert hat?«

Kim begann, den Pfad hinaufzuklettern. »Und Sie wollten als erste da sein, um festzustellen, wieviel Sie Robert entlocken könnten.«

»Sind Sie hier als seine Freundin? Als seine Anwältin? Oder als seine Mitverschwörerin?«

»Robert Thiaka hat nichts mit dem Mord an meinem Vater zu tun, und ich lasse nicht zu, daß Sie ihn da mit reinziehen.«

Kim ging einfach an mir vorbei, ohne stehenzubleiben. Ich folgte ihr in Gedanken versunken. Die ganze Fahrt über hatte ich mir überlegt, wie ich mich Thiaka gegenüber am besten verhalten sollte. Ich konnte ihn entweder mit den Tatsachen konfrontieren oder versuchen, sein Vertrauen zu gewinnen. Jetzt, wo Kim dabei war, schienen beide Möglichkeiten wenig erfolgversprechend. Wie könnte ich ihn nur zum Reden bringen?

Kim verschwand um eine Biegung. Die Sonne knallte vom Himmel, und der beißende Staubgeruch vermischte sich mit den üppigen frischen und fauligen Gerüchen des Waldes. Bis auf das Geträller der Nektarvögel schien es keinerlei Lebewesen zu geben, bis ich in eine baumlose, felsige Region kam und einen großen Felsblock umrundete. Da hörte ich plötzlich das unverkennbare Angstgeschrei von Pavianen. Kim war regungslos mitten auf dem Pfad stehengeblieben und wirkte zum ersten Mal erfreut, mich zu sehen.

Ich packte sie am Arm, legte einen Finger auf den Mund und sah mich nach einem Versteck um. Der Lärm wurde lauter. Ich zeigte nach oben. Wir kletterten auf den Felsblock und legten uns flach hin. Falls ein Löwe hinter ihnen her war, wollte ich ihn auf keinen Fall auf die Idee bringen, daß es hier noch größere Portionen Primatenfleisch gab.

Von unserem Aussichtspunkt konnten wir auf eine verwirrende Szene herabblicken, bei der kein Löwe im Mittelpunkt stand, sondern ein Pavianweibchen mit geschwollenem, rotem Hinterteil, die öffentliche Ankündigung dafür, daß sie fruchtbar war. Ihre Bereitschaft, sich zu paaren, schien eher auf einem körperlichen als einem persönlichen Bedürfnis zu beruhen. Mit lautem

Protestgeschrei rannte sie nämlich durch das Buschwerk, das größte Männchen dicht hinter ihr her. Das wurde seinerseits von einer Horde Konkurrenten bedrängt. Mit seinem dichten dicken Fell und den Eckzähnen, die scharf wie Schwerter waren, sah es wie ein kampferprobter Gladiator aus. Ich war froh, daß sie zu beschäftigt waren, um uns auf unserem Hochsitz zu bemerken.

Mit zornigem Knurren drehte sich das große Männchen zu seinen Angreifern um. Seine Halskrause war gesträubt, und es riß das Maul weit auf, um seine riesigen Zähne blitzen zu lassen. Kreischend rasten die anderen Männchen davon. Doch sobald er sich dem Weibchen zuwandte, waren sie wieder hinter ihm her. Ganze Familiensippen sahen vom Rand des Geschehens aus zu, bereit, sofort zu fliehen, falls sich der tosende Haufen in ihre Richtung bewegen sollte.

Ich suchte nach dem brünstigen Weibchen, konnte aber nur erkennen, daß sich im Zentrum der Horde zwei Männchen gegenüberstanden, auf den Boden stampften und sich gegenseitig drohten. Dann hörte ich ganz in der Nähe ein Keuchen. Kim signalisierte mir, ich sollte über den Felsrand gucken. Dort war das Weibchen und paarte sich in aller Ruhe und bereitwillig mit einem mittelgroßen Männchen. Als sie fertig waren, schlichen sie sich gemeinsam davon.

Auch für uns wurde es Zeit weiterzugehen. Die überschäumende männliche Aggression blockierte aber immer noch den Fußweg. Ich hob ein paar kleinere Steine auf, flüsterte Kim etwas zu, und auf mein Signal hin sprangen wir mit Geschrei und einer Salve von Steinwürfen herunter. Unsere Drohgebärde wirkte sofort. Erschrockene Gesichter sahen uns angstvoll an, und die Horde löste sich mit aufgeregten Schreien auf.

»Das war höchst erstaunlich!« rief ich fröhlich, als wir weiter den Berg hinaufkletterten.

Kim paßte sich meinem Schritt an. »Das war das erste Mal, daß ich gesehen habe, wie sich wilde Tiere verhalten, wissen Sie, daß sie ihr Leben vor unserer Nase führen. Es ist interessant«, fügte sie widerwillig hinzu. »Mir hat gefallen, wie das Weibchen einen kleinen, ruhigen Typ diesem großen Angeber vorgezogen hat.«

»Das muß ich Mikki erzählen. Genau das hat sie nämlich festgestellt, und damit war ihre Karriere in der Pavianforschung beendet. Das hat dann dazu geführt, daß sie mit Ihrem Vater zusammengearbeitet hat.«

Als Emmets Name fiel, wurde Kims Gesicht wieder verschlossen. »Nein, das wußte ich nicht.«

»Wie Sie gerade sagten, der ruhige Typ sticht den Angeber aus. Mikki hat festgestellt, daß Pavianweibchen feste Freunde haben – ein Männchen hält sich das ganze Jahr über in der Nähe eines bestimmten Weibchens auf, ist nett zu ihr, sie putzen sich gegenseitig, er beschützt ihre Familie bei Streitereien in der Horde. Und wenn die Paarungszeit kommt, kämpfen die großen Männchen miteinander, während sich das Weibchen davonschleicht und sich mit seinem Freund paart.«

»Soviel zu dem ganzen Blödsinn, daß männliche Dominanz bei Primaten natürlich ist.«

»Yeah, außer in der offiziellen Zoologie – Mikkis Arbeiten wurden ignoriert, und sie bekam kein Forschungsstipendium mehr. Daraufhin begann Emmet ihre Untersuchungen über Elefanten zu finanzieren.«

Kim verstummte wieder. Unser angestrengtes Atmen

war das einzige Geräusch, das zu hören war, während wir den Pfad hinaufstiegen.

»Was ist mit Robert? Hatte er Schwierigkeiten, Gelder aus den üblichen Quellen zu bekommen?«

Kim warf mir einen Blick zu und lachte. »Er ist nicht durch Elfenbeinschmuggel daran gekommen, und der Rest geht Sie nichts an.«

»Wenn alles korrekt ist, wozu dann diese Geheimnistuerei?«

»Weil wir Ihnen keine Erklärungen schuldig sind.«

»Kim, wenn Robert Thiaka nicht in die Wilderei auf seiner Ranch verstrickt ist, dann ist es jemand anders. Und der hat Emmet ermordet. Robert könnte ebenfalls in Gefahr sein.«

Kim antwortete nicht, aber zumindest widersprach sie mir auch nicht kategorisch. Ich versuchte, das als Zeichen zu werten, daß ich näher an sie rangekommen war, aber da sie wieder vor mir herlief, konnte ich an ihrem Gesicht nichts ablesen.

Nachdem wir zwei weitere Meilen mühsam geklettert waren, kamen wir an ein kahles Feld, das ordentlich gepflügt war und auf den nächsten Regen wartete. Hinter dem Feld erspähte ich ein mit Stroh gedecktes Dach. Wir waren in Enderit angekommen.

Sofort zogen wir eine Schar von Kindern an, die uns mit großen Augen ansahen, aber zu schüchtern waren, um zu schreien, eine willkommene Abwechslung zum Verhalten der Kinder in Majengo. Zwischen größeren Höfen gingen wir über einen unbefestigten Weg, bis wir auf einen offenen Platz kamen, der von der riesigen Krone eines stattlichen Feuerrindenbaums überragt wurde. Seine senfgelben Zweige breiteten sich wie die

Speichen eines Schirms aus und boten Schutz vor der Mittagshitze. Unter dem Baum lagen zwei Männer auf dem Rücken und schliefen fest.

Eines der Kinder mußte dem Dorfältesten Bescheid gesagt haben, denn er kam in Plastiksandalen angeschlurft und zog sich seine weite Hose hoch, die von einem Strick gehalten wurde. Er begrüßte uns höflich und lud uns zu einem selbstgebrannten Maisbier ein. Als Kim bei dem schalen säuerlichen Geschmack unwillkürlich das Gesicht verzog, schlug sich der Dorfälteste auf die Hüfte und bog sich vor Lachen. Dann stellte er eine Reihe höflicher Fragen über unsere Reise hierher, unsere Gesundheit und die Gesundheit unserer Familie, bis schließlich ein kleiner Junge beauftragt wurde, uns zum Hof der Thiakas zu führen.

Innerhalb einer durchhängenden Umzäunung aus Strohmatten standen mehrere strohgedeckte Lehmhütten und ein großes Haus mit einem Blechdach, hinter dem sich mehrere Küchenhütten befanden. Wir wurden einer verwirrenden Menge lächelnder Menschen vorgestellt, von der verhutzelten Großmutter, ihrem ältesten Sohn – der ein Wahrsager war und hohes Ansehen genoß – bis hin zu den dickbäuchigen mittelalten Söhnen und ihren dürren überarbeiteten Frauen. Die ganze Zeit sahen Kinder mit großen Augen zu. Wir wurden so herzlich begrüßt, als ob wir verloren geglaubte Verwandte wären.

Robert Thiaka war mit den Jungen an einem geheimen Beschneidungsort in Klausur, aber man lud uns ein, bis zu seiner Rückkehr zu bleiben, was mehrere Tage dauern konnte. Kim und ich sahen uns entsetzt an. Würde Robert erfahren, daß wir hier waren? Ja, man würde jemanden zu ihm schicken, um es ihm zu sagen. Wir beschlossen, geduldig zu warten, da uns ohnehin nicht viel anderes übrigblieb.

Man führte uns in eine Lehmhütte, wo wir auf niedrigen Holzhockern Platz nahmen. Alle Frauen und Kinder aus dem Dorf drängten sich in die Hütte, setzten sich uns gegenüber auf den Boden und starrten uns mit ungeheurer Energie und Konzentration an, als ob sie einen guten Film sähen. Ab und zu stieß jemand seinen Nachbarn an, flüsterte etwas und kicherte.

»Wie gefällt Ihnen das?« flüsterte ich Kim zu.

»Ich hab das schon mal durchgemacht«, flüsterte sie zurück. »Es wird noch schlimmer, wenn das Essen kommt.«

Ein kleines Mädchen schlich sich an mich heran, wartete, bis ich wegsah, und drückte ihren Zeigefinger auf meinen Arm. Dann betrachtete sie mit Interesse ihren Finger.

Eine Stunde später kam das Mittagessen, eine große Emailschüssel voll *Ugali* – ein dicker, schwerer Maisbrei, den man hart werden läßt und dann mit gekochtem grünen Gemüse bedeckt. Ich schlug vor, wir sollten die Schüssel auf den Boden stellen, wo jeder zugreifen könnte, doch die kräftige Frau, die das Essen brachte, sagte mit einer Stimme, die keinen Widerspruch duldete, daß sie es speziell für uns, ihre Ehrengäste, gemacht hätte. Dann setzte sie sich in die erste Reihe. Dies war der einzige Moment, in dem ich daran zweifelte, ob es klug gewesen war, mich auf die Suche nach Thiaka zu machen.

Ich fühlte mich ganz benebelt, während mein Magen sich immer mehr von dem Ugali aufblähte. Endlich war die Mahlzeit zu Ende, und ein zufriedenes Publikum zerstreute sich. Der Junge, der Thiaka Bescheid sagen sollte, daß wir hier waren, war noch nicht zurückgekommen.

Nachdem man uns aus der Hütte entlassen hatte, gesellten wir uns zu einer Gruppe Männer, die unter einem Baum saßen. Es herrschte ein lebhaftes Gespräch, vom Dorfklatsch bis zur Weltpolitik. Im Laufe des Nachmittags begannen sie, uns Fragen zu stellen. Kann man von einem Flugzeug aus die Erde sehen? Gibt es in Amerika Schwarze? Sind sie auch reich? Sind die Russen schwarz oder weiß? Sind wirklich Männer auf dem Mond gewesen? Kim und ich antworteten abwechselnd. Amerika schien ein entfernter Planet zu sein.

Eine von Roberts Tanten kam mit liebenswürdigem Lächeln zu uns, um uns zu sagen, daß heute nachmittag auch die Initiationszeremonie der Mädchen stattfinden würde. Ob wir Lust hätten hinzugehen? Kim sagte sofort ja, und wir wurden über Dorfpfade in eine kleine Lichtung im Wald geführt.

Eine kleine Gruppe von Frauen und Mädchen bildeten einen lockeren Kreis. Sie wiegten sich im Rhythmus ihrer klatschenden Hände und sangen eine Melodie mit komplizierten Harmonien. Zwei hübsche Mädchen von zehn Jahren knieten nackt nebeneinander auf den herabgefallenen Blättern. Eins lächelte und zeigte lustige Grübchen. Als ich näher heranging, sah ich ein drittes Mädchen auf dem Rücken liegen, von knienden Frauen umringt. Es war ein mageres Kind, bei dem man die Rippen sehen konnte, und seine Brust begann sich gerade erst zu entwickeln. Der Kopf des Mädchens lag zwischen den Oberschenkeln einer alten Frau, die an einer Kolanuß kaute und ein Tuch über dem Gesicht hatte. Ein Gefühl von Angst zog mir den Magen zusammen.

Das Mädchen lag ganz starr, während die Frauen um es herum nach seinen Beinen griffen, sie auseinanderzogen und auf den Boden drückten. Mein Herz begann zu hämmern, aber ich konnte nicht wegsehen. Kim gab ein unterdrücktes Protestgeräusch von sich. Eine zweite alte Frau stellte sich mit gespreizten Beinen über das Mädchen, den Rücken dem Kopf des Kindes zugewandt, und beugte sich mit einem Messer zu dem Mädchen herunter. Mein Puls dröhnte mir in den Ohren.

Die alte Frau, die den Kopf des Mädchens hielt, stieß einen Schrei aus und schlug sich auf den Magen. Sofort begannen alle Frauen, Lärm zu machen, während die Frau mit dem Messer am Geschlechtsteil des Kindes herumsäbelte. Schließlich richtete sie sich mit einem zufriedenen Grunzen auf, und ich konnte auf der Messerspitze etwas erkennen, das klein und rosa war: eine abgeschnittene Klitoris.

Man half dem Mädchen auf die Füße, Blut lief ihm an den Oberschenkeln herunter. Es hatte weit aufgerissene Augen und bemühte sich sehr, nicht zu weinen. Es war zu unsicher, um aus eigener Kraft zu stehen, doch die Frauen hielten es und redeten ihm gut zu, als es unter Beifallsrufen so tat, als ob es ein paar Schritte tanzte. Dann brachte man es zu den beiden anderen Mädchen, die auf den Blättern knieten, und signalisierte, daß das nächste Mädchen an der Reihe war. Dieses versuchte ebenfalls zu lächeln, aber es war ein kläglicher Versuch.

Kim taumelte, fing sich aber wieder. Alles Blut war aus ihrem Gesicht gewichen. Ihre Haut sah gespenstisch hellbraun aus.

»Leg den Kopf nach unten«, forderte ich sie auf, »sonst wirst du ohnmächtig.«

»Laß uns von hier verschwinden. Ich muß hier raus.«

Obwohl mir selbst übel war, nahm ich ihren Arm und schleppte sie fast aus der Lichtung. Als wir außer Sichtweite waren, hielt sie sich an einem Baumstamm fest und spuckte ihr halbverdautes Mittagessen auf den Boden. Ihr Würgen steckte mich offenbar an, und ich übergab mich direkt neben ihr.

Ich reichte ihr meine Feldflasche, und sie spülte sich den Mund aus. Immer wieder mußte sie spucken, als ob sie den galligen Geschmack gar nicht loswerden könnte. »Das war ... das war das ... Furchtbarste, was ich je gesehen habe.«

»Ich auch.« Ich kam mir vor, als hätte mir jemand in den Bauch getreten. »Wenn man sich vorstellt, daß die alte Frau genau das getan hat, was man ihr angetan hat.«

»Es ist schrecklich. Eine Generation nach der anderen.«

»Warum? Wie entsteht eine solche Tradition? Warum macht man das Leben noch grausamer, als es schon ist?«

»Sie glauben, die Klitoris sei männlich.« Kim schluckte bei jedem Wort, als ob es ihr Schmerzen bereitete. »Oder vielleicht meinen sie, die Frauen seien so fügsamer. Bloß weil etwas der Tradition entspricht, ist es noch lange nicht richtig.«

»Yeah, aber ganz bestimmt schwer zu ändern.« Besonders wenn es um Sex ging, die Rolle der Frau ... oder Magie.

Ich dachte daran, daß Thiaka zur Beschneidung der Jungen nach Enderit zurückkehrte, und fragte mich, wie tief er in den Traditionen und Überzeugungen seines Dorfes verwurzelt sein mochte. Bei Ibrahima hatte ich mal einen hochintelligenten afrikanischen Studenten kennengelernt, der in den Semesterferien von Oxford nach Nairobi zurückgekehrt war. Nachdem er das Geld für den Rückflug nach England mit Freunden auf den Kopf gehauen hatte, ging er zu Ibrahimas Onkel, dem berühmten Medizinmann, und kaufte sich ein Amulett, das ihn unsichtbar machen sollte. Er glaubte, daß er sich auf diese Weise im Flugzeug an der Stewardeß vorbeischleichen könnte. Ich habe nie erfahren, ob es funktioniert hat, aber ich würde alles darauf verwetten, daß Robert Thiaka trotz seiner Bildung ebenfalls an Amulette und Zauberei glaubte.

In meinem Kopf begann eine Idee zu reifen. Im Augenblick hatte ich keinerlei Druckmittel, Robert Thiaka zum Reden zu bringen. Ich konnte ja schlecht auf ihn zugehen und ihn fragen, ob er auf der Phantom Ranch Wilderei und Schmuggel betriebe oder ob er Schmiergelder von jemandem angenommen hätte, der das tun wollte. Ich konnte ihn noch nicht mal bitten, mir gegenüber Rechenschaft über die stattlichen Summen abzulegen, die er in seine Impalazucht gesteckt hatte. Er und Kim würden mir sagen, ich solle mich zum Teufel scheren.

Aber wenn ich nun Robert von seiner nicht-westlichen Seite anging? Magie – besonders aus den Händen eines Dorfältesten – übt unvorstellbare Macht auf diejenigen aus, die daran glauben. Ich brauchte Magie, und Enderit war der richtige Ort, sie zu finden.

26

Als ich die Hütte des Wahrsagers betrat, konnte ich die Frauen draußen im Wald singen hören und versuchte mir nicht vorzustellen, was sie taten. Ich zog meine Stiefel aus und ging durch einen kahlen Vorraum in ein kleines, dunkles Zimmer, das nur indirekt durch das Sonnenlicht von der Außentür beleuchtet wurde. Die Luft roch nach Staub, getrockneten Kräutern und Zeit.

Old Thiaka, der Wahrsager, saß wie ein Pascha auf einem mottenzerfressenen Teppich und murmelte mit halb geschlossenen Augen ein Gebet oder vielleicht auch einen Zauberspruch vor sich hin. Das Zimmer strahlte eine Aura von Macht aus, der sich selbst überzeugte Rationalisten wie ich nicht entziehen konnten. Vielleicht spürte ich nur die geheimnisvolle Atmosphäre – der schattenhafte Raum, an einer Wand ein paar Holztruhen, auf dem Fußboden verblichene Papierstapel sowie staubige Flaschen mit Zaubertränken. Oder vielleicht lag es auch an der Art, wie er vor sich hin murmelte, selbst wenn er mit mir sprach, und dabei unaufhörlich über eine Handvoll Kaurimuscheln strich.

Nach der Begrüßung beglückwünschte ich ihn zu seinen Zaubertaten, von denen wir nach dem Mittagessen gehört hatten. Den Dorfbewohnern zufolge konnte Old Thiaka Amulette herstellen, mit denen man verlorengegangene Kühe wiederfand, einen Konkurrenten in der Liebe bezwang, einen treulosen Ehemann zurückbrachte, die Kranken heilte, in der staatlichen Lotterie gewann, einen Studienplatz an der Universität bekam, unverwundbar gegen Messer und Kugeln wurde oder sogar unsichtbar für Steuerbeamte und Busschaffner. Man sollte ja meinen, daß Enderit bei all dieser Zauberkraft der reichste und gesündeste Ort auf der Erde sein müßte, doch starke Magie war sehr teuer und manche Zauberformeln so kompliziert, daß häufig etwas schiefging.

Old Thiaka verstand sich gut auf seine Kunst. Er fragte mich nicht, wofür ich einen Zauber brauchte. Er zog den Teppich vor sich gerade und warf die Muscheln darauf. Sie sahen geheimnisvoll und weiblich aus, kleine gewölbte Kuppeln mit einem geraden Schlitz auf einer Seite. »Sie sind nach Enderit gekommen, um Hilfe zu suchen«, erklärte er.

»Ich brauche Hilfe, um die Wahrheit zu finden«, präzisierte ich. Jetzt kam das Schwierigste. Sollte ich was von dem Mord an Emmet sagen, oder würde ich damit den alten Mann abschrecken? Für den Fall, daß er bereits davon wußte, sollte ich es lieber erwähnen, sonst würde ich unehrlich wirken. Sollte ich ihn durch geschicktes Lavieren dazu bringen, mir zu helfen, oder sollte ich ganz offen versuchen, ihn zu meinem Verbündeten zu machen? Hätte er überhaupt ein Motiv, mir zu helfen, seinen Neffen zum Reden zu bringen? Würde ihm etwas daran liegen, daß Emmets Mörder gefunden wurde?

Old Thiaka sah mir direkt in die Augen. Sein Blick war fest wie bei einem jungen Mann, voll scharfer Intelligenz, gemildert aber von Mitgefühl. Ich entschied mich dafür, offen zu versuchen, seine Macht auf meine Seite zu ziehen. Das war die einzige Möglichkeit, etwas zu erreichen.

Ich begann mit einer langen, umständlichen Geschichte im afrikanischen Stil. Zeit hatten wir schließlich genug. Ich weiß nicht, warum, aber ich fing ganz weit in der Vergangenheit an. Ich erzählte ihm, wie es war, in den sechziger Jahren heranzuwachsen, wie wir alle Konventionen abgelehnt hatten, wie ich in Westafrika für das Peace Corps gearbeitet hatte, älter wurde, Kunstgeschichte studierte, glücklich verheiratet war und alte Gemälde liebte und Städte, in denen was los war. Ich erzählte ihm, daß mein Mann mich verlassen hatte, um eine seiner Studentinnen zu heiraten, die er geschwängert hatte, wie diese Enttäuschung mich fast umgebracht hätte. Ich erzählte ihm, wie ich beschlossen hatte, ganz von vorne anzufangen, und mich nach Kenia abgesetzt hatte, um einen Kindheitstraum zu verwirklichen, nämlich unter Tieren zu leben. Ich erzählte ihm von den Wundern der kenianischen Wildparks, ihrer Einzigartigkeit auf der Welt und ihrer heilenden Kraft für das Leben von heute.

Ich erzählte ihm, wie ich mein eigenes Safari-Unternehmen gegründet hatte, von dem Doppelmord bei der ersten Gruppenreise, wie ich Omondi kennengelernt und wie ich den Mörder geschnappt hatte. Ich erzählte ihm vom Elfenbeinhandel, daß achtzig Prozent der Elefanten bereits verschwunden waren und nicht zu erwarten war, daß der Rest dieses Jahrzehnt überstehen würde, falls der Wilderei nicht Einhalt geboten wurde. Ich erzählte ihm von Leakey, dem neuen Chef der Wildschutzbehörde, daß es da einen Hoffnungsschimmer gab nach all den Jahren der Verzweiflung über das Schicksal der Elefanten. Ich erzählte ihm von Striker und mir – und daß unsere Beziehung nicht so gut lief. Ich erzählte ihm von Emmet, seiner Arbeit und seinem Tod. Und zum Schluß erzählte ich ihm, was der Mord an Emmet mit den geheimen Aktionen von Wilderern auf der Phantom Ranch zu tun hatte – dem Ort, an dem Robert, der Neffe von Old Thiaka, ein ausgezeichneter Zoologe, seine wunderbaren Ideen in die Tat umsetzte, wie man Impalas züchten und damit sowohl der Natur als auch den Menschen dienen könnte.

Der Redefluß versiegte, und ich stellte verlegen fest, daß ich die ganze Zeit Old Thiaka in die Augen gestarrt hatte. Mein Gesicht war feucht von Tränen, obwohl ich gar nicht gemerkt hatte, daß ich weinte. Die Schatten im Raum waren gewandert. Wie lange hatte ich geredet? Warum hatte ich ihm soviel erzählt?

»Du brauchst dich nicht zu schämen, meine Tochter. Trauer ist ein kostbares Gut, das man nur Freunden gegenüber zeigt.« Seine Stimme fiel in einen Falsettgesang: »Genießt die Welt behutsam, genießt die Welt behutsam, / Wenn die Welt zerstört ist, / Niemand kann sie ganz machen, / Genießt die Welt behutsam.«

Wir nickten in Einklang, dann lächelten wir beide.

»Sie werden mir also helfen?« fragte ich.

»Du brauchst viel Hilfe«, neckte er mich, »aber ich werde sehen, was ich tun kann. Bevor man schießt, muß man zielen.« Er beugte sich über die Kaurimuscheln, nahm noch ein paar von einem Haufen neben sich und warf sie über das bereits vorhandene Muster. »Es war eine gute Entscheidung, nach Enderit zu kommen. Hier wirst du die Antworten finden, die du suchst.«

»Haben Sie ein Zaubermittel, das jemanden dazu bringt, meine Fragen wahrheitsgemäß zu beantworten?« fragte ich. Wir starrten uns in die Augen. Immerhin bat ich ihn um Hilfe, Robert zum Reden zu kriegen.

»Die richtige Frage wird dir die Wahrheit bringen, nach der du suchst, wenn du Augen hast, sie zu sehen.«

»Was ist die richtige Frage?« Ich versuchte, in seinem Gesicht zu lesen. Wußte der alte Mann, ob Robert mit Wilderei zu tun hatte oder nicht? Würde er mir auch helfen, wenn er glaubte, sein Neffe könnte schuldig sein?

Er nahm eine von den kleinen weißen Muscheln im Zentrum des Musters und hielt sie zwischen Daumen und Zeigefinger. »Der Stein im Wasser weiß nicht, wie heiß der von der Sonne verdorrte Hügel ist.«

Ich starrte auf den dunklen Schlitz in der winzigen Muschel und zwang mich, mich zu konzentrieren. Ich war nicht daran gewöhnt, in Aphorismen zu denken. Wollte er sagen, daß er seinen Neffen nicht mehr verstehen konnte, weil seine Welt so weit von dem Dorf entfernt war? Daß die Kenianer ihre Tierwelt nicht zu schätzen wußten, weil es soviel davon gab? Nein, er wollte mir sagen, wie ich die richtige Frage finden würde. »Sie meinen, ich muß die Welt des Mörders verstehen, um die richtige Frage zu stellen?«

»Du mußt den Hunger des Mörders verstehen.« Er ließ die Muschel fallen und gab einen zufriedenen Laut von sich, als sie neben einer anderen Muschel liegenblieb. »Das ist sehr gut. Siehst du?« Er zeigte auf die beiden Muscheln. »Wenn Spinnweben sich vereinigen, können sie einen Löwen fesseln.«

Das hörte sich gut an, aber war Robert ein Spinngewebe, oder war er der Löwe?

Old Thiaka drehte mir den Rücken zu und hantierte mit seinen staubigen Flaschen auf dem Fußboden herum. Einige waren mit Bastkorken verstöpselt, andere waren aus kleinen Flaschenkürbissen gemacht und mit einem schwarzen Ziegenhorn verschlossen. Vor sich hin murmelnd, wählte er zwei Glasfläschchen aus. »Das sind ganz besondere Kräuter, die ich von meinem Vater kenne.« Er stöpselte eines der Fläschchen auf und zählte einige Körner auf seine Handfläche. »Kurz bevor du mit meinem Neffen sprichst, gib ihm diese sieben Körner hier und nimmst du selbst eine Prise von dem anderen, das ich dir noch gebe. Dann kannst du sicher sein, daß er dir die Wahrheit sagt.«

Er schüttete das Zaubermittel in einen kleinen Lederbeutel und hängte ihn mir an einem Riemen um den Hals, so daß der Beutel unter meinem Hemd versteckt war.

»Das macht dann zehn Pfund.«

Ich zahlte und fragte mich dabei, ob ich eine Spinne oder eine Fliege war. Als er das kleine Lied gesungen hatte, hatte ich mich mit ihm verbunden gefühlt, aber ich wußte natürlich, daß die Bindung an seinen Neffen sehr viel stärker war. Wenn Old Thiaka überzeugt war, daß sein Neffe unschuldig war, würde er mein Verbündeter sein und mir ein starkes Zaubermittel geben. Aber was wäre, wenn er glaubte – oder wußte –, daß Robert schuldig war? War das Zaubermittel dazu bestimmt, seinen Neffen dazu zu bewegen, mir die Wahrheit zu sagen? Oder mich soweit zu täuschen, daß ich alle Lügen, die Robert Thiaka mir auftischte, für die Wahrheit hielt? Oder noch schlimmer, war es ein böser Zauber, der mich für immer zum Schweigen bringen sollte?

27

Am Äquator geht die Sonne jeden Tag um dieselbe Uhrzeit unter. Gerade war es noch hell genug, um das Laubwerk des Buschs, der das Dorf fest umschloß, in allen Einzelheiten zu erkennen. Im nächsten Augenblick verwandelte sich die Sonne in eine blutrote Scheibe, berührte den Horizont und schwoll zu einem monströsen Gebilde an. Hunderte Fledermäuse erwachten am Rande der Dorflichtung, erhoben sich aus den Bäumen, auf denen sie geschlafen hatten, und erfüllten den Himmel mit ihren schrillen Schreien. Dann verschwand die Sonne am Horizont und tauchte die Welt abrupt in Dunkelheit.

Egal ob Robert bald erschien oder nicht, wir konnten unmöglich im Dunkeln den schmalen Pfad zu unseren Autos zurücklaufen. Wir saßen für die Nacht in Enderit fest. Mit gewissem Entsetzen sah ich, wie Roberts Mutter einen schweren schwarzen Kessel auf das Feuer stellte, um Ugali zu kochen. In dem flackernden Licht wirkte das Gesicht von Kim, die mir gegenübersaß, schön, aber streng. Sie hatte all meine Versuche, ein Gespräch anzufangen, abgeblockt.

Furcht und Erleichterung durchfuhren mich, als ein kleiner Junge aus dem Dunkeln gelaufen kam und aufgeregt rief, daß Robert da sei. Kim sprang auf, und plötzlich stand Robert Thiaka da, noch größer und breiter, als ich ihn in Erinnerung hatte, umarmte Kim und begrüßte uns mit Ausrufen der Überraschung und der Freude. Er war mit einem langen traditionellen Gewand bekleidet, das über einer Schulter zusammengebunden war. Bei seiner Statur wirkte das ziemlich stilvoll.

Er verhielt sich ganz bestimmt nicht wie ein Mann mit schlechtem Gewissen, aber schließlich war Robert ein selbstbewußter Mann, der jetzt auch noch Heimvorteil genoß. Selbst wenn er absolut schuldig war, würde mein bloßer Anblick vermutlich nicht ausreichen, um Angst bei ihm auszulösen. Ich befingerte den Beutel mit dem Zaubermittel an meinem Hals, während Kim Robert beiseite zog und mit leiser, eindringlicher Stimme auf ihn einredete. Ich würde Magie brauchen, um irgendwelche nützlichen Informationen aus den beiden herauszuholen.

Robert trat wieder in den Schein des Feuers. Die Flammen spiegelten sich in seiner schweren dunklen Brille wider, so daß ich seine Augen nicht sehen konnte. »Kim hat mir gesagt, Sie hätten viele Fragen an mich. Vielleicht sollten wir noch vor dem Essen in meine Hütte gehen und über diese Dinge reden. Sonst lasten Ihnen Ihre Sorgen zu schwer auf dem Magen.«

Er führte uns zu einer der Lehmhütten am Rande des Gehöfts. Im Schein der Kerosinlampe, die er anzündete, wurde ein einzelner, fast kahler runder Raum sichtbar. In dem Raum befand sich ein Bett, in dem mehrere Erwachsene hätten schlafen können. Es war aus Ästen gemacht, die man an Pfosten befestigt hatte, die im Lehmboden steckten. Außerdem gab es einige niedrige Holzhocker, die aus einem Stück Baumstamm geschnitzt und mit einem eingeritzten Muster verziert waren. Ein halbes Dutzend Kinder war uns gefolgt und gaffte jetzt durch die Tür. Fenster gab es nicht. Ich setzte mich auf die Bettkante und überließ Kim einen niedrigen Hocker, während Robert sich auf den Boden hockte. Er wirkte etwas fehl am Platz angesichts seiner professoralen dunklen Brille und seiner Beethovenstirn.

Wie sollte ich das Zaubermittel in Roberts Essen oder Trinken tun, wenn nichts zu essen oder trinken da war? Zaubermittel sollten heimlich verabreicht werden, und das ausersehene Opfer sollte anschließend gerüchteweise davon erfahren. Ich hatte weder die Möglichkeit, es heimlich zu verabreichen, noch konnte ich das entsprechende Gerücht so gezielt in Umlauf bringen, daß Robert nach Einnehmen des Zaubermittels davon erfuhr, daß er es geschluckt hatte. Ich würde ihn überreden müssen, es freiwillig zu nehmen.

Zunächst bedankte ich mich bei Robert für die Gastfreundschaft seiner Familie, lobte die Schönheit und die friedliche Atmosphäre des Dorfes und hob besonders die Freundlichkeit seines Onkels Old Thiaka hervor, den ich vor einigen Stunden hatte besuchen dürfen.

»Mein Onkel ist ein sehr angesehener Mann.«

»Ein sehr beeindruckender Mann«, antwortete ich. »Ich konnte seine Macht spüren.« Dann schwieg ich und ließ die Stille um uns herum wirken. Damit kopierte ich Omondis Stil, der auf diese Weise die Leute gerne in gesteigerte Unruhe versetzte.

Kim rutschte auf ihrem Hocker herum. »Hör mit dem Quatsch auf und leg die Karten auf den Tisch«, sagte sie. Beim trüben Licht der Kerosinlampe bestand ihr Gesicht nur aus Flächen und Schatten. Ihre großen Kupferohrringe stachen hervor wie die großen runden Augen eines Nachttiers.

»Mein Hals ist irgendwie trocken. Könnten wir vielleicht etwas Tee haben?« fragte ich.

Robert zeigte auf eines der Kinder, die die Köpfe durch den Eingang steckten, und forderte das Mädchen auf, uns Tee zu bringen. »Und achte darauf, daß das Wasser richtig kocht, bevor du es draufgießt!« befahl er. »Sonst wird man sehr krank«, sagte er zu uns.

»Danke.« Ich beugte mich vor. »Ich bin zu Ihnen gekommen, weil ich bei der Rekonstruktion der Ereignisse, die zum Mord an Emmet geführt haben, an einen entscheidenden Punkt gelangt bin und glaube, daß Sie möglicherweise wichtige Informationen haben, mit denen die Lücken gefüllt werden können.«

»Ich weiß zwar nicht, was das für Informationen sein sollen, aber ich würde Ihnen gerne helfen.« Roberts tiefe Stimme klang völlig entspannt und aufrichtig.

»Zunächst einmal hat die Polizei aus den Hinweisen beim Camp geschlossen, daß es sich um einen vorsätzlich geplanten Mord gehandelt haben muß.« Mir kam in den Sinn, daß Robert ein kühler Kopf war, der weit vorausschauend plante, wie seine langfristigen Pläne für die Phantom Ranch bewiesen. »Der Mörder kannte sich mit Tieren aus,« – wiederum wie Robert –, »da er oder sie versucht hat, die Leiche mit Hilfe der Aasfresser an der Wasserstelle rasch loszuwerden. Der Mörder kannte Emmets Camp, wußte, daß er letzten Donnerstag dort sein würde, und war gut genug mit ihm bekannt, um einfach so vorbeizukommen und mit ihm zu frühstükken.«

»Damit scheide ich aus«, sagte Kim mit rauhem Lachen.

»Du hast mit deinem Vater an seinem letzten Tag in Nairobi zu Mittag gegessen. Und du hast dich mit ihm über Wilderei gestritten.«

»Du hast gerade meinen Einwand vorweggenommen. Ein menschliches Wesen hätte vor ihm verhungert umfallen können ...«

Robert unterbrach sie. »In Kenia verhungert niemand. Du benutzt falsche Analogien und zeigst dich respektlos deinem Vater gegenüber, der dir das Leben geschenkt hat.« Er wandte sich an mich. »Wir haben keine Angst vor dem, was Sie herausgefunden haben. Fahren Sie bitte fort.«

»Okay. Aus diversen Gründen hat die Polizei Alicia als Verdächtige ausgeschlossen.«

»Das akzeptiere ich nicht so einfach« – Kim warf Robert einen Blick zu –, »aber fahr fort, damit wir weiterkommen mit diesem Gespräch.«

»Wir wissen, daß Emmet eine Woche vor seinem Tod auf der Phantom Ranch war und dort Beweise für Wilderei in großem Stil gefunden hat.«

Robert sagte: »Ja, ich habe Ihnen doch erzählt, daß es dort, wo die Elefanten sich am Wasser sammeln, Anzeichen für den Aufenthalt von Wilderern gibt.«

»Es ging nicht nur um einige Elefantenskelette. Emmet glaubte, er sei auf ein ganzes Netz von Wilderern gestoßen. Er hatte umfangreiche Ermittlungen in die Wege geleitet, um den eigentlichen Drahtzieher aufzuspüren. Es gibt guten Grund zu der Annahme, daß derjenige, der hinter dem Wildererring steckt, auch Emmet umgebracht hat.«

»Und er hat geglaubt, diese Aktivitäten würden von meiner Ranch aus geleitet? Das ist nicht zu fassen.«

»Emmet ist auf ein mehrmals benutztes Wildererlager gestoßen, hat Anzeichen dafür gefunden, daß Ihre Lastwagen zum Transport von Stoßzähnen benutzt werden, und vielleicht noch mehr. Alle Einzelheiten kenne ich nicht, weil jemand Emmets Aufzeichnungen aus seinem Arbeitszimmer entfernt und an einer anderen Stelle im

Haus versteckt hatte. Sie sind jetzt in Händen der Polizei.«

Ich sah zu Kim, um festzustellen, wie sie das aufnahm. Sie hielt ihr Kinn etwas höher als sonst und schien kaum zu atmen.

»Kim wurde gesehen, wie sie aus dem Teil des Hauses kam, wo die Akten entfernt und versteckt wurden«, fügte ich hinzu.

»Von wem gesehen?« fragte Robert.

»Von mir – und auch von dem neuen Butler.«

Kim beugte sich vor. Das Licht der Kerosinlampe warf gespenstische Schatten über ihr Gesicht. »Ist es dann nicht merkwürdig, daß die Polizei mich nicht festgenommen hat, ja mich noch nicht mal wegen dieser Akten vernommen hat, die ich angeblich versteckt haben soll? Sie müßten doch mit meinen Fingerabdrücken übersät sein.«

»Ich hab lediglich gesagt –«

Kim ließ mich meinen Satz nicht beenden. »In dem Haus geben sich die Leute die Klinke in die Hand, und jeder, der Emmet gekannt hat, ist in letzter Zeit dort ein und aus gegangen. Und falls sich jemand heimlich Einlaß verschaffen wollte, konnte er immer noch von hinten durch den Nationalpark kommen.«

»Du weißt also von diesem Weg. Ich möchte bezweifeln, daß viele außerhalb der Familie darüber Bescheid wissen.«

Kims Ohrringe schienen mich wie zornige Augen anzustarren. »Mach weiter. Mach eine große Sache daraus, daß ich oben im Bad war. Laß dein fadenscheiniges Beweismaterial hören, aus dem du dir was zusammenzuspinnen versuchst.«

Über unseren Köpfen hörte ich Ratten in den Palmwedeln des Daches rascheln. »Ich behaupte nur, daß Emmet auf der Phantom Ranch auf kriminelle Aktivitäten gestoßen ist – und daß ihr beide wußtet, daß er Verdacht geschöpft hatte.«

Robert schaltete sich erneut ein. »Sie haben gesagt, daß Emmet glaubte, meine Lastwagen würden zum Transport von Stoßzähnen benutzt. Das ist äußerst beunruhigend. Wie kam er nur auf eine solche Idee? Warum ist er nicht zu mir gekommen?«

»Sie wußten nichts davon?«

Ohne eine Miene zu verziehen, sagte Robert: »Nein, nicht das geringste.« Auch ohne Zaubermittel war mir klar, daß er log.

Das Schweigen, das folgte, wurde von drei kleinen Mädchen unterbrochen, die, jedes einen Emailbecher mit dampfendem Tee in der Hand, eintraten. Robert sah zu, wie sie die Becher verteilten, und scheuchte sie dann zu den übrigen Kindern zurück, die uns von der Tür her anstarrten. Während Robert abgelenkt war, stellte ich meinen Becher hin, zog den Lederbeutel hervor, den Old Thiaka mir gegeben hatte, und schüttete die Zauberkräuter in meine Hand.

Als er an seinen Platz zurückkehrte, bemerkte er, was ich da tat. Ich nahm aus den für mich bestimmten Kräutern die sieben Körner heraus und hielt sie Robert hin. »Old Thiaka hat mir diese sieben Körner für Sie gegeben. Sie sollen sie einnehmen.«

Robert streckte automatisch die Hand aus, und ich ließ die sieben Körner hineingleiten. »Was ist das?« fragte er.

»Das ist von Ihrem Onkel. Er hat mir für uns beide etwas gegeben, das wir nehmen sollen, bevor wir miteinander reden.« Robert starrte auf die Körner in seiner Hand. »Was beunruhigt Sie?« fragte ich ihn. »Es ist keine Liebesmedizin.«

»Was hast du vor?« fragte Kim.

»Ich will nur höflich sein und das tun, was Roberts Onkel mir aufgetragen hat.« Bei diesen Worten zeigte ich die Prise getrockneter Kräuter, die für mich bestimmt war. »Ich mag Old Thiaka wirklich gern und möchte ihm nicht sagen müssen, daß wir seine Medizin weggeworfen haben. Wissen Sie, was meins hier ist?«

»Nein«, sagte Robert. »Old Thiaka kennt viele Kräuter, viele davon sind noch nicht einmal der Wissenschaft bekannt. Er hat einen guten Ruf als Heilkundiger.«

»Also los.« Ich legte mir die Kräuter auf die Zunge und schluckte sie mit etwas heißem Tee hinunter.

»Nimm das nicht«, forderte Kim Robert auf.

Daß Kim versuchte, ihn herumzukommandieren, war der letzte Anstoß, den er noch gebraucht hatte. Er warf sich die Körner in den Mund und schluckte sie.

»Möchten Sie wissen, was Sie gerade genommen haben?« fragte ich.

»Ich dachte, du weißt es nicht«, sagte Kim mit giftigem Blick.

»Ich weiß nicht, was es ist, aber ich weiß, wofür es ist. Es ist ... nun ja, nicht direkt ein Wahrheitsserum, nennen wir es eine Art Lügendetektor.«

»Sieben kleine Körner statt all der Drähte und Meßgeräte!« Robert schüttelte lächelnd den Kopf. »Sie versuchen, mich in meinen eigenen Traditionen zu fangen! Sie spielen den Dorfältesten gegen seinen verwestlichten Neffen aus. Wenn ich lüge und es funktioniert nicht, dann haben Sie bewiesen, daß ich meine Wurzeln verloren habe. Aber was ist, wenn ich nicht lüge? Dann werden Sie nie erfahren, ob der Zauber wirkt oder nicht.«

»Sollen wir weitermachen?« fragte ich.

»Ich würde sagen, es reicht.« Kim stand auf. »Du beleidigst die Bräuche dieser Menschen.«

Robert winkte sie zurück und sagte, daß er hören wolle, was ich zu sagen hätte. Elegant nahm sie wieder auf dem niedrigen Hocker Platz.

»Sehr viel hab ich nicht mehr.« Ich zählte die Punkte an den Fingern ab. »Wir wissen also – unabhängig davon, ob es stimmt oder nicht –, daß Emmet der Meinung war, auf der Phantom Ranch würde Wilderei betrieben, daß er deswegen persönlich Nachforschungen anstellte, daß er bei Garret ein Paar geschnitzte Stoßzähne gefunden und gedroht hatte, die Phantom Ranch schließen zu lassen.«

Robert nickte verständnisvoll. »Ja, ich kann Ihnen folgen.«

»Es ist ganz offenkundig, daß Sie und Garret einleuchtende Motive hatten, Emmet loswerden zu wollen. Er drohte, Ihnen Ihr Lebenswerk kaputtzumachen, Garret sein Traumgeschäft zu zerstören – bei dem es um Umar Island und die Phantom Ranch ging –, kurz gesagt, Sie beide zu ruinieren.«

»Das entspricht in etwa dem Bild, das auch ich habe«, sagte Kim, »bis auf eine Sache. Emmet hatte den Verdacht, daß Garret mit bearbeitetem Elfenbein handelte, nicht daß er die Phantom Ranch mißbrauchen würde. Das Ganze hat nichts mit Robert zu tun.« Sie wandte sich an Robert. »Emmet hat dich ja wohl nie darauf angesprochen, oder?«

»Nein, nie.« Roberts Stimme schien an der letzten Silbe hängenzubleiben und hörte sich ungewöhnlich schrill an.

»Siehst du?« Kim lächelte verkniffen. »Und ich hab Robert auch nie was davon erzählt. Du hast aus einem Familienkrach eine Auseinandersetzung über Elfenbeinschmuggel gemacht. Emmet verhielt sich Garret gegenüber mal wieder wie ein Arschloch, mehr nicht.«

»Das war schon ganz gut, Kim, aber es erklärt noch nicht alle Tatsachen.«

»Was zum Beispiel?«

»Daß er beispielsweise anderen Leuten erzählt hat, er sei auf ein Zentrum der Wilderer gestoßen, daß er Garret gebeten hat, Robert nichts zu erzählen, und daß er dich beim Mittagessen bei Shabaan's zur Rede gestellt hat.«

»Du zäumst das Pferd beim Schwanz auf. Garret hat mir erzählt, was los war, und ich habe Emmet gebeten, mit mir zu Mittag zu essen. Um ihm zu sagen, er solle Garret in Ruhe lassen. Die Phantom Ranch wurde überhaupt nicht erwähnt.«

»Tatsächlich? Warum hat Emmet dann Garret über Roberts Aktivitäten auf der Ranch ausgehorcht, insbesondere wo das Geld für all diese Gebäude, Lastwagen und Umzäunungen herkam?«

»Man kann sich auf Garrets Wort nicht verlassen. Natürlich wollte er versuchen, den Verdacht von sich abzulenken.«

Kim war eine geschickte Lügnerin. Ich mußte sie daran hindern, das Gespräch an sich zu reißen und sich zwischen mich und Robert zu drängen. »Wenn du bei dieser Darstellung bleibst, machst du die Sache für Robert nur schlimmer, nicht besser. Die Anzeichen für Wilderei auf der Phantom Ranch sind unbestreitbar, auch Emmets Verdacht ist nicht von der Hand zu weisen.« Ich sah Robert ins Gesicht. »Kim hat Sie wegen Emmet gewarnt, stimmt's?«

»Ich wußte nichts von Emmets ...« Die ersten Worte kamen einwandfrei heraus, doch dann wurde Roberts Stimme immer heiserer. Er räusperte sich und trank einen Schluck Tee. »Kim hat mir nichts ...« Erneut wurden die Worte heiser wie bei einem schlimmen Fall von Laryngitis. Robert machte ein verblüfftes Gesicht. Er konnte den Satz nicht zu Ende bringen und atmete geräuschvoll aus. Er klang erstaunt und fassungslos.

Kim starrte ihn mit einem merkwürdigen Ausdruck an, als ob sie nicht wüßte, ob sie wütend oder besorgt sein sollte. »Ist mit deinem Hals was nicht in Ordnung?«

Robert massierte sich den Kehlkopf. »Er fühlt sich okay an.« Seine volle nuancenreiche Stimme war klar und deutlich. »Jetzt klingt sie auch wieder normal, oder?« Er deutete ein Lächeln an. »Es war, als ob mir etwas die Worte in der Kehle festhielt. Ich konnte den Satz einfach nicht beenden. Emmet hatte nicht den Verdacht ...« Zum dritten Mal wurde seine Stimme heiser und verstummte. »Emmet hatte den Verdacht ...« Diese Worte kamen problemlos heraus.

Der Zauber hatte gewirkt.

Roberts Gesichtsausdruck war eine seltsame Mischung aus Angst und Befriedigung. »Damit ist bestätigt, daß ich meine Wurzeln nicht verloren habe! Sie haben's gesehen – ich kann nicht lügen. Sie können alles glauben, was ich sage – bis der Zauber nachläßt.«

Ich war in meinem eigenen Netz gefangen, wie ich schon in Old Thiakas Hütte befürchtet hatte. Robert könnte die Laryngitis vorgetäuscht haben, um mir weiszumachen, daß er die Wahrheit sagte. Der überraschte Ausdruck auf seinem Gesicht, als ihm die Stimme versagte, hatte allerdings echt gewirkt. Trotzdem mußte ich mich noch auf mein eigenes Urteil und meinen eigenen Verstand verlassen.

»Hat Emmet Sie mit seiner Entdeckung konfrontiert?« fragte ich Robert zum zweiten Mal.

»Ja.«

Das Eingeständnis blieb zwischen uns in dem düsteren Raum hängen.

»Ja«, fuhr er fort. »Und zwar am Tag der Beerdigung. Er war mit seinem Flugzeug fortgeflogen und einige Stunden später wiedergekommen. Die Sonne ging fast schon unter. Er sagte mir, er wäre die Donga entlang bis zum nordöstlichen Quadranten geflogen, wo die Wanderroute der Elefanten das Grundstück kreuzt. Dort hätte er Zeichen für ein ständiges Wildererlager gefunden. Ich war natürlich sehr unglücklich, das zu erfahren. Wie ich Ihnen bereits erzählt habe, gehört zu meinem Gesamtkonzept ein wissenschaftliches Forschungszentrum auf dem Gelände der Phantom Ranch, das sich vermutlich auf Elefanten spezialisieren soll. Ich habe bereits mit Ihren Freunden, den Darrows, darüber gesprochen – ja, sobald die Finanzierung durch ist, möchte ich dieser Sache höchste Priorität geben. Das habe ich Emmet natürlich auch erzählt. Er merkte, daß ich zutiefst schockiert und entsetzt über seine Entdeckung war. Ich bin sicher, daß er mir glaubte. Unser Gespräch verlief freundschaftlich.«

»Die Ranch ist riesig. Wäre es nicht möglich, daß jemand vor Ihrer Nase einen Ring von Wilderern führt, und Sie wissen nichts davon?«

»Das hat Emmet auch gemeint.« Robert schüttelte energisch den Kopf. »Es ist unmöglich. Meine Nase ist zwar nicht lang, aber ich schaffe es, sie überall reinzustecken. Es gibt keinen Teil in dem Projekt, den ich nicht persönlich überwache.«

»Emmet sagte, er hätte kleine Stücke Elefantenhaut in Ihrem Lastwagen gefunden.«

»Davon hat er mir nichts gesagt.« Robert trank seinen Tee in zwei großen Schlucken aus. »Ich hab es später von Kim erfahren. Ich weiß nicht, vielleicht hatte er nicht genug Vertrauen zu mir, um mir alle Beweise zu nennen.«

»Oder vielleicht ist er ein zweites Mal heimlich zur Ranch gekommen, um das Dammgelände zu untersuchen«, sagte Kim. »Nach dem, was er erzählt hat, hatte ich den Eindruck, daß er noch mal dort war, um mehr Beweismaterial zu sammeln.«

Robert zuckte mit den Schultern. »Jedenfalls hat Kim mir erzählt, was Emmet über die Lastwagen gesagt hat, und ich habe sie alle sorgfältig überprüft, das Dammgelände auch. Das hat mich einen ganzen Tag gekostet. Ich habe die Kratzer auf der Ladefläche des Lkw nicht gesehen, von denen er gesprochen hat und die seiner Meinung nach von Stoßzähnen stammten, auch Blutflecken habe ich keine entdecken können. Meine ganzen Vorarbeiter sind handverlesen, sie stammen aus Enderit. Ich kenne sie seit meiner Geburt.« Er deutete auf die Umgebung der Lehmhütte, in der wir saßen. »Sehen Sie irgendwelche Zeichen von auffälligem Wohlstand in diesem Dorf? Parkt irgendwo ein Mercedes vor einer Hütte? Wenn einer dieser Männer zu Reichtum gekommen wäre, würden es alle hier wissen, das kann ich Ihnen versichern.«

Er zeigte auf seinen Hals. »An meiner langen Rede können Sie erkennen, daß ich die Wahrheit sage. Im übrigen, wenn ich im Elfenbeingeschäft reich geworden wäre, hätten Sie meinen Mercedes unten parken gesehen, neben Ihrem Rover. Dann hätte ich nämlich kein Buschtaxi genommen und wäre die letzten zehn Meilen nach Enderit zu Fuß gegangen.«

Mit Roberts Stimme war jetzt alles in Ordnung.

»Woher haben Sie das Geld für alles, was Sie auf der Ranch gemacht haben?«

»Aus Stipendien, von internationalen Spendern, Stiftungen, sogar von einigen Philanthropen wie Garrets Geschäftspartner Mr. Hanyo, der an einem künftigen gemeinsamen Pachtvertrag zwischen uns interessiert ist.«

»Ich würde Mr. Hanyo kaum als Philanthropen bezeichnen. Er möchte Elfenbein wieder legal machen und Elefanten wegen ihrer Stoßzähne züchten.«

»Nun ja, wir haben auch andere Spender, zum Beispiel Wissenschaftler, die sich aus Forschungsgründen für die Elefanten interessieren. Wie Ihre Freunde, die Darrows.«

»Wären Sie bereit, mir eine Liste dieser Geldquellen zu geben?«

»Selbstverständlich. Das ist alles korrekt und legal.« Seine Stimme war ruhig und fest.

Was er erzählte, klang plausibel. Andererseits, was würde passieren, wenn jemand, der so engagiert war wie Robert, unter extremem Geldmangel litt, einem Geldmangel, der alles zu zerstören drohte, was er so mühevoll aufgebaut hatte? Würde er nicht in die Versuchung geraten, das Töten von Elefanten als kurzfristige Übergangslösung zu betrachten? Würde es ihm nicht sinnvoll erscheinen, Wilderer von außerhalb zu holen, etwa aus Somalia, die er wieder loswerden konnte, sobald seine finanzielle Krise vorbei war? Und nachdem er sich einmal so weit in kriminelles Fahrwasser begeben hatte, wäre er dann nicht auch in der Lage, sich davon zu überzeugen, daß der Mord an Emmet einem höheren Zweck diente?

»Noch mal kurz zu Ihren Angestellten. Was ist mit Husseini, dem Vorarbeiter auf der Dammbaustelle? Er stammt doch nicht aus Enderit, oder?«

»Wenn Sie ihn kennengelernt haben, wissen Sie doch, daß Husseini ein Somali ist. Ich hab ihn für dieses spezielle Projekt engagiert, doch die Arbeitstruppe stammt aus der Gegend. Die gehen jeden Abend nach Hause.«

»Wo schläft Husseini?«

»Er hat ein Zelt auf dem Lagerplatz.«

»Ganz allein?«

»Ein Cousin ist noch bei ihm.«

Über Kims Kopf war ein ständiges Rascheln. Irgendwas bewegte sich in dem Strohdach und versuchte, rein oder raus zu kommen. Ratten, Fledermäuse, eine Schlange? Ausnahmsweise hoffte ich, daß wir jetzt nicht in den Genuß kommen würden, Tiere in freier Wildbahn zu beobachten zu können. Kim ignorierte das Geräusch völlig. Entweder hatte sie Nerven wie Drahtseile, oder sie wußte nicht genügend Bescheid, um sich Sorgen zu machen.

»Emmet war vor zwei Wochen auf dem Dammgelände, und anschließend haben Sie dort alles durchsucht, wann genau war das?«

Robert dachte einen Augenblick nach. »Letzten Montag.«

»Letzten Montag, also einen Tag nachdem Kim mit Emmet zu Mittag gegessen hatte.« Kim nickte bestätigend. »Das bedeutet, daß Husseini wußte, daß er überprüft wurde. Vielleicht hat er sogar angenommen, Emmet sei ihm auf die Schliche gekommen. Wenn er nebenbei in Wilderei verstrickt war, könnte er seinem Boß einen Tip gegeben haben.«

»Husseini hätte irgendwem einen Tip geben können«, sagte Kim. »Damit vergrößert sich der Kreis über Robert, Garret und mich hinaus.«

»Vielleicht, aber der Kreis ist nicht allzu groß. Der Mörder muß jemand sein, der Zugang zu Emmets Arbeitszimmer hatte, seine Gewohnheiten kannte und einfach mal eben bei ihm im Camp vorbeikommen konnte und dort zum Frühstück eingeladen wurde. Ich kann weder euch noch sonst jemanden ausschließen, bis wir handfestere Beweise gefunden haben. Außerdem ist es im Interesse eurer eigenen Sicherheit, daß wir den Schuldigen so schnell wie möglich finden.«

»Wenn Sie Husseini Fragen stellen wollen, müssen Sie sich beeilen. Sein Vertrag läuft am Freitag aus, und dann kehrt er nach Somalia zurück.«

»Wie praktisch.«

Robert präsentierte seine leeren Handflächen. »Der Damm wird Mitte der Woche fertig. Die Zeitplanung hat nichts mit Emmets Tod zu tun.«

Zauberei oder nicht, ich konnte mich nicht auf Roberts Worte verlassen, daß alle seine Lkw sauber waren und es nirgendwo Hinweise auf Wilderei im großen Stil gab. Ich mußte zur Phantom Ranch zurückkehren und das selbst überprüfen. Diesmal würde ich allein fahren und ohne daß mich jemand sah.

28

Um das Dammgelände heimlich zu erkunden, war ich darauf angewiesen, daß es dunkel war, deshalb konnte ich erst ganze vierundzwanzig Stunden später meinen Plan in die Tat umsetzen. Eine Stunde vor Einbruch der Dunkelheit setzte ich den Rover rückwärts in ein Dornengestrüpp, von wo aus ich beobachten konnte, wie die Arbeiter weggingen. Auf dem Weg hierher war ich an einer großen Fläche vorbeigekommen, die schwarz verbrannt war, doch bis hierher hatte sich das Buschfeuer nicht ausgebreitet, und es gab noch genug Möglichkeiten, sich zu verstecken. Vom Flußufer ertönte das klagende *Hu-hu-hu-hu* eines Uhus, während die Sonne sich anschickte, unterzugehen. Hinter mir sprang geräuschvoll ein großes Tier davon. Ich heftete den Blick auf die unbefestigte Straße, als ob ich einen großen Lkw verpassen könnte, wenn ich auch nur einen Augenblick wegschaute.

Was ich so großartig einen Plan nannte, war im Grunde nichts weiter als die Idee, so lange zu warten, bis die Arbeiter aus der Gegend fort waren und Husseini und sein Vetter in ihren Zelten fest schliefen. Dann wollte ich mich auf die Baustelle schleichen und mir den einzigen geschlossenen Lastwagen unter die Lupe nehmen. Angesichts des Gefühls von Sicherheit, das Entfernung und Abgeschiedenheit erzeugen, war ich sicher, daß keine Wachen da sein würden, und wegen der wilden Tiere machen die Leute normalerweise keine mitternächtlichen Spaziergänge. Nachdem sie einen Tag auf der Baustelle geschuftet hatten, würden die beiden Somalis sicher tief schlafen, außerdem waren ihre Zelte ein ganzes Stück von der Stelle entfernt, wo die Fahrzeuge parkten. Wenn ich leise und vorsichtig war, waren meine Chancen, erwischt zu werden, gleich Null. Zumindet redete ich mir das ein.

Als die Sonne am Horizont verschwand, fuhr wie auf ein Zeichen ein offener Lastwagen mit Arbeitern in südlicher Richtung zum Hauptgebäude der Ranch und zum Hauptausgang davon. Ein merkwürdig geformter Dreiviertelmond stieg über dem Horizont auf. Sein helles, silbriges Licht ließ die Sterne am westlichen Himmel blasser erscheinen. Ich aß die Sandwiches, die ich mitgebracht hatte, und trank dazu eine Tasse dampfenden Kaffee aus der Thermosflasche. Es würde noch ein paar Stunden dauern, bevor ich damit rechnen konnte, daß die Somalis schlafen gingen. Das Warten machte mir gar nicht soviel aus. Ich kurbelte mein Fenster herunter, damit ich die kühle Abendluft einatmen konnte, in der sich ein leichter Qualmgeruch von den Buschfeuern mit den würzigen Düften der Gräser und Sträucher um mich herum mischte, und ich lauschte den nächtlichen Geräuschen Afrikas.

Eine Stunde später passierte etwas Unerwartetes und Verhängnisvolles. Mit Entsetzen sah ich den geschlossenen Lastwagen, den ich hatte durchsuchen wollen, das Dammgelände verlassen. Vor ihm her fuhr ein verbeulter Landrover. Statt den Weg Richtung Hauptgebäude zu nehmen, fuhren die beiden Fahrzeuge rumpelnd von der Straße ab und bewegten sich in Richtung Norden. Husseini hatte etwas vor. Wollte er ein paar Männer bei einem Dorf in dieser Richtung absetzen? Nein, denn in dem Fall würde es eine richtige Autopiste dorthin geben, der man ansah, daß sie regelmäßig benutzt wurde. Außerdem würden sie dann keinen geschlossenen Lkw brauchen. Sie fuhren querfeldein auf die Stelle zu, wo wir die Elefanten gesehen hatten. Ich mußte mich rasch entscheiden, ob ich dem Lastwagen folgen oder lieber warten sollte, bis er zurückkam. Warten war zwar sicherer, aber wenn ich hinterherfuhr, könnte ich Husseini vielleicht dabei erwischen, wie er eine letzte Ladung Elfenbein an die Küste brachte. Nächste Woche wäre er fort. Das könnte die einzige Chance sein, das nächste Bindeglied in der Kette zu finden. Ich legte den ersten Gang ein.

Ohne Licht anzumachen, folgte ich ihnen in so großer Entfernung, daß sie das Geräusch meines Motors nicht hören konnten. Afrikanische Nächte sind zwar nicht sonderlich leise – ständig hört man das laute Quaken von Laubfröschen und das Gekreisch der Klippschliefer, die sich wie entlaufene Irre anhören –, aber ich hielt diskret Abstand.

Sie nahmen die gleiche Strecke, die Mikki, Henry und ich zwei Tage zuvor gefahren waren. Rechts von uns war die Donga so eben noch als dunkleres Gebilde vor dem Himmel erkennbar. Die Scheinwerferlichter der beiden Autos leuchteten die Bäume an, als sie rechts abbogen, und verschwanden dann völlig im Busch. Das Gebiet, wo wir beobachtet hatten, wie die Elefanten nach Wasser gruben, lag nur einige hundert Meter vor uns. Ich wollte nicht hinter ihnen herfahren, weil ich damit rechnete, daß sie drehen und auf dem gleichen Weg zurückfahren müßten, denn die Böschung des ausgetrockneten Flußbetts war zu hoch, um sie zu überqueren. Ich ließ mein Auto in der tiefen Dunkelheit stehen und ging zu Fuß weiter. Vielleicht wollten sie zu dem verlassenen Camp, das wir in der Nähe gefunden hatten. Hatten sie dort etwa ein Versteck, an dem sie Stoßzähne lagerten, das ich mit den Darrows nicht entdeckt hatte?

Der Weg unter meinen Füßen war voller Furchen, die hart wie Zement waren, und Tierspuren, die noch aus der letzten Regenzeit stammten, außerdem gab es abgebrochene Äste und Tiermist, lauter Fallen für den Unvorsichtigen. Ich erlaubte mir, ab und zu meine Stifttaschenlampe anzuschalten. Es war unwahrscheinlich, daß sie sich umdrehen würden, und außerdem war der Pfad so gewunden, daß das Licht nicht sehr weit zu sehen wäre. Das Schlimmste aber war die Dunkelheit, die sich wie ein dichtes Spinnengewebe über mein Gesicht legte.

Nachts einen Wildpfad entlangzugehen ist so mit das Dümmste, was man tun kann, aber wenn ich den Pfad nicht benutzte, hätte ich mich innerhalb weniger Minuten völlig verlaufen. Ich redete mir ein, daß die Männer vor mir bestimmt jeden lauernden Löwen aufgescheucht haben würden, und schlich auf den Rand der Donga zu. Dabei lauschte ich aufmerksam auf menschliche Geräusche und hielt mich an einer Seite, damit ich ihnen nicht direkt in die Arme lief. Ich hörte lediglich das Klagen des Uhus.

Dann hörte ich das tiefe Rumoren eines Elefantenmagens. Ich ließ mich auf den Bauch fallen und kroch nach vorne, bis ich etwas sehen konnte. Das sandige Flußbett leuchtete im Mondschein. Es war mit Elefantenspuren übersät, die in dem Sand wie Mondkrater aussahen. Die Elefanten schliefen auf der Seite wie erratische Gletscherblöcke, obwohl die Gletscher natürlich niemals so weit reichten. Ein gigantischer Schnarchchor dröhnte friedlich durch die Nacht.

Ein Paar gefleckter Genetten, ein Nachttier, das ich noch nie gesehen hatte, aber aus Büchern kannte, überquerte den mondbeschienenen Sand. Sie sahen aus wie langgezogene Katzen mit gestreiften Schwänzen und einem gefleckten Körper. Ich war zu aufgedreht und zu sehr auf Husseini und seine Männer fixiert, um mich daran zu erfreuen. Ich glaubte, ein Flüstern zu hören, aber es hätte auch der Wind sein können. Dann gab es ein unheilverkündendes metallisches Geräusch, das mein Verstand sich weigerte zu entschlüsseln. Dann brach die Hölle los.

Mehrere Sturmgewehre schossen gleichzeitig los. Die Schüsse machten mich taub und hämmerten auf mich ein, erfüllten meinen Körper, ja die ganze Welt mit Lärm; Lärm, der sich wie Messer in mein Fleisch bohrte, in mein Herz. Ein oder zwei Elefanten schafften es, sich aufzurappeln, bevor sie von Kugeln durchlöchert zusammenbrachen. Eines der Tiere lief ein paar Schritte auf die Schüsse zu, als ob es seine Schwestern schützen wollte, bevor es ebenfalls niedergemäht wurde. Die meisten wurden im Liegen umgebracht.

»Nein!« schrie ich. »Ihr Schweine!« Zum Glück ging meine Stimme in dem Getöse unter.

Es dauerte nur wenige Augenblicke. Ein Elefant stöhnte, ein erschreckendes Geräusch in der plötzlich wiedereingekehrten Stille. Zwei kleine Elefanten wurden am Leben gelassen. Sie rannten in höchster Panik hin und her, berührten ihre toten Schwestern und Tanten mit ihren winzigen Rüsseln, ihre Ohren flatterten, und sie wimmerten erbärmlich. Die größeren Schatten bewegten sich nicht, würden sich nie wieder bewegen. Ihre gesamte Familie war in weniger als einer Minute ausgelöscht worden. Selbst halbwüchsige Elefanten hatten sie umgebracht, bei denen erst ein kleiner Stumpf Elfenbein zu sehen war. Ich mußte um Beherrschung ringen, damit ich nicht schreiend zusammenbrach; ich wollte nicht auch niedergemetzelt werden.

Eines der größeren Elefantenweibchen, das Tier, das gestöhnt hatte, hob den Kopf, brach wieder auf dem Sand zusammen und hob erneut den Kopf. Mit einem tiefen Stöhnen aus ihrer Brust hievte sie sich auf die Füße. Sie schaffte es zwar aufzustehen, doch kurz darauf begann sie wieder zu schwanken und zu taumeln. Die Kleinen liefen an ihre Seite und streckten die Rüssel aus, um ihr Gesicht zu berühren. Ihre Knie begannen nachzugeben, und die winzigen Elefanten lehnten sich gegen sie, vielleicht, um sie zu stützen, aber sie waren zu klein.

Eine Salve von Schüssen schlug in die Gruppe ein. Das Elefantenweibchen brach zusammen, ein dunkler Blutstrom schoß aus ihrem Maul, und mit einem erschütternden Stöhnen starb sie. Eines der kleinen Tiere war auch getroffen worden und schrie qualvoll. Die Gewehrschützen ließen es schreien. Ich hörte einen Befehl in gutturalen Lauten, dann begannen die Männer die steile Böschung des ausgetrockneten Flußbetts hinunterzuklettern. Das einzige überlebende Jungtier drehte sich hektisch um und floh flußaufwärts. Ohne den Schutz der Familie würde es die Nacht nicht überleben.

Ich erkannte die schlanke Silhouette von Rashid Husseini. Er kletterte auf den Kopf eines Elefanten und lachte.

Wenn ich eine Waffe gehabt hätte, hätte ich ihn erschossen. Heiße Wut durchfuhr mich so heftig, daß sie fast Halluzinationen auslöste. Mein Herz hämmerte, und meine Fäuste ballten sich zusammen, während ich beobachtete, wie drei Männer den Elefanten die Rüssel abhackten, damit sie leichter an die Stoßzähne herankamen. Sie meißelten die Stoßzähne aus den Köpfen der Elefanten und riefen sich während der Arbeit gutturale Laute auf arabisch zu.

Ich versuchte, meine Wut in den Griff zu bekommen und mich darauf zu konzentrieren, warum ich hier war. Ich hatte eine Aufgabe zu erledigen; ich durfte nicht aufhören zu denken. Wenn sie Arabisch sprachen, bestätigte das, daß sie Somalis waren, was wiederum die Aussage von Robert Thiaka stützte. Das war ein wichtiger Aspekt, denn falls ein kenianischer Arbeitstrupp mit im Spiel war, war es sehr gut möglich, daß Robert Thiaka selbst an der ganzen Operation beteiligt war. Wenn keine Kenianer dabei waren, könnte es sein, daß Husseini ohne Roberts Wissen eine Bande von Wilderern anführte. Es war kein Problem, ein paar arbeitslose somalische Guerilleros, die bereits mit ihren AK-47 bereitstanden, als Arbeitstrupp auf Zeit über die Grenze zu schaffen, um noch ein paar Elefanten umzubringen. Ich wünschte, ich hätte Robert gefragt, wie er an Husseini gekommen war, ob ihn jemand empfohlen hatte. Ich mußte herausfinden, für wen Husseini arbeitete, wen er gewarnt haben könnte, daß Emmet ihnen auf die Schliche gekommen war.

Ich konnte sie nicht länger beobachten. Ich wußte, ich sollte warten und ihnen folgen, um zu sehen, wo sie das Elfenbein verstecken oder abliefern würden, aber ich hatte zuviel Angst. Auf einer leeren Baustelle oder in einem Ranchgebäude herumzuschnüffeln war eine Sache. Bewaffnete Killer zu verfolgen eine andere. Ich ging zu meinem Auto zurück. Immer noch konnte ich die Schreie des verwundeten kleinen Elefanten hören, die immer schwächer wurden, je mehr sein Leben dahinschwand. Wenn ich nicht wenigstens herauskriegte, wo sie das Elfenbein versteckten, würde es schwierig sein, Husseini etwas anzuhängen und ihn daran zu hindern, das Land zu verlassen oder seine nächtliche Arbeit anderswo fortzusetzen. Ohne die Stoßzähne gäbe es keinen Beweis. Ich blieb abrupt stehen und dachte noch einmal nach. Wie könnte ich mir noch in die Augen sehen, wenn ich jetzt davonrannte? Ich schloß mit mir selbst ein Abkommen. Ich würde mir angucken, wo sie das Elfenbein abluden, aber mehr nicht, dann würde ich das Unternehmen abbrechen und nach Hause fahren.

Ich stieg ins Auto und roch den Ärger, bevor ich sah, was los war. Von Westen her war ein starker Wind aufgekommen, der einen beißenden Geruch von Rauch mitbrachte. Ich kletterte auf das Dach des Wagens und sah, wie Flammen in einer Linie auf mich zukamen. Ohne feste Punkte in der welligen Ebene war es schwierig, die Entfernung abzuschätzen. War es eine halbe Meile? Eine Viertelmeile? War das viel oder wenig? Ich wußte nicht, wie schnell sich Feuer fortbewegte. Der Wind trieb dunkle Rauchwolken herüber, und der Mond schien hinter einem zerfetzten Schleier hämisch zu grinsen, bevor er sich völlig verfinsterte.

Verdammter Mist! Jetzt konnte ich kaum noch die Hand vor Augen sehen, und allmählich brannte meine Kehle von dem Rauch. Ich wagte immer noch nicht, die Scheinwerfer einzuschalten, legte vorsichtig den ersten Gang ein und fuhr auf das Gras zu. Ich fand die Reifenspuren nicht mehr, denen ich hierher gefolgt war, aber das war vermutlich ganz gut so, da die Wilderer ja auf demselben Weg zurückkommen könnten. Dunkel ragte das Gras über dem Kühler auf wie ein einziges raschelndes Meer. Unsichtbare Äste eines umgefallenen Baums kratzten an den Seiten meines Wagens, der langsam, aber stetig vorwärts fuhr. Der Brandgeruch in meiner Nase wurde immer stärker, und ich glaubte schon, das Knistern von Flammen zu hören, aber dazu war es doch bestimmt zu weit. Hatte ich etwa im Dunkeln die Orientierung verloren und fuhr jetzt nach Westen auf das Feuer zu, anstatt nach Süden? Ich kletterte noch einmal auf das Dach.

Die dunklen Umrisse der Bäume entlang der Donga waren links von mir, also fuhr ich in Richtung der rettenden Straße, doch die Flammen waren jetzt vor mir und bewegten sich wie ein Tentakel, das alles einkreiste, auf den Fluß zu. An einer Stelle erwischten die Flammen einen Dornbusch und stoben einige Meter hoch in die Luft. Von Minute zu Minute wurde es beängstigender. Jetzt konnte ich schon das Gras zischen und knistern hören. Eine Herde Gazellen kam aus dem Rauch geschossen und rannte auf die Bäume zu. Wollten sie mir etwas sagen? Für sie war es sicherer, in die Donga zu flüchten, als für mich. Wenn ich versuchte, dort hineinzufahren, würde ich mitten unter den Wilderern landen – und ich hatte auf keinen Fall vor, mein Auto den Flammen zu überlassen und zu versuchen, zu Fuß die Donga zu erreichen.

Erneut kämpfte ich mich vorwärts. Das Feuer hatte die Bäume noch nicht erreicht. Vielleicht könnte ich es schaffen, am Waldrand durchzukommen und dann einen Bogen zu fahren. Der Wind wehte jetzt stürmisch von

Süden, und der Mond kam wieder hervor. Dankbar für das Licht kurvte ich durch die ineinander verschlungenen dunklen Dornbüsche und erreichte den Schutz der Bäume. Man hörte ein Kreischen und lautes Umsichschlagen im Laubwerk, weil eine Affenhorde, die auf dem Wipfel des Baums im Schlaf gestört worden war, dort oben herumsprang.

Ich atmete tief durch und fühlte mich etwas sicherer. Dann geriet plötzlich alles um mich herum außer Kontrolle. Ein Windstoß wie ein Hurrikan fuhr in den Wald. Ächzend brachen die Bäume auseinander. Wie aus dem Nichts sprangen direkt vor mir Flammen in die Krone eines Fieberrindenbaums. Die Bö ließ einen Augenblick nach, allerdings nur um einem noch stärkeren Wind Platz zu machen, der donnernd durch die Bäume toste und Feuer mitbrachte.

Ich mußte hier raus. Rauch brannte in meiner Kehle und mischte sich mit dem Geschmack von Angst. Ich konzentrierte mich ganz darauf weiterzufahren, als ob allein die Bewegung mich retten könnte. Ein brennender Ast wurde herabgeschleudert und zertrümmerte die Windschutzscheibe. Ich wurde mit Glassplittern übersät und spürte, wie Blut warm über mein Gesicht lief. Das Blut lief mir in die Augen. Einen Moment konnte ich nicht sehen, wo ich hinfuhr. Ich verlor die Kontrolle über das Auto, das schwankend in eine Wand aus Ästen steuerte und stehenblieb.

Ich zog mein Hemd aus und schaffte es, mir das Blut aus dem Gesicht zu wischen. Die Schnittwunde auf meiner Stirn war zwar nicht tief, aber sie blutete heftig, und ich hatte keine Zeit, nach einem Pflaster zu suchen. Ich drehte das Hemd zu einem Band und schlang es mir um den Kopf, damit mir das Blut nicht mehr in die Augen lief.

Das Feuer hatte mittlerweile mehrere Bäume erfaßt und beleuchtete auch den umgestürzten Baum, in den ich hineingefahren war. Als ich den Rückwärtsgang einlegte, röhrte der Motor und nichts passierte. Mit meiner Weisheit am Ende, sprang ich aus dem Auto.

Das Feuer raste wie verrückt durch den Wald. Ich konnte die Hitze auf meiner bloßen Haut spüren. Bald schon würden die Flammen um meine Füße züngeln. Hustend rannte ich auf die Donga zu, vermied die allerdunkelsten Stellen und ignorierte die Zweige, die gegen meine Brust schlugen.

Dann lag das Flußbett unter mir, eine sichere Zuflucht aus Sand, Felsen und Dunkelheit. Ich hangelte mich den bröckeligen Rand entlang, die Arme bis zum Zerreißen gespannt, und suchte erfolglos nach Grund. Dann gab die Böschung nach, und ich fiel auf ein Bett loser Steine. Über mir explodierte mit einem dumpfen Knall der Benzintank des Rovers.

29

Wenn man nachts zu Fuß unterwegs ist, wird einem wieder bewußt, daß man zu den Primaten gehört, ausgestattet mit sechs Sinnen und einer angeborenen Angst vor der Dunkelheit. Ich versuchte das Positive zu sehen, zumindest bot das Feuer eine gewisse Beleuchtung. Also setzte ich mich in Bewegung. In dem mit Felsbrocken übersäten Flußbett kam man nur langsam voran. Ehe ich mich versah, war ich hingefallen und hatte mir das Schienbein aufgeschlagen. Danach wurde ich sogar noch langsamer.

Bei diesem Tempo könnte es drei Tage dauern, bis ich in Sicherheit war. Wo war überhaupt Sicherheit? Konnte ich zur Ranch gehen? Ich hatte keinerlei Beweise, daß Thiaka nicht in die Sache verwickelt war. Mußte ich die ganze Strecke bis zum nächsten Ort gehen? Die Schnittwunde auf meiner Stirn pochte, und ich hatte nichts zu essen und kein Wasser.

Obwohl ich keinen Ausweg sah, kam Aufgeben nicht in Frage, also ging ich weiter. Ich war noch nicht sehr weit gekommen, da gerieten die unregelmäßigen Schatten vor mir plötzlich in Bewegung. Das dumpfe Schlagen von Hufen auf Sand und ein Schrei, der abrupt abbrach. Meine Nackenhaare richteten sich auf. Rechts und links von mir schossen helle Streifen vorbei. Es waren Löwen, die sich auf ein Beutetier stürzten.

Ich kauerte mich nieder und rührte mich nicht. Ich wagte noch nicht mal zu atmen. Allerdings bezweifelte ich, daß sie mich durch den Rauch riechen konnten. Außerdem sehen Löwen nachts nicht besonders gut – sie jagen nur deshalb gern nach Einbruch der Dunkelheit, weil sie gute Sprinter sind und in der Nacht den Vorteil haben, ihr Opfer aus der Nähe überraschen zu können. Solange kein Löwe über mich stolperte, hatte ich gute Chancen, unbemerkt zu bleiben. Sie waren ziemlich beschäftigt.

Zwei Männchen mit stattlichen Mähnen trotteten hungrig auf den knurrenden Haufen der Löwinnen zu. Ihr Gebrüll verschreckte selbst ihre Gemahlinnen, die von dem Beutetier zurückwichen. Eine Löwin schnappte sich noch ein blutiges Lendenstück und versuchte, es wegzutragen. Ohne zu zögern, stürzten sich die Löwen auf sie. Das Weibchen ließ sein Fressen fallen und floh. Sie gesellte sich zu dem Kreis ihrer ungeduldigen Schwestern, die knurrten und ständig die Plätze wechselten.

Ich konnte das Blut riechen und fragte mich, ob das meine letzte Gelegenheit war, wilde Tiere zu beobachten. Das Beste sollte man sich immer bis zum Schluß aufheben.

Nachdem die Männchen sich satt gefressen hatten, wurden sie ruhiger. Eines der Weibchen wagte sich vor und leckte vorsichtig an dem Kadaver. Als sie geduldet wurde, setzte sie sich hin und fraß. Die Männchen zogen sich zurück. Schon bald war das Beutetier unter einem Knäuel Löwinnen verschwunden. Ein Schakal tauchte auf und sauste einmal kurz zwischen die Mäuler der Löwinnen. Kleine Löwen versuchten ebenfalls, soviel wie möglich zu ergattern. Löwen sind eine spartanische Gesellschaft. Die Jungen müssen mit den ausgewachsenen Tieren um das Futter kämpfen, und wenn nicht genug da ist, läßt man sie verhungern.

Während der Kadaver bis auf die Knochen schrumpfte und die Löwinnen nach und nach das Interesse verloren und in der Dunkelheit verschwanden, begann ich mich zu fragen, was als nächstes passieren würde. Ich steckte in einer noch schlimmeren Situation als vorher. Die Donga war voller Löwen, und falls ich angegriffen wurde, hatte ich keine Möglichkeit, mich zu verteidigen. Die Nacht war mein einziger Schutz, und irgendwie kam mir das nicht besonders sicher vor.

Noch lange nachdem der letzte Löwe verschwunden war, verhielt ich mich ruhig, dann machte ich mich wieder auf den Weg, alle Sinne auf mögliche Gefahren geschärft. Das dumpfe Rumpeln des Lastwagens hörte ich, lange bevor Husseini und seine Leute in mein Blickfeld kamen. Wie zum Teufel? Sie mußten einen Weg die Böschung hinunter gefunden haben und benutzten nun das ausgetrocknete Flußbett als Fluchtweg vor dem Feuer.

Erneut duckte ich mich und verharrte hinter einem der zahlreichen runden Felsbrocken, der ein bißchen größer als die übrigen war, regungslos im Dunkeln. Mein Herz hämmerte laut in meinen Ohren. Dieses Abenteuer verschaffte mir erneut einen größeren Respekt vor Raubtieren. Es erfordert Mut, sich deutlich sichtbar zu verstekken, nicht die Nerven zu verlieren und loszustürmen. Sobald ich mich bewegte, würden sie mich ganz bestimmt sehen. Ich könnte vielleicht versuchen, den Männern davonzulaufen, nicht aber ihren Kugeln.

Der Suzuki fuhr mit ächzendem Motor an mir vorbei, während er sich durch das holprige Flußbett quälte. Nun war der Lastwagen auf meiner Höhe, und ich konnte die glühende Zigarette des Fahrers sehen. Dann war er vorbei. Sie hatten mich nicht gesehen.

Ein Stein sprang hoch und schlug mit einem unheilverkündenden Knall gegen den Motorblock, worauf der Fahrer in Kriechtempo wechselte. Mir fiel ein flaches, rechteckiges Gebilde am Heck des Lkws auf. Es war eine Leiter, die aufs Dach führte, wo sich wie bei vielen afrikanischen Wagen ein Geländer befand, an das man zusätzliche Lasten schnallen konnte. Da kam mir ein Geistesblitz.

Ohne Rücksicht auf Verluste lief ich über den unebenen Boden und sprang auf den hinteren Kotflügel. Im Nu war ich nach oben geklettert und hatte mich auf dem schwankenden Dach auf den Bauch gelegt. Ich hielt mich an dem Gepäckträger fest, der praktischerweise vorhanden war. Ich war gerettet. Keine Löwen mehr, keine dreitägige Wanderung ohne Essen und Wasser. Aus der Vogelperspektive würde ich erkennen können, wo sie das Elfenbein versteckten, während ich auf meinem Hochsitz völlig unsichtbar war. Das einzige Problem würde darin bestehen, den richtigen Zeitpunkt zu erwischen, um unbemerkt hinunterzuklettern, aber insgesamt schien mir das so bei weitem am besten.

Der Lastwagen quälte sich weiter durch die Nacht, holperte über Felsbrocken und kämpfte sich durch sandige Stellen. Als wir die Flammen hinter uns gelassen und aus der Donga herausgefahren waren, fühlte ich mich am ganzen Körper zerschlagen. Zumindest hatte die Schnittwunde an meinem Kopf aufgehört zu bluten, und ich wickelte vorsichtig mein Hemd ab und schlüpfte wieder hinein. Ich wagte mir kaum vorzustellen, wie furchtbar ich aussehen mußte – blutbefleckt, schmutzig und leicht durchgedreht –, allerdings hatte ich auch vorläufig nicht vor, mich sehen zu lassen.

Im Vergleich zum Flußbett fühlte sich die Piste durch das Grasland glatt wie ein Super-Highway an. Wir fuhren direkt auf die Ranch zu. Also steckt Thiaka mit drin, dachte ich gerade, aber dann machten wir einen Umweg von etwa einer halben Meile um die Ranch herum. Bedeutete das, daß Thiaka doch nichts damit zu tun hatte, oder achtete er bloß darauf, daß seine legalen Arbeiter nichts von dem Wildereigeschäft mitkriegten? Verdammt, dieser Fall war wie ein Labyrinth, in dem man sich ständig im Kreis drehte und nirgendwo ankam.

Augenblick mal, sagte ich zu mir, selbst wenn ich jetzt vom Lkw stieg, hatte die Arbeit dieser Nacht bestätigt, welcher Pfad aus dem Labyrinth führte. Emmet war tatsächlich auf ein Zentrum von Wilderern gestoßen, und Husseini wußte, daß Emmet belastendes Beweismaterial entdeckt hatte. Husseini hatte rasch einem Komplizen einen Tip gegeben, der Emmets Gewohnheiten kannte und Zugang zu seinem Haus hatte, und dann hatten sie entweder einzeln oder gemeinsam den Mord an Emmet geplant und ausgeführt. Die Anhaltspunkte, was die Identität des Komplizen betraf, deuteten zwar noch in die unterschiedlichsten Richtungen, aber Husseini war eindeutig das Bindeglied. Wenn ich bloß am Ball bleiben und feststellen konnte, wo dieser Lastwagen hinfuhr, dann hätte sich der Horror dieser Nacht ausgezahlt.

Die Stunden zogen sich endlos dahin in knochenerschütternder Monotonie aus Lkw-Gestank, Lkw-Lärm und Lkw-Gerumpel. Und immer noch sah ich um mich herum nichts als dunkles, flüsterndes Gras. Ab und zu erfaßten die Scheinwerfer die Augen von wilden Tieren, die geisterhaft rot aufleuchteten. Irgendwann ging der Mond unter, und bis auf den Lichtkegel der Scheinwerfer war alles dunkel.

Wir kamen auf eine richtige Straße, und der Wagen beschleunigte. Selbst wenn ich es mir anders überlegt hätte, hätte ich bei diesem Tempo in den schlafenden kleinen Dörfern, durch die wir fuhren, nicht abspringen können. Noch hatte ich den Mut nicht verloren. Ich wollte sehen, wo dieses Elfenbein hingebracht wurde. Falls ich so lange wach bleiben konnte. Trotz meiner unbequemen Lage wurden meine Augenlider vor Erschöpfung immer schwerer und fielen dauernd zu. Meine gewöhnliche Zeit zum Schlafengehen war längst vorbei, und mein Körper versuchte mich wie üblich auszutricksen, als ob ich von der Schlafkrankheit befallen wäre. Mehrmals schreckte ich entsetzt auf und fragte mich, wie lange ich wohl geschlafen haben mochte.

Beim letzten Mal, als mir das passierte, wurde der Himmel bereits heller und auf beiden Seiten der Straße schossen stroboskopartig Kokospalmen vorbei. Eine Kokosnußplantage? Während ich schlief, mußten wir eine weite Strecke zurückgelegt haben, denn die einzigen Kokosnußplantagen, die ich kannte, waren in der Nähe der Küste.

Das überraschte mich nicht. Ein großer Teil von Kenias Elfenbein landete in den malerischen Dhaus, die auf jahrhundertealten Handelsrouten die Küste entlangfuhren und auf denen einst Elfenbein und Sklaven nach Arabien und zum Persischen Golf transportiert worden waren. Die Briten blockierten zwanzig Jahre lang die Küste, bis sie es schafften, den Menschenhandel des Sultans zu stoppen. In der arabischen Inselstadt Lamu dauerte die Sklaverei bis 1907. Der Handel mit den Stoßzähnen toter Elefanten ging natürlich weiter, und wenn wir noch zwanzig Jahre brauchten, um den zu stoppen, würde es keine Elefanten mehr geben.

Erst vor wenigen Jahren war es einer Gruppe von Umweltschützern gelungen, die größte Fabrik zur Verarbeitung von Elfenbein, die von drei berüchtigten Brüdern aus Hongkong von Jebel Ali in den Vereinigten Arabischen Emiraten aus geleitet wurde, ausfindig zu machen und heimlich zu filmen. Man sollte doch meinen, daß der Scheich genug Geld am Öl verdiente und nicht noch Nebeneinnahmen aus der Vernichtung der Elefanten beziehen mußte, aber offenbar sah er das anders. Nachdem der Film im britischen Fernsehen einen Skandal ausgelöst hatte, wurde die Elfenbeinfabrik geschlossen, das heißt, sie wurde vermutlich an einen unbekannten Ort verlegt.

Wenn uns dieser Elfenbeinpfad von der Phantom Ranch zu dem neuen Verarbeitungszentrum führen würde, wäre das ein ungeheurer Coup. Es könnte sogar das entscheidende Argument für ein dauerhaftes, weltweites Verbot des Elfenbeinhandels sein. War Emmet deshalb umgebracht worden? Wie lange konnte ich es noch wagen, auf dem Lkw zu bleiben, jetzt wo die Morgendämmerung näherrückte? Mein Sicherheitsbedürfnis verlangte, im nächsten Dorf abzusteigen, aber wenn ich das tat, würden wir nie erfahren, von welcher Bucht oder welcher Insel aus das Elfenbein verschifft wurde. Doch mit dem Tageslicht nahmen auch Vernunft und Vorsicht zu. Ich beschloß, bei der ersten Gelegenheit herunterzuklettern. Besser ich blieb am Leben und konnte berichten, was ich bisher in Erfahrung gebracht hatte.

Eine rote Sonne schob sich über dem flachen Meereshorizont nach oben. Die Luft war feucht und schwer, und selbst die Brecher an dem weißen Sandstrand rechts von uns wirkten lustlos. Der Strand war völlig ausgestorben. In diesem Gebiet gab es nur wenige Dörfer und noch weniger Verkehr.

Wir bogen ins Landesinnere ab und fuhren durch einen monotonen Waldgürtel, der sich meilenweit erstreckte. Ein paar Paviane stürmten von der Straße, und ein- oder zweimal starrte ein Buschbock vom Waldrand zu uns herüber. Als der Wald in Grasland mit vereinzelten Palmen überging, hörte ich zum ersten Mal das Geräusch eines Fahrzeugs hinter uns. Ich ahnte nicht, daß es eine Katastrophe ankündigte. Es war einer dieser schicksalsschweren Momente, den man zwanghaft immer wieder durchspielen wird. Was wäre gewesen, wenn? Was wäre gewesen, wenn ich den Kopf nicht gehoben hätte, um etwas zu sehen?

Aber genau das tat ich. Und starrte direkt in das Gesicht eines überraschten Fahrers. Er scherte zum Überholen aus und rief im Vorbeifahren dem Lkw-Fahrer zu: »Hey, Mann, du hast einen weißen Tramper auf dem Dach.«

30

Ich hörte mein Todesurteil. Noch bevor er die Worte zu Ende gesprochen hatte, war ich bereits zur Hälfte die Leiter heruntergestiegen. Der Lkw-Fahrer latschte auf die Bremse, kugelte mir dadurch fast den Arm aus und ersparte mir die Mühe, ganz nach unten zu klettern. Ich landete hart, rollte jedoch im Fallen instinktiv über die Schulter ab. Als ich mich hochrappelte und loslief, hörte ich die Wagentüren aufgehen und das Gebrüll der Männer. Ich steuerte auf das Gras zu. Es war nicht hoch genug, um mir Schutz zu gewähren, aber hoch genug, um mich am schnellen Laufen zu hindern. Ich lauschte auf den Schuß.

Es kam keiner. Das vorbeifahrende Auto hatte zwar wieder beschleunigt, aber nicht so schnell, daß der Fahrer einen Schuß nicht gehört hätte. Statt zu schießen, rannte ein kräftiger Kerl, der längere Beine hatte als ich, hinter mir her. Ich hörte, wie er mich langsam einholte, und hatte das furchtbare Gefühl, in Zeitlupe zu laufen wie in einem Alptraum. Meine schnellste Geschwindigkeit war einfach nicht schnell genug. Er stellte mir ein Bein, so daß ich der Länge nach hinfiel. Dann zog er mich hoch und schlug mir, ohne zu zögern, dermaßen fest ins Gesicht, daß ich erneut zu Boden ging. Die Schnittwunde an meiner Stirn riß wieder auf. Blut lief mir in die Augenbrauen und die Wange hinunter.

»Keine faulen Tricks!« knurrte er mich an. Es war ein Schwarzer mit einem mächtigen Brustkasten, kein Somali. Er hatte eine dreieckige Nase, die sein halbes Gesicht einnahm, und ein massives Kinn. Es war ein hartes Gesicht, in dem die schlaffen Tränensäcke und Hängebacken eines Trinkers auffielen. Ein Mann, der vielleicht zu Sentimentalitäten neigte, aber nicht zu Mitgefühl mit anderen Menschen. In der richtigen Situation konnte ich ihn mir auf eine spielerische Art rauh und herzlich vorstellen. Ich merkte allerdings, daß das heute nicht auf seinem Programm stand. Er stieß mich herum, bis ich mit dem Gesicht zur Straße stand, und sagte: »Geh.« Dann gab er mir einen weiteren Stoß. Ich setzte mich in Bewegung. Ich konnte mein eigenes Blut schmecken.

Husseini stand wartend da, neben ihm ein dritter Kerl mit einer AK-47 über der Schulter. Ich konnte die Gesichter der beiden Männer deutlich im Morgenlicht erkennen. Husseinis raubvogelartiges Gesicht wirkte grimmig. Hier war kein Mitleid zu erwarten.

Als ich den Mann mit der Waffe genauer betrachten wollte, bekam ich eine derartige Angst, daß ich wegsehen mußte. Mein Herz begann zu hämmern. Er war zierlich gebaut wie die meisten Somalis, aber es waren auch nicht seine Muskeln, die mir angst machten, sondern seine Augen. Sie hatten die stumpfe, seelenlose Grausamkeit von Krokodilaugen. Solche Augen hatte ich bisher nur auf den Fotos von Serienmördern und Militärdiktatoren gesehen. Es war das Gesicht eines Profikillers.

»Das war nicht sehr schlau, Jazz Jasper«, sagte Husseini.

»Ich hatte das Gefühl, daß wir uns wiedersehen würden«, antwortete ich.

»Pack sie hinten rein«, befahl er dem großen Mann.

Ich hätte gern etwas gesagt, eine Art Abkommen geschlossen, aber mir fiel nichts ein, womit ich hätte handeln können, also hielt ich den Mund. Der Muskelmann machte den Lastwagen hinten auf und schob mich hinein. Etwa hundert Fliegen benutzten die offene Tür, um mit mir einzusteigen. An den Stoßzähnen hing immer noch Fleisch von den Köpfen der Elefanten, und der Gestank war ekelerregend.

Es war klar, daß sie mich umbringen würden, sobald wir eine abgeschiedenere Stelle erreicht hatten. Weniger klar war, wie ich hier lebend rauskommen sollte. Er warf die Tür mit einem Knall zu, und es wurde stockfinster.

Die Fahrt kam mir ewig vor, aber vermutlich war es nur eine weitere Stunde. Mittlerweile schien mir der Tod eine attraktive Alternative zu der dunklen, stinkenden Hitze, den Fliegen und den blutigen Stoßzähnen. Als der Muskelmann die Tür öffnete, stolperte ich blinzelnd in das grelle Sonnenlicht hinaus. Wir befanden uns in einer schmalen Bucht. Eine Dhau mit dunkelroten Segeln, die Farbe getrockneten Bluts, wurde auf den Sand gezogen.

»Pack sie in den Laderaum. Ahmed wird sie erschießen, sobald ihr weit genug von der Küste entfernt seid«, befahl Husseini. Er sprach Englisch, zweifellos aus Rücksicht auf mich. Was für ein aufmerksamer Mann.

»Hol ein paar dicke Steine, mit denen man sie beschweren kann, und verstau sie da unten.«

»Augenblick«, sagte ich. Husseini schlug mich heftig auf den Mund.

»Maul halten«, befahl er mir. »Sie haben nur die Wahl, langsam oder schnell zu sterben. Machen Sie mich nicht wütend.«

Ich wandte mich ab, doch statt dessen sah ich in Ahmeds flache Krokodilaugen und stellte fest, daß er ein Messer im Gürtel trug. Ich hielt den Mund.

»Geh.« Der Muskelmann nahm meinen Arm und riß mich herum, bis ich mit dem Gesicht zum Boot stand. Der Indische Ozean glitzerte in der Morgensonne. Sie hatten beschlossen, daß er mein Grab sein sollte. Das Segel blähte sich im Wind. Ein Araber in langem Kaftan und Turban saß mit angezogenen Beinen neben dem Ruder. Er sah weg, als der Muskelmann mich brutal in Richtung des Laderaums stieß.

Ich nahm mir gar nicht die Zeit, Alternativen abzuwägen, sondern machte einen Satz auf den Laderaum zu, tat so, als ob ich nach links wollte, stürmte dann nach rechts und sprang über Bord. Ich holte so tief Luft, daß es mir fast die Lunge gesprengt hätte, und tauchte. Mit kräftigen Tritten versuchte ich, vorwärts und nach unten zu kommen. Ich blieb so lange unter Wasser, wie meine Lunge aushielt, dann stieß ich die Luft explosionsartig aus und tauchte auf. Ich sah gerade noch, wie sich etwas großes Dunkles auf mich stürzte. Bevor ich reagieren konnte, hatte sich mir bereits ein stahlharter Arm um den Hals gelegt, und jemand brachte mich mit kräftigen

Beinschlägen an die Seite des Bootes. Soviel zum Thema große Flucht.

Husseini starrte mich über den Bootsrand an. In einer Hand hielt er eine Pistole. Mit der anderen warf er mir eine Strickleiter herüber. »Kommen Sie rauf. Und keine Tricks mehr, verstanden.«

Mir schien nicht viel anderes übrigzubleiben, also folgte ich seiner Aufforderung und kletterte hinauf. Ahmed stieß mich so heftig mit dem Kolben seines Gewehrs, daß ich das Gleichgewicht verlor und hart auf das Deck schlug. Es war purer Sadismus. Ich richtete mich auf, rieb mir den Nacken und atmete keuchend in tiefen Zügen ein. Das Salzwasser tropfte aus meinen Sachen und bildete eine Pfütze.

Dann raffte ich mich langsam auf die Füße und blieb schwankend stehen. Ich fühlte mich schwach und schwindlig von dem Sinken des Adrenalinspiegels, der Anstrengung vom Schwimmen und weil ich seit dem kleinen Sandwich nichts mehr gegessen hatte, was mir vorkam, als sei es in einem anderen Leben gewesen. Mir wurde einen Moment schwarz vor Augen, und ich taumelte.

»Das war nicht sehr klug, Miss Jasper, was?« sagte Husseini. Er musterte mich unverschämt von Kopf bis Fuß und konzentrierte sich dann auf meine Brüste, die sich unter meiner nassen Bluse abzeichneten. Ich bemühte mich, so verächtlich wie möglich zurückzustarren – was mir auch fast gelang.

»Für wen arbeiten Sie?« fragte ich.

Unglücklicherweise hatte ich Wasser geschluckt, als sein Muskelmann mich packte, und das kam ausgerechnet in diesem Augenblick wieder hoch. Ich würgte schmerzhaft. Eine Woge von Übelkeit ergriff mich, gegen die ich ankämpfte.

Der Mann mit den toten Augen kam mit einem Stück Seil auf mich zu.

»Legen Sie die Füße zusammen und die Hände auf den Rücken«, sagte Husseini.

Ich rührte mich nicht. »Die Polizei ist Ihnen auf der Spur. Wegen Wilderei sind Sie eh schon dran. Sie wollen doch nicht auch noch eine Mordanklage am Hals haben, oder? Warum lassen Sie mich nicht einfach am Strand und verschwinden von hier?«

Als Antwort darauf trat Ahmed mir die Füße weg, worauf ich ein zweites Mal heftig aufs Deck aufschlug. Als ich mich fluchend aufrichten wollte, stieß er mir ein Knie in den Rücken, packte meine Handgelenke, legte einen Schifferknoten darum und zog so fest, bis ich vor Schmerz aufschrie. Dann schlang er das andere Ende um einen Knöchel, schnappte sich mein freies Bein, mit dem ich wild um mich schlug, und band mir die Füße zusammen. Es war immer noch ein Stück Seil übrig. Er zog es hoch und band es mir um den Hals. Wenn ich mich gegen meine Fesseln wehrte, würde ich mich selbst erwürgen.

Ich hatte furchtbare Angst und war gleichzeitig wütend. Wenn sie mich schon umbrachten, wollte ich zumindest mit Würde sterben. Die Schnittwunde an meinem Kopf pochte, und ich spürte, wie mir das Blut warm über die Wange lief. »Warum legst du mir Fußfesseln an wie einem Kamel?« fragte ich und drehte den Hals. Das Seil schnitt in meine Haut. »Nimm das Seil von meinem Hals.«

Husseini bellte einen Befehl. Der große Mann schnappte sich mit einer Hand meine zusammengebundenen Handgelenke und hob mich mühelos hoch. Der Schmerz in meinen Schultern war irrsinnig. Ich schaukelte an seinem Arm hin und her und sah, wie das Blut in dunkelroten Tropfen von meinem Kopf aufs Deck fiel.

Das Blut macht mir nicht soviel aus, aber vom Schaukeln wird mir übel. Diesmal kam die Ohnmacht wie ein tiefer wirbelnder Strudel über mich, und ich fiel durch den Raum.

Ich glaube nicht, daß ich lange ohnmächtig war. Als ich wieder zu mir kam, lag ich neben einem Haufen Elefantenstoßzähne in dem stinkenden Wasser, das einige Zentimeter hoch im Laderaum stand. Durch die Luke konnte ich Ahmeds weite Moslempumphose sehen und wie er mit seiner schmalen Hand über den Nashorngriff seines Messers strich. Ich hatte mich immer gefragt, wie diese Somalimesser wohl aussehen mochten. Die Nashörner wurden ausgerottet, damit Ahmed und seine Kumpel so ein Messer haben konnten. Jetzt sah ich eins, und wenn ich nicht etwas unternahm, würde ich bald selbst ausgelöscht sein.

Der Muskelmann kam an die Luke und warf eine Ladung blutiger Stoßzähne hinein, die mit großem Geklapper neben mir landeten. Übelriechendes Bilgewasser spritzte mir ins Gesicht. Die beiden anderen Männer waren außer Sichtweite, aber ich konnte sie reden hören. Ich nahm an, Husseini und der Gewehrschütze machten sich nicht gern die Finger schmutzig, sie fühlten sich über körperliche Arbeit erhaben. Um so besser für mich. Je länger es dauerte, das Boot zu beladen, desto länger würde ich am Leben bleiben.

Ich verschwendete keinen Gedanken mehr daran, was

passieren würde, wenn es mir nicht gelang zu entkommen, sondern konzentrierte mich nur noch darauf, mir den nächsten Schritt zu überlegen. Eigentlich war das gar nicht so schwer. Als erstes mußte ich aus dem Bereich der Luke weg, damit mir kein Stoßzahn auf den Kopf fiel. Ohne größere Schwierigkeiten gelang es mir, mich tiefer in den Laderaum zu rollen. Gut, ein Schritt war geschafft.

Der nächste Schritt war schwieriger. Ich mußte mich von diesen Seilen befreien. Schwieriger, aber nicht unmöglich. Ahmed hatte mich mit einer Reihe von Schifferknoten gefesselt. Ich brauchte das Seil nur an einer Stelle zu zerschneiden, dann würde es sich leicht lösen lassen. Ich konnte den Kopf nicht beugen, um mir das Seil anzusehen, ohne mich gleichzeitig zu erwürgen, aber mir war vorhin schon aufgefallen, daß es aus Hanf und weder besonders dick noch besonders neu war. Wenn ich eine scharfe Kante fand, könnte ich es wohl durchkriegen – falls ich genug Zeit hatte.

Ich musterte die Stoßzähne. Einer von ihnen hatte eine scharfe Kante, aber der lag natürlich mitten in dem Haufen, und die scharfe Kante ragte so weit nach oben, daß ich nicht drankam. Es war, als ob man Flohhüpfen ohne Hände spielte und einem das Todesurteil drohte, wenn man das Spiel verlor. Erneut rollte ich mich durch das Bilgewasser, bis ich neben dem Stapel Stoßzähne lag. Mit viel Mühe gelang es mir, einen der unteren Stoßzähne mit den Fußknöcheln zu umklammern und ihn zu bewegen. Nichts passierte. Ich stemmte meinen ganzen Körper dagegen und schaffte es, den Stoßzahn aus dem Haufen zu ziehen. Einen Moment lang passierte immer noch nichts, dann geriet der ganze Stapel langsam in Bewegung. Es gab ein lautes Geklapper, das man hoffentlich an

Deck nicht bemerkte. Ich wurde mit schmerzhafter Wucht an der Schulter getroffen, und ein anderer Stoßzahn landete auf meinem Bein. Einen Augenblick lag ich still und lauschte auf Schritte über mir. Es waren keine zu hören. Warum sollte es sie kümmern, wenn eine Elfenbeinlawine auf mich niederging?

Ich drehte meinen Kopf und suchte nach dem scharf aussehenden abgebrochenen Ende. Zunächst entdeckte ich es nicht, und mir sank der Mut. Ich drehte mich und hob meinen gefesselten Körper so gut es ging und sah in alle Richtungen. War er im Wasser gelandet? Ich manövrierte mich um den Haufen herum, was mich eine unglaubliche Anstrengung kostete. Das Wasser war zwar nicht sehr tief, aber der Stoßzahn war andererseits auch nicht sehr dick. Außerdem war das Wasser so schmutzig, daß man nicht durchsehen konnte. Auf halber Strecke fand ich den abgebrochenen Stoßzahn, weil ich darauf rollte und das ausgezackte Ende in meinem Bauch spürte.

Ich wälzte mich auf den Rücken und zog das Seil, das meine Knöchel mit dem Hals verband, immer wieder über die Kante des Stoßzahns, indem ich mich von einer Seite auf die andere rollte. Hin und her, hin und her. Von Zeit zu Zeit zerrte ich an meinen Knöcheln, um festzustellen, ob das Seil nachgab. Doch es passierte nichts weiter, als daß die Schlaufe um meinen Hals sich enger zog. Kannte Ahmed keinen anderen als den Schifferknoten? Ich empfand neues Mitgefühl für die Kamele, die Nacht für Nacht so festgebunden wurden. Ich warf mich hin und her, drückte das Seil gegen den Stoßzahn und versuchte zu spüren, ob es angeritzt wurde. Manchmal schien es zu packen, doch dann rutschte es wieder weg, und nichts passierte. Ich probierte es noch eine Weile, bevor ich mir die Niederlage eingestand.

Eine weitere Ladung Elfenbein fiel klappernd in den Laderaum. Wir konnten jede Minute lossegeln. Ich hatte eine Menge Zeit vertan. Verzweifelt suchte ich die Wände des Laderaums nach einem scharfen Gegenstand ab, einem Nagel in erreichbarer Höhe oder einem Stück Metall, irgendwas, das ich brauchen könnte. Ich sah nur die Teerstellen auf Höhe des Bilgewassers, die sich in unterschiedlichen Stadien der Auflösung befanden, Zeugnisse früherer Bemühungen, Lecks zu stopfen. Aus einem sickerte ein kleines aber stetiges Rinnsal Meerwasser. Großartig – da konnte ich ja gleich hier drinnen im Boot ertrinken. Man brauchte mich nicht mal mehr über Bord zu werfen.

Es war nichts da, womit ich das Seil hätte durchtrennen können. Meine Zähne? Ich stellte mir vor, wie ich mich wie eine Brezel zusammenrollte und das Seil, das um meine Knöchel gebunden war, zerbiß. Dann wurde mir klar, daß ich es gar nicht durchzubeißen brauchte. Die Fesseln wurden strammer, je mehr ich versuchte, sie loszuwerden. Aber wenn ich nicht herumstrampelte, sondern mich statt dessen zusammenrollte, lockerten sie sich. Ahmed war eindeutig kein Seemann. Sie hätten mich von dem alten Mann am Ruder fesseln lassen sollen.

Ich zog meine Knie an die Brust und versuchte, mit den Händen an meine Knöchel heranzukommen, damit ich die Knoten öffnen konnte. Es ging nicht. Meine Beine waren einfach nicht biegsam genug, ich konnte den Rükken nicht genug krümmen, und meine Arme waren zu kurz. Ich spannte alle Muskeln an, doch es blieben immer noch etwa dreißig Zentimeter zwischen meinen Händen und meinen Füßen. Aus diesem Grund hatte ich nie Ballettstunden genommen.

Wenn ich mit den Händen auf dem Rücken nicht an meine Knöchel rankam, wie wäre es, wenn ich meine Hände nach vorne brachte? Ich legte mich auf die Seite, faltete mich in der Taille wie ein Akkordeon zusammen und streckte meine Arme nach unten. Das Seil lockerte sich, und es gelang mir, die Arme unter dem Po durch bis in die Kniekehlen zu schieben. Dann drehte ich mich auf den Rücken, und plötzlich war es ein Kinderspiel, meine Füße zwischen den Armen durchzuziehen, und im Nu hatte ich meine gefesselten Arme vor mir auf dem Bauch.

Ich hatte es geschafft! Ich rollte mich in Fötusposition zusammen und lockerte die Schlingen an meinen Fußknöcheln, dann an meinen Handgelenken und schließlich an meinem Hals. Ich war frei. Eine freie Gefangene.

Nun mußte ich mir etwas einfallen lassen, wie ich lebend aus diesem Boot herauskam. Zwei von den Männern, vermutlich Husseini und der Muskelmann, würden die beiden Wagen fahren und nicht mit uns kommen. Dafür sprach auch, daß Husseini Ahmed instruiert hatte, wann er mich erschießen und meine mit Steinen beschwerte Leiche versenken sollte. Wenn ich also wartete, bis wir ein gutes Stück vom Strand entfernt waren, brauchte ich es nur noch mit zwei Männern aufzunehmen, statt mit vier. Ich war zwar keine schnelle, aber eine ausdauernde Schwimmerin, außerdem war das Wasser warm. Andererseits könnte mich Ahmed in dem ruhigen, klaren Wasser so leicht erschießen wie einen Fisch in einem Faß. Wenn ich sie nur irgendwie ablenken könnte, während ich über Bord sprang.

Ich fragte mich, ob die Somalis schwimmen konnten. Als Wüstenbewohner vermutlich nicht. Doch egal, ob er schwimmen konnte oder nicht, wenn Ahmed selbst im Wasser wäre, könnte er wohl kaum mit seinem Gewehr schießen. Doch wie sollte ich ihn ins Wasser kriegen? Ich konnte ja schlecht die Kontrolle über das Ruder übernehmen und das Boot zum Kentern bringen, während er oben an Deck patrouillierte. Sollte ich vielleicht einen Stoßzahn als Rammbock benutzen und ein Loch in die Seite des Schiffsrumpfs schlagen? Ich bezweifelte, daß ich die nötige Kraft dazu hätte, außerdem würde es zuviel Lärm machen.

Dann inspizierte ich die Stelle, an der das Wasser durchsickerte. Der ausgezackte Stoßzahn könnte sich doch noch als nützlich erweisen. Ich würde das Gegenteil von dem tun, was der kleine holländische Junge mit seinem Finger im Deich getan hatte. Mit Hilfe des Stoßzahns kratzte ich den Teer ab. Dazu brauchte ich nicht lange. Darunter war ein Stück nasses Segeltuch, das man in ein Loch zwischen den Balken gestopft hatte. Mit viel Getöse fiel eine weitere Ladung Elfenbein durch die Luke. Ich zog den Leinenstopfen heraus. Das Rinnsal verwandelte sich in einen sprudelnden Bach. Das Holz um das Loch herum sah ein bißchen angegriffen aus, und ich vergrößerte es mit dem Stoßzahn. Die Würfel waren gefallen. Bald würde es für uns alle heißen: Schwimmen oder Untergehen.

Der Laderaum war ziemlich groß, und es würde eine Weile dauern, bis genügend Wasser hineingelaufen war, aber das war ganz gut so. Für mich wäre es schlimmer, wenn sie die Überschwemmung entdeckten, bevor wir lossegelten. Im Augenblick konnte ich nichts weiter tun als abzuwarten. Plötzlich spürte ich das dringende Verlangen nach einer Zigarette.

Der Muskelmann ließ die letzte Ladung Elfenbein durch die Luke fallen. Ich hörte das Knarren von Seilen, Rufe und das Flattern des Segels im Wind. Das Boot hatte abgelegt. Ich fuhr in einem sinkenden Schiff auf das Meer hinaus zusammen mit einem alten Seemann und dem Mann mit den Krokodilaugen.

31

Lange Zeit schien überhaupt nichts zu passieren. Das Wasser stieg unmerklich höher, und das Boot hielt den eingeschlagenen Kurs bei. Als das Wasser meine Waden halb bedeckte, hatte ich den Eindruck, daß wir langsamer vorankamen. Das Boot fühlte sich träge und weniger stabil an, aber das mochte ich mir genausogut einbilden. Ich wartete, bis mir das Wasser bis zu den Knien ging, dann zog ich meine Sachen und die Schuhe aus. Meine Wächter wären im Nachteil, wenn sie mit ihren weiten Pumphosen schwimmen mußten.

Das Gewicht des Wassers wirkte sich jetzt eindeutig aus. Durch ein Schott im Heck blieb das Wasser im vorderen Teil des Laderaums, und das Gewicht bewirkte, daß sich die Dhau nach vorn neigte. Wir schlingerten abscheulich von einer Seite auf die andere, und die Wellen, die gegen den Schiffsrumpf schlugen, machten ein schlürfendes Geräusch, als ob sie uns verschlingen wollten.

Über mir fand ein scharfer Wortwechsel zwischen dem

Bootsmann und Ahmed statt. Laute Schritte näherten sich der offenen Luke und entfernten sich wieder. Ahmed rief etwas mit wütender Stimme. Der Bootsmann steckte seinen Kopf mit dem Turban in die Luke. Er registrierte, wie das Meerwasser gegen die aufgestapelten Stoßzähne klatschte, und schrie angstvoll auf. Ahmed riß ihn zurück und schlug ihm ins Gesicht. Beide Männer brüllten.

Inzwischen reichte mir das Wasser schon bis an die Oberschenkel. Ich kletterte auf den Elfenbeinstapel und schaute durch die offene Luke. Ahmed hatte den Bootsmann auf das Deck gestoßen und nahm gerade die AK-47 von der Schulter. Eine Woge von Angst ergriff mich, die genauso körperlich faßbar war wie das Meerwasser um meine Beine. Ich hatte mich verkalkuliert. Es war Ahmed durchaus zuzutrauen, daß er erst mich und den Bootsmann erschoß und dann sich selbst zu retten versuchte.

Ahmed winkelte einen Arm an und hielt das Gewehr schußbereit in Händen. Seine Augen fixierten mich, Krokodilaugen voller Angst und mörderischer Wut. Der Bootsmann zu seinen Füßen glaubte, daß Ahmed es auf ihn abgesehen hatte, und trat mit aller Kraft nach oben. Sein nackter Fuß traf Ahmed mit voller Wucht in die Hoden.

Ahmed griff sich schreiend an den Unterleib und krümmte sich vor Schmerzen. Sein Gewehr fiel klappernd aufs Deck. Das war die Chance. Ich zögerte keine Sekunde, schwang mich über den Rand der Luke, schnappte mir die AK-47, floh über das Deck und sprang ohne innezuhalten auf die Reling. Die Rufe der beiden Männer mischten sich mit dem Pochen meines Herzens und dem dumpfen Widerhall meiner Schritte auf Deck.

Ahmed stürzte auf mich zu, erwischte mich an einem

Fuß und zerrte mich ins Boot zurück. Ich fiel auf ihn und warf ihn zu Boden. Sein Kopf schlug mit lautem Knall auf die Holzdielen. Sein Griff lockerte sich. Ich strampelte mich frei und rappelte mich hoch. Er ging in die Hocke und grapschte nach mir. Ich schwang die AK-47 wie einen Baseballschläger, legte meine ganze Kraft hinein und zielte tief. Er hob den rechten Arm. Der Gewehrkolben schlug so heftig dagegen, daß man die Knochen brechen hörte. Fluchend versuchte er, mich mit der linken Hand zu packen, doch ich sprang auf die Reling und über Bord.

Die kühlen Wassermassen schlugen über meinem Kopf zusammen. Ich trat mit den Beinen, um rasch nach unten zu kommen, und ließ dann das Gewehr los. Das lange schwarze Gebilde verschwand schemenhaft unter mir in der Tiefe.

Meine Lunge fühlte sich an, als ob sie zerspringen wollte, deshalb strampelte ich mit den Beinen, um nach oben zu kommen. Die Dhau hatte schwere Schlagseite, und das Heck ragte hoch aus dem Wasser. Das dunkelrote Segel sah aus wie ein blutiger Farbklecks. Ahmed stand am Heck. Als er mich sah, schüttelte er die Faust und brüllte. Das war egal. Ohne Gewehr oder Rettungsboot konnte er mir jetzt nichts mehr anhaben.

Die Sonne hatte mittlerweile den östlichen Himmel halb erklommen. Ich schwamm in entgegengesetzter Richtung und stellte mich auf einen langsamen Kraulstil ein, von dem ich wußte, daß ich ihn notfalls lange durchhalten konnte. Einige Kormorane mit langen Schwanzfedern schwebten in einer Reihe nur knapp über dem Wasser vorbei, ebenfalls in Richtung Strand. In wenigen Minuten waren sie außer Sichtweite. Ich kämpfte mich voran und bemühte mich, meine Kräfte zu schonen.

Das schlimmste war der Durst. Ich hatte bereits Durst gehabt, als ich losschwamm, und dann hatte ich mehr als einmal Salzwasser geschluckt. Meine Zunge fühlte sich geschwollen an und brannte. Ob einem vor Durst die Zunge so stark anschwellen konnte, daß man nicht mehr atmen konnte? Ich versuchte, mir darüber keine Gedanken zu machen, auch nicht über die Wunde an meinem Kopf, in der das Salzwasser brannte. Oder über Blut im Wasser und Haie. Die türkisfarbenen Wellen bewegten sich sanft in der Sonne auf und ab, es rührte sich nichts, und keine Flosse zerstörte die quecksilberartige Oberfläche, aber meine Phantasie ließ das völlig kalt.

Bis auf den gelegentlichen Schrei eines Seevogels war alles still. Ab und zu blickte ich mich um, aber von Ahmed und dem Bootsmann war nichts zu sehen. Meine Arme begannen zu ermüden, deshalb wechselte ich in Rückenlage. Nach einer Weile wurde es mir zu langweilig, mir immer wieder vorzustellen, hier wären Haie. Statt dessen begann ich über ihre menschliche Abart nachzudenken.

Wer hatte Husseini den Job bei der Phantom Ranch verschafft? Wer auch immer es war, er hatte Emmet ermordet oder dafür gesorgt, daß er ermordet wurde, und würde hinter mir her sein, sobald ich wieder in Kenia auftauchte.

Ich schloß die Augen, um nicht mehr in den leeren Himmel über mir starren zu müssen. Treten, gleiten, treten, gleiten. Ich kam mir vor wie eine Wasserwanze auf der Oberfläche einer unendlichen Tiefe. Gedanken tauchten in meinem Kopf auf, drehten ab und verschwanden wie ein Schwarm Fische, um sich dann wieder aus einem anderen Blickwinkel zu präsentieren. Emmet, Mikki, Henry, Joseph, Omondi, Robert Thiaka und Old Thiaka, Kim, Garret, Alicia, ihr Freund Greg, Striker, der Kellner bei Shabaan's, ja sogar der alte Taxifahrer, der mich nicht hatte enttäuschen wollen. Das Durcheinander von Gesichtern und Gesprächen nahm allmählich eine zusammenhängende Form an.

Ich hatte bereits alle wichtigen Informationen, um zurückzuverfolgen, was zu Emmets Tod geführt hatte. Es begann an dem Tag, als er zur Beerdigung des alten Verwalters zur Phantom Ranch gekommen war, dort herumgeschnüffelt hatte und auf Spuren von Wilderei gestoßen war. Er stellte Thiaka wegen des Wildererlagers in der Nähe des Damms zur Rede, aber Thiaka behauptete, nichts davon zu wissen. Als Emmet wieder zu Hause war, sah er Garrets Sachen durch, entdeckte die geschnitzten Stoßzähne und gelangte zu der falschen Schlußfolgerung, daß sein einziger Sohn vor seiner Nase Elfenbeinhandel betrieb. Er kehrte ein zweites Mal zur Phantom Ranch zurück und entdeckte den Lastwagen, den Husseini für den Transport von Elfenbein verwendete. Darauf flog er nach Lamu, um zu prüfen, ob Umar Island möglicherweise eine Schmugglerbasis war. Es stellte sich heraus, daß Umar Island nichts mit dem Schmuggel zu tun hatte, doch für die Wilderer mußte es so ausgesehen haben, als wüßte Emmet mehr, als er tatsächlich wußte.

Garret erzählte seiner Schwester Kim, daß Emmet gedroht hätte, ihn als Wilderer anzuzeigen. Kim befürchtete, daß Thiaka hinter der ganzen Sache stecken könnte. Sie lud Emmet zum Mittagessen bei Shabaan's ein. Dort versuchte sie ihn von seiner Meinung abzubringen, aber sie stritten sich wie üblich.

In der Zwischenzeit erhielt Alicia die Bestätigung, daß sie schwanger war, und bat Emmet um die Scheidung. Emmet seinerseits fragte Mikki, ob sie ihn heiraten wollte, doch sie zögerte und bat um Bedenkzeit. Er stritt mit Alicia darüber, wieviel Geld sie bekommen sollte, und sie fuhr ihm ins Camp nach, um das Ganze noch einmal zu diskutieren. Am nächsten Tag flog jemand, den Emmet kannte und zu dem er Vertrauen hatte, mit einem kleinen Flugzeug in Emmets Camp. Während Emmet Eier briet, zog er eine Waffe, zwang Emmet, zur Wasserstelle hinunterzugehen, und erschoß ihn dort.

Wer? Der Mörder schlug zu, weil er befürchtete, wegen Wilderei geschnappt zu werden. Also mußte er gewußt haben, was Emmet vorhatte. Als Emmet, nachdem er das Dammgelände abgesucht hatte, nach Lamu geflogen war, mußte der Mörder befürchtet haben, daß Emmet nicht nur die Stoßzähne entdeckt hatte, sondern das gesamte Schmugglernetz. Das hatte ihn dazu bewogen, ihn zum Schweigen zu bringen.

Der Mörder gehörte zu Emmets engstem Kreis. Er kannte das Camp, wußte, daß er dortsein würde, hatte Zugang zu Emmets Arbeitszimmer und wußte genügend Bescheid, daß er Emmets Unterlagen über Elfenbein so ohne weiteres entfernen konnte. Außerdem wußte er, wo Striker wohnte und daß er möglicherweise auch Aufzeichnungen über Emmets Entdeckungen haben könnte. Und ganz offensichtlich kannte der Mörder die Phantom Ranch, vielleicht durch Garret, vielleicht durch Robert Thiaka. Bei so vielen uneigennützigen Spendern könnte die Ranch sehr gut als Tarnung dienen, um Geld aus dem Elfenbeingeschäft zu waschen.

Wer? Meine Beine fühlten sich allmählich wie mit

Wasser vollgesogene Pfähle an. Ich kam immer langsamer voran, und immer noch war kein Land in Sicht. Wer? Es gab keinerlei Anhaltspunkte dafür, daß Alicia in den Elfenbeinschmuggel verstrickt war. Alles, was sie getan hatte, ließ sich aus dem Streit über die Scheidungsmodalitäten erklären. Garrets verdächtiges Elfenbein stammte von einem japanischen Investor, der außerdem bereits vor dem Mord eine stattliche Summe für Umar Island zugesichert hatte. Damit entfiel das Motiv für einen Vatermord. Im übrigen hätte Garret, wenn er im Elfenbeinschmuggel drinsteckte, längst riesige Profite kassiert, die er in Umar Island hätte investieren können. Thiaka verfügte ebenfalls über keinen persönlichen Reichtum. Er plante mit Mikki, auf dem Gebiet der Phantom Ranch ein Forschungszentrum für Elefanten einzurichten – etwas, das er nicht tun würde, wenn er gleichzeitig jeden Elefanten beseitigte, der dort herumlief.

Mikki war die einzige, die von Emmets Tod direkt profitierte. Sie hatte jetzt die alleinige Kontrolle über sein Vermögen. Wenn auch alles für Save the Elephants bestimmt war, erhielt sie dadurch doch unbegrenzte Forschungsgelder, der Traum eines jeden Wissenschaftlers. Sie wußte mehr über Emmets Vorhaben und Pläne als jeder andere. Aber es wäre gleichermaßen lächerlich zu glauben, daß Mikki mit dem Abschlachten von Elefanten Geschäfte machte oder daß sie den Mann ermordet hätte, den sie liebte. Lächerlich. Ich mußte daran denken, wie sie sich ganz irrational darauf versteift hatte, daß Alicia die Mörderin sei, wie sie wiederholt versucht hatte, mich von der Elfenbeinspur abzubringen. Doch das war aus Eifersucht. War es wirklich aus Eifersucht?

Eifersucht konnte Menschen zu den irrationalsten Dingen veranlassen.

Die Gesichter und Gespräche wirbelten hinter meinen Augenlidern. Ich öffnete die Augen. Plötzlich war mir so klar wie der Himmel über mir, der von der unbarmherzig scheinenden Sonne überflutet wurde, wer der Mörder war. Gegen die Wellen konnte ich ankämpfen, auch gegen die Müdigkeit, meinen Durst und die Sonne, aber nicht gegen die Wahrheit. Ich versuchte, nicht an Mikki zu denken, aber immer wieder kamen Erinnerungsfetzen hoch, ihre abgekauten Fingernägel, ihr rotbraunes Haar, das über ihr Klemmbrett fiel, während sie das Verhalten der Elefanten aufzeichnete, ihr kleinmädchenhaftes Lachen, wenn sie glücklich war.

Die restliche Strecke, die ich noch zu schwimmen hatte, kam mir sehr, sehr lang vor.

32

Als ich das laute nasale *Kuar* eines Reihers hörte und spürte, wie sein großer Schatten über mich hinwegglitt, wußte ich, daß das Land nicht mehr weit war. Ich zwang meine hölzernen Beine, sich anzuwinkeln und zu strekken. Eine Viertelmeile weiter konnte ich die Brandung gegen den Sand klatschen hören. Die letzte Etappe legte ich brustschwimmend zurück und sog förmlich den Anblick der Palmen und Strandfeigen in mich hinein. Dann war feingemusterter Sand unter mir, über den die Sonnenstrahlen, die sich im Wasser brachen, wie ein goldenes Netz glitten. Ich streckte einen Fuß nach unten und berührte den Boden. Ich hatte es geschafft! Ich lebte noch. Ich stolperte an Land, kroch mehr oder weniger in den Schatten eines großblättrigen Feigenbaums und brach zusammen.

Dort lag ich eine Zeitlang und schnappte nach Luft. Es war eine größere Bucht als die, von der wir losgesegelt waren, aber es war kein einziger menschlicher Fußabdruck zu sehen. Ich war zu müde, um mich zu bewegen, doch der Durst trieb mich weiter. Mein Gesicht fühlte sich heiß an. Ich hoffte, daß meine Bräune mich vor einem Sonnenbrand geschützt hatte. Wenn ich allerdings nicht bald was zu trinken bekam, brauchte ich mir keine Gedanken mehr über den Mörder oder über sonst irgendwas zu machen. Ich wanderte zur Straße.

Der Anblick einer mit Sand bedeckten, splitternackten weißen Tramperin müßte eigentlich jeden Fahrer zum Halten bringen, aber es dauerte mehr als eine Stunde, bevor überhaupt das erste Auto diesen wenig benutzten Küstenabschnitt herunterkam und anhielt. Ich hatte Glück. Es war der Fanta-Lieferwagen, der eine Ladung Limonade nach Lamu brachte. Er gab mir eine Dose, eine zweite, eine dritte, sein Hemd und ein Handtuch, das ich mir um die Taille binden konnte, und brachte mich zum Flugplatz von Lamu. Dort überredete ich einen Piloten, mir eine Hose zu leihen und mich auf Kredit zurück nach Nairobi zu fliegen. Er berechnete das Doppelte für diese Ehre, aber ich war nicht in der Stimmung, mich herumzustreiten.

Bevor ich ins Flugzeug stieg, rief ich Mikki in ihrem Büro in der Universität an. Ich hatte noch überlegt, ob ich Omondi als erstes anrufen sollte, aber ich habe ein überentwickeltes Loyalitätsgefühl meinen Freunden gegenüber. Ich dachte, ich sei es Mikki schuldig, es ihr selbst zu sagen. Jetzt, wo ich es wußte, hatte ich aus einem merkwürdigen – okay, dämlichen – Grund keine Angst mehr. Man sollte Mord nicht auf die leichte Schulter nehmen, aber genau das tat ich.

Das Telefon klingelte und klingelte. Schließlich nahm die Sekretärin des Instituts ab.

»Professor Darrow? Sie ist zum Camp von Mr. Laird gefahren, um dort ihre Sachen abzuholen. Soviel ich weiß, hat sie vorhin versucht, Sie zu erreichen, um zu fragen, ob Sie mit ihr kommen könnten... Nein, sie wollte hinterher gleich nach Hause... Ja, dort werden Sie sie ganz bestimmt erreichen. Sie wird sich sicher freuen, Sie zu sehen.«

»Danke. Könnte ich eine Nachricht hinterlassen?«

Die Sekretärin antwortete nicht sofort, und ich glaubte, Mikkis Stimme im Hintergrund zu hören. Was ging da vor?

»Warten Sie.« Es war die Stimme der Sekretärin. »Einen Augenblick, sie ist hier. Sie muß etwas vergessen haben und zurückgekommen sein. Ich lege das Gespräch in ihr Büro.«

Mikki nahm beim ersten Klingeln den Hörer ab. »Jazz. Wie geht's dir? Gibt's was Neues?«

»Jede Menge. Wir müssen miteinander reden. Kann ich in dein Büro kommen?« Ich sah auf meine Uhr, doch das salzverkrustete Zifferblatt zeigte mir nur die Zeit an, als ich ins Wasser gesprungen war. »Sagen wir in zwei Stunden?«

Mikki zögerte. »Hör mal, ich war so gut wie aus der Tür. Ich muß in Emmets Camp fahren, um dort meine Sachen abzuholen. Wie wär's, wenn ich dich abhole, und wir fahren zusammen dorthin? Ich würde mich sehr freuen, wenn du mitkämst.«

»Was hältst du davon, wenn wir uns dort treffen? Ich bin nicht zu Hause und hab mir gerade ein Flugzeug gechartert. Ich erklär dir das später persönlich.«

Als nächstes rief ich Omondi an und berichtete ihm über die letzten vierundzwanzig Stunden. Zu seiner Ehrenrettung muß ich sagen, daß Omondi mir glaubte und keine Zeit mit überflüssigen Fragen verschwendete. Auch von meinen Schlußfolgerungen war er beeindruckt.

»Jetzt, wo wir wissen, wonach wir suchen müssen, dürfte es nicht allzu schwer sein, das entsprechende Beweismaterial zu finden. Es klingt so, als ob du erst mal zum Arzt gehen und dir die Wunde am Kopf saubermachen lassen solltest. Komm doch danach in mein Büro, dann nehme ich deine Aussage auf. Wir werden Husseini wegen Entführung festnehmen.«

»Ich bin immer noch an der Küste. Kann ich nicht morgen kommen? Ich glaube, ich möchte mich heute abend nur noch fallenlassen.«

»Ja, natürlich. Du mußt dich ausruhen und von all dem erholen, was du durchgemacht hast. Hör mal, Jazz, ich möchte dich gern fragen...?« Seine Stimme wurde sanfter.

»Was?«

»Darf ich heute abend zu dir kommen, als Freund? Ich werd dir was zu essen machen und dir Tee ans Bett bringen.« Er lachte. »Oder woandershin. Ich habe mir wirklich sehr große Sorgen um dich gemacht und möchte mich nur vergewissern, daß mit dir alles in Ordnung ist.«

Einerseits freute ich mich über diese Fürsorglichkeit, andererseits fühlte ich mich dadurch auch unter Druck gesetzt. Ich möchte kommen und gehen können, ohne daß jemand davon weiß oder sich Sorgen macht – oder etwa nicht? »Warum hast du dir überhaupt Sorgen gemacht? Ich war doch nur vierundzwanzig Stunden lang fort.«

»Ibrahima rief mich an, nachdem er dich gestern abend nicht erreichen konnte. Wir hatten beide auf deinem Anrufbeantworter hinterlassen, du möchtest sofort zurückrufen, und als du dich nicht gemeldet hast, haben wir uns ein bißchen umgehört. Keiner hatte auch nur die leiseste Ahnung, wo du sein könntest. Du solltest Ibrahima Bescheid sagen, daß alles in Ordnung ist. Er hat sich auch große Sorgen gemacht.«

»Danke für das Angebot vorbeizukommen.« Ich hatte vorgehabt zu sagen, mach dir nicht die Mühe, ich komm schon zurecht. Doch dann hörte ich mich sagen: »Es wäre schön, wenn jemand da wäre, der mich ein bißchen verwöhnt.«

»Jemand?«

»Na ja, du. Das wäre sehr schön.«

Auf jeden Fall wollte ich, nach allem, was passiert war, mich nicht davon abbringen lassen, Mikki auf dem Heimweg zu sehen. Deshalb erzählte ich Omondi nichts davon, daß ich mich mit ihr in Emmets Camp traf. Nachdem ich aufgelegt hatte, starrte ich auf das schwarze Münztelefon. Sollte ich Striker anrufen? Ich beschloß, daß das warten konnte. Nach diesem Gespräch mit Omondi hatte ich keine Lust, mit ihm zu reden. Ich ging zu dem zweisitzigen Flugzeug, vergaß völlig, Angst zu haben, und schnallte mich auf dem Sitz neben dem Piloten fest. Lamu wurde immer kleiner. Wir gingen in Schräglage, flogen eine Kurve und ließen die Küste hinter uns. Zumindest konnte ich Mikki jetzt sagen, daß Omondi alles wußte.

Emmets Camp sah absolut verlassen aus, als wir vor der Landung darüber kreisten. Mikkis Flugzeug stand zwar da, aber sie kam nicht heraus, um zu winken. Unsere Landung war nicht holpriger als üblich, und nach dem, was ich durchgemacht hatte, war mein Adrenalinvorrat ohnehin erschöpft. Vielleicht hatte ich ja auch endlich meine Angst vor kleinen Flugzeugen überwunden. Ich vereinbarte mit dem Piloten, daß er warten sollte, und er setzte sich in den Schatten des Flugzeugs, um eine Zigarette zu rauchen, während ich den Hügel zum Camp hinaufstapfte.

Als ich oben ankam, war Mikki immer noch nicht aufgetaucht. Merkwürdig. An der Wasserstelle waren auch keine Elefanten, obwohl ich krachende Geräusche aus dem Wald gehört hatte, der sich den Hügelkamm entlangzieht. Es war offensichtlich, daß die Elefanten bereits im Camp gewesen waren. Der Küchenanbau hatte sich in einem verwegenen Winkel von fünfundvierzig Grad geneigt. Der Kühlschrank lag halb zusammengedrückt mitten im Camp. Die Strohmattenverkleidung der Dusche war platt getreten, und die Verkleidung der Latrine lag etwa zehn Meter entfernt. Vor dem Eßzelt lag ein noch stinkender Haufen Elefantenscheiße, und die Akazie hatte die Hälfte der Äste verloren. Das Camp würde bald wieder Wildnis sein.

Während ich den Schaden betrachtete und mich fragte, wo zum Teufel Mikki steckte, hörte ich plötzlich Schritte hinter mir. Ich fuhr herum.

Henry stand da, ein Gewehr im Arm. Die Mündung zeigte in meine Richtung.

Ich erstarrte. Mein Adrenalin war keineswegs verbraucht, sondern schoß wie eine Woge durch meinen Körper. Mein Herz schlug so laut, daß ich es hören konnte.

Henry richtete die Waffe genauer auf mich und lachte sein freudloses Lachen. »Du hast Mikki erwartet, damit du ihr alles über mich erzählen könntest?«

»Schnell geschaltet, Henry. Sie hat dich wohl angerufen, nachdem sie mit mir gesprochen hat?«

»Wie es der Zufall wollte, stand ich zum Glück direkt neben ihr. Es war das erste Mal seit Jahren, daß ich sie an ihrem Arbeitsplatz besucht habe. Mein Glück natürlich – nicht deins.«

»Sobald du erfuhrst, daß ich am Leben war, war dir klar, daß etwas schiefgegangen sein mußte.«

»Ja. Husseini hatte mich vor einigen Stunden angerufen und mir erklärt, daß deine nächste Station der Meeresboden sein würde.«

»Was ist mit Mikki? Was hast du mit ihr gemacht?« fragte ich.

»Mach dir um sie keine Sorgen. Du bist diejenige, die sterben wird.«

Ich biß die Zähne zusammen. Das Spiel ist noch nicht aus, du Dreckskerl, dachte ich. »Wo ist sie?«

Henry deutete mit dem Kopf nach unten zu den beiden Flugzeugen, die vor der weiten afrikanischen Ebene wie kleine Modelle aussahen. »Sie schläft. Ein Beruhigungsmittel ist versehentlich in ihre Feldflasche geraten. Ha! Ha!« Schon wieder dieses wiehernde Lachen. »Wenn sie aufwacht, werden wir bereits in den Vereinigten Arabischen Emiraten sein. Dort können Frauen ohne schriftliche Erlaubnis des Ehemanns kein Ausreisevisum bekommen. In der arabischen Wüste gibt es zwar keine Elefanten, doch als Ausländer läßt es sich unter Umständen sehr angenehm in moslemischen Ländern leben.«

»Henry, du spinnst. Damit kommst du nicht durch. Ich habe alles der Polizei gemeldet.«

»Bis die einen Haftbefehl loslassen, habe ich bereits eine neue Identität angenommen. Ich habe Kontakte zu höchsten Stellen in den Emiraten, zum engsten Kreis des Emirs. Außerdem habe ich dort einen hübschen Notgroschen. Das Elfenbeingeschäft hat sich für mich gelohnt.«

Ich hätte ihm am liebsten sein häßliches Gesicht eingeschlagen.

Er lachte schon wieder. »Mir ging's noch nie so gut. Du siehst so wütend aus!«

»Sehr witzig. Du mußt verrückt sein, wenn du glaubst, daß du damit durchkommst.« Ich versuchte, Zeit zu schinden. Nicht, daß mir das viel nützen würde. Doch falls dies meine letzten Augenblicke auf der Erde sein sollten, wollte ich sie – egal was es brachte – so sehr in die Länge ziehen wie möglich. »Da unten wartet ein Flugzeug auf mich, und Omondi weiß, wo ich bin.«

Henry hob das Gewehr. Die runden, schwarzen Löcher zielten erneut auf meine Brust. »Das Ding wird auch mit dem Piloten fertig. Oder ich gebe ihm sein Geld und sag ihm, du kämst mit mir zurück. Aber eigentlich spielt es auch keine Rolle. Bis die Polizei dich gefunden hat, oder was von dir übrig ist, bin ich längst über alle Berge.«

»Eine Frage, Henry. Warum hast du das getan?«

»Meinst du Emmet getötet oder ins Elfenbeingeschäft eingestiegen?«

»Beides.«

»Ich hab Emmet getötet, weil ich glaubte, er hätte meine gesamte Organisation aufgedeckt, von der Phantom Ranch bis zur Küste. Doch kurz vorher erzählte er mir, was er wußte, und ich merkte, daß er alles falsch verstanden hat! Ist das nicht ein Witz?«

»Falsch verstanden?«

»Nun ja, zumindest das meiste. Er war Husseini auf der Spur. Aber wenn ich gewußt hätte, daß das alles war, hätte ich Husseini einfach aus dem Land verschwinden lassen. Das einzige Netz, das Emmet entdeckt hatte, war ein Phantasiegebilde, das er sich aus einem Stoßzahn in Garrets Zimmer zusammengereimt hatte. Er zog den vorschnellen Schluß, daß Garret einen Ring von Wilderern leitete und Umar Island als Zwischenstation benutzte. Absoluter Blödsinn. Dieses winzige Stückchen Land ist viel zu nah bei Lamu, um es als Schmuggelbasis benutzen zu können. Jedenfalls, bis er mir das alles erzählt hatte, hatte ich bereits meine Waffe auf ihn gerichtet und sah keine elegante Möglichkeit, mich aus der Affäre zu ziehen. Ich mußte ihn töten. Jetzt darf ich aber eine Frage stellen. Wie bist du auf mich gekommen?«

»Thiaka hat mir von seinen Plänen erzählt, auf der Phantom Ranch ein Elefantenforschungszentrum einzurichten, aber ich hab das nicht mit dem Projekt in Verbindung gebracht, von dem du Omondi damals in seinem Büro erzählt hast, zumindest bis heute nicht. Thiaka redete immer wieder von den Darrows, sobald er von seinen Plänen sprach, vermutlich weil ich mit dir und Mikki dort war. Einen Augenblick lang glaubte ich, daß Mikki das viele Geld wollte, um ein neues Forschungszentrum zu errichten, doch dann überlegte ich mir, weshalb sollte sie Emmet wegen Geld umbringen, wo er doch bereit war, jedes Forschungsprojekt von ihr zu finanzieren? Da wurde mir klar, daß die Rechnung mit dir doch besser aufging. Du hast keine Geldmittel locker machen können, oder? Deshalb hast du beschlossen, dich selbst zu finanzieren durch den Elfenbeinhandel. Das Forschungszentrum hätte dann das schmutzige Geld für dich gewaschen und wäre außerdem Emmet ein Dorn im Auge gewesen. Hast du geglaubt, du könntest Mikki zurückerobern, wenn du das führende Elefantenzentrum in Kenia hättest?«

»Kluges Mädchen. Hast du das alles allein rausgekriegt?«

»Das Ausschlaggebende war dein scheußlicher Sinn für Humor. Wer wohl von all den Leuten, die Emmet gut genug kannten, um seine Schritte verfolgen und ihn umbringen zu können, wäre auf die Idee gekommen, auf der Ranch seines Sohnes ein Wildererzentrum einzurichten und die Gelder über seine Tochter weiterzuleiten. Du hast es aber nicht nur wegen des Geldes getan, was, Henry? Es war deine kleine Privatrache, die du damit verfolgt hast.«

»Ha! Ha! Ich habe tatsächlich versucht, auf legale Weise ein Forschungszentrum zu errichten, um das aggressive Verhalten von Elefanten zu untersuchen. Aber du weißt ja, daß es heutzutage unmöglich ist, finanzielle Unterstützung zu bekommen. Als ich mich nach einem geeigneten Ort umsah, fiel mir die Phantom Ranch ein – ich war dort mal zu Gast, als Garrets Mutter noch lebte –, und ich dachte, das sei ein wunderbarer Ort, um eine konkurrierende Forschungsstation einzurichten. Das könnte man Emmet herrlich unter die Nase reiben. Ich erklärte Thiaka, es sei mir peinlich, wenn jemand von meinen Plänen erführe, bevor die Finanzierung des Projekts gesichert sei. Er war sehr zuvorkommend und hat es keinem Menschen erzählt.« Er spannte das Gewehr. »Na los.«

»Willst du nicht wissen, wie ich entkommen bin und was mit deiner Ladung Elfenbein passiert ist?«

»Das kannst du mir auf dem Weg den Berg hinunter erzählen. Diesmal werde ich es besser machen und darauf achten, daß die Geier und Schakale fertig sind, bevor ich die Elefanten zurück lasse.«

Ich rührte mich nicht.

»Ich sagte, los. Du hast zwei Möglichkeiten. Wenn du hier oben bleibst, schieße ich dir in den Bauch. Dann hast du einen langen und schön langsamen Tod. Vor wenigen Minuten hab ich ein paar Hyänen unten an der Wasserstelle gesehen. Die würden sich über einen Snack sicher freuen. Du weißt doch, daß die ihr Opfer nicht vorher umbringen. Sie reißen es bei lebendigem Leib auseinander.«

Er hob das Gewehr und schoß in die Luft. Ich zuckte bei dem lauten Knall zuasmmen. »Ha! Ha! Das war nur, um die Elefanten fernzuhalten. Hat es dir in deinen kleinen Öhrchen weh getan?« Er grinste mich spöttisch an. »Wenn du dieses laute häßliche Geräusch das nächste Mal hörst, wird es auch das letzte Mal sein. Jetzt geh.«

Hinter Henry, wo der Wald auf dem Hügelkamm an das Camp grenzte, hörte man Äste brechen. Das Geräusch kam rasch näher. Das Brechen von Ästen, donnernde Schritte und ein Rauschen in der Luft – Broken Tusk stürmte auf die Lichtung. Der Schuß mußte sie erschreckt haben. Ihre großen Ohren standen weit ab, ihr

Rüssel war aufgerichtet und zuckte nervös, während sie einen wütenden Trompetenstoß losließ. Ich konnte die häßliche Narbe auf ihrer Schulter erkennen, wo sie vor vielen Jahren angeschossen worden war.

Henry fuhr herum und hob das Gewehr. Mit einem Hechtsprung warf ich mich gegen seine Beine, und er schlug flach auf den Boden. Er drehte sich um und schlug mir den Gewehrkolben an den Kopf. Einen Augenblick war ich benommen. Henry rappelte sich wieder auf. Ich versuchte, seine Beine zu packen, aber er war zu weit weg. Broken Tusk hatte uns fast erreicht. Ich konnte bereits die rosa Haut ihres Mauls und die borstigen Haare auf ihrem Rüssel sehen. Henry zielte, doch dann verlor er die Nerven und rannte los.

Broken Tusk stürmte weiter. Sie unterbrach ihr Tempo nur kurz, um gefühlvoll und präzise über mich zu steigen. Ein dicker, runzeliger Bauch verdeckte eine Sekunde lang den Himmel. Dann streckte sie den Rüssel nach Henry aus und schlug zu. Er landete zwischen den zerbrochenen Überresten der Küche. Immer noch schrill trompetend, rannte die Elefantenkuh hinter ihm her und stieß mit ihrem abgebrochenen Stoßzahn auf ihn ein. Er schrie nicht lange. Er wurde einfach aufgespießt. Dann schüttelte sie ihn wie ein lästiges Insekt von ihrem Stoßzahn. Sie warf mir noch einen langen Blick zu, dann drehte sie sich um und kehrte zurück in den Wald.

33

Es war ein merkwürdiges Gefühl, den Hügel hinunterzulaufen und den Piloten in dem einen Zweisitzer in aller Ruhe eine Fanta trinken zu sehen, während Mikki zusammengesunken und bewußtlos in dem anderen Flugzeug saß. Ihr glänzendes Haar leuchtete in der Sonne, und die Hände mit den abgekauten Fingernägeln lagen schlaff auf ihrem Schoß. Mit einem Ruck riß ich die Tür auf und war erleichtert, sie gleichmäßig atmen zu hören.

Das Schlimmste würde noch kommen, wenn sie aufwachte. Ich erwog kurz, sie wegen Henry anzulügen, aber dann verwarf ich diese Idee. Sie war ein erwachsener Mensch und hatte das Recht, die Wahrheit über ihr Leben zu erfahren. Auf ihre Art war Mikki ziemlich stark. Zumindest ersparte ihr Henrys Tod einen qualvollen Mordprozeß. Ich konnte mir vorstellen, daß es leichter sein würde, einem toten Henry zu vergeben, und Mikki würde sich in ihre Arbeit vergraben. Sie könnte sogar Emmets Geld benutzen, um auf der Phantom Ranch das Zentrum für Elefantenforschung einzurichten. Vielleicht würde das die sinnlose Verschwendung von zwei Menschenleben weniger schmerzlich erscheinen lassen. Doch zunächst einmal wollte ich sie ins Krankenhaus bringen, damit man dafür sorgte, daß sie auch wirklich aufwachte.

»Ihre Freundin hat aber einen tiefen Schlaf.« Der Pilot stand hinter mir. »Sie hat sich nicht mal gerührt, als das Gewehr losging.«

Ich sah ihm kurz ins Gesicht. Es paßte zu seiner Stimme: gelangweilt und geduldig.

»Es ist eben ein schlimmer Unfall passiert«, sagte ich zu ihm. »Oben auf dem Hügel ist ein Mann.« Er nickte. »Sein Name ist Henry Darrow. Er ist von einem Elefanten aufgespießt worden, den er erschießen wollte. Er ist tot. Können Sie ihn auch noch mitnehmen? Wir müßten seine Leiche in den Gepäckraum hinter den Sitzen legen.«

Er blinzelte unglücklich und berührte mit einer Hand ein kleines schwarzes Ziegenhorn, das er an einer Schnur um den Hals trug. »Sie wollen, daß ich einen Toten nach Nairobi bringe?«

»Die Toten können Ihnen nichts tun.«

»Und was ist mit Ihnen?« Er sah mich besorgt an. »Haben Sie den Elefanten erschossen?«

»Machen Sie sich um mich keine Gedanken. Ich warte hier.« Ich gab ihm die nötigen Anweisungen und schrieb die Telefonnummern auf, die er brauchte. »Diese Dame hier ist Mrs. Darrow. Sie hat aus Versehen Schlaftabletten genommen. Bitte geben Sie über Funk durch, daß die Polizei zum Flughafen kommen soll, um die Leiche von Mr. Darrow in Empfang zu nehmen und Mrs. Darrow ins Krankenhaus zu bringen. Haben Sie das verstanden?«

Er sah mich zweifelnd an. »Ich habe mich bereit erklärt, Sie hierher und wieder zurück zu fliegen, aber nicht Leichen zu transportieren und die Polizei zu rufen. Sie werden glauben, daß ich was Schlimmes angestellt habe. Außerdem ist es gefährlich für Sie, allein hier zu bleiben. Es ist besser, wenn Sie mit mir kommen und wir die Leiche hier lassen. Die Bedürfnisse der Lebenden sind wichtiger als die der Toten.«

»Wir können ihn nicht hier lassen. Die Tiere würden über ihn herfallen.«

»Und was ist, wenn ich Sie hier lasse und die Tiere über Sie herfallen?«

»Ich hab ein Gewehr. Mir passiert nichts.« Der Pilot nickte schließlich zustimmend. »Wenn Sie den Tower über Funk bitten, die Polizei zu rufen, fragen Sie nach Inspector Omondi und nennen Sie ihm meinen Namen. Sagen Sie ihm, Sie müssen sofort zurückfliegen, um mich abzuholen. Die Polizei wird Sie dann in Ruhe lassen, das verspreche ich Ihnen.« *Hoffentlich* sagte ich im stillen zu mir. Wenn Omondi nicht da wäre, würde es verdammt viel Chaos und Verwirrung geben.

Wir trotteten zusammen den Hügel hinauf, wickelten Henry in ein paar Decken aus Emmets Feldbett und schleppten die Leiche hinunter zum Flugzeug. Im Vergleich dazu fühlte sich Mikki leicht wie eine Puppe an. Wir setzten sie auf den Passagiersitz ins Flugzeug und schnallten sie an. Sie bewegte sich, wachte aber nicht auf.

Als der Pilot sich aus dem Fenster beugte, um mir die Hand zu schütteln, fiel mir etwas ein, das ich ihm unbedingt noch sagen mußte. Ich wollte nicht, daß Mikki im Krankenhaus aufwachte und nur einen Polizisten neben ihrem Bett vorfand. Deshalb bat ich den Piloten, noch jemanden anzurufen, nämlich Louise Carruthers, eine tatkräftige Mitstreiterin von Save the Elephants und alte Freundin Mikkis, und ihr zu sagen, daß Mikki ganz allein im Krankenhaus war und noch nicht wußte, daß Henry bei einem Unfall ums Leben gekommen war. Er wiederholte den Namen von Louise und schüttelte mir kräftig die Hand. Ich trat zurück und winkte hinter dem Flugzeug her.

Nun mußte ich mich auf eine lange Wartezeit gefaßt

machen. Ich ging ins Camp zurück, machte ein Feuer, um den Tieren zu zeigen, daß ein Mensch im Camp war, stellte fest, daß die Wassertonne noch heil war, und setzte einen Kessel voll Wasser über dem brennenden Feuer auf. Da Emmets Schlafzelt unberührt war, konnte ich mir dort ein paar saubere Handtücher, Seife, Shampoo und was Sauberes zum Anziehen von Mikki schnappen. Es war ein wunderbares Gefühl, das Salz herunterzuwaschen und all den Horror der vergangenen Nacht und von heute morgen. Meine Uhr, die voll Meerwasser war, warf ich weg. Während ich mir die Haare mit dem Handtuch trocken rieb, sah ich zur Wasserstelle hinunter. Ein junges Elefantenmännchen stand bis zu den Knien darin, saugte das schlammige Wasser in seinen Rüssel und spritzte es sich über den Rücken. Er hatte soviel Spaß dabei, daß er eine Erektion von fast einem Meter hatte. Ich wußte, wie er sich fühlte. Es war gut, am Leben zu sein.

Ich zog eine Strohmatte nach draußen und legte mich in den Halbschatten unter der Akazie. Das goldene Gras der Ebene, die sich bis zum fernen Horizont erstreckte, bewegte sich flüsternd im warmen Nachmittagswind. Ich rollte mich auf den Rücken und betrachtete den Himmel durch das fedrige Dach. Meine Zukunft war völlig unklar. Der Mord an Emmet und diese Ermittlung hatten mich an einen Punkt gebracht, der weit von dem entfernt war, wo ich angefangen hatte. Es wurde Zeit, daß ich mich einigen unerfreulichen Tatsachen stellte.

Als erstes mußte ich mich von der Illusion trennen, ich könnte ein eigenes Safari-Unternehmen führen. Jazz Jasper Safaris brachte es einfach nicht. Die wirtschaftliche Krise und die ganzen Enthüllungen über Wilderei hielten die Touristen fern, und ich hatte einfach nicht das nötige Kapital, um diese schlechte Phase durchzustehen. Ich haßte den Gedanken, meine Unabhängigkeit aufzugeben, und seufzte. Würde ich Kenia verlassen oder doch lieber als Reiseleiterin für ein kommerzielles Unternehmen arbeiten, das acht Parks in sieben Tagen abklapperte und aus einem magischen Erlebnis einen vorgefertigten nebulösen Eindruck machte?

Ein Bataleur-Adler segelte dicht über den Baum und landete an der Wasserstelle. Noch war ich nicht bereit, Kenia aufzugeben, noch nicht. Ich fragte mich, ob ich als Privatdetektivin genügend Geld verdienen könnte, um noch eine Weile an Jazz Jaspers Safaris festzuhalten. Es war den Versuch wert. Wenn die internationale Kommission das Elfenbeinverbot aufhob, würde sowieso alles den Bach runtergehen. Doch wenn das Verbot bestehen blieb, hätten sowohl die Elefanten als auch ich die Chance, hier zu überleben.

Ein leises Brummen am Himmel wurde lauter, und ich machte mich auf den Weg nach unten. Ich kann kaum ein kleines Flugzeug vom anderen unterscheiden, aber selbst für meine Augen war dieses Biest größer als das, was ich gechartert hatte. Es rollte aus, und noch bevor der Propeller stillstand, sprang Omondi heraus. Über das ganze Gesicht strahlend, lief er auf mich zu.

»Meine liebe Jazz! Ich bin ja so froh, dich unversehrt zu finden!« Er packte mich an den Ellbogen, wirbelte mich herum und schüttelte mich ein wenig. »Der Pilot, den du angeheuert hast, hat mir erzählt, ein bösartiger Einzelgänger-Elefant hätte Henry Darrow getötet und daß er einen Krankenwagen für Mikki bestellt und dich hiergelassen hätte – als überflüssigen Ballast.« In seinem Lachen schwang Erleichterung mit. »Eigentlich sollte ich mit dir schimpfen. Hast du dich mit Henry hier verabredet, obwohl du wußtest, daß er der Mörder war?«

»Glaub mir, wenn ich auch nur geahnt hätte, daß Henry hier auftauchen könnte – aber ich wollte –«

»... es Mikki selbst sagen. Ja, ich kenne dich mittlerweile. Nun ja, laß mich rasch die Stelle inspizieren, wo Henry getötet wurde, dann können wir gehen.«

Als wir den Hügelkamm erreichten, betrachtete Omondi mit Entsetzen das Chaos. »Was in aller Welt ist hier passiert? Du hast eine Explosion überlebt!«

»Die Elefanten haben das Camp verwüstet, bevor wir kamen. Das einzige, was in meiner Gegenwart zu Schaden kam, war Henry.« Ich beschrieb, wie Henry versucht hatte, mich umzubringen, um mit Mikki in die Vereinigten Arabischen Emirate zu fliehen, wie er den fatalen Fehler gemacht hatte, in die Luft zu schießen, und wie Broken Tusk ganz vorsichtig über mich gestiegen war, als sie hinter Henry herrannte und mir das Leben rettete. »Ich würde sie nicht als bösartigen Elefanten bezeichnen. Sie wußte genau, was sie tat. Es war sozusagen Notwehr.«

Omondi runzelte die Stirn. »Ich muß melden, daß Henry aufgespießt wurde. Man wird den Leuten von der Wildschutzbehörde sagen, sie sollen sie erschießen. Man kann kein Tier frei herumlaufen lassen, das einen Menschen getötet hat.«

Ich ließ mich auf der Picknickbank nieder, auf der Emmet immer seine Mahlzeiten zu sich genommen hatte. »Ich kann der Wildschutzbehörde eine ausführliche Beschreibung geben. Es war ein Elefantenbulle, den ich noch nie gesehen hatte. Ich würde ihn auf 3,50 Meter

Schulterhöhe schätzen, in den besten Jahren, etwa fünf Tonnen schwer, zwei lange makellose Stoßzähne und eine auffällige Kerbe oben an seinem linken Ohr.« Einen solchen Elefanten gab es in ganz Kenia nicht mehr.

»Ich dachte, du hättest von einer *Sie* gesprochen und daß ihr Name Broken Tusk sei.«

»Hab ich das gesagt? Da muß ich mich wohl versprochen haben.«

Omondi nickte kaum merklich und ließ das Thema fallen. Dann ging er zu dem zusammengedrückten Kühlschrank, der auf der Seite lag, und stieß mit der Fußspitze dagegen. »Es ist, als ob sie wüßten, daß Emmet nicht zurückkommt.«

»Es ist schon gut, daß es so ausgegangen ist, findest du nicht?«

Omondi schüttelte energisch den Kopf. »Nein, überhaupt nicht. Du hättest dich besser rausgehalten und die Polizei ihre Arbeit machen lassen.«

»Wenn ich nicht im richtigen Augenblick gekommen wäre, wäre Mikki jetzt schon in den Vereinigten Arabischen Emiraten.«

»Nur weil Henry wußte, daß du ihm auf der Spur warst.«

Ich zog eine Augenbraue hoch. »Sag mal, Omondi, hättet ihr herausgefunden, daß es Henry war? Wart ihr schon nahe dran?«

»Au, jetzt verletzt du meinen Stolz.« Omondi legte sich eine Hand auf die Brust, als ob er getroffen worden wäre. »Ich muß zugeben, daß Henry seine Spur sehr gut verwischt hat. Wir wußten von der Existenz der Phantom Ranch und den Hinweisen auf Wilderei, die Emmet dort gefunden hatte, und zwar durch die Unterlagen, die ich mit deiner freundlichen Hilfe gefunden habe. Wir haben Emmets Verdacht gegen seinen Sohn Garret verfolgt.«

»Mit anderen Worten, ihr wart auf der falschen Spur.«

»Nun ja, jetzt ist es vorbei.« Omondi setzte sich neben mich und nahm meine Hand. »Ich möchte mit dir über etwas ganz anderes reden. Bei der Suche nach Emmets Mörder warst du zielstrebig und entschlossen wie eine Löwin, die sich im hohen Gras an eine Antilope heranpirscht. Aber wenn es um Liebe geht, habe ich das Gefühl, daß du nicht weißt, was du willst. Während der letzten Woche hast du mich mehr als einmal an dich herangelassen, um mich dann wieder zurückzuweisen.«

»Du lieber Gott, Omondi, das tut mir leid. Ich hab mich dir gegenüber wohl ziemlich blöd verhalten. Mein Unternehmen ist im Eimer, Striker und ich ein einziges Chaos – ich wollte dich da nicht hineinziehen.«

»Ich war auch nicht völlig neutral. Mir hat das ganz gut gefallen, und ich hab alles genau beobachtet.«

»Ich weiß deine Freundschaft wirklich zu schätzen.«

Omondi strich sanft mit den Fingerspitzen über meinen Handrücken. »Uns verbindet mehr als Freundschaft.«

Ich sah in seine dunklen Augen. »Es würde viel Spaß machen. Ich hab dich wirklich gern – du bist warmherzig, klug und humorvoll – *und* sexy. Aber wenn ich mir vorstelle, wir würden uns auf eine Liebesbeziehung einlassen, dann sehe ich das Ende genauso deutlich vor mir wie den Anfang.«

»Du glaubst, wenn erst mal das Wunder, sich richtig kennenzulernen, vorüber ist, bliebe nicht mehr viel übrig.« Omondi drückte mir freundlich die Hand.

»Meinst du nicht?« sagte ich traurig.

»Ich kann nicht in deiner Welt mit ihren ständigen Safaris leben.« Er sah auf die weite Ebene hinaus. »Und du wärst nicht glücklich in meiner Welt aus städtischem Leben und Großfamilie. Wenn wir zusammenbleiben wollten, müßte einer von uns seine Welt aufgeben.«

»Mit Anfang Zwanzig hatte ich solche Beziehungen, bevor ich geheiratet habe. Sie waren herrlich – damals. Sie haben mir geholfen herauszufinden, wer ich bin. Doch jetzt weiß ich, wer ich bin. Ich will kein sechsmonatiges Liebesabenteuer, um herauszufinden, wie der andere wirklich ist. Ich möchte mit jemandem zusammen etwas aufbauen.«

»Mit Striker?«

»Ich weiß es nicht. Daran hab ich auch so meine Zweifel. Striker will offenbar immer, daß alles nach seinen Vorstellungen läuft.«

»Du machst alles immer hundertprozentig, oder?«

»Das hab ich versucht – als ich verheiratet war. Striker und ich versuchen uns auf halbem Weg entgegenzukommen. Doch selbst das schaffen wir nicht.«

Seufzend beobachtete ich die Tiere unten. Eine Giraffe mit drei knapp zwei Meter hohen Jungtieren – sie spielte Babysitter für die Mütter, die irgendwo fraßen – schritt mit ihrer merkwürdig lockeren Gangart auf die Wasserstelle zu. Ich hätte am liebsten mit den Fingern über ihr weiches, wunderschön gemustertes Fell gestrichen. Ich erinnerte mich daran, wie ich mal im Zoo eine Giraffe gefüttert und ihre gierigen gummiartigen Lippen auf meiner Handfläche gespürt hatte. Giraffen sind Einzelgänger oder tun sich höchstens mal in lockeren Gruppen zusammen. Sie bemühen sich nicht um feste Beziehungen.

»Ich bin wütend auf Striker seit dem Tag, an dem ich Emmets Leiche gefunden habe, weil er nicht zu mir nach Nairobi kommen wollte.« Dann erklärte ich Omondi, warum ich an dem Abend im Auto geweint hatte, nachdem ich mit Striker telefoniert hatte.

»Für dich ist er also bloß noch so einer von diesen egoistischen Männern, und du hast ihn abgeschrieben.«

»Striker will, daß ich in seiner Welt aufgehe, und alles, was da nicht hineinpaßt, soll ich vergessen.« Ich entzog Omondi meine Hand. Mikki hatte dieses Problem gelöst, indem sie zwei Männer hatte, die zu den unterschiedlichen Seiten ihrer Persönlichkeit paßten. Das war eine schreckliche Lösung, aber von einem Mann zum anderen zu springen war auch nur unwesentlich besser.

Omondi sprach mit sanfter Stimme. »Was wäre denn passiert, wenn du an jenem Abend nicht gesagt hättest: ›Okay, dann bleib da‹, sondern ›Striker, es ist wichtig für mich. Ich möchte in meinem eigenen Bett schlafen und dich bei mir haben‹. Was, wenn du gesagt hättest: ›Ich brauche dich‹?«

»Diese letzten Worte würden mir im Hals steckenbleiben.« Wenn ich zu jemandem sagen würde, *Ich brauche dich,* käme ich mir völlig nackt vor. Das Problem konnte ich noch nicht mal auf meine Scheidung schieben. So etwas habe ich auch bei Adam nicht gut gekonnt. Vielleicht wurde es Zeit, es zu lernen.

»Ich glaube, die Sache mit dir und Striker hat noch eine Zukunft«, sagte Omondi. »Du magst vielleicht wissen, wer du bist, aber du bist noch nicht alles, was du sein kannst.«

»Du hörst dich an wie Robert Thiakas Onkel, der Wahrsager.«

Omondi lächelte. »Ich hab dir doch erzählt, daß mein Großvater ein berühmter Zauberer war, ein Spezialist für Liebestränke.«

Ich lächelte zurück. »Und selbst sein bester Kunde.«

Omondi beugte sich zu mir und gab mir eine Art Abschiedskuß. »Ich komm irgendwann auf dein Angebot zurück, mir die Wildparks in den Bergen zu zeigen.«

Ich stand auf. »Abgemacht.«

Als ich an meine Wohnungstür kam, hörte ich Willie Dixon, meinen Lieblingsmusiker, »I Am the Blues« singen. Es war auch Strikers Lieblingsplatte. Ich drehte den Schlüssel im Schloß. Die Tür wurde aufgerissen, bevor ich die Klinke herunterdrücken konnte.

Striker zog mich herein und drückte mich an sich. Dann begann er mich zu küssen – drängend, leidenschaftlich, rauh und wie auf Adlers Schwingen.

Schließlich machte ich mich los, um Luft zu holen. »Striker! Was ist los?« Ich sah in seine braunen Augen, die gold und grün gesprenkelt waren. »Was machst du hier?«

»Ich koche was zum Abendessen.«

Ich folgte Striker in die Küche und roch überrascht, daß ein Eintopf auf dem Herd köchelte. Kochen hatte noch nie zu Strikers Lieblingsbeschäftigungen gehört. Wenn wir zusammen waren, spielte er normalerweise meinen Assistenten. »Du kochst? Da muß aber was passiert sein.«

Striker tat etwas Thymian in den Eintopf und rührte ihn um. Er trug eine alte Jeans und ein verwaschenes

Flanellhemd und sah besser aus denn je. »Louise Carruthers hat mich aus dem Krankenhaus angerufen«, erklärte er. »Sie hat mir gesagt, Henry sei tot und die Polizei würde dich in Emmets Camp abholen.«

»Und Mikki?«

»Immer noch bewußtlos, aber sie wird wieder ganz gesund. Sie muß sich nur gründlich ausschlafen. Was ist da unten passiert?« Er legte den Deckel auf den Topf.

»Henry hat Emmet umgebracht.« Ich winkte ab. »Das ist eine lange Geschichte. Ich erzähl sie dir später. Mich wollte er ebenfalls erschießen, da stürmte Broken Tusk aus dem Wald und hat ihn aufgespießt.«

»Henry hat Emmet umgebracht.« Striker hielt einen Augenblick inne, um das zu verdauen. »Und Broken Tusk hat ihn umgebracht.« Er gab mir noch einen Kuß. »Darling, ich bin stolz darauf, daß du den Mord aufgeklärt hast. Gott sei Dank ist dir nichts passiert.«

»Dank Broken Tusk.«

»Darauf trinken wir.« Er nahm eine Flasche Rotwein, die er bereits geöffnet hatte, damit sie atmen konnte. »Möchtest du was?«

»Gern.«

Striker schenkte zwei Gläser ein.

»Ich bin ein bißchen ramponiert.« Ich lachte. »Ich muß furchtbar aussehen.«

»Du siehst wunderbar aus. Auf unsere Liebe.« Striker hob sein Glas. Wir tranken beide.

»Ich kann es immer noch nicht fassen, daß du hier bist. Ich hatte völlig vergessen, daß ich dir mal einen Schlüssel gegeben habe.«

»Nachdem Louise angerufen hatte, hab ich es nicht mehr zu Hause ausgehalten. Ich wollte heute abend bei dir sein. Ich hab mich darauf verlassen, daß du das auch willst.«

»Wußtest du überhaupt noch, wo ich wohne?«

Striker sah mich zerknirscht an. »Das hab ich verdient.«

Er stellte sein Glas auf den Tisch, dann tat er dasselbe mit meinem, legte seinen Arm um mich und gab mir einen langen dankbaren Kuß. Sein Mund schmeckte so süß wie Wein. Willie Dixon sang »I don't trust nobody«. Unsere Körper schmiegten sich eng aneinander. Ich beugte mich zurück, um ihm ins Gesicht sehen zu können. »Es hat mir wirklich weh getan, daß du an dem Abend nicht gekommen bist, als wir den Mord an Emmet entdeckt hatten.« Ich holte tief Luft. Jetzt oder nie. »Ich habe dich an diesem Abend gebraucht.«

Striker drückte seine Wange an mein Haar. »Ich weiß, Baby. Ich weiß selbst nicht, warum ich mich so bescheuert benommen habe.« Darauf schwieg er so lange, daß ich mich fragte, ob er sonst nichts mehr zu sagen hätte. Doch dann begann er ganz leise in meine Haare zu sprechen. »Als ich in dieser Woche am Lake Baringo war, hatte ich sehr viel Zeit, über uns nachzudenken. Das letzte Mal, wo wir zusammen waren – da hab ich gespürt, wie du dich mir entzogen und mich aufgegeben hast.«

»Aber ich bin doch zurückgekommen.«

»Jazz, gib mir noch eine Chance. Ich liebe dich wirklich, auch wenn ich das nicht immer so zeigen kann. Aber es liegt auch an dir. Sag nicht, es ist schon okay, wenn ich mich beschissen verhalte. Kämpf es mit mir aus.«

Ich nickte. »Du hast recht. Es liegt an uns beiden.«

»Nun ja, sehr vieles liegt an mir, das geb ich zu. Aber

ich brauche es einfach, daß du hartnäckig bist und von mir verlangst, daß ich mich dir gegenüber richtig verhalte. Verstehst du, was ich meine?«

»Darling, ich liebe dich.«

»Ich liebe dich auch. Eigentlich wollte ich dir nur sagen, daß ich gekommen bin, weil ich dachte, du würdest dich ganz gern ein bißchen verwöhnen lassen, nach allem, was du durchgemacht hast.«

Ich lächelte ihn frivol an. »Wie hast du denn das mit dem Verwöhnen gemeint?«

»Der Eintopf braucht ein paar Stunden.«

»Das hab ich mir auch gedacht.« Ich nahm seine Hand und führte ihn aus der Küche.